新潮文庫

誰がために鐘は鳴る

上巻

ヘミングウェイ
高見　浩訳

マーサ・ゲルホーンに捧ぐ

人は誰も自立した孤島ではない　人はみな大陸の一片　本土の一部　もし一片の土くれが波に洗い流されれば　ヨーロッパはそれだけ狭くなる　まさしく一つの岬が洗い流され　あなたの友人やあなた自身の荘園が洗い流されたかのように　だれが死んでもわたしの一部が死ぬ　わたしもまた人類の一員なのだから　となればもう問うまでもない　誰のためにあの弔鐘は鳴っているのかと　あれはあなたのために鳴っているのだ

ジョン・ダン

誰がために鐘は鳴る

上巻

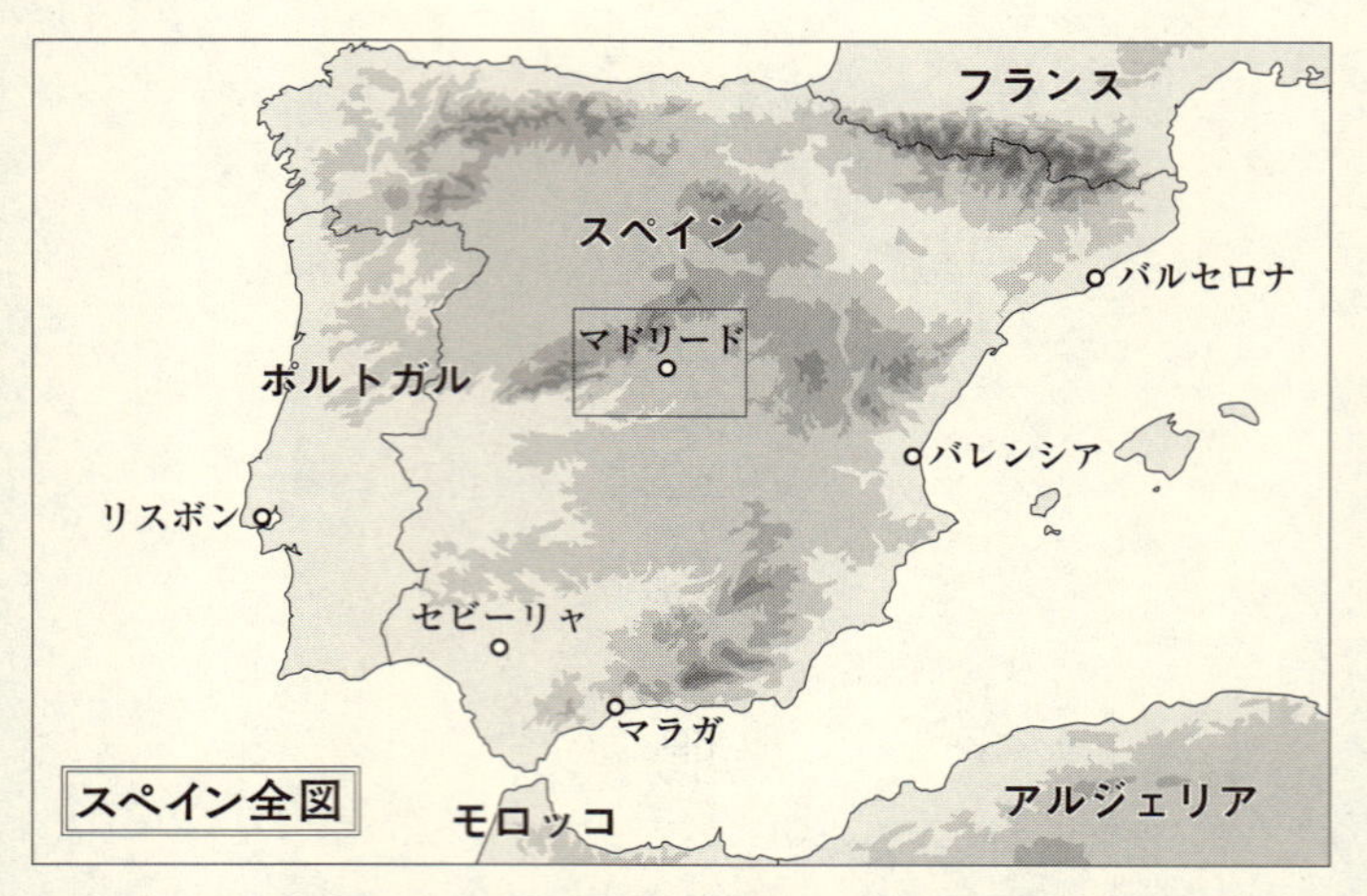
フランス
スペイン
バルセロナ
マドリード
ポルトガル
バレンシア
リスボン
セビーリャ
マラガ
スペイン全図
モロッコ
アルジェリア

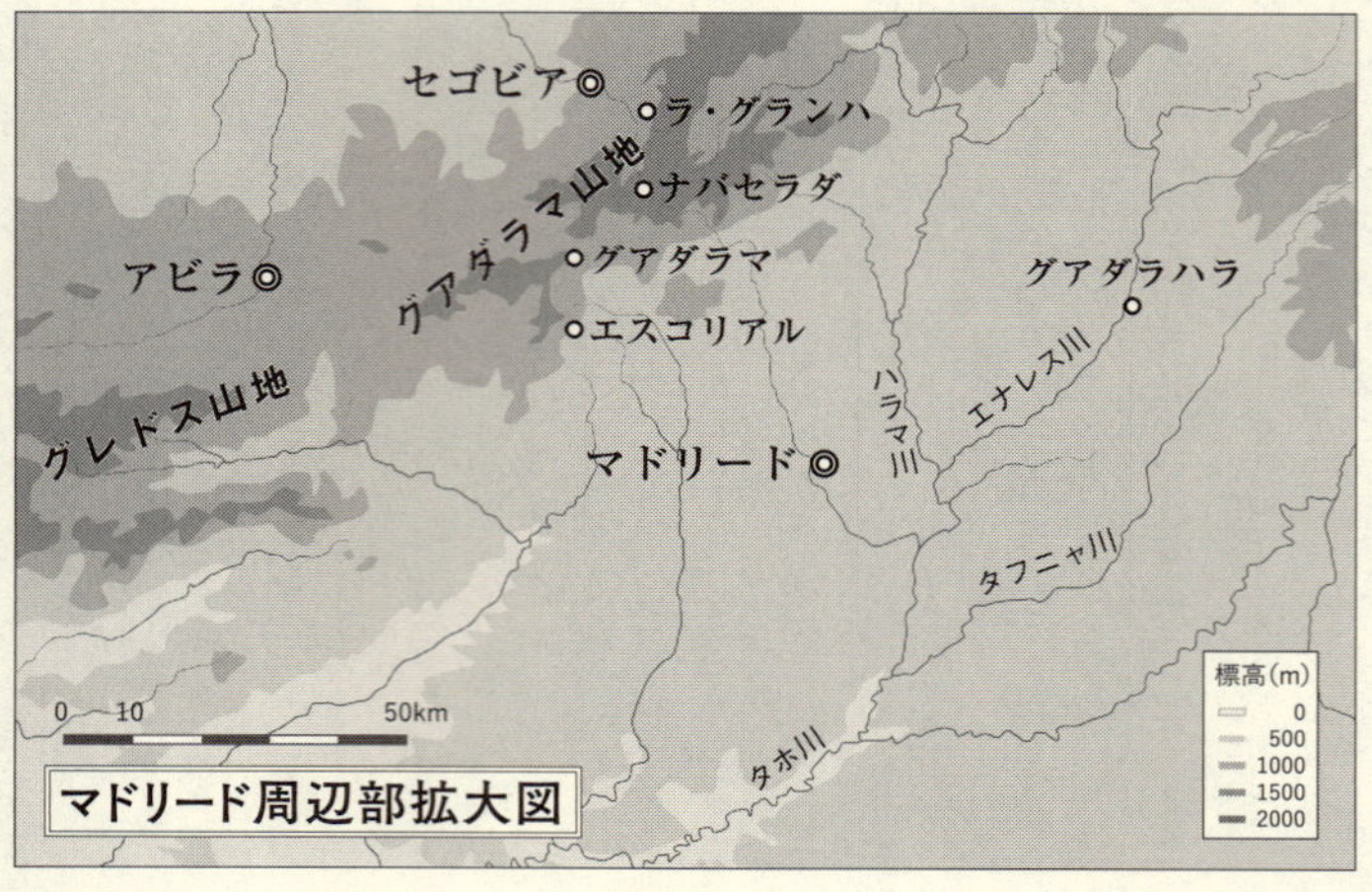
セゴビア
ラ・グランハ
ナバセラダ
グアダラマ山地
アビラ
グアダラマ
グアダラハラ
エスコリアル
ハラマ川
エナレス川
グレドス山地
マドリード
タフニャ川
標高(m)
0
500
1000
1500
2000
0
10
50km
タホ川
マドリード周辺部拡大図

1

松葉の散り敷く林の褐色の地面に両肘をつき、組んだ腕に顎をのせて、彼は腹這いになっていた。はるか頭上の松の梢を風が吹き抜けている。彼の横たわっているあたりの山腹は、なだらかに傾斜していた。が、そこから下は傾斜が急で、黒く舗装された道路が曲がりくねって山道を貫いているさまがよく見えた。道路にそって川が流れており、山道のはるか下方の流れのわきには製材所があった。せき止められて落下する水が、夏の陽光を浴びて白くきらめいていた。

「あれが、あんたの話していた製材所かい?」彼は訊いた。

「はい」

「記憶にないんだがな」

「あれは、あなたが以前ここにきなすった後につくられたので。古い製材所はもっと下のほうにあります。あの細い山道のずっと下のほうに」

彼は写真複写の軍用地図を地面に広げて、仔細に眺めた。老人が肩ごしに覗き込む。

頑丈そうな体つきの小柄な老人で、黒い農作業服に灰色のごわごわのズボンをはき、縄底の靴をはいていた。山道をのぼってきたせいで息をはずませながら、二人が背負ってきた重い雑嚢の一つに手をかけている。

「じゃあ、問題の橋はここからは見えないんだ」

「ええ」老人は答えた。「このあたりは山道もゆるやかで、川もおとなしく流れております。もっと下の、道路が木立に隠れて見えなくなっているあたりで川は急に落ち込んで、険しい谷に変わっていまして——」

「ああ、そうだったな」

「その谷をまたいでいるんですよ、橋は」

「で、やつらの哨所はどこにあるんだ？」

「一つはあそこに見える製材所のわきに」

付近の地形を眺めていた若い男は、色褪せたカーキ色のフランネルのシャツのポケットから双眼鏡をとりだした。ハンカチでレンズを拭き、接眼レンズをまわしていくと、製材所の板壁が急に鮮明に見えてくる。戸口の横の木のベンチもはっきり見えた。回転鋸のある、素通しの小屋の背後に大きく盛りあがったおが屑の山や、対岸の山腹から木材を流す用水路も見えた。レンズに映る川の流れはなめらかに澄み、堰から落下する流れの下で飛沫が風に吹き飛んでいた。

「歩哨は一人もいないな」

「でも、製材所から煙があがっているし」老人が言った。「物干し綱に服がかかってお
ります」

「それは見えるが、歩哨はどこにもいないじゃないか」

「きっと日陰におるんでしょう」老人は説明した。「あそこは暑いもんで。どこか、わ
たしらには見えない日陰におるんでしょう」

「かもしれないな。次の哨所はどこだい？」

「橋の下です。山道を五キロほど下ったところの、道路工夫の小屋がそれでして」

「あそこには何人ぐらい詰めてるのかな？」製材所を指さした。

「おそらく兵隊が四人に伍長(ごちょう)が一人」

「下のほうの哨所には？」

「もっとおるでしょうね。確かめておきます」

「橋には？」

「常時二人。両端に一人ずつ」

「とすると、ある程度の人数が必要になる。どのくらい確保できるだろう？」

「何人でも。お望みどおりに」老人は答えた。「いま、この山の中には大勢ひそんでお
りますから」

「どのくらい？」

「百人はくだりません。ですが、小人数の隊に分かれておりまして。何人くらい必要になりますかな？」

「橋の様子を見届けたら教えるよ」

「いま見届けたいですか？」

「いや。いまはそれより、決行のときまで爆薬を隠しておく場所にいくのが先決だ。とにかく、絶対安全な場所に隠しておきたいのさ。可能なら、橋まで三十分以内でいける場所に」

「それはご心配なく。これから向かう場所から橋までは、ずっと下り坂ですから。でも、まずはちょっと頑張って、そこまで登らないと。腹はすいとりますか？」

「ああ。でも、食べるのは後でいい。ところで、あんたの名前は何だったっけ？　つい忘れてしまった」こういう物忘れはよくない兆候だった。

「アンセルモでさ」老人は答えた。「アンセルモと呼ばれております。バルコ・デ・アビラの生まれでして。雑嚢、かつぎますか、手を貸しましょう」

長身で細身の若い男の金髪は日に灼（や）かれていて、同じく日焼けした顔は風雨にきたえられていた。色褪せたフランネルのシャツ。農夫のはくようなズボン。縄底の靴。おもむろに前にかがむと、革のストラップの一方に腕を通して、重い雑嚢を勢いよく肩にかつぎあげた。もう一方のストラップにも腕を通して、雑嚢の重みを腰のあたりに落ち着かせる。それまで雑嚢に圧されていたシャツの部分が、まだ汗で濡れていた。

「さあ、かついだぞ。どうすればいい？」

「登るんです」アンセルモは答えた。

　腰をかがめて雑嚢の重みに耐え、汗をかきながら、二人は松林に覆われた山腹を着実に登っていった。若い男の目に、踏み均された道は見えなかったが、二人は強行軍で山腹を登ってゆき、やがて小川を渡った。老人は先頭に立って、岩だらけの川床の端伝いにぐんぐん登ってゆく。登りは一段と急に、険しくなった。そのうちとうとう、頭上にせりだしたなめらかな花崗岩の岩棚が尽きるあたりで、流れが下降しはじめる地点に出た。岩棚の端のところで、老人は若い男が追いつくのを待った。

「大丈夫ですか？」

「ああ、大丈夫」若い男は答えた。ひどく汗をかいていて、急な斜面を登ってきたせいか太ももの筋肉がひくついていた。

「ここでお待ちを。先にいって、あなたがくることを伝えますから。連中に不審がられて、そんな代物を担いでいるところを射たれたんじゃ、たまらんでしょう」

「冗談でもごめんだね」若い男は応じた。「まだここから遠いのかい？」

「いや、すぐ近くです。で、何と呼びましょうかね、お名前は？」

と下ろした。

「ロベルトだ」若い男は雑嚢を肩からすべらせ、川床のそばの二つの岩のあいだにそっと下ろした。

「じゃあ、ここでお待ちを、ロベルト。すぐにもどりますから」

「わかった。しかし、橋に向かうときは、いまきた道を降りるのかい?」

「いえ。そのときは別の道を下ります。ずっと楽な近道を」

「この代物を隠しておく場所は、橋からそう離れてないほうがいいんだが」

「まあ、ご自分の目で確かめてください。お気にいらなかったら、別の場所を見つけますから」

「よし、そうしよう」

若い男は雑嚢のそばに腰をおろして、岩棚を登ってゆく老人を見守った。登るのはさして難儀そうではなく、手をかけるところを苦もなく見つけている。もう何度もそこを登っていることがわかった。とはいえ、この上にいるのがどういう連中にしろ、通り慣れた痕跡(こんせき)をまったく残していないのは、それだけ慎重に行動している証拠だろう。

その若い男、ロバート・ジョーダンは、いまひどく腹をすかし、不安を覚えてもいた。腹をすかすのはしょっちゅうだが、不安を覚えるのは珍しかった。彼はふだんから、自分の身に何が起きようと無頓着(むとんちゃく)だったからだ。それに、この国では敵地のどこだろうと楽に動きまわれることを経験から知ってもいた。いい案内役がついていれば、敵地で動きまわるのは敵地に侵入するのに劣らず容易だった。敵につかまったらどうなるか、それをやたらと気にかけると、事は面倒になる。信頼できる人間を見定めるのも面倒だ。共に働く人間を全面的に信頼するか、それともまったく信頼しないか、二つに一つ。そのときは腹を据えて決断しなければならない。が、いまはそんなことは一切気にかけていなかった。厄介なことは他にあった。

アンセルモという老人はいい案内役で、山中を自在に動きまわることができた。ロバート・ジョーダンも歩くことには自信があったが、夜明け前からアンセルモについてまわった結果、この老人に引っぱりまわされたら息があがってしまうとわかった。これまでのところ、アンセルモのすべてを信頼できたが、ただ一つ、判断力だけは別だった。それを試す機会がなかったせいだが、いずれにしろ、判断を下すのは自分の責任なのだ。そう、アンセルモについては何の心配もしていないし、橋の爆破という当面の任務も過去に果たした多くの任務に比べればたいしたことはない。どんな橋だろうと爆破の仕方は心得ている。事実、これまでにあらゆる大きさ、あらゆる構造の橋を爆破してきた。二つの雑嚢にはあの橋を完全に爆破するのに十分な爆薬と装備がつめこんである。たとえあの橋の実際の大きさが、アンセルモに聞かされた大きさや、一九三三年にラ・グランハまでハイキングする途中に自分で渡ったときの記憶にある大きさや、一昨夜エスコリアル宮の前の建物の二階の部屋でゴルツが読みあげた大きさの、二倍はあるにしても。

「橋の爆破自体に、さしたる意味はないのだ」あのときゴルツはそう言ったのだった——傷痕（きずあと）のある、丸く剃（そ）りあげた頭に電燈の光を浴び、大きな地図を鉛筆で指し示しながら。「わかるな？」

「ええ、わかります」

「まったく意味はない。無意味に橋を爆破したところで、何の益もない」

「はい、同志将軍」

「攻撃に合わせた予定の時刻に橋を爆破する。それでこそ意味がある。もちろん、きみもわかっているだろう。それこそがきみのなすべきことであり、なすべき方法だからな」

手にした鉛筆に目を走らせると、ゴルツはそれでこつこつと歯を叩（たた）いた。

ロバート・ジョーダンは沈黙を守った。

「そう、それがきみの有する権利であり、なすべき方法だ」ジョーダンの顔を見てうなずくと、ゴルツは鉛筆で地図を叩いてつづけた。「それこそがわたしの果たすべきことなのだが、まず成功したためしがない」

「なぜですか、同志将軍？」

「なぜだって？」ゴルツは気色ばんだ。「すでに何度もわれわれの攻撃を見てきたきみが、なぜだと訊くのか？　いいかね、わたしの命令が改竄（かいざん）されないという保証がどこにある？　攻撃が勝手に中止されないという保証がどこにある？　延期されないという保証がどこにある？　予定の六時間も前に開始されないという保証がどこにある？　だいたい、最初の予定と寸分たがわず開始された攻撃など、これまでにあったというのかね？」

「あなたの計画した攻撃なら、予定通りに開始されますよ」

ロバート・ジョーダンが言うと、

「わたしの攻撃、などというものは存在せんからな」ゴルツは応じた。「攻撃のプランは立てる。だが、それはわたしの攻撃ではない。野砲も自前のものではない。こっちはそれを苦労して調達しなければならんのだから。軍にその余裕があるときですら、わたしの要求が満たされたことは一度としてない。それは最小限の要求なんだがね。他にも問題はある。上層部の連中がどんな人間かは、きみも承知しているだろう。それをいま、くだくだしく言うつもりはない。そういう問題は常に存在するのだから。必ずと言っていいくらい、だれかが嘴（くちばし）をはさんでくるからな。そこのところは、よく頭に入れておいてくれ」

「で、橋はいつ爆破すればいいんです？」

「わがほうの攻撃が開始されてからだ。攻撃の前ではなく、開始直後に実行してほしい。敵の増援部隊がこの道を進撃してこないように」鉛筆で地図を示しながら、「敵の一兵たりともこの道を進んでこない、という保証がほしいのさ、わたしとしては」

「で、攻撃の時期は？」

「それは追って知らせる。ただし、攻撃の日時はあくまでも一つの可能性と受け止めておいてほしい。肝心なのは、その時刻に備えること。そして、攻撃開始直後に橋を爆破する。いいね？」──鉛筆で地図を指し示した。「ファシスト側が増援部隊を派遣できるのは、この道しかない。わたしが攻撃する峠の方面に、ファシスト側が戦車や野砲部隊を向かわせたり、トラックまで差し向けたりできるのは、この道路しかないんだ。だからこそ、その橋は間違いなく破壊されるはずだということを、知っておきたいのさ。それも、攻撃の前ではいかん。攻撃の前に破壊されてしまったら、万一攻撃が延期された場合、敵に補修する余裕を与えるからな。そうなのだ。あくまでも攻撃開始直後に破壊してもらう。それをわたしは知っておきたい。橋の警護にあたっている敵の歩哨はたった二人だ。きみにつけてやる男は、現地から到着したばかり。十分信頼できる男だという。それはきみ自身が確認できるだろう。その男の仲間は大勢現地の山中にひそんでいるらしい。必要な数だけ動員するといい。必要にして十分な数だけな。そのへんのことは、わたしが細かく言うには及ばんだろう」

「で、ぼくのほうは、あなたの攻撃が開始されたことを、何から判断すればいいんでしょう？」

「これは師団規模で行われる作戦だからね。まずは準備段階として空爆が実施されるだろう。耳はちゃんと聞こえるだろうな、きみは？」

「すると、味方の飛行機が爆弾を投下しはじめたら攻撃が開始されたと見ていいんですね？」

「いつもそうだとは限らんがね」ゴルツは首を振った。「しかし、この作戦に限っては、そう受けとってもらってかまわない。それがわたしの攻撃のしるしだ」

「わかりました」ロバート・ジョーダンは言った。「あまり好ましい任務ではないようですが」

「そりゃ、わたしとて同感さ。もしやりたくなかったら、いま、そう言ってくれ。自分にはできないと思ったら、この場でそう言ってもらったほうがいい」

「いや、やりますよ。立派にやってごらんにいれます」

「それだけ聞けば十分だ。とにかく、敵にあの橋を渡らせないこと。それが絶対条件だ」

「わかりました」

「こういうことを、こういうやり方で人に頼むのは、好かんのだがね」ゴルツはつづけた。「命令ずくで、こんなことをきみにやらせるのもいやだし。こういう条件でやりとげるには、どんな困難を強いられるか、よくわかっているんだよ、わたしも。こうして慎重に説明しているのも、この作戦の重要性、想定される困難をきみによく理解してもらいたいためでね」

「で、あの橋が爆破されたら、ラ・グランハまでどのように進撃なさるつもりですか?」

「あの峠を席巻(せっけん)した後は、橋をいつでも修繕する心づもりで進撃する。これは実に複雑にして美しい作戦なんだ。相も変わらず複雑にして美しい作戦さ。やはりマドリードで立案されたんだがね。あの不遇な教授ビセンテ・ロホの傑作の一つだよ。指揮するのはわたしだが、例によって十分な兵力は与えられん。それでも、相当有望な作戦であることには変わりない。いつもよりはかなりマシだと思ってるんだ。あの橋さえなくなれば、成功の可能性は十分にあるからな。場合によったら、セゴビアの奪取も夢じゃない。作戦がどう進捗(しんちょく)するか見せよう。ほら、わかるかね? 攻撃するのは峠の頂点ではないんだ。そこを確保して、もっとその先を攻撃する。ほら、ここだ——この地点をこうして——」

「それは知らずにいたほうがいいですね、ぼくは」

「よろしい」ゴルツは言った。「しかし、敵地にいる限り、知っていてもそう重荷ではないんじゃないのか?」

「いや、知らずにいるのがぼくの主義でして。そのほうが、どんな事態になろうと、後ろ指をさされる心配がありませんから」

「ま、知らずにいたほうがいいかもしれん」ゴルツは鉛筆の先で額を撫でた。「自分も、知らずにいたほうがよかったと思うことが何度もある。しかし、あの橋に関して知っておくべきことはちゃんと心得てるね？」

「ええ。それは承知しています」

「そうだろう。ま、いまさらそれについて一席弁じることもない。では、一杯やろうじゃないか。しゃべりすぎて喉がかわいたよ、ホーダン同志。きみの名前はスペイン語読みにすると妙な響きになるな、ホーダン同志」

「あなたのゴルツ（Golz）という名前は、スペイン語読みだとどう発音するんですか、同志将軍？」

「ホッツェだ」ひどい風邪で咳き込むように喉の奥から声をだして、ゴルツはにんまり笑った。「ホッツェ」低いしわがれ声でくり返して、「ヘネラル（general）ホッツェ同志さ。スペイン語でゴルツがどう発音されるのかわかっていたら、もっとましな名前を選んでからこのスペインの戦線に加わったんだがね。師団の指揮をとることになって、何でも好きな名前を選べるようになったというのに、ホッツェだからな。いまとなっては、変えようにも手遅れさ。ところで、パルティザンの活動は気に入ってるかね？」パルティザンとは、敵地でのゲリラ活動を意味するロシア語である。

「ええ、大いに」ロバート・ジョーダンはにやっと笑った。「野外で活動するのは健康にいいですから」

「わたしもきみの歳(とし)には大いに気に入ったものだよ。聞くところによると、きみの橋梁(きょうりょう)爆破の手腕は素晴らしいらしい。実に科学的なのだとか。噂(うわさ)ではね。ま、この目できみの活動を見たわけではないが。特に面倒なことも起きんだろうし。きみは本当にその手で爆破するのかね?」からかっている口調だった。「さあ、これをやりたまえ」スペイン産のブランディのグラスを手渡して、「本当にその手で爆破するのかい?」

「ええ、ときどきは」

「こんどの橋に限っては、ときどきは、ではすまんぞ。いや、もう橋の話はやめよう。あの橋のことはもう十分納得してもらったはずだからな。これほど真剣に話し合ったからこそ、きつい冗談も言えるわけだ。どうだい、敵地ではたくさんの女の子と付き合ってるか?」

「いえ、そんな暇はありません」

「それはいかんな。軍務が並外れたものであればあるほど、並外れた暮らしをしたほうがいい。きみは実に並外れた任務についているんだ。それと、頭も刈ったほうがいいぞ」

「頭は必要に応じて刈っています」ロバート・ジョーダンは答えたのだった。ゴルツみたいに頭を丸刈りにするなんぞはまっぴらだった。「女の子のこと以外に、考えることはたくさんあるので」むすっとした口調で言った。「制服はどんなものを着ればいいんでしょう？」

「制服など必要ない」ゴルツは答えた。「頭も刈る必要はない。からかってるんだよ、きみを。わたしとは大違いの種族らしいんでな、きみは」二つのグラスにまた酒をついで、「どうやら、女のことしか眼中にないタイプの人間ではないようだから。その点、わたしはそもそも考えごとなどしないタイプでね。どうして考えなきゃならん？　わたしはソ連の将軍なんだぞ。考えたりするはずがない。その気にさせて、考えるように仕向けたりせんでくれ」

彼の幕僚の一人、椅子にすわって製図台の地図を調べていた男が、ジョーダンにはわからない言葉でゴルツに何か言った。

「うるさい」ゴルツは英語で言った。「冗談を言いたくなったら、わたしは勝手に冗談を言う。真剣に考えているからこそ冗談も言えるのだ。さてと、じゃあ、これを飲んで、出発したまえ。いいね？」

「はい」ロバート・ジョーダンは答えたのである。「わかりました」

二人は握手をかわし、ジョーダンは外に出て、あの老人が眠りながら待つ幕僚用の車に歩み寄った。そこから車を飛ばしてグアダラマを通過し、さらにナバセラダに向かう道路を北上してアルパイン・クラブの小屋にたどり着いた。その間終始老人は眠りこけていた。ジョーダンもそこで三時間ほど眠ってから出発したのだった。

ゴルツと会ったのはそのときが最後だった。決して日焼けすることのない、異様に生(な)まっ白(ちろ)い顔。鷹(たか)のような目。大きな鼻と薄い唇。傷痕のある、皺(しわ)の寄った丸刈りの頭の男だった。明日の夜、彼の指揮する部隊は暗がりの中、エスコリアル宮の前の道路に整列するのだろう。歩兵を積み込むトラックの長い車列。重武装の兵士たちが次々にトラックによじのぼり、機関銃隊も銃をトラックにかつぎあげる。長い車体の戦車運搬用トラックには、渡し板をのぼって戦車が乗り込んでゆく。そうしてゴルツ指揮下の師団は、暗夜、峠を攻略すべく進軍してゆくはずだ。が、いまはそのことは考えまい、とジョーダンは思った。それは自分とは関係ない。それはゴルツの仕事なのだから。自分のやるべきことはただ一つ。そのことだけを考えればいい。その点だけは抜かりなく考え抜いて、あとは成り行きに任せる。余計な心配はしない。恐怖を抱くのと同様、余計な心配をするとかえって高くつく。事態をいっそう悪化させるだけだ。

ジョーダンはいま小川の岸辺に腰をおろして、岩の間を流れる澄んだ水に目を凝らした。対岸を見ると、ミズガラシが群生している。小川を渡って両手にいっぱい摘みとり、根っこの泥を流れできれいに洗い落とした。雑嚢のそばに再び腰をおろして、清潔でひんやりした緑の葉を食べ、ぴりっとからい味がする茎をかじった。それから流れのそばにひざまずき、自動拳銃(けんじゅう)が濡れないようにベルトの背中のほうにまわしてから、二つの岩に両手をかけてかがみ込む。そして、流れの水を飲んだ。水は痛いくらいに冷たかった。

両手に力をこめて身を起こす。目を転じると、岩棚を降りてくる老人が見えた。もう一人、別の男を伴っている。この地方の男たちの制服と見まがうような黒い農夫服を着て、濃い灰色のズボンをはいている。やはり縄底の靴をはいて、ライフル銃を背中に吊るしていた。帽子はかぶっていない。二人は山羊のように岩場を駆け下りてきた。

近寄ってきた二人を見て、ジョーダンは立ちあがった。「サルー、カマラーダ（やあ、同志）」ライフル銃を背負った男に声をかけて、微笑する。

「サルー」相手も渋々と挨拶を返した。男のむさくるしいひげ面を、ジョーダンはじっと見た。まん丸に近い顔で頭も丸く、みごとな猪首だった。目は小さく、間隔がかなりひらいており、小さな両耳が頭にへばりついている。身長は百七十八センチくらいだろうか、でっぷりした体格で、足も手も大きい。鼻はつぶれていて口の片隅が切れており、上唇の端から下顎にかけて走る傷痕が、密生したひげのあいだに透けて見えている。

その男に向かって顎をしゃくると、老人は微笑した。

「このあたりのボスですよ」にやっと笑って、力こぶを目立たせるように両腕を曲げてみせる。それから、半ばからかうような賞賛の色をこめた目つきで、「強いのなんのって」

「そうらしいね」ジョーダンは言って、また微笑した。その男の外見がどうも気に入らず、心中ではまったく笑っていなかった。

「おめえの身元を証明するようなものを、持ってるかい？」ライフルを背負った男は訊いた。

ジョーダンはポケットのフラップを止めていた安全ピンをはずして、折りたたんだ紙をフランネル・シャツの左の胸ポケットからとりだした。男に手渡すと、相手はそれをひらいて疑わしそうに一瞥(いちべつ)してから裏返した。

そうか、字が読めないんだな、とジョーダンは気づいた。

「印章を見てくれ」

老人がそれを指さすと、ライフル銃を背負った男はじっと目を凝らしてからくるっと紙をまわした。

「何の印章なんだ、こいつは？」

「見たことがないかい？」

「ねえな」

「印章は二つある」ジョーダンは言った。「一つはS・I・M、つまり軍の諜報部(ちょうほうぶ)のもの。もう一つは参謀本部のものだ」

「ああ、そっちのほうは見たことがあら。でもな、ここじゃ命令を下すのはこのおれだからな」仏頂面で言ってから、「その雑嚢の中身は何だ？」

「ダイナマイトだよ」老人が誇らしげに言った。「ゆうべ、おれたちは闇にまぎれて越境した。それから一日がかりで山を越えて、ダイナマイトを運んできたのさ」

「ダイナマイトなら、おれも使いてえな」ライフル銃を背負った男は言った。身元の証明書をジョーダンに返すと、彼の顔をねめまわして、「ああ。ダイナマイトなら、おれも使いてえ。どのくらい持ってきてくれたんだ、おれに？」

「あんたに持ってきたダイナマイトは一個もない」ジョーダンは静かに言った。「みんな、別の目的に使用するんだ。あんたの名前は？」

「それを知ってどうする？」

「パブロでさ」老人が言った。ライフル銃を背負った男は不機嫌そうに二人を見た。

「そうか。あんたの評判はいろいろと聞いてるよ」ジョーダンは言った。

「どんな評判だ？」パブロは訊き返した。

「あんたは優秀なゲリラの統率者だということ。共和国に忠実だということ。実際の行動によって、忠誠を証明しているということ。それに、任務に忠実で勇敢だということ。参謀本部からも、よろしく伝えてくれ、と言われてきている」

「どこで聞いたんだい、そういうことを？」

この男にはお世辞はきかないようだ、とジョーダンは思った。

「ブイトラゴからエスコリアルにかけての一帯で、耳にしたよ」ジョーダンは答えて、味方の領内の村々の名をあげた。

「ブイトラゴにも、エスコリアルにも、知り合いはいねえけどな」

「山の向こうには、新しく入り込んだ連中が大勢いるんだ。あんたはどこの出身だい？」

「アビラよ。で、ダイナマイトは何に使うつもりだ？」

「橋を爆破する」

「どの橋を？」

「それはあんたに知らせる必要はない」

「この近辺の橋だったら、おれの領分だぞ。だれだって、自分の住んでる場所に近い橋を、爆破したりはしねえだろうが。軍事作戦は、自分の暮らしていない場所でやるもんだ。おれは自分の領分を心得てら。このあたりで一年も生き長らえてりゃ、自分の領分を心得てるもんよ」

「これはぼくの領分なんだ」ロバート・ジョーダンは言った。「もちろん、あんたと話し合うことはかまわない。この荷物の運搬、手伝ってもらえるかい？」

「断る」パブロは首を横に振った。

と、そのとき、老人がさっとパブロのほうを向き、ジョーダンにかろうじて意味の汲みとれる早口のスペイン語の方言で、憤慨したようにまくしたてた。まるでケベド*の文章を読んでいるような口調だった。古いカスティーリャ語で、こういうことを言っているようだった。「あんたは野蛮人か？　そのとおり。獣か？　どうしようもなく、そうだ。分別はあるか？　いや。これっぽちもない。いいか、わたしらは途方もなく重要な使命を帯びてやってきたというのに、あんたは自分のねぐらを荒らされまいとして、おれたちみんなの利益よりも自分の狐穴を大事にしようとしてるんだ。仲間の利益よりそっちのほうを大事にしようとしてるんだ。いいか、わたしはあんたの親父さんのために、あれもこれも、これもあれもしてやった。あんたのためにだって、あれもこれもしてやってるぞ。つべこべぬかさずに、雑嚢をかついだらどうだい」

パブロはうつむいた。

「だれだって事を起こすときには、実行可能なやり方でやるもんだろうが」彼は言った。「おれはここで暮らしているから、軍事行動はセゴビアの向こうでやることにしてるんだ。ここで何か騒ぎを起こしてみろ、この山の中から狩りだされてしまう。この山の中で暮らしていけてるのも、やたらと動きまわらねえようにしていればこそよ。それが狐の戦法さ」

「ああ、そうだろうとも」アンセルモが苦々しげに言った。「狼の戦法が必要なときに、あんたは狐の戦法にしがみついてるんだ」

「おめえに比べりゃ、おれはずっと狼に近いさ」

こいつは雑嚢をかつぐ気になっているな、とロバート・ジョーダンは踏んだ。

「へえ、そりゃまた……」アンセルモはパブロの顔をねめつけた。「おれよりずっと狼に近いかい。こっちは当年六十八だがね」

ペッと地面に唾をはいて、アンセルモは首を振った。

「ほう、あんた、そんな歳だったのか?」ロバート・ジョーダンは訊いた。どうやら丸くおさまりそうだと見て、この場の雰囲気をもうすこしやわらげようとしたのだ。

「この七月に、六十八になるんでさ」

「その七月まで、おれたちが生きていられりゃな」パブロが言う。それからジョーダンに向かって、「その荷物、かついでやろうかい。もう一つのほうは、この爺さんに任せりゃいい」さっきまでの不機嫌さは影をひそめ、いまはあきらめにも似た口調で言う。

「この爺さんも、たいした力持ちだからよ」

「その雑嚢はぼくが運ぶ」

「いや」老人が制した。「そいつはここにいる力持ちに任せりゃいいんで」

「ああ、おれが運んでやら」パブロが言った。そのむすっとした口調にはどこか陰鬱なところがあって、それがロバート・ジョーダンを不安にした。その種の陰鬱な声音にはおぼえがあり、ここでそれに接したことで、不安がきざしたのだ。

「じゃあ、その銃はこっちが持とう」ジョーダンは言った。パブロが手渡したので、背中にかける。二人の男を先頭に、彼らは重々しい足どりで前進した。花崗岩の岩棚に手をかけてよじのぼると、前方の森にひらけた草地が見えた。

その小さな草地を迂回するように一行は進んだ。雑嚢の重荷がなくなったので、ジョーダンの足どりは軽かった。自然に汗ばんでくるほどに重い雑嚢をかついだ後では、肩にくいこむライフルの重みは、いたって心地よい。見ると、草地の何か所かは短く刈り込まれており、地面に杭が打ち込まれた跡があった。草を押し分けた通り道は、馬を小川まで引いていって水を飲ませるために使ったのだろう。数頭の馬が落としたばかりの糞も、そちこちにあった。馬は夜間ここにつながれて飼料を与えられ、昼間は森の中に隠されているのだな、とジョーダンは思った。このパブロという男、何頭の馬を飼っているのだろう？

無意識のうちに気づいていたことを、思いだした。パブロのズボンの太ももや膝のあたりは、こすれてテカテカ光っている。こいつは乗馬用のブーツを持っているのだろうか、それとも例のアルパルガタス（縄底の靴）をはいたまま馬にまたがるのだろうか。きっと、かなりの装具を持ってはいるのだろう。だが、あの陰鬱な表情は気に食わない。陰鬱な表情はかんばしくない。あれは組織から手を引いたり裏切る前に浮かべる表情だ。味方を売る前に訪れる陰鬱な気分のあらわれだ。

前方の木立ちで、馬がいなないた。梢と梢が触れそうなくらいに密生した松の木立ちに、わずかな陽光が射し込んでいる。その茶色い幹を透かして、周囲にロープを張りめぐらせた馬囲いが見えた。三人が近づいていくと、数頭の馬がいっせいに頭をめぐらしてこちらを見る。囲い場の外の木の根元に鞍が積み重ねてあって、帆布で覆われていた。近づいていくと、雑嚢を負って前方をゆく二人が立ちどまった。そうか、ここはおれが馬をほめてやらないといけない場面なんだ、とジョーダンは気づいた。

「なるほど。見事な馬じゃないか」パブロのほうを向いて、言葉をかけた。「あんたの下には騎兵もいるわけだ」

馬囲いにいる馬は全部で五頭。鹿毛が三頭に、栗毛と灰黄色の馬が一頭ずつ。最初にざっと一瞥してから、ジョーダンは次に一頭ずつ選り分けるように注意深く目で追った。どの馬も素晴らしいことは、パブロもアンセルモも承知していた。いまは先刻の陰鬱な表情も薄れて、誇らしげに愛馬を眺めやるパブロ。そのわきでアンセルモは、まるで自分がいま忽然とその驚異を生みだしたかのように振る舞った。

「どうです、この馬たち？」

「みんな、おれが分捕ったんだぜ」パブロが言う。その誇らしげな口調を聞いて、ジョーダンも悪い気はしなかった。

「あれは」と、彼は鹿毛の一頭を指さした。左の前脚が白く、額に白い星がある大柄な牡馬だった。「とびきりいい馬だな」

たしかに、ベラスケスの絵から抜け出たような、美しい馬だった。

「どれもみんないい馬よ」パブロが言った。「おめえは、馬の良し悪しがわかるのか？」

「ああ」

「そりゃ感心だ。一頭だけ傷物がいるんだが、わかるか？」

いま、この文字の読めない男から、おれの身分証明書の真贋が試されているのだ、とロバート・ジョーダンは思った。

どの馬も依然顔をあげて、パブロを見ている。ジョーダンは二重のロープのあいだをくぐり抜けて馬囲いに入り、灰黄色の馬の尻を叩いた。そしてロープにもたれかかると、馬囲いの中をぐるぐるまわる馬に目を走らせた。やがて立ちどまった馬をさらに一分ほど眺めてから腰をかがめると、ロープのあいだをくぐり抜けて外に出た。「栗毛の右の後ろ足が普通じゃないな」パブロの顔は見ないようにして言う。「蹄が割れている。うまく蹄鉄をつけてやれば、すぐには悪化しないだろうが、硬い路面を長距離歩かせたりすると、一巻の終わりだろうな」

「あいつを分捕ったときから、蹄はああだったのよ」パブロは言った。

「見たところ最良の馬は白い鼻づらの鹿毛の牡馬だが、砲骨の上部が腫れているのが気に入らんね」

「ありゃ、どうってことねえんだ」パブロは言った。「三日前にぶっつけちまったんだよ。のっぴきならねえ怪我だったら、もうとっくに役立たずになってるはずだからな」

帆布をとりのけて、鞍を見せた。アメリカのストック・サドルに似た、ごく普通のバケーロ（牛飼い）用の鞍が二つ。重いカヴァーつきの鐙のついた、手細工による革製の、ごてごてと飾りたてた鞍が一つ。そして黒い革製の軍用の鞍が二つ。

「おれたちはな、ファシストのグアルディア・シビル（治安警備隊）の隊員を二人殺したんだ」それが、軍用の鞍があることの説明だった。

「それはでかしたね」

「やつら、セゴビアとサンタ・マリア・デル・レアルのあいだの道路で下馬していた。牛車の御者の身分証明書を調べようとしてな。運よく、馬を傷つけずにやつらを殺すことができたってわけよ」

「治安警備隊の連中を、だいぶ殺してるのかい？」ジョーダンは訊いた。

「まあ、何人かな。だが、馬を傷つけずに殺せたのは、あの二人だけだったぜ」

「アレバロで列車を爆破したのは、パブロだったんでさ」アンセルモが言った。「ええ、パブロだったんです」

「外国人が一人、おれたちに同行していて、そいつが爆破したんだよ。おめえ、知ってるか、そいつのこと？」

「名前は？」

「覚えちゃいねえな。めっぽう変わった名前だったが」

「どんな外見の男だった？」

「おめえみたいに肌が白かったが、背はおめえほどじゃなくて、でかい手をしてたよ、鼻もつぶれていて」

「カシュキンだ」ロバート・ジョーダンは言った。「カシュキンだろう」

「ああ。めっぽう変わった名前だった。うん、そんなふうな名前だな。その後どうなったい、あの男は？」

「四月に死んだよ」

「そうなるんだよな、だれもかも」暗い口調でパブロは言った。「最後はみんなそうしてくたばるんだ」

「男はだれしも、そういう最期を迎えるんだって」アンセルモが言った。「みんな、そうしてくたばってきたんだから、男たちは。どうしたい、あんた？　何を肚(はら)の中にためこんでるんだ？」

「敵のやつらはめっぽう強いからな」パブロは言った。独り言のような口調だった。陰気な目つきで馬を眺めながら、「どんなに強いか、おめえらには見当もつかねえだろう。とにかく、ファシストのやつら、見るたびに強くなっていやがる。見るたびに装備も優秀になっている。物資も豊富になる一方だしな。ここにいるおれには、ああいう馬くらいしかねえんだ。それでどうしてこの先に期待が持てる？　狩り立てられて、おっ死ぬのが関の山よ。それだけのこった」

「狩り立てられるのと同じくらい、あんたは敵を狩り立てるだろうが」アンセルモが言う。

「いや。いまはそれどころじゃねえ。それに、いまこの山を離れたら、どこにいきゃいい？　答えてみろ。どこにいきゃいいんだ？」

「山なら、この国にはたくさんあろうが。ここを離れたって、シエラ・デ・グレドスがある」

「おれはごめんだ。もう狩り立てられるのは飽き飽きした。ここにいる限り、おれたちは安全なんだ。なのに、ここで橋を爆破したら、またぞろ狩り立てられるぞ。おれたちがここにいるのをやつらが知って、軍用機で狩り立ててきたら、まず見つかっちまう。やつらがモロッコの植民地からムーア人の兵隊を送り込んでおれたちを狩り立てたら、間違いなく見つかっちまうな。そうなったら、逃げるっきゃねえ。そんな暮らしに、おれはもう飽き飽きしたんだよ。聞いてるか？」ジョーダンのほうを向いて、「だいたい、外国人のおめえがよ、何の権利があっておれのところにやってきて、あれこれ指図したりするんだ？」

「別に、あんたに対して、あれこれ指図したりはしちゃいない」ジョーダンは言い返した。

「でも、するつもりだよな。ほら、そいつだよ。そこにある、そいつがいけねえんだ」

みんなで馬を見ているあいだ地面に置かれていた、二つの重たい雑嚢を指さした。馬を見ているうちに、パブロの頭にはそういう思いがこみあげてきたらしい。ジョーダンには馬の鑑定ができるのを知って、口も軽くなったのだろう。三人の男はいま馬囲いのそばに立っていて、まだらな陽光が鹿毛の牡馬の馬体を照らしていた。ジョーダンを見て、重い雑嚢を靴の爪先(つまさき)で小突くと、パブロは言った。「こいつがいけねえんだよ、こいつが」

「ぼくはただ、任務を果たすためにやってきただけさ」ジョーダンはパブロに言い返した。「この戦争を指揮している共和国の幹部の命令で、やってきているんだ。ぼくがあんたに加勢を求めても、気に入らなければ断ればいい。こっちは別の連中を見つけて、援助してもらうだけの話だ。それに、こっちはまだあんたに加勢を求めてもいない。ぼくはただ命令に忠実に従うだけの話でね。この任務の重要性については、保証できるが。ぼくが外国人なのは、ぼくの罪じゃない。いっそ、この国で生まれたかったくらいなんだよ、ぼくは」

「おれにとってはな、何より重大なのは、この地での暮らしをおびやかされないことよ」パブロは言った。「いまのおれは、おれにつき従っている連中、それとおれ自身に対して責任を負っているんだから」

「あんた自身か。たしかにな」アンセルモが口を挟んだ。「あんた自身が何より大切になってから、だいぶたつな。あんた自身とあの馬ども。あの馬どもを手に入れるまでは、あんたもおれたちと変わらなかった。でも、いまのあんたを見てると、資本家がもう一人増えたような気がするぞ」

「そんな言い方はねえだろう。おれは大義のためにいつでも馬を使う気でいるんだから」

「ほんのちょっぴりな」蔑むような口調で、アンセルモは言い返した。「ほんのちょっぴりだよな、おれの見るところじゃ。盗み、これはやる。たらふく食う、これもやる。殺し、これもやる。戦う、これをやらねえんだ」

「爺い、見てろ、そのへらず口が災難のもとになるぞ」

「けっこうだね、おれは怖いもの知らずの爺いさ。それに、馬なども持っちゃいない爺いだ」

「長生きしそうにねえ爺いだ」

「死ぬまでは生きつづける爺いよ」アンセルモは応じた。「それにおれは、狐なんぞも怖くないしな」

パブロは無言で雑嚢をとりあげた。

「狼も怖くないし」もう一つの雑嚢を、アンセルモがとりあげる。「あんたが狼だとしても」

「そのへらず口を閉じやがれ。しゃべりすぎの爺いめが」

「それに、いったんやると言ったことは必ずやり通す爺いさ」アンセルモは腰をかがめて雑嚢をかついだ。「おまけにいまは腹をすかしている。喉もかわいた。さあ、いきなよ、浮かねえ顔したゲリラの頭目さん。さっさと腹をくちくできるところにつれてってくれ」

ひどいすべりだしだぞ、こいつは、とロバート・ジョーダンは考えていた。だが、アンセルモは男だ。この連中、まともなときは素晴らしいのだが。まともなときのこの連中くらい頼りになる者はいない。だが、ちょっとたががはずれると、これほど手に負えない連中もいない。おれをここまで案内したとき、アンセルモはその任務の意味をしっかと心得ていたはずだ。しかし、気に入らない。何から何まで気に入らない。

ただ一つ、いい兆候があるとしたら、パブロがいま雑嚢をかついでいて、銃をこちらに渡していることだ。案外こいつは、日頃からこんな調子なのかもしれない。四六時中、不景気な顔をしている手合いの一人なのかもしれない。

いや、とロバート・ジョーダンは胸に呟いた。自分を欺くのはやめろ。以前のこいつがどういう男だったのか、おまえは知らないのだから。しかし、こいつが怒りっぽいこと、しかもそれを隠そうともしないことは、しかと見てとった。それを隠そうとしはじめたときは、こいつが何かの肚を固めたしるしだ。それを忘れるな。こいつが何やら親切ごかしのことをしたら、肚を固めた証拠と見ていい。それはそれとして、あの馬はどれも逸物だ。見事な馬だ。あの馬で悦に入っているパブロと同じ気持ちにおれをさせてくれるものがあるとしたら、いったい何だろう。アンセルモの言ったとおりだ。パブロはあの馬のおかげで裕福になり、裕福になると同時に人生を楽しみたくなったのだ。しかし、いずれほどなく、あのご大層な〝ジョッキー・クラブ〟のメンバーになれなくてむかっ腹をたてるだろう。可哀そうなパブロ。イラ・マンケ・ソン・ジョケー（Il a manqué son Jockey. パリで有名な、あのジョッキー・クラブに入れないとは）。

そんなことを考えると、気分がよくなった。ついにやっと笑いながら、重い雑嚢を背に腰をかがめて森の中をゆく二人のうしろ姿に目をやった。この日は朝から自分に向ってジョーク一つ飛ばしていない。いま、こうして一つ飛ばせたことで、気分がよくなったのだ。注意しないと、おまえはあの連中みたいになるぞ、とジョーダンは自分を戒めた。そうとも、おまえも陰気になりかけているじゃないか。あのゴルツと会ったときは、たしかに自分も粛然として陰気になっていた。伝えられた使命に、すこし圧倒されていたのだ。そう、いくぶん圧倒されていた。いや、大いに圧倒されていた。その点、ゴルツは陽気だったし、別れ際にはこちらまで陽気にさせようとしていた。が、陽気にはなれなかったのである。

考えてみると、頭抜(ずぬ)けたやつはみんな陽気だ。陽気なほうがずっといいし、それは非凡さのしるしでもある。まだ生きているうちに不死のお墨付きをもらうようなものだ。が、話はそう簡単ではない。陽気なやつで生き残っている者は、そう沢山はいないからだ。そう、陽気なやつで生き残っている者は多くはない。ほんの数えるほどしかいない。やれやれ、そんなことを考えていたんじゃ、おまえも生き残れないぞ。頭を切り替えるんだな、古株の闘士さんよ。いまのおまえは橋の爆破請負人なんだ。思想家ではない。それにしても腹がすいたぞ、とロバート・ジョーダンは思った。あのパブロのやつ、大飯ぐらいならいいが。

2

三人は生い茂った木立を抜けて、お椀型の小さな谷間の端に出た。前方にそそり立つ縁辺岩の下の、露営地とおぼしい場所が木々を透かして見えた。

たしかに、そこが露営地だった。上等な露営地だ。かなり近づかないと見えないし、上空から発見される気遣いもない。上からは何も見えないだろう。熊の巣窟のように巧妙に隠蔽されているが、防備はすこし手薄のようだ。近づきながら、ジョーダンは注意深く目を光らせた。

縁辺岩の岩層に大きな洞窟が口をあけていた。入口のそばに、一人の男が岩にもたれ、両足を投げだしてすわっていた。ライフル銃が岩に立てかけてある。男はナイフで棒切れを削っていた。近づいた三人にじっと目を凝らしてから、また棒切れを削りはじめる。

「オラ（よお）」男は言った。「だれだい、そこへくるのは？」

「爺さんと爆破屋よ」パブロが答えて、洞窟の入口の内側に雑嚢を置いた。アンセルモも雑嚢を下ろす。ロバート・ジョーダンは肩にかけていたライフルを下ろして、岩にたてかけた。

「そんな洞窟の近くに置くなよ」棒切れを削っている男が言う。いぶした革のような色の、整った目鼻立ちながら、いかにもジプシーらしい怠惰そうな顔。青い目。「中で火を焚いてるんだからな」

「立って、自分で置き換えろ」パブロが言った。「あの木のそばに置いてこい」

ジプシーの男は動こうともせず、何か下品な悪態をついてから、けだるそうに言った。

「そこに置いときゃいいじゃねえか。で、おまえが吹っ飛ばされちまえばいいんだ。持病も直るぜ、きっと」

「何を作ってるんだい？」ジョーダンはジプシーの男のそばに腰を下ろした。ジプシーは作っているものを見せてくれた。4の字の形をした罠で、その横木を削っているのだった。

「狐をつかまえるんだよ」ジプシーは言った。「これにかかると丸太が落っこちて、狐の背中をへし折るのさ」にやっとジョーダンに笑いかけて、「こんなふうにな、わかるかい？」罠の本体が崩れて丸太が落下するさまを再現してみせた。それから首を振ると、指を折り曲げ、両腕をひらいて、背骨を折られた狐を演じてみせる。「これでやりゃ、イチコロよ」

「こいつがつかまえるのは、ウサギでさ」アンセルモが言った。「こいつはジプシーなもんで、ウサギをつかまえりゃ狐だと言う。狐をつかまえりゃ、象だったとぬかすんで」

「じゃ、おれが象をつかまえたら？」ジプシーが訊き、また白い歯を見せてから、ジョーダンに向かって片目をつぶってみせた。

「おまえのこった、戦車だったとぬかすんだろう」と、アンセルモ。

「そうだ、戦車をつかまえてやる」ジプシーは言った。「戦車を分捕ってやるぞ。そうしたら、そっちは好き勝手なことを言うがいいや」

「ジプシーは口先ばかり達者で、敵なんぞめったに殺しませんからね」アンセルモが言った。

ジプシーはジョーダンに向かって片目をつぶってみせてから、また棒切れを削りつづけた。

パブロは洞窟の中に消えていた。何か食べ物をとりにいってくれたのならいいが、とジョーダンは思った。ジプシーの隣りに腰を下ろすと、午後の陽光が木の梢ごしに射しこんできて、前に伸ばした足があたたかい。洞窟の中から食べ物の匂いがしてくる。タマネギと肉を油で炒める匂いだ。胃袋が待ちきれずにうごめいた。

「戦車は本当に分捕れるぞ」ジョーダンはジプシーに言った。「そんなに難しくはない」

「じゃあ、それでやるのかい？」ジプシーは二個の雑嚢を指さした。

「ああ」ジョーダンは答えた。「ぼくが教えてやる。あんたは罠をつくればいい。そう難儀じゃないさ」

「あんたとおれでやるのかい？」

「そうとも。やろうじゃないか」

「おい」ジプシーはアンセルモに声をかけた。「その二つの荷物、もっと安全なところに移してくれよ。大切なものなんだろう」

アンセルモは低く唸(うな)って、ジョーダンに言った。「ワインをとってきますから」

ジョーダンは立ちあがった。洞窟の入口から二つの雑嚢をとりあげて、それぞれ別の木の幹にもたせかける。中身が何かわかっているだけに、二つくっつけて置かれているところは見たくなかった。

「カップを持ってきてくれねえかな」ジプシーが言う。

「ワインがあるのかい？」ジョーダンは訊いて、またジプシーの隣りに腰を下ろした。

「ワインかい？　もちろん、あるさ。皮袋にいっぱい。ま、半分はあるな」

「食べるものは？」

「何でもそろってら。おれたちの食べ物は将軍並みさ」

「で、ジプシーは戦争中、何をするんだ？」

「ジプシーでありつづけるんだよ」

「そいつはいい」

「最高さ」ジプシーは言った。

「で、あんたの名は?」

「ロベルトだ。そちらは?」

「ラファエルだ。で、さっきの戦車の話は与太じゃないんだな?」

「もちろん。あたりまえだろう」

アンセルモが洞窟の入口から出てきた。赤ワインで溢(あふ)れそうな、深い陶製の酒甕(さかがめ)を一方の手に持ち、もう一方の手の指を三つのカップの取っ手に通して持っていた。「ほうら。カップまでみんな揃(そろ)ってるぞ」

パブロが後から出てきた。

「すぐに料理が出てくら。おめえ、タバコを持ってるかい?」

ジョーダンは雑嚢のそばに歩み寄った。一つの雑嚢の口をあけて内ポケットをさぐり、ゴルツの本部でせしめたソ連製の平たいタバコの箱をとりだした。親指の爪(つめ)で封を切り、ふたをあけてパブロの前に差しだす。パブロはそこから六本とりだした。大きな手にとった六本のうちから一本つまむと、太陽にかざしてじっと目を凝らす。ボール紙の円筒が吸い口になっている、細長いタバコだった。

「空気ばっかで、タバコはほんのちょっとしか詰まってねえな。こいつには見覚えがあら。あの妙な名前のロシア人が持ってたから」

「カシュキンだろう」ジョーダンは言って、ジプシーとアンセルモにもタバコをとるように促した。二人はめいめい一本ずつとった。

「もっととれよ」ジョーダンが言うと、二人はまた一本ずつ抜きとった。さらに四本ずつジョーダンが分けてやると、二人は礼のつもりでタバコを持った手を二度振ってみせた。ちょうど軍刀をかざして敬礼するときのように、タバコの先が前後に揺れた。

「そうよ」パブロが言った。「まったくもって妙ちくりんな名前だったぜ」

「さあ、ワインです」アンセルモが甕からカップでワインをすくいとって、ジョーダンにわたす。ジプシーと自分にもすくいとった。

「おれの分はねえのか?」パブロが訊く。一同は洞窟の入口のそばにすわっていた。アンセルモが自分のカップをパブロにわたし、自分の分をとりに洞窟に入っていった。しばらくして出てくると、甕にのしかかるようにして自分のカップになみなみとすくいとる。全員がカップのへりをカチッと触れ合わせた。

いいワインだった。皮袋に入っていたため樹脂のようなにおいが微(かす)かにしたが、舌触りがよく、すっきりとしたうまさがあった。

「料理もおっつけくるからな」パブロが言った。「で、例の妙な名前の外国人だが、どうして死んだんだい?」

「敵につかまって、自殺したんだ」

「なんでそうなった？」

「その前に負傷していて、捕虜になりたくなかったのさ」

「もっと詳しくいうと？」

「それは知らない」ロバート・ジョーダンは嘘をついた。詳しいいきさつなら熟知していたが、いまは話すべきときではないと思ったのだ。

「あの列車爆破のときにも、万が一負傷して逃げられないとわかったら自分を必ず射ち殺してくれ、とあの外国人は言ってたな。おれたちから、必ずそうするという約束までとりつけたんだぜ」パブロは言った。「めっぽう変わったしゃべり方をする男だったが」

あいつはそのときも神経過敏になってたんだな、とジョーダンは思った。可哀そうなカシュキン。

「自殺は悪だと思ってたんだ、あの男は」パブロが言った。「おれにそう言ったからな。それに、拷問されるのをえらく怖がってたっけ」

「そんなことも言ったのかい？」ジョーダンは訊いた。

「ああ」ジプシーが答えた。「そんな話をよ、おれたちみんなにしてたんだよ」

「あんたも列車爆破に参加してたのか？」

「そうとも。ここにいる者はみんな、あの列車を攻撃したんだ」

「とにかく、変わった口をきく男だったがよ」パブロが言った。「えらく勇敢だったことは間違いねえ」

可哀そうなカシュキン、とジョーダンは思った。この近辺でのあいつの行動は、有益というよりむしろ害をなす面のほうが多かったにちがいない。あいつがあれほど神経質な男だということを、あの当時知っていればよかった。あいつは前線から引き揚げさせたほうがよかったのだ。この種の作戦に従事しながら仲間にそんな願い事をする人間は、百害あって一利なし、なのだから。ともかく、そんなことを口にするのはまずい。たとえ任務に成功しようとも、そんなことを口にしたのでは、プラスよりマイナス面のほうが大きい。

「あいつはちょっと変り者だったからね」ジョーダンは言った。「すこし頭がおかしかったのさ」

「でも、爆破の腕はたいしたもんだったし、なかなか肚(はら)もすわってたぜ」ジプシーが言った。

「しかし、頭がおかしかった」ジョーダンは言った。「この手の作戦では、まず頭が切れて、そのうえ冷静でないとな。そんなことを口にするようじゃまずいんだ」

「そういうおめえは」パブロが言った。「こんどの橋の爆破作戦で負傷したら、置き去りにされてもかまわねえってのかい？」

「いいかい」ジョーダンは身をのりだして、もう一杯ワインをすくいとった。「よく聞いてくれ。ぼくが仮にもだれかに何か頼みごとをするとしたら、実際にその場になったときさ」

「そいつはいいや」感心したようにジプシーが言った。「できるやつはそういう話し方をするんだな。よお！　きたぜ、きたぜ」

「おまえはもう食ったんじゃねえのか」と、パブロ。

「いや、食った分の倍はまだ食えるさ。ほら、見なよ、だれが運んできたか」

　その若い娘は、料理用の大きな鉄の皿を手に、腰をかがめて洞窟の入口から出てきた。そこですこし顔をこちらに向けたことに、ジョーダンは気づいた。と同時に、その娘の容姿の少々変わった点も目に留まった。にこっと笑うと娘は言った。「オラ、同志」

「サルー」と応じてからジョーダンは、相手をじっと見つめたりはせず、また目をそらしたりもしないように努めた。娘が平たい鉄の大皿を目の前に置いたとき、ジョーダンは娘の美しい小麦色の手に目を留めた。娘は真正面からジョーダンの顔を見て、にこっと微笑った。真っ白い歯と小麦色の顔。その肌と目は、共に金色に近い飴色だった。隆い頬骨。愉しげな目。ふっくらとした唇をきりっと引きむすんでいる。髪は陽光に灼かれた小麦畑の金茶色で、それが短く刈られており、せいぜいビーヴァーの皮の毛ぐらいの長さしかない。娘はジョーダンに微笑いかけて、小麦色の手で頭を撫でるのだが、短い髪は撫でつけられたそばからまた起きあがってしまう。美しい娘だな、とジョーダンは思った。髪があんなに短く刈られていなければ、かなりの美人で通るだろう。

「いつもこんなふうに髪をとかしているの」娘は言って、笑った。「さあ、食べてよ。そんなにじろじろ見ないで。バジャドリードで、こんなふうに刈られちゃったのよ。だいぶのびてきたんだけど」

ジョーダンの向かい側に腰を下ろして、じっとこちらを見る。ジョーダンも見返すと、娘はまた微笑って、のばした両足の膝（ひざ）の上で手を組んだ。ズボンのひらいた裾（すそ）からすらっと斜めにのびた足。その膝に両手を置いているのだが、灰色のシャツの下には、つんと上を向いた、小ぶりの乳房の形がはっきり見える。彼女の顔を見るたびに喉（のど）が重くしこるのをジョーダンは感じた。

「とり分ける皿がないんで」アンセルモが言った。「自分でナイフを使ってください」

鉄の大皿のわきには、娘の手で、四本のフォークが歯を下向きにして置かれていた。

一同はスペインの風習どおり、黙々と大皿から食べた。料理はウサギの肉をタマネギとピーマンと一緒に煮込んだもので、赤ワインのソースにはヒヨコマメが入っていた。とてもよく煮込まれていて、肉は楽に骨から剝（は）ぎとれたし、ソースの味もよかった。ジョーダンは食べながらワインをもう一杯飲んだ。食事の間じゅう、娘は彼を見つめていた。他の男たちは自分の料理から目を離さず、ひたすら食べていた。残ったソースをパンの切れ端で拭（ぬぐ）いとると、ジョーダンはウサギの骨を隅に寄せ、あいた皿の部分をパンで拭い、フォークもパンできれいに拭うと、ナイフも拭って片づけてから、そのパンを食べた。それから身をのりだして、ワインをカップですくいとる。その様子を娘がじっと見守っていた。

カップのワインを半分ほど飲んでも、ジョーダンの喉にはまだしこった感じが残っていた。彼は娘に話しかけた。

「きみ、名前は?」声の調子が変わっているのを聞きとって、パブロがさっとジョーダンの顔をうかがう。それから立ちあがると、パブロはその場を離れていった。

「マリアだけど。あなたは?」

「ロベルトだ。この山に入って、長いのかい?」

「三か月になるわ」

「三か月?」ジョーダンは娘の髪を見た。こんどは困惑したように娘が頭を撫でると、密生した短い髪は風に吹かれた山の中腹の小麦畑のように波打った。「これ、剃られちゃったの。バジャドリードの監獄では、定期的に剃られちゃうのよ。三か月かかって、ようやくこれくらいまでのびたんだけど。あたし、爆破された列車に乗っていたの。南に運ばれるところだった。列車が爆破されたとき、逃げだした捕虜の大部分はつかまったけれど、あたしはつかまらなかった。で、この人たちと一緒にここまでやってきたの」

「岩のあいだに隠れていたところを、おれが見つけたんだぜ」ジプシーが言った。「みんなで引き揚げるときだった。まあ、薄汚れてたのなんのって。そのままつれてきたんだが、置き去りにしようかと何度も思ったくらいさ」

「あの列車を爆破したときに一緒にいた、もう一人の人はどうなったの？」マリアが訊いた。「もう一人の、金髪の人。あの外国人。あの人はいま、どこにいるの？」

「やつは死んだんだ」ジョーダンは答えた。「この四月に」

「四月に？　だって、あの列車を爆破したのも四月だったじゃない」

「ああ」ジョーダンは答えた。「あの爆破の十日後に死んだんだよ」

「可哀そうに。とても勇敢な人だったのに。で、あなたの役目も、あの人が担（にな）っていたのと同じなの？」

「そうなんだ」

「やっぱり、列車を爆破したことがあるの？」

「ああ。三回ほどね」

「ここで？」

「エストレマドゥーラで。ここにくる前は、エストレマドゥーラにいたんだ。あの地域でぼくらのような任務にあたっている連中は、大勢いる」

「それなのに、どうしてこんどはこんな山の中にやってきたの？」

「さっき話にでた、金髪の男の後任としてやってきたのさ。それに、戦争がはじまる前から、ぼくはこの地域に通じていたし」

「とても詳しく？」

「いや、それほど詳しくは知らない。でも、呑み込みが早いからね、ぼくは。いい地図を持っているし、いい案内役もついていてくれている」

「このお爺さんね」マリアはうなずいた。「このお爺さんはとても頼りになるわ」

「ありがとよ」アンセルモが応じた。それを聞いて、ここにいるのは自分たち二人だけではないのだということを、ジョーダンは不意に思いだした。と同時に、この娘の顔を見ていると自分の声の調子まで変わってしまうのに気づいて、まずいぞ、と思った。スペイン人とうまく付き合うための鉄則は二つある。男にはタバコをやり、女には手を出さない。彼はいま、その二つ目のルールを破っていた。でも、かまうものか、と不意に思った。つい掟を破ってしまうことはいくらでもある。この掟だけ厳守する必要はないじゃないか。

「とてもきれいだよ、きみは」ジョーダンはマリアに言った。「髪を切られる前のきみを、見たかったたな」

「そのうちのびるわよ。半年もすれば、長くなるもの」

「ここにつれてきたときのこの娘を、見せたかったたぜ。なんとも不細工だったんだから、見てていやになるくらいに」

「だれの女なんだ、きみは？」いまのうちに手を引こうとして、ジョーダンは訊いた。

彼をじっと見つめてからマリアは笑いだし、彼の膝をぴしゃっと叩いた。

「パブロの女なのかい？」

「パブロの？　あなた、パブロに会ったことがないの？」

「そうか、じゃあ、このラファエルの女なのかな。ラファエルならわかっているが」

「ラファエルの女でもないわよ」

「だれの女でもねえのさ」ジプシーのラファエルが言った。「実に変わった子だけどもな。だれの女でもない。でも、料理はめっぽう上手だぜ」

「本当にだれの女でもないのかい？」ロバート・ジョーダンは訊いた。

「ええ、そう。だれの女でもないわ。冗談だろうと、真面目な話だろうと。あなたの女でもないし」

「なるほどね」ジョーダンは言った。喉がまたしこってくるのが感じられた。「よかった。どうせいまは女と付き合っている時間などないんだから。真面目な話」

「たったの十五分もかい？」からかうように、ジプシーが問いかけた。「一時間の四分の一もねえのかい？」

ジョーダンは答えずに、マリアという娘の顔を見た。喉が熱くしこっていて、自分で何を言いだすかわからず、気楽に口をひらけなかった。

そんな彼をじっと見つめて、マリアはちいさく笑った。と思うと不意に顔を赤らめたものの、視線はそらさなかった。

「顔が赤くなったぞ」ジョーダンは言った。「よく顔が赤くなるたちなのかな?」

「とんでもない」

「でも、赤くなってる」

「じゃあ、もう洞窟にもどるから」

「ここにいてくれよ、マリア」

「いや」にこりともせずに言った。「もう洞窟に帰る」みんなの食事に使われた鉄の大皿と四本のフォークをとりあげた。仔馬(こうま)のようにぎごちない動作ながら、若い動物特有の身の軽さも感じさせた。

「カップ、置いてったほうがいい?」

ジョーダンがなおも見つめていると、マリアはまた顔を赤らめた。

「そんなに見ないで。いやよ、赤くなるから」

「置いてってくれよ」ジプシーが言った。「ほら、もっとやんなよ」カップで陶製の甕からワインをすくい、ジョーダンのほうに差し出してよこす。ジョーダンがなおも見ていると、マリアは頭をさげて、重たい鉄の大皿を手に洞窟に入っていった。

「ありがとう」ジョーダンは言った。マリアが消えたので、声の調子も元にもどっていた。「この一杯でおしまいにしよう。もうだいぶ飲んだからな」

「いや、この甕をあけちまおうぜ」ジプシーが言う。「皮袋にまだ半分以上残ってら。あの馬の一頭にのせて、みんなで運んできたんだ」

「あれがパブロの率いた最後の襲撃でしたよ」アンセルモが言った。「あれ以来、あいつは何もしちゃいない」

「きみらは全部で何人いるんだ？」

「男が七人。それに女が二人」

「二人？」

「そうさ。パブロのムヘール（女房）がいるんだよ」

「で、その女はどこに？」

「洞窟の中さ。マリアはまだまだ料理が下手なんだ。上手だと言ったのは、お世辞だよ。ありていに言や、あの子はパブロのムヘールの手伝い役さ」

「で、どんな女なんだい、パブロのムヘールとやらは？」

「そりゃ、猛々（たけだけ）しい女よ」ジプシーはにやっと笑った。「めっぽう荒っぽい女だぜ。パブロを見て、ひでえ醜男（ぶおとこ）だと思ったら、あの女を見てみるこったな。でも、肚はすわってるな。パブロの百倍はすわってら。ま、野蛮人もいいとこだが」

「パブロもね、最初は肚がすわってたんですよ」アンセルモが口をはさんだ。「最初はやる気十分だったんですがね」

「だって、コレラよりも大勢の人間を殺したもんな」ジプシーが言う。「戦争がはじまった頃は、腸チフスよりも大勢の人間を殺したしよ」

「ところが、あれからだいぶたって、いまはすっかりフロホ（軟弱）になっちまった。ええ、からっきしやわになっちまいましてね。いまはめっぽう死ぬのを怖がってるんで」

「最初に大勢殺しすぎたのがたたってるのかもしれねえや」悟ったような顔でジプシーが言った。「なにしろ、最初はペストみてえに殺したんだから」

「それと、懐が豊かになったのも効いてるんだろうな」と、アンセルモ。「大酒をくらいもするし。いまじゃ、マタドール・デ・トロみたいに引退したがってるしな。ああ、闘牛士みたいに。ところが、そうあっさりと引退なんぞできるもんじゃない」

「もし敵の側に逃げ込もうもんなら、馬をとりあげられたあげく軍隊に放り込まれちまうだろうし」ジプシーが言った。「おれだって軍隊なんぞ入りたかねえや」

「ジプシーってのは、だれでもそうだろうが」

「そりゃそうよ。軍隊に入りてえやつなんて、いるかい？　おれたちゃ、軍隊に入るために革命をやってんのかい？　おれは喜んで戦うけど、軍隊に入りたいからじゃねえや」

「他の連中はいま、どこにいるんだ？」ロバート・ジョーダンは訊いた。ワインがきいてきたせいか、気持ちがよくなって、眠くなってきた。地面に仰向けに横たわると、山の午後の小さな雲が高いスペインの空をゆっくりとよぎるさまが木の梢ごしに見えた。

「洞窟で眠ってるやつが二人」ジプシーが言った。「銃が置いてある場所の上のほうで見張りに立ってるやつが二人。それから、下のほうで警戒にあたってるやつが一人。ま、いまごろはみんな眠ってるだろうけども」

ジョーダンはごろっと横向きになった。

「銃というと、どんな？」

「変わった名前のやつさ」ジプシーは答えた。「ちょっと思いだせねえよ。機関銃であることはたしかさ」

きっと機関銃だな、とジョーダンは思った。

「重さは？」

「一人で運べるくれえだが、かなり重いな。折り畳み式の三脚がついてら。この前、気合を入れた襲撃をかけたときに分捕ったんだ。ワインを分捕った襲撃の前の襲撃で」

「弾丸はどれくらいある？」

「そりゃ、数えきれねえくらいあるぜ。ずっしりと重い木箱いっぱいに入ってら」

とすると、五百発くらいかな、とジョーダンは踏んだ。

「弾丸の装塡は、パン（円盤型弾倉）かい、それとも弾帯か？」

「銃身の上についてる、丸い鉄の皿のようなものから出るんだよ」

じゃあ、ルイス機関銃だ、とジョーダンは思った。

「あんたは機関銃には詳しいのかい？」アンセルモに訊いてみた。

「ナダ」老人は答えた。「なんにも知りません」

「じゃあ、そっちは？」ジプシーに質問を向けた。

「やたらと早く弾丸が飛びだすんだよな。で、銃身が熱くなって、手で触ると火傷するくれえになるんだよ。それくらいは知ってら」得意そうにジプシーは答えた。

「だれでも知ってるわい、そんなことは」馬鹿にしたようにアンセルモが言う。

「そりゃそうだろうけどよ。でも、マキナ（機関銃）について何を知ってるかと、この人が訊くから、答えたんじゃねえか」ジプシーはすぐにつけ加えた。「それからな、ふつうの銃とちがって、機関銃は引き金を引いてる限り弾丸が飛びだしつづけるんだ」

「そう、弾丸が引っかかったり、弾丸切れになったり、銃身が溶けそうなほど熱くならない限りは」ロバート・ジョーダンは英語で言った。

「何て言ったんです、いま？」アンセルモが訊いた。

「別に何も。ただ、英語で将来を占っていただけさ」

「そいつは妙ちくりんだな」ジプシーが言った。「イングレス(英語)で将来を占うなんて。あんた、手相を見たりできるのかい？」

「いや」ジョーダンは言って、またカップでワインをすくった。「でも、もしあんたができるのなら、ぼくの手相を読んで、これからの三日間にどんなことが起きるか、教えてほしいね」

「パブロのムヘールなら、手相が読めるぜ」ジプシーは言った。「でも、あの女はめっぽう気がみじけえし、気性も荒いから、やってくれるかどうか、わからねえけども」

ジョーダンは起き直って、ワインをごくりと飲んだ。

「じゃあ、パブロのムヘールに会おうじゃないか。それほど難しい女なら、いまのうちに見参しておいたほうがいい」

「あの女の邪魔立てはしたくねえな」ラファエルは言った。「おれのことをえらく嫌ってるんで」

「どうしてだい？」

「おれのことを穀つぶしだと思ってやがるのさ」

「そりゃひどい見当違いだな」アンセルモがからかった。

「ジプシーを憎んでるからな、あの女は」

「そいつは嘆かわしいこった」と、アンセルモ。

「あの女自身にジプシーの血が流れてるのによ」ラファエルが言いつのる。「自分が何を言ってるのか、あいつはちゃんと心得てるのさ」にやっと笑って、「ところが、あの女の舌ときたら火の玉みてえで、まるで鞭みてえにその舌で嚙みつきやがる。それで、だれかれかまわず生皮を剝いじまうんだ。ビリビリにな。とにかく、信じられねえほど猛々しい女よ」

「で、あのマリアという娘との仲はどうなんだい？」ロバート・ジョーダンは訊いた。

「まあ、うまくいってるんじゃねえか。あの娘のことは気に入ってるようだから。ところが、だれかが本気であの娘にちょっかいを出そうとすると――」首を振って、舌を鳴らす。

「あの娘とはうまくいってるんでさ」アンセルモが言った。「親切に面倒を見てやってますよ」

「あの娘っこ、例の列車を爆破したときに拾ってやったんだが、まず普通じゃなかったな。まるっきり口をきかねえで、泣いてばかり。だれかに体を触られると、濡れそぼった犬みてえにぶるぶる震えるんだ。まともになったのは、やっと最近になってからよ。ここんところは、だいぶよくなったぜ。きょうなんかはえらくまともだったし。あんたと話してるときも上機嫌だったしな。あの列車を爆破したときは、よっぽど置き去りにしようかと思ったんだ。あんなに哀れっぽくて、汚らしくて、役立たずの娘に足を引っ張られたんじゃ割りに合わねえからな。ところが、あのババアときたら、あの娘を縄でくくって、娘がもう一歩も進めねえと見ると、縄の端でひっぱたいて進ませるのさ。そのうち娘は、どうにもこうにも歩けなくなる。すると、あのババアは自分で娘を背負って進んだもんだ。あのババアがもう進めなくなったときは、おれが娘をかついだ。おれたちは胸の高さまで生い茂ったハリエニシダやヒースをかき分けて丘をのぼっていた。で、おれがもう前に進めなくなると、こんどはパブロが娘を背負って進んだんだ。あのババアときたら、おれたちに活を入れようとして、まあ、怒鳴るのなんのって」そのときを思いだして、ラファエルは首を振った。「あの娘、足は弱っていたが、重くはなかった。骨が軽いもんで、体重が軽いのさ。ところが、背中にかついで、ときどき弾丸をぶっ放すために立ち止まったりすると、ずっしりと重みがかかってくる。あのババアはパブロの銃を運びながら、パブロを縄でひっぱたいちゃ前に進ませるんだ。パブロが娘を地面に下ろすと、その手に銃を握らせる。それからまた娘をかつがせて、自分は悪態をつきながらパブロの銃に弾丸をこめてやる。パブロの皮袋から弾丸をとりだしちゃ、弾倉に詰め込んで、また悪態をつく。そのうち日が暮れて、夜になったとき、ようやく逃げ切れたとわかったんだ。あのとき敵の側に騎兵の備えがなかったのは、本当に幸運だったぜ」

「たしかに、あの列車の爆破は大骨だっただろうよ」アンセルモが言った。「あのときや、わたしは加わってなかったんです」ジョーダンに説明した。「あれに加わったのはパブロの隊、それと今夜会うはずのエル・ソルドの隊、それとこの山を根城にしている他の二つの隊でしたな。わたしは戦線の向こう側で活動していたんで」

「あの変てこな名前の金髪の男――」

「カシュキンだろう」

「そうそう。どうも、あの名前は覚えられねえ。あの男の他に、機関銃を持ってるやつが二人いたんだ。二人とも、軍から派遣されてきたんだけどな。ところが、その二人、機関銃をうまく運べなくて、失くしちまったのよ。たしかに、あの娘ほどの重さがあったにはあったが、もしあのババアが二人を指揮していりゃ、うまく運べたと思うな」しばし頭をふって記憶をたどってから、ジプシーはまたつづけた。「まあ、あれだけすごい爆発は、生まれてこのかた見たこともねえ。列車は何事もなく近づいてくる。ずいぶん遠くから見えたんだ。もう口じゃ言えねえほどおれは興奮してたね。最初に煙が見えて、それから汽笛が聞こえた。列車はシュッシュ、シュッシュと、どんどん、どんどん、近づいてくる。爆発の瞬間、機関車の前輪がもちあがり、ものすげえ音を立てて、でっかい黒雲のように地面がせりあがった。そして機関車が、砂埃を立てて空中高く立ちあがったんだ。それから夢の中の光景みてえに線路の枕木まで立ちあがったと思うと、それこそ傷ついた、どでかい獣みてえに機関車が横倒しになりやがった。二度目の爆発で大小の破片がおれたちの頭上にも降りかかってきて、それがまだ止まねえうちに白い煙をあげてまた爆発が起きた。そのとき、機関銃がタッタッタと火を噴きはじめてよ」ジプシーは両の拳を上下に揺すり、親指を突き立てて機関銃を振りまわすさまを再演してみせた。「タッタッタッタ！」大声で叫んでから、「実際、あんなのは見たことがねえよ。敵の兵隊どもが列車から逃げだしてくる。それをマキナが狙い撃って、兵隊どもがバタバタと倒れる。そのときだったな、興奮のあまり、おれがマキナに手をかけたところが、銃身が火のように熱いのに気がついたのは。そしたら、あのババアがおれの横っ面をひっぱたいて叫ぶんだ、〝さあ、撃つんだよ、馬鹿！　撃たないと、その頭を蹴り飛ばしてやるよ！〟。で、夢中で撃ちはじめたところが、銃身が大きく跳ねて、じっと押さえつけていられねえんだ。そのとき、敵の兵隊どもは現場から逃げだして前方の丘を駆けのぼっていた。だもんで、何か分捕るものはねえかと機関車のほうに降りてったところが、敵の将校がピストルを振りまわして、逃げだした兵隊どもをおれたちに立ち向かわせようとする。ピストルを振りまわしながら、何かしきりに怒鳴りつけているところをこっちも狙い射つんだが、弾丸はいっこうに当たらねえ。敵の兵隊どもが何人か固まって地面に伏せて、おれたちを射ちはじめる。その将校はピストルを手にやつらの背後をいったりきたりしてるんだが、おれたちの弾丸は当たらねえ。機関車が邪魔でマキナの狙いが絞れねえのさ。その将校は地面に這いつくばってる部下を二人射ったが、連中は立ちあがろうとしねえ。将校が何やら怒鳴りつけると、とうとう部下が一人、二人、三人と立ちあがって、機関車の陰に隠れているおれたちのほうに突進しはじめた。連中はぱたっと地面に伏せて、射ちはじめる。で、おれたちはマキナの弾丸が頭上を飛ぶなかを退散した。そのときよ、あの娘を見つけたのは。あいつは列車から逃げだして、岩山に逃げ込んでたんだ。それからおれたちと一緒に逃げはじめた。敵の兵隊どもは日が暮れるまで、おれたちをしつこく追っかけてきやがったよ」

「あれはたしかに、難儀な仕事だっただろうな」アンセルモが言った。「相当に神経をすり減らしただろうよ」

「そうとも、わたしらのあげた、唯一(ゆいいつ)まともな戦果だったね、あれは」突然、深みのある女の声が言った。「ところで、おまえはそこで何をしてるんだい？　この酔っぱらいの、怠け者の、口にするのもけがらわしい、嫁のきてもないジプシーの、猥(みだ)りがましいふにゃちん野郎が！　え、何をしてるんだい？」

ロバート・ジョーダンの目に入ったのは、年の頃五十、パブロと同じくらい大柄な、背丈も横幅も人並み以上の女だった。黒い野良着のスカートに胴着。太い足に厚手の毛織りの靴下をはき、縄底の黒い靴をはいている。花崗岩(かこうがん)の記念像のモデルのような浅黒い顔をしていた。手は大きめながら形はよく、くせのある濃い黒髪を巻いて、うなじの上で束ねていた。

「さあ、どうなんだい」他の男たちは無視して、ジプシーを問いつめた。

「おれはただ、この同志たちと話してただけよ。この人はな、ダイナマイトの爆破屋なんだぜ」

「わかってるよ、そんなことは」パブロのムヘールは言った。「とっとと出ていって、上で見張りに立ってるアンドレスと交代してやんな」

「メ・ボイ（じゃあ、いってくら）」ジプシーは言った。それから、ジョーダンのほうを向いて、「また、めしの時間に会おうや」

「冗談じゃない」パブロのムヘールは言った。「きょうはもう三度も食べただろう、ちゃんと数えてるんだから。さっさといって、アンドレスをこっちによこしておくれよ」

「オラ」女はジョーダンに向かって言い、片手をさしだして微笑した。「調子はどう、それから共和国の様子はどうなの？」

「上々だね」ジョーダンは言って、女の力強い握手に答えた。「ぼくも、共和国も」

「それはよかった」女はジョーダンの顔を見つめて、微笑んだ。彼女がきれいな灰色の目をしていることに、ジョーダンは気づいた。「あんたがきたのは、またわたしらに列車の爆破をやらせるためかい？」

「いや、そうじゃない」答えてから、この女は信頼できる、とすぐにジョーダンは判断した。「橋を爆破するためなんだ」

「ノ・エス・ナダ（どうってことない）」女は言った。「橋なんか、どうってことないよ。それより、次の列車爆破はいつやるんだい？　わたしらにはいま、馬の備えもあるんだがね」

「それはもっと後になるな。いまは橋の爆破のほうがずっと重要なんだ」

「マリアの話じゃ、列車を爆破したときにわたしらと一緒に行動していたあんたの同志が、もう亡くなったとか」

「そうなんだ」

「それは気の毒に。あんなすさまじい爆破は見たこともなかったからね。あの人は腕っこきだった。ずいぶん楽しませてもらったよ。また列車をやっつけることはできないのかい？　この山には大勢の男たちがひそんでいるんだ。実際、多すぎるほどで、食料を確保するのに苦労しているくらいでね。だから、もういい加減にこの山とはおさらばしたほうがいいと思うのさ。馬の用意もあることだし」

「いや、まずは橋をやらないと」

「どこにあるんだね、その橋は？」

「すぐ近くだ」

「なおさらけっこうじゃないか」パブロのムヘールは言った。「この界隈の橋は残らず爆破して、さっさと出ていこうよ。もう、うんざりなんだよ、ここは。あまりにも男どもが多すぎてさ。ろくなことがありゃしない。活気がなさすぎて、いやになるくらいさ」

木立ちを透かしてパブロの姿を見つけたらしい。

「ボラチョ！」大声で叫んだ。「この飲んだくれ！　役立たずの飲んだくれ！」愉しそうな顔でジョーダンのほうに向き直った。「あいつはね、ワインの皮袋を森に持ち込んで、一人で飲んでるのさ。もう日がな一日飲んでるんだからね。どうしようもないよ、このままじゃ。わたしはね、あんたがきてくれたんでとても嬉しいんだよ、お若い方」ジョーダンの背中をポンと叩いて、「おや、見かけよりも肉づきがいいんだね、あんた」肩を撫でさすって、フランネルのシャツの下の筋肉をまさぐった。「これは立派だ。あんたがきてくれて、本当に嬉しいよ」

「こちらも同じさ」

「あんたとなら、わかり合えそうだ。さあ、ワインでもどう」

「もう、けっこうやったんだが。あんたもやるかい？」

「わたしは夕食までおあずけさ。胸やけがするんでね」またパブロの姿を見つけて、大声で叫んだ。「ボラチョ！　飲んだくれ！」ジョーダンのほうに向き直って、首を振りながらつづけた。「あれでも昔はいい男だったんだけど、いまとなってはもう救いようがないんだ。そうそう、一つ、言っておきたいことがある。あの娘、マリアには十分気を使って、優しくしてやっておくれ。それはつらい目にあってきたんだから。わかっておくれだね？」

「ああ。でも、どうしてそんなことをぼくに？」

「洞窟にもどってきたときのあの子を見て、気持ちがわかったのさ。中にいるときから、マリアはあんたをじっと見てたからね」

「すこしからかってやったんだが」

「精神的にひどい状態だったんだよ、あの子は。いまはだいぶ良くなったので、余所へ移らせてやりたいんだ」

「アンセルモをつけてやれば、共和国側に脱出できるんじゃないか」

「こんどの件が片づいたら、あんたとアンセルモで、つれだしてやってほしいね」

喉がひくついて声がくぐもるのを、ロバート・ジョーダンは覚えた。「それは、やってやれないこともないと思うが」

パブロのムヘールはちらっと彼の顔を見て、首を振った。「おやおや。男ってのは、みんなそんなもんかねぇ」

「ぼくはまだ、何も言ってないぜ。まあ、きれいな娘じゃないか」

「いや、いまはきれいじゃないよ。でも、きれいになりかけてるところなんだろうね」

パブロの女は言った。「まったく、男って動物は。そんな動物をわたしら女がこしらえるなんて、どうかと思うよ、実際。ま、それはそうと真面目な話、共和国にはああいう子の世話をしてくれる場所があるんだろうかね？」

「そりゃ、あるさ。いい場所が。バレンシアの近くの沿岸にあるし、他の場所にもあるだろう。そこなら、あの娘もちゃんと面倒を見てもらえるし、子供たちと一緒に働けるはずだ。そこにはあちこちの村から避難してきた子供たちがいる。あの娘もきっと仕事を教えてもらえるさ」

「まさにそれを願ってたんだよ」パブロのムヘールは言った。「パブロはもうあの子が気になりかけてるんだ。それもパブロをだめにする病気の一つなのさ。あの子が目に入ると、もう気になって頭から離れなくなるんだね。だから、いまのうちに、あの子に出ていってもらうのがいちばんいいのさ」

「こんどの仕事が片づいたら、つれだしてやれるよ」

「あんたにまかせたら、しっかり面倒を見てくれるね？ あんたと話していると、ずいぶん昔からの知り合いのような気がしてくるよ」

「そういうものなのさ、気持ちが通じ合ったときは」

「まあ、すわっておくれ」パブロの女は言った。「約束をしてくれとは言わないよ。世の中、何が起こるかわからないんだから。ただ、あんたにあの子をつれていく気がなかったら、はっきりそう言ってほしいね」

「どうしてだい？」

「なぜって、あんたが姿を消したとき、あの子が物狂いする様子を見たくないからさ。あの子がそんな状態に陥ったことは前にもある。たまったもんじゃないんだよ、それでなくともこっちはいろんな面倒事で手一杯なんだからさ」

「とにかく、橋が片づいたらあの娘をつれていくことにしよう」ロバート・ジョーダンは言った。「橋を片づけた後で、もし生きていたら、必ずつれていく」

「そういう言い方は好かないね。そういう言い方をすると、ろくなことがないもの」

「ぼくは安請け合いをしたくないんだ。それで、いまみたいに言ったんだが。悲観論ばかり口にする人間とはちがう」

「ちょっと、掌を見せておくれ」

ジョーダンが片手をさしだすと、女は大きな手でそれをつかみ、掌を上向けた。ひとしきり丹念に親指をその上に走らせていたと思うと、急に離して立ちあがった。ジョーダンも立ちあがった。女はにこりともせずに彼の顔を見つめた。

「何が見えたんだい？」ジョーダンは訊いた。「手相なんか信じていないから、遠慮なく言ってくれよ」

「何もないよ。何も見えなかったね」

「いや、見えたはずだ。ぼくはただ好奇心から訊いてるんだ。このてのものは信じちゃいない」

「じゃ、どんなものを信じてるんだい？」

「たくさんあるが、手相は信じちゃいない」

「じゃ、何を信じてるんだい？」

「自分の仕事のこととか」

「ああ、それは見えたね」

「教えてくれないか、他にどんなことが見えたのか」

「他には何も見えなかったよ」ぶっきらぼうな口調だった。「橋の仕事はかなり難しいんだって？」

「いや。かなり重要だと言ったんだ」

「でも、手間どるかもしれないんだろう？」

「ああ。実はこれから現場を偵察しにいくところでね。ここには、男たちが何人いるんだい？」

「使えそうなのは五人だね。ジプシーは、やる気はあっても頼りにはならない。気はいい男なんだけど。パブロとなると、もう信用できないし」

「エル・ソルドの下には、頼れそうなのが何人ぐらいいるんだ？」

「八人てところだろう。今晩にはわかるよ。ここにやってくるからね、エル・ソルド自身が。とても腕の立つ男だよ。ダイナマイトも持ってるしね、たいした数じゃないけど。じっくり話してみるといいよ、あの男と」

「あんたがここに呼んだのかい？」

「いや、毎晩やってくるんだよ。ご近所さんだから。友だちでもあり、同志でもあり」

「で、あんたは彼をどう評価している？」

「とてもいい男だね。場数も踏んでいるし。あの列車を爆破したときなんか、半端じゃない働きをしてくれたし」

「他の隊はどうだい？」

「あらかじめ指示しておけば、どうにか使い物になるライフルを五十挺（ちょう）は集められるだろうね」

「どうにかというのは、どの程度なんだい？」

「そのときの状況に見合う程度に、だろうね」

「ライフル一挺ごとの弾丸の数は？」

「二十発ぐらいだろうよ。こんどの仕事をどう見るかによるだろうけども。そもそも、こんどの仕事に乗る気があればの話だけどもね。これは胸に留めておいておくれ。こんどの橋の件では金も儲（もう）からないし、戦利品も見込めない。あんたははっきり言わないが、かなりの危険もある。それに、事が終わったら、この山から移動しなきゃならないんだろう。反対する者が大勢いても不思議はないさ」

「たしかに」

「となったら、この件はあまりおおっぴらにしゃべらないほうがいいと思うね」

「それは同感だな」

「じゃあ、橋の偵察が終わったら、今夜、エル・ソルドと話してみようじゃないか」

「これから、アンセルモと下に降りてみるつもりなんだ」

「じゃあ、爺さんを起こさないと。ライフルは持ってくかい？」

「ありがとう。一応持っていくにしろ、使うつもりはない。あくまでも偵察が主眼であって、いま騒ぎを起こす気はないから。いろいろ忠告してもらって助かった。あんたの話し方、とても気に入ったよ」

「わたしは何でもあけすけに話す主義だから」

「じゃあ、ぼくの手相から何を読みとったか、話してくれよ」

「何もないよ」パブロの女は首を振った。「何もなかったんだから。さあ、橋を見にいってくるといい。あんたの装備は、ちゃんと見張っててやるから」

「覆(おお)いをかけておいてくれ。だれにもさわらせないように。洞窟の中より、あそこに置いておいたほうがいい」

「わかった。ちゃんと覆いをかけて、だれにもさわらせないから。さあ、あんたの橋を見てくるといいよ」
「アンセルモ」ロバート・ジョーダンは腕枕で眠っている老人の肩に手を置いた。
老人が見あげた。「はい。そうでしたね。出かけましょうかい」

3

二人は木から木へと木陰を慎重に移動して、最後の二百メートルを降りてきた。険しい山腹の、松の木立ちが尽きるところを抜けると、わずか五十メートルほど先に橋があった。褐色の山稜(さんりょう)をまだ照らしている遅い午後の陽光が、切り立った岩壁を背に、橋の輪郭をくろぐろと浮き彫りにしている。橋は鋼鉄製で二つの支柱に支えられており、両端に哨所(しょうしょ)が設けられていた。見たところ、車二台がすれちがえる幅があり、がっしりと組まれた金属の優美さをたたえて、深い谷間をまたいでいる。そのはるか下の谷底では、白く泡立つ一筋の渓流が、岩や丸石のあいだを駆け抜けて、谷を貫く本流に流れ込んでいた。

ロバート・ジョーダンの目は陽光をまともに浴びていたから、橋の輪郭しか見えなかった。やがて日が薄れて、山の陰に沈んだ。木立ちを透かして、太陽を呑(の)みこんだ褐色の山頂のあたりを見あげると、もはやぎらつく陽光は失(う)せ、若々しい新緑に蔽(おお)われた山腹と、山頂の下にまだらにへばりついた残雪が見えた。

次の瞬間、最後の余光が谷間を鮮やかに照らした。ジョーダンは再び橋に視線をもどして、その構造をじっくりと観察した。あれを爆破するのはさほど難問ではない。眺めながら手帳を胸ポケットからとりだすと、何本かの線を引いて素早くスケッチした。橋の略図を描きながらも、爆薬の量の算定はしなかった。それはまだ後でいい。橋のスパンを支える支柱を爆破して、その一部を谷間に落下させるには、どの位置に爆薬をセットするのが適切か。いまはそれを考えていた。六本のダイナマイトを仕掛けて、同時に爆発するようにセットすれば、慌てることなく、科学的に、正確に爆破することが可能だろう。もしくは、大型の爆薬を二個仕掛けても、ほぼ同等の効果が得られるはずだ。かなり大型のやつを橋の両側に仕掛けて同時に爆発させれば、きっとうまくいく。ジョーダンはきびきびと、気分よくスケッチした。とうとう問題を掌握できたと思うと、嬉しかった。とうとう実行の目安がついたと思うと、嬉しかった。手帳を閉じて、ポケットのフラップの端に差しこんである革のホルダーに鉛筆を押し込む。手帳をポケットにおさめてから、フラップのボタンをはめた。

ジョーダンがスケッチしているあいだ、アンセルモは終始道路と橋と哨所に目を配っていた。橋に接近しすぎたと思っていたので、スケッチが終わるとほっとした。

ポケットのフラップのボタンをかけたジョーダンは、松の木の陰に腹這いになって前方を見わたした。するとアンセルモがその肘に手をかけて、橋のほうを指さした。

道路の前方、こちらを向いた哨所の中では、一人の歩哨が銃剣つきのライフルを膝のあいだに挟んですわっていた。毛糸の帽子をかぶり、毛布のようなマントをまとって、タバコをふかしていた。五十メートルほどの距離があるので、顔つきまではわからない。ジョーダンは双眼鏡を目にあてた。まぶしい陽光はもう消えているのだが、慎重に手をすぼめて双眼鏡の上にかざした。すると、手をのばせばさわれそうなほど近くに橋の欄干が鮮明に見えた。歩哨の顔もはっきり映っていて、こけた頬や、タバコの先端の灰や、油でぎとついた銃剣などがくっきりと見えた。一見して農夫の顔だった。隆い頬骨とげっそりした頬。顎をおおった無精ひげ。げじげじの眉毛で隠れそうな目。ライフルをつかんでいる逞しい手。マントのひだの下に重たそうなブーツが覗いていた。哨所の壁には、使い古して黒ずんだワインの皮袋がかかっている。机に新聞がのっていたが、電話機はない。もちろん、こちらから見えない側に電話機があるのだろうが、哨所から外にのびているコードはない。道路沿いには電話の架線が走っていて、橋の上にも何本か細い電線が引かれている。哨所の外には火鉢が一つ。古い石油缶を改造したものだった。上蓋が切りとられていて、側面に穴があけてあり、二つの石の上にのっていた。が、火はおこされていない。その下の灰の中には、焼けて黒ずんだ空き缶がいくつか転がっていた。

ジョーダンは隣りに腹這いになったアンセルモに双眼鏡を手渡した。老人はにやっと笑って首を振った。

ひたいを指で叩いてから、スペイン語で、「ヤ・ロ・ベオ。あの男、見たことがありますよ」唇をほとんど動かさずに口の先で言った。どんなささやきよりも低い声だった。ジョーダンが笑いかけると、老人は歩哨のほうに目を走らせ、指先で喉を横に薙ぐ仕草をしてみせる。ジョーダンはうなずいただけで、こんどは笑わなかった。

橋の向こう端の哨所は反対側を向いていて道路からも離れているため、双眼鏡でも内部は覗き込めない。幅広い道路は簡易舗装されて堅固につくられており、橋の先端で左に曲がってから右に大きくカーヴして消えている。その地点で、堅い稜堡のような岸壁が深く切り込まれて、旧道がいまのような幅に拡大されたのだ。峠や橋から見下ろせるその道路の左側、つまり西側の路肩には四角に切られた石のブロックが一列に並べられて、標識と防壁の役割を果たしている。崖はそこから真っ直ぐに谷底に落ちていた。谷はここでは大渓谷に近く、橋がまたいでいる谷川が山峡の本流に合流していた。

「で、もう一つの哨所は？」ジョーダンはアンセルモに訊いた。

「あそこで道路がカーヴしている地点から、五百メートルほど下ったところです。岩壁を切り込んで作った、道路作業員の小屋の中ですよ」

「人数は？」

ジョーダンは再び双眼鏡で歩哨を注視していた。歩哨は哨所の板壁にタバコをこすりつけて、火を消した。次いでポケットからタバコ用の皮袋をとりだすと、火の消えたタバコの紙をほぐして、残っていたタバコの粉を皮袋に入れた。そこでおもむろに立ちあがると、ライフルを板壁にたてかけて、ぐっと背伸びをした。それからまたライフルを肩にかけて、橋の上に出ていった。アンセルモがぺたっと地面に身を伏せる。ジョーダンは双眼鏡をシャツのポケットにおさめてから、松の木陰に顔をひっこめた。

「兵隊が七人に、伍長が一人です」アンセルモがジョーダンの耳元にささやいた。「ジプシーから仕入れた情報ですがね」

「あの兵隊が中に入ったら、すぐにもどろう。ここは近すぎるからな」

「見たかったものは、見届けましたかい？」

「ああ。何もかもね」

日が落ちたので、急速に気温が下がっていた。背後の山を最後まで照らしていた余光が薄れるにつれ、周囲も薄暗くなってきた。

「どう映りました、あなたの目には？」アンセルモが小声で訊く。二人は対岸の哨所に向かって橋を渡ってゆく歩哨を見守っていた。最後の余光を受けた銃剣が、毛布のようなマントに包まれた不格好な肩できらっと光っている。

「申し分ないよ」ジョーダンは答えた。「あれなら爆破のし甲斐がある」

「そいつはよかった。じゃあ、そろそろいきますか？　あいつに見られる心配は、まずありませんわい」

歩哨は橋の反対側に、こちらに背を向けて立っている。下の谷間から、岩のあいだを流れるせせらぎの音が聞こえている。するとその音にまじって、鈍く唸(うな)るような音が聞こえてきた。敵の歩哨がニット帽をうしろにずらし、頭をかしげて上を見あげた。ジョーダンとアンセルモも見あげると、夕空高く三機の単葉機がV字編隊を組んで飛んでいくのが見えた。まだ陽光に照り映えている高空を、ちいさな銀翼を光らせて、エンジンの音も轟々(ごうごう)と、信じられないような速さで飛んでいく。

「味方の飛行機ですかね?」アンセルモが訊いた。

「そうらしいな」答えはしたものの、その高度では断定しかねることをジョーダンは承知していた。あれは夕方に帰投する味方の偵察機かもしれないし、敵の偵察機かもしれない。ただ、あの偵察機は味方のものだとだれもが言うのは、そのほうが安心できるからだ。爆撃機となると、また別問題だが。

アンセルモは、まさしくそういう心理状態にあるようだった。「あれは味方の偵察機ですよ。見ればわかります。モスカですね」

「よかった」ジョーダンは言った。「ぼくの目にもモスカに見えるよ」

「モスカでさ、あれは」

双眼鏡で見れば一発で識別できるとジョーダンは思ったが、そうはしなかった。今夜はあれがどちらの側の飛行機であろうと、どうでもいい。あれは友軍機だと見なすことでこの老人が喜ぶのなら、強いて異を唱えることもない。セゴビア方面に遠ざかってゆく偵察機は、ボーイングP32をソ連軍が改造した、緑色の機体で翼端の赤い、低翼の、スペイン人がモスカと呼んでいる偵察機のようには見えなかった。機体の色まではわからないが、形がちがうのだ。そう、あれはやっぱり、基地にもどるファシスト側の偵察機だ。

歩哨はまだ背中をこちらに向けて、向こう側の哨所のそばに立っている。

「さあ、いこう」ジョーダンは言って、山を登りはじめた。遮蔽物(しゃへいぶつ)をうまく利用して、二人の姿が敵に見えなくなるところまで、用心深く移動してゆく。百メートルの距離を置いて、アンセルモがついてきた。橋からまったく見えないところまできてジョーダンが立ちどまると、老人が追いついて先頭に立ち、暗闇(くらやみ)の中、険しい坂を着実な足どりで登ってゆく。

「わたしらの空軍は強力ですからね」嬉しげに老人は言った。

「ああ」

「だから、いずれ勝ちますよ」

「勝たなきゃならないんだ」

「ええ。で、戦争が勝利に終わったら、猟を楽しみにおいでなせい」

「猟の獲物は？」

「猪に、熊に、狼に、山羊に――」

「あんた、猟が好きなのかい？」

「ええ、それはもう。何よりも好きでさ。わたしの村じゃ、全員が猟をしますよ。あなたは、猟はお嫌いなんで？」

「ああ」ジョーダンは答えた。「動物を殺すのが嫌いなんだ」

「わたしはその反対ですね」老人は言った。「人間を殺すのは好きになれません」

「そりゃ、好きなやつはいないだろう。頭のおかしいやつは別として。でも、必要とあらば、ぼくはためらったりしない。この戦争の大義のためならば」

「そうなると、話はまた別ですがね。わたしの家には――いまはありませんが、以前、家があったときは――下のほうの森でわたしが仕留めた猪の牙が飾ってあったもんです。やっぱりわたしが仕留めた狼の毛皮もありました。冬場に、雪の中で狩るんですよ。一頭、えらくでかいやつを、十一月のある晩、家にもどる途中、村はずれの暗がりで仕留めたこともありましたな。わが家の床には、四頭分の狼の毛皮が敷いてあったもんです。シエラ山脈の高地で仕留めた山羊の角もありました。アビラの剝製師にこしらえてもらった、鷲の剝製もありました。こいつは翼を大きく広げて、目ん玉は黄色で、生きている鷲の目のように本物そっくりでした。あれはとんでもなくきれいな剝製でした。そういう獲物の数々をじっと眺めていると、そりゃあ心地のいいもんでしたよ」

「なるほど」

「村の教会の扉には、わたしが春に仕留めた熊の手が釘で打ちつけてありました。あの熊はその手でもって、雪の山中で、丸太ん棒を引っくり返していたんですがね」

「いつのことだい、それは？」

「六年前です。その熊の手ときたら人間の手とそっくりで、爪だけは長くて干からびていましたが、その手が教会の扉に釘で打ちつけてあるのを見ると、そりゃあいい気分になったもんでさ」

「誇らしくてかい？」

「春浅い山の中で、あの熊と出会ったときのことが思いだされて、いい気分になるんで。でも、この戦争の敵となると、わたしらと同じ人間だから、いい思い出は何も残りません」

「まさかその手を、教会の扉に釘づけすることもできないだろうしな」

「ええ。そんな野蛮な行為など、考えられもしません。ただ、人間の手は熊の手と似てますがね」

「人間の胸も、熊の胸と似ているね」ジョーダンは言った。「熊の毛皮を剝いでみると、筋肉の構造なんか、人間と似ている点がずいぶんある」

「そうですね。ジプシーなどは、熊は人間の兄弟だと信じているくらいですし」

「それはアメリカのインディアンも同じだな。彼らが熊を殺すと、熊に謝って許しを乞うんだ。熊の頭を木にのせて、自分らがここを立ち去る前に許してくれと願うんだよ」

「ジプシーは、熊が人間の兄弟だと信じてますよ。なぜなら、熊も毛皮の下の体は人間と同じだし、ビールも飲むし、音楽も楽しむし、踊るのも好きなもんで」

「インディアンも、そう信じているね」

「すると、インディアンもジプシーなんですかい?」

「いや。ただ、熊に関しては同じようなことを信じてるな」

「まったくで。それから、熊のやつは盗むのが面白くて盗むもんだから、人間の兄弟だとジプシーは信じてまさ」

「あんたの体には、ジプシーの血が流れてるのかい?」

「いいえ。でも、ジプシーの血の気の多いところはたっぷり見せつけられましたし、戦争がはじまってからはもっと見せつけられましたね。あの連中、この山にも大勢ひそんでます。あの連中にとって、自分たちの部族以外の人間を殺すのは、罪でもなんでもないんでさ。口では否定してても、たしかなこってすよ」

「ムーア人と同じだな、ファシストたちがアフリカの植民地からつれてくるムーア人と」

「はい。でも、ジプシーの連中、口では否定するけども、仲間内で守らにゃならない掟がたくさんあるんです。この戦争がはじまってからは、昔のように平気で法律を破るジプシーがわんさといますがね」

「この戦争がどうして起きたのか、わからないんだろうな。ぼくらが何のために闘っているのか、わかってないんだ」

「まったくで」アンセルモは言った。「連中がわかっているのはただ一つ、いままた戦争が起きていて、たとえ人を殺そうとも罰を受けることはまずない、ってことくらいで」

「あんたは人を殺したことがあるのかい？」暗がりでもあるし、一日行動を共にした気安さから、ロバート・ジョーダンは訊いた。

「ええ。何度か。でも、愉しくてやったわけじゃありません。人を殺すのは罪悪だと思っていますから。たとえ相手が、殺して当然のファシストでも。熊と人間とでは大違いだし、人間と動物は同じ兄弟だというジプシーの考え方も、わたしには無縁ですから。ええ、人間を殺すことは、わたしは反対です」

「それでも、あんたは殺してきたわけだ」

「ええ。これからも殺すでしょう。でも、もし長生きしたら、もう人を殺めたりしない生き方をしたいもんで。罪を許してもらえるような生き方をね」

「許してもらうとは、だれに？」

「そりゃ、わかりません。わたしらにはもう神はいないんだ。神の子も、精霊もね。としたら、だれが許してくれるのか。わかりませんな」

「あんたには、もう神はいないのかい？」

「ええ。もう、いまはね。いまはいません。もし神がいるなら、わたしがこの目で見てきたようなことを、許したはずがない。教会とつるんでるファシストのやつらには、勝手に神を信じさせておきゃいい」

「自分たちには神がついていると言い張ってるね、連中は」

「そりゃわたしだって、神さまがいりゃいいとは思いますよ、小さいうちから宗教を吹き込まれて育ってきたもんで。でも、いまは、わたしら自身がわたしらに責任を持たなきゃいかんのです」

「とすると、あんたが人を殺したことを許すのはあんた自身だということになるね」

「たしかに」アンセルモは言った。「そうはっきりとあなたがおっしゃる以上、そうに決まってまさね。でもね、神を信じようと信じまいと、人を殺すのは罪悪だとわたしは思うんで。他人の命を奪うという行為は、半端(はんぱ)なこっちゃありません。そりゃこれからも、必要なら、わたしは人を殺しますがね。でも、わたしはパブロと同類の男じゃありませんから」

「戦争で勝つには敵を殺さなければならない。これは、昔から変わらない真理だからな」

「おっしゃるとおりで。戦争では人を殺さなきゃならない。でもね、わたしにはだれも思いつかねえような考えがあるんでさ」

二人はいま暗がりの中を、ごく接近して歩いていた。坂を登りながら、アンセルモはときどきジョーダンのほうに頭を向けて低い声でしゃべっていた。「たとえばね、わたしらの敵であるカトリックの坊主(ぼうず)ですら、殺さないことにするんですよ。どんな大農園の経営者も殺さない。代わりにやつらを、わたしらが汗水たらして野良(のら)で働いたように、山で材木を伐(き)って働いたように、毎日働かせる。これから先の人生、ずうっとね。そうすりゃ大金持ちのやつらにも、並みの人間の一生とはどんなものか、わかるでしょう。そうわたしらが眠るところで、やつらも眠らせる。わたしらが食うものを、やつらにも食わせる。そして何よりもまず、やつらにも働かせる。そうすりゃ、やつらにもわかるはずでさ」

「すると連中は生き長らえて、またあんたたちを奴隷(どれい)扱いするんじゃないのかい」

「でもね、やつらを殺したところで、何かを教えたことにはなりません。やつらを根絶やしにすることなど、できない相談ですからね。やつらの種子(たね)からは、もっと憎しみに燃えた連中が生まれてくるだけでさ。牢獄(ろうごく)だって、何の役にも立ちゃしない。憎しみを生みだすだけですからね。そんなわかりきったことを、どうして敵のやつらも学ばないのか」

「しかし、そういうあんたも、敵を殺してきたわけだろう」

「はい」アンセルモは答えた。「何度も殺しましたし、これからも殺すでしょう。でも、愉しいと思ってやったことは一度もありませんや。いつも、罪深いことと思ってました」

「さっきの歩哨はどうだい。さっき、あの歩哨の首を掻(か)っ切る真似(まね)をしたね」

「あれは冗談のつもりでした。でも、必要とあらば、殺してみせます。ええ、これも任務のうちなんだとはっきり意識してね。いい気持ちはしないでしょうが」

「その仕事は、人殺しを楽しめる連中に任せよう。八人と五人。人殺しを苦にしない連中のターゲットが、十三人いるわけだ」

「苦にしない連中は、大勢いますわい」アンセルモは暗がりの中で言った。「ええ、大勢います。れっきとした戦闘に出たいと思っている連中よりずっと多くね」

「あんたはれっきとした戦闘に参加したことはあるのかい？」

「いえ」老人は答えた。「この戦争がはじまってすぐ、セゴビアで戦ったんですが、大負けしてしまって、すたこら逃げましたよ。他の連中と一緒に逃げました。それがどういう戦いなのか、どうやって戦えばいいのか、まったくわかってなかったんですな。それに、武器といったら大粒の散弾をこめた散弾銃しかなかったのに、敵のグアルディア・シビル（治安警備隊）はモーゼルで武装してたんですから。散弾銃じゃ百メートルの距離からでも当たらないのに、やつらは三百メートルの距離から、まるで野ウサギでも狙うように射ってくるんでさ。どんどん射ってくるし狙いも正確で、やつらの前じゃ、わたしらは羊も同然でした」一瞬、黙り込んでから、「あの橋をやるときは、射ち合いになりますかな？」

「可能性はあるね」

「射ち合いになったときは、逃げてばかりでした。いざというとき、立派に振る舞えるかどうか、自信がありません。こんな歳ですから、大丈夫だろうかとも思いますし」

「そのときは力を貸してあげるよ」

「あなたは戦闘の場数を踏んでるんで？」

「何度かね」

「こんどの橋の件は、どうお考えです？」

「まずは爆破だ。それが当面の任務だから。爆破自体は、それほど厄介じゃない。その後の行動についても、しっかり決めておかないと。その手筈はちゃんと書き留めておくから」

「文字が読めるやつは、限られてるんですがね」

「みんなが理解できるように、わかりやすく書いておくよ。疑問の余地がないようにね」

「自分に割り振られたことは、ちゃんとやりとげてみせまさ」アンセルモは言った。「でも、セゴビアでの射ち合いを思いだしてみると、大規模な戦闘や激しい弾丸のやりとりになった場合、わたしがやるべきことをはっきりさせといてもらったほうが、逃げださずにすむような気がしまして」

「あんたとぼくはずっと一緒にいるはずだ」ロバート・ジョーダンは言った。「やるべきことは、そのつど教えるから」

「でしたら、問題はありませんや。命じられたことは、何でもやってみせまさね」

「われわれにとっては、まず橋だ。それから戦闘だな、仮にそういうことになれば」暗がりの中で言いながら、これはすこし芝居がかった言い草だな、とジョーダンは思った。が、スペイン語でしゃべっていると、耳に心地よかった。

「こいつはめっぽう面白いことになりそうですな」アンセルモは言った。何のてらいもない、はっきりとした口調。イギリス風にわざと控えめに言うでもなく、といって、ラテン風にわざと大仰に言うでもない、ごくさりげない口調。それを聞いていると、この老人とめぐり合ったのはつくづく幸運だったな、とジョーダンは思うのだった。と同時に、橋を実際に自分の目で確かめ、襲撃手段を案出し、哨所を急襲して橋をまっとうな手段で爆破すればいいだけの話なのだとわかると、そんなに単純な作戦に自分を狩りだしたゴルツの命令が腹立たしくなってきた。そんな作戦が必要なことも腹立たしい。そんな作戦のためにわが身がどうなるか、この老人の身がどうなるか、それを考えると、やはり腹立たしい。この作戦を実行する者の身になって考えれば、ろくでもない命令だった。

とはいえ、いまはそんなことを考えてもはじまらない、とジョーダンは思い直した。自分などはどうでもいい。そもそもいまは、不運から確実に逃れられる人間など存在しないのだから。自分だろうとこの老人だろうと、何程のものでもない。いまの時代、人間とは与えられた任務を果たす道具にすぎない。必要な命令というものがあって、それはだれの咎(とが)でもない。ここに一つの橋があり、その橋に人類の未来がかかっていないとは断定できない。この戦争で起こり得るすべてがそうであるように。おまえにはたった一つ使命があり、それはどうあっても果たさなければならない。そうさ、たった一つなのだ、とジョーダンは思った。たった一つなら、果たすのは簡単だ。あれこれ気に病むのはやめろ、この減らず口のろくでなしめ、と彼は自分を戒めた。何かほかのことを考えたらどうだ。

で、ジョーダンはあの娘、マリアのことを考えた。肌も、髪も、目も、すべてが金色がかった小麦色だった。髪だけはやや黒みを帯びていたが、それだって肌がもっと日焼けするにつれて薄れていくだろう。そして、あのなめらかな肌。沈潜している黒みがうっすらと透けているような淡い金色の肌。あの娘の肌は顔から足の爪先まで、すべすべとなめらかにちがいない。そしてあの娘は、何かしら気がかりなことがあって、それが人目に立つのではないかと――本当は自分の胸の内にしかないのに――危惧しているためか、ぎごちない仕草で歩いた。こちらの視線を意識すると顔を赤らめ、すわるときには膝小僧を両手で抱いていた。シャツの胸元がはだけていて、その下の乳房はつんと上向いていた。そんな様を思い返すうちに、ジョーダンの喉は引きつって、足の運びもこわばった。彼もアンセルモもしばし黙りこくっていたが、そのうち老人が口をひらいた。

「あの岩場を降りると、露営地ですよ」

暗がりの中、岩場を抜けていくと、一人の男が声をかけてきた。「止まれ。だれだ、おまえら?」

ライフルのボルトをカチャッと引き、銃身の前部に押しもどして木部にあたった音。

「同志だよ」アンセルモが答える。

「どこの同志だ?」

「パブロの同志さ」老人は言った。「知らんのか、わたしらのこと?」

「ああ、知ってら」同じ声が答えた。「でも、命令なんだよ。合い言葉を言えるか?」

「いや。わたしらは下のほうからきたんだ」

「知ってるともよ」暗がりの中で男が言う。「橋のほうからきたんだろう。何もかも承知だよ。命令はおれが出したんじゃねえんだ。合い言葉の下半分は知ってるはずだな」

「上半分は、何だい？」ジョーダンが訊いた。

「忘れたね」男は暗がりの中で言って、笑った。「じゃあ、その胸くその悪いダイナマイトを持って、胸くその悪い焚火のところにいくがいいや」

「これがゲリラの軍規ってやつで」アンセルモが言う。「撃鉄を下ろせよ」

「もう下ろしてあら」男は暗がりの中で言った。「おれはな、親指と人差し指で撃鉄を下ろすんだ」

「ボルトにギザギザのないモーゼルで同じことをやってみろ、弾丸が飛びだすぞ」

「こいつがそのモーゼルさ。でも、おれの親指と人差し指の力は並みじゃねえんだ。おれはいつも、そうやって下ろすんだ」

「銃口はどっちに向けてる？」アンセルモが暗がりの中で訊いた。

「おまえのほうさ。ボルトを下ろすときは、決まってそうするんだ。露営地に着いたら、さっさとおれの代わりをよこすように言ってくれ。とにかく、腹がへったのなんのって、言葉にならねえくれえよ。合い言葉も忘れちまったし」

「あんたの名前は？」ジョーダンは訊いた。

「アグスティンよ」男は答えた。「おれはアグスティンだ。こんなところに置かれて、もう退屈で死にそうだぜ」

「それは伝えておいてやろう」答えてから、ジョーダンは思った。いま男が口にした〝退屈（アブリミエント）〟という言葉、他の国の農夫でこんな言葉を口にする者はまずいないだろうが、このスペインでは階級を問わず、だれもがいちばんよく口にするのがこの言葉かもしれない。

「なあ、おい」アグスティンは近寄ってきて、ジョーダンの肩に手を置いた。火打石と鉄片をカチンと打ち合わせ、コルクの端に火をつけて、ジョーダンの顔をうかがい見る。

「ああ、もう一人のやつに似てるな。ちがう点もあるが。なあ、おい」火を下ろして、ライフルを持ち直した。「教えてくれ。橋の件は本当なのか？」

「橋の件というと？」

「あのろくでもねえ橋を吹っ飛ばしてから、みんなで、このろくでもねえ山からトンズラするって話よ」

「どうなんだろう」

「どうなんだろう、だと。ふざけたことを言いやがる！　じゃあ、あのダイナマイトはだれのもんだい？」

「ぼくのものさ」

「それなのに、あれの使い道も知らねえってのか？　なめたことを言うんじゃねえ」

「使い道はわかってる。いずれあんたにもわかるだろう。いまはとにかく、露営地にいかないと」

「ああ、勝手に、ろくでもねえところにいくがいいや。で、おまえもろくでもねえことをすりゃいい。だがな、一つ、おまえにも役立つことを教えてやろうか？」

「ああ。ろくでもないことじゃなければね」

この男の会話を彩る野卑な言葉をわざと使って、ジョーダンは言った。この男、アグスティンは、一つ名詞を口にするたびに野卑な言葉を形容詞として用い、同じ言葉を動詞としても使って濫用する。いったいまともなしゃべり方ができるのだろうか、とジョーダンは思った。ジョーダンの皮肉に気づいて、アグスティンは暗がりの中で笑った。

「このしゃべり方は、おれの癖でね。汚らしいかもしれねえが、別にかまわねえだろう？　だれだろうと、それぞれの流儀でしゃべるんだから。いいかい、よく聞きな。おれにとっちゃ、あの橋なんざどうでもいいんだ。他のこととおんなじよ。それとな、もうこの山での暮らしには飽き飽きしてるんだ。どうしても、ってんなら、やりゃいい。この山は、おれに向かっては何も話しかけてこねえ。出たほうがいいんなら、出ていこうや。でも、ひとつだけ言わしてもらうぞ。おまえが持ってきたダイナマイトは、きっちりと守るこったな」

「ありがとう。で、あんたから守るのかい？」

「いや。おれが持ってるような武器を持ってねえやつからさ」

「それで?」

「おまえはスペイン語がわかるらしいな」真顔になって、アグスティンは言った。「あのろくでもないダイナマイトから、目を離さねえこった」

「ありがとう」

「いや。おれに礼を言うことはねえ。おまえの持ち物を大切にしな」

「ぼくの持ち物がどうかしたのか?」

「いや。どうかしてたら、こんなことしゃべくって、おまえの大切な時間を無駄にさせたりしねえよ」

「いずれにせよ、ありがとう。ぼくらはこれから露営地にいくから」

「ああ、いきな。で、合い言葉を知ってるやつをだれか、ここによこすように言ってくれよ」

「露営地で、またあんたに会えるのかな?」

「ああ。おっつけ、すぐにな」

「よし、いこう」ジョーダンはアンセルモに声をかけた。

二人で草原の端を降りていくと、灰色の霧がかかっていた。松葉の散り敷く森を歩いてきたので、足元の草がやわらかく感じられる。草露が縄底の靴にしみこんできた。木立ちを通して、前方に明かりが見えた。洞窟の入口があるところだ。

「アグスティンはあれで、めっぽういい男なんですよ」アンセルモが言った。「口は悪いし、冗談ばかり飛ばしていても、根は真面目な男なんでさ」

「よく知ってるのかい、あの男のことは？」

「はい。ずいぶんと長い付き合いですから。十分信頼のおける男です」

「あの男が言ったことも？」

「ええ。やっぱり、パブロは駄目な男になったようですな」

「となると、どういう手を打つのがいちばんいいかな？」

「あの代物を四六時中見張らせるこってす」

「だれにだい？」

「あなた自身とわたし。あの女とアグスティンにも。アグスティンは、ここじゃ万事油断禁物だってことを見抜いてるわけですから」

「それほどまずい状況になってるってこと、あんたにも読めていたかい？」

「いえ。坂を転げ落ちるように悪くなったようですな。でも、やっぱり、ここにくるしかなかった。ここはパブロとエル・ソルドの縄張りでして。ここじゃ、自力でやれること以外は、あの二人の手を借りないと」

「エル・ソルドという男は？」

「いいやつですよ。パブロがひどい分だけ、エル・ソルドはいいやつです」

「パブロは本当に悪くなったと、あんたは見ているのかい？」

「午後の間じゅう、ずっとそのことを考えていましたわい。耳に入るのは同じ話ばかりで、ええ、本当に悪くなったんでしょうな」

「じゃあ、別の橋をやることになったと言って、ここを離れて、ちがう隊から人数を揃えたほうがいいんじゃないのか？」

「いいえ」アンセルモは答えた。「ここはパブロの土地ですからね。あいつに知られずに動きまわるのは無理です。で、あいつと手を組むときは、用心にも用心を重ねないと」

4

洞窟の入口まで降りてくると、垂れた毛布の隙間から明かりが洩れていた。木の根方には、帆布で覆われた雑嚢が二つ。ロバート・ジョーダンはそばにひざまずき、濡れてごわごわした帆布にさわった。暗がりの中で帆布の下をまさぐり、雑嚢のポケットの一つに手を突っ込む。革で覆われたフラスコ壜をとりだして、シャツのポケットにすべりこませた。雑嚢の口の金環に通した長い棒錠をはずし、ひもをほどいて中をさぐる。あるべきものを両手で確かめた。それから片方の雑嚢の底に手を突っ込んで、束にして袋におさめてあるダイナマイトを確かめた。袋はパジャマでくるんであった。袋のひもをしっかりと締め直し、再び雑嚢の口の錠に鍵をかけてから、もう一つの雑嚢に両手を突っ込んで、古い起爆装置の入った木箱の鋭い輪郭をさぐった。その木箱は蓋付きのシガーボックスで、中におさまる小さな円筒形の雷管には二本のワイヤーがぐるぐると巻きつけてある（それは、彼が子供の頃に集めた野鳥の卵のように慎重におさめてあった）。ジョーダンはまた、軽機関銃の銃身からはずして革のジャケットでくるんである銃床も確かめた。雑嚢の内ポケットの片方には、弾丸を込めてあるカートリッジが五個と、パン・マガジン（円盤型弾倉）が二個。もう一つの内ポケットには、銅線の小さなコイルと軽い絶縁線の大きなコイル。そのポケットには、数個のペンチと、爆薬の尻に穴をあけるための錐が二個入っているのも確認する。そしてもう一つの内ポケットから、ゴルツの司令部でもらったのと同じソ連製のタバコの大きな箱をとりだした。最後に雑嚢の口を締め、棒錠を押し込んで鍵をし、ポケットの蓋を下ろしてから、また二つの雑嚢を帆布で覆った。アンセルモはすでに洞窟の中に消えていた。

すぐ立ちあがって後を追おうとしたものの、思い直して、二つの雑嚢を覆っていた帆布をとりのける。雑嚢を両手に一つずつ持つと、なんとか運べそうだった。洞窟の入口に向かって歩きだした。片方の雑嚢を下ろして、入口をふさいでいた毛布を払いのける。あらためて雑嚢のショルダー・ストラップを持って両手にさげると、洞窟の中に入っていった。

内部は暖かく、煙でいぶっていた。一方の壁際に、壜にさした獣脂ろうそくの置かれたテーブルが一つ。そこに、パブロと見知らぬ男が三人、それにジプシーのラファエルがすわっていた。ろうそくの明かりが男たちの影を背後の壁に投げている。アンセルモはテーブルの右側、先刻入ってきた位置から動かずに立っていた。洞窟の隅には大きく口をあけた炉があり、炭火の前にパブロの女房が立っている。その横にあの娘がひざまずいており、鉄鍋を見下ろしてかき混ぜていた。ジョーダンが入口に立つと、娘は木の匙を持ちあげて彼のほうを見た。パブロの女房がふいごで吹いている火の明かりで、娘の顔や腕、匙から鉄鍋に落ちているしずくが見えた。

「手に持ってるのは何だ？」パブロが訊いた。

「ぼくの荷物さ」ロバート・ジョーダンは入口の内側、テーブルから隔たった位置に、二つの雑嚢を離ればなれに置いた。

「外じゃいけねえのか？」パブロが訊く。

「だれかが暗がりでつまずいたりするとまずいんでね」ジョーダンはテーブルに歩み寄って、タバコの箱を上に置いた。

「この洞窟の中に、ダイナマイトを置いてもらいたくはねえな」

「火からはだいぶ離れているじゃないか。まあ、タバコでもどうだい」色刷りの軍艦の絵が大きくあしらわれたパッケージの側面を親指の爪でなぞってから、ジョーダンはパブロのほうにさしだした。

アンセルモが生皮を張った腰掛けを持ってきてくれたので、テーブルの前に腰を下ろす。パブロが何か言いたげにこちらを見てから、タバコに手をのばした。

ジョーダンは他の連中にもタバコをまわした。顔は見なかったが、一人が一本とり、あとの二人は手を出さずにいるのは意識していた。ジョーダンはいま、全神経をパブロに集中していた。

「調子はどうだい、ジプシー？」ラファエルに声をかける。

「上々さ」ラファエルは答えた。自分がここに入ってくるまで、みんなでおれの噂をしていたのだな、とジョーダンは察しがついた。ラファエルまでが落ち着かない顔をしていた。

「どうだい、もう一度食事にありつけそうかい？」ジョーダンはジプシーにたずねた。

「ああ。そりゃそうよ」ラファエルは答えた。午後に会った際、くだけた冗談を言い合ったときとはだいぶ様子が変わっていた。

　パブロの女は無言のまま、炉の炭火をふいごで吹いている。

「上で会ったアグスティンというやつが、退屈で死にそうだとさ」ジョーダンは言った。

「だからって、殺されるわけじゃねえ」パブロが言う。「あの野郎、ちょいと死なせてやりゃいいのよ」

「ワインはあるかい？」だれにともなくジョーダンは訊き、テーブルに両手をついて身をのりだした。

「もうほとんど残ってねえぞ」むすっとした顔で、パブロが言った。残りの三人の顔もよく見て、自分がどう思われているのか判断したほうがいいな、とジョーダンは思った。

「じゃあ、水でももらおうか。きみ」あの娘に声をかけた。「水を一杯飲みたいんだが」

娘はパブロの女のほうを見た。が、女は何も言わず、ジョーダンの声が聞こえたそぶりも見せない。娘は水の入っているヤカンのところにゆき、カップになみなみと水をついでテーブルに運ぶと、ジョーダンの前にカップを置いた。ジョーダンは娘に微笑いかけた。と同時に腹の筋肉を引きしめる。すわったままずこし左のほうに腰をひねり、拳銃がベルトをすべって望みどおりの位置に落ち着くようにした。片手を尻ポケットにのばすと、パブロがじっとその動きを見ていた。他の男たちも全員こっちを注視しているのはわかっていたが、いまはパブロから目を離さなかった。尻ポケットから離れたジョーダンの手は、革で覆われたフラスコ壜を握っていた。壜の栓をひねり、カップをもちあげて水を半分飲むと、ジョーダンは壜の中身をごくゆっくりとカップについだ。

「きみには強すぎるんだ。でなけりゃ、すこし飲ませてやるんだが」娘に言って、また微笑した。「もうほとんど残ってない。でなけりゃ、あんたにもすこし飲ませてやるんだがね」こんどはパブロに向かって言う。

「アニスは好かねえよ、おれは」パブロは言った。

強烈な香りがテーブルの向こう側にも漂っていた。パブロはその香りから、なじみのある成分を嗅ぎ分けていたのである。

「よかった」ジョーダンは言った。「もうほとんど残ってないんだ」

「どんな飲み物なんだい、それは？」ラファエルが訊く。

「薬だよ」ジョーダンは答えた。「味わってみるか？」

「何に効くんだい？」

「万能なんだ。どんな病いも治してくれる。どこか悪いところがあるなら、これが効くぞ」

「じゃあ、味見させてくれ」

ジョーダンはカップをラファエルのほうに押しやった。水を加えてあるので、中の液体は黄色みがかった乳白色をしている。ひと口飲む程度にしてくれればいいのだが、とジョーダンは思った。カップにはもうほんのわずかしか残っていない。この一杯は、かつてパリですごしたさまざまな思い出を甦（よみがえ）らせてくれるのだ。あれこれの新聞の夕刊。カフェですごした夜のかずかず。今月のいま頃は満開の花を咲かせているに相違ないマロニエの木。外環の大通りをゆったりと歩いていく馬。数々の古書店やキオスクや画廊。モンスーリ公園。バッファロウ自転車レース場。ビュット・ショーモン公園。ギャランティ・トラスト・カンパニーのパリ支店。シテ島。レストラン・フォワイヨの古いホテル。ゆったりと本を読んですごした夕べ。かつて心から楽しみ、いまは忘却の彼方（かなた）に沈むすべてのこと。乳白色の、苦くて舌のしびれそうな、脳と胃袋が温まってくると理性が一変してしまう液体の秘薬。それを味わうと、懐（なつ）かしい思い出のすべてが甦ってくるのだ。

ラファエルは顔をしかめて、カップを返してよこした。「においはアニスだが、胆汁のように苦いな。そんな薬を飲むくれえなら、病気になったほうがいいや」

「ニガヨモギの味なんだ」ジョーダンは言った。「これは本物のアブサンで、ニガヨモギが入っている。こいつは脳みそを腐らせると言われているんだが、嘘っぱちさ。ただ、考え方が変わるだけでね。ふつうはこいつにゆっくりと、一度に数滴ずつ水を加える。ぼくは逆に、こいつを水に注いだんだ」

「何の話をしてるんだ、おめえは？」馬鹿にされていると思ったのか、パブロが腹立たしげに言った。

「薬の説明をしているんだよ」ジョーダンはにやっと笑った。「こいつはマドリードで買ったんだがね。最後に残っていたひと壜で、三週間もってくれたよ」ごくりと飲むと、微かにしびれるような感じが舌の上を伝った。パブロの顔を見て、またにやっと笑った。「あんたのほうの調子はどうだい？」

パブロは答えない。ジョーダンはテーブルを囲んでいる三人の男の顔をじっくりと見た。一人は大きな平たい顔をしていた。セラノ・ハムのように褐色で、平たくて、鼻がつぶれている。細いソ連製のタバコを斜めにくわえているため、顔が余計に平たく見えた。短い灰色の髪、同じく灰色の無精ひげ。ありきたりの黒い野良着を着て、首のボタンもはめている。ジョーダンに見つめられると下を向いたが、視線は揺らぐこともなく、瞬きもしなかった。残る二人はひと目で兄弟とわかった。顔がよく似ていたし、共に黒髪で背が低く、屈強な体つきをしていた。目の色も黒く、肌は浅黒くて、髪がひたいにたれ下がっている。一人は額を横切るように、左目の上に傷痕が走っていた。ジョーダンが見やると、二人ともたじろがずに見返してくる。一人は二十六、七、もう一人は二歳ほど年上に見えた。

「何を見てるんだ?」額に傷痕があるほうの男が訊いた。

「あんたさ」ジョーダンは答えた。

「何か珍しいものでも見えるか?」

「いや。タバコをどうだい?」

「もらおうじゃねえか」彼は先刻、タバコを一本もとっていなかったのだ。「このタバコ、もう一人の外国人が持ってたのと同じだな。あの、列車襲撃のときに一緒にいた外国人が持ってたのと」

「あんたも列車襲撃に加わっていたのか?」

「おれたち、みんなそうさ」男は静かに言った。「爺さんだけは別だが」

「それよ、いまおれたちがやらなきゃならねえのは」と、パブロが言う。「また列車を狙うんだ」

「それもいい」ジョーダンは応じた。「橋を片づけたら、やろうじゃないか」

パブロの女房が炉から向き直って、耳を傾けている。ジョーダンはそれに気づいていた。"橋"という言葉を彼が口にすると、だれもが耳をそばだてた。

「橋を片づけたら、やろう」ジョーダンはわざとくり返して、アプサンをすすった。この問題、いま持ちだしておいたほうがいい、と彼は思った。どうせいつかは、はっきりさせなければならないのだから。

「橋はやらねえぞ」パブロが言って、テーブルに目を落とした。「おれもやらねえし、手下どももやらねえ」

ジョーダンは何も言わずにアンセルモのほうを見て、カップをかかげた。「じゃあ、ぼくらだけでやろうじゃないか、なあ爺さん」彼は言って、笑った。

「ええ、この臆病者(おくびょうもの)を抜きにしてね」と、アンセルモ。

「なんだと?」パブロが老人に向かって気色ばむ。

「なんでもないさ。おまえさんに言ったんじゃない」

ジョーダンはテーブルの向こう、炉の前に立つパブロの女房のほうに目を走らせた。彼女はまだ一言も口をきかず、これという素振りも示していない。だが、女はそのとき、ジョーダンには聞きとれない何かをあの娘に言った。娘は炉の前で立ちあがった。壁伝いに男たちの前をすり抜けると、入口にたれている毛布をかき分けて外に出ていった。いよいよだ、とジョーダンは思った。決着のときだ。こういう展開は不本意だが、そのときがきたらしい。

「じゃあ、ぼくらはあんたの力を借りずに橋をやるよ」ジョーダンはパブロに言った。

「だめだ」パブロは応じた。その顔がじんわりと汗ばみつつあるのをジョーダンは見逃さなかった。パブロはつづけた。「ここでは橋の爆破などやらせねえ」

「なんだって？」

「橋の爆破はやらせねえと言ってるんだよ」重々しい口調で、パブロは言った。

「じゃあ、あんたは？」ジョーダンはパブロの女房にたずねた。炉の前に立つ彼女の巨体は微動もしていない。おもむろに男たちのほうを向くと、女は言った。「わたしは橋をやるのに賛成だね」火の明かりに照らされたその顔は、赤く上気していた。浅黒く整った顔立ちは火照りを帯びて、生来の気概をみなぎらせている。

「なんだと、いったい、どういうつもりだ？」パブロは女に言った。その顔には裏切られた憤懣が浮かんでいるのを、ジョーダンは見てとった。女に向けた顔の額には、汗も浮かんでいる。

「わたしはあの橋をやるのに賛成。あんたには反対だよ」パブロの女房は言った。「それだけのことさ」

「おれも橋をやるのに賛成だ」平たい顔の、鼻のつぶれた男が言って、タバコの火をテーブルの上でもみ消した。

「おれはあの橋なんざどうでもいいが」兄弟の片割れが言った。「パブロのムヘールに賛成だね」

「おれも賛成だ」と、もう一人の兄弟。

「おれもそっちにのるぜ」ラファエルが言った。

ジョーダンはパブロの顔を見守った。そして、彼の様子をうかがい、いざという場合に備えて右手をそっと下におろしながら、そういう展開を半ば望みつつ（おそらくそれがいちばん簡単で楽だろうと思う一方、せっかくここまで無難に進めてきたことを壊してしまうのもためらわれ、家族であれ眷族であれ部隊であれ、いざ争いとなれば容易に他人に対し牙をむくことは承知しているので、こうなった以上、この手で決着をつけることが最も簡単明瞭、且つ外科手術的観点から言っても健全なのだと肚をくくりながら）パブロの女房のほうを見た。男たちの忠誠の言葉を耳にして、彼女はいま誇らしくも晴れやかに顔を火照らせていた。

「わたしは共和国に従う」パブロの女は満足げに言った。「その共和国が、あの橋の爆破を望んでいるんだからね。それを片づけてからでも、他の仕事にあてる時間は十分にあるさ」

「おめえって女は」苦々しい口調でパブロは言った。「頭は種牛、心は淫売だ。そのおめえが、あの橋をやった後でまだみんな生き残れると踏んでるってのか？　その後どうなるか、ちゃんとわかってるのか？」

「どうにかなるようにしようと思えば、ああ、どうにかなるものさ」

「じゃあ、あれをやった後で獣みてえに狩り立てられようと、おめえにとっちゃ何でもないというのか、おれたちにとっちゃ何の得にもならねえ作戦だというのに？　そのあげくおっ死(ち)んでもかまわねえというのか？」

「ああ、かまわないよ」パブロの女は言った。「いくら脅そうとしたってだめだよ、臆病者」

「臆病者だと」吐き捨てるように、パブロは言った。「いくさの戦法を心得ているやつのことを、おめえは臆病者呼ばわりするんだな。くだらねえ作戦の結果があらかじめ読めるからといって、臆病者扱いするのかよ。阿呆(あほ)らしい策を見抜くのは、臆病な行為じゃねえぞ」

「何が臆病かを読みとるのも、阿呆らしいとは言えんし」言わずにいられなくなって、アンセルモが口をはさんだ。

「爺(じじ)い、おめえは死にてえのか？」パブロが真剣な顔で言う。その問いは脅しではないことを、ジョーダンは見てとった。

「いいや」

「ならば言葉に気をつけろ。おめえはわかりもしねえことについてしゃべりすぎる。これが、あだやおろそかにできねえ問題だってことが、わからねえのかよ」ほとんど哀れむような口調で、パブロは言った。「情けねえ、この問題の重大さが読みとれるのは、おれしかいねえのか?」

そうだろうな、とジョーダンは思った。古強者のパブロ、しっかり者のパブロよ、お説のとおりだと思うぜ。ただ、おれはちゃんと読めてるけどな。あんたが読めることはおれも読める。あの女もおれの手相から読めるはずだが、いまはまだ読めていない。そう、まだ読めていない。

「このおれは、何の能力もねえ頭目だというのか、おめえらは?」パブロは問いかけた。「自分が何をしゃべっているか、おれはちゃんとわかっているぞ。だが、おめえらはわかっていない。この爺いときたらろくでもねえことばかりしゃべりやがる。ただの使い走り、外国人のための道案内にすぎねえんだ。いいか、この外国人がなぜここにやってきたかといや、外国人の得になることをやらかすためなんだぞ。そのために、おれたちは犠牲にされちまう。おれはな、ここにいるみんなの利益と安全しか考えちゃいねえんだ」

「安全だって」パブロの女房が言った。「安全なんてものは、もうどこにもありゃしないよ。安全をほしがる連中が大勢ここに集まってるからこそ、大きな危険を招くんじゃないか。みんなで安全を求めようとするからこそ、何もかも失ってしまうんだ」

女はいま、大きな匙を手にテーブルのわきに立っていた。

「なんの、安全はちゃんとあらあな」パブロが言った。「打つ手をちゃんと心得ていりゃ、危険の中にだって安全はある。ちょうど闘牛士が、やるべきことをちゃんと心得ていて、無茶をしねえからこそ安全でいられるようなもんだ」

「ああ、牛の角に突かれるまではね」嘲るように女は言った。「牛に突かれる前の闘牛士がそんなセリフを吐くのを、何べん聞かされてきたことか。フィニトからも何度聞かされたかしれないよ——〝こんなことはだれでも知ってら、牛って動物は自分から人間を角にかけたりはしねえんだ、人間のほうが牛の角に突っかかって刺されちまうのよ〟、なんてね。実際に牛に突かれるまでは、みんな威張りくさってそんな口をきくもんさ。で、結局わたしらは病院に見舞いにいくことになる」女はそこで、病床に闘牛士を見舞ったときのやりとりを再現しはじめた。「〝調子はどう、わたしの古強者さん、調子は〟」大声で言ってから、こんどは傷ついた闘牛士の弱々しい声を真似て、「〝ブエナス・コンパードレ（よお、きてくれたか）、元気かい、ピラール？〟」また一転して大きな声で、「〝どうしてこんな目にあったのさ、フィニト、どうしてこんな情けないことになったんだい？〟」それからまた、か細い声で、「〝いや、どうってことないのさ、ピラール。こんなはずじゃなかった。知ってのとおり、実に見事にあいつを仕留めたんだから。あんな見事な仕留め方は、おれ以外のだれにもできるもんじゃない。とにかく、見事に始末してやったんだ。あいつは間違いなく息が止まった。足がよろけて、いまにも自分の重みでぶっ倒れそうだった。おれは偉ぶって胸を張り、気どり返ってその場から離れかけた。するとあやつめ、おれの尻っぺたのあいだに角を突きかけてきやがった。それが肝臓を突きぬけてしまったのよ〟」女はそこで笑いだし、女々しい闘牛士の声色を振り捨てて、また大声で言いつのった。「あんたの後生大事な安全なんか、どうだっていうのさ！　九年間にわたって、この世でいちばん稼ぎのすくない闘牛士三人と暮らした経験のあるわたしだよ、恐怖と安全について何も学ばなかったと思うのかい？　安全についてのお説教だけはごめんこうむりたいね。それに、あんた。あんたに期待をかけつづけたわたしが、どんなに裏切られてきたことか！　戦争がはじまってわずか一年だというのに、あんたはすっかり怠け者の酔っ払い、どうしようもない臆病者に成りさがってしまったじゃないか！」

「おれに向かってそんな口をきく資格はねえぞ、おめえには」パブロは言った。「この連中や外国人の前では、なおさらよ」

「冗談じゃない、いくらでもこういう口をきいてやるよ」パブロの女房はつづけた。「あんた、みんなの言ったこと、聞いてなかったのかい？　まだみんなを率いているつもりかい？」

「もちろんよ。隊長はおれさまだからな」

「笑わせないでおくれ。隊長はこのわたしだよ！　ラ・ヘンテ（この連中）の言ったこと、聞こえなかったのかい？　ここじゃわたしの言うことに、みんな従うんだ。ここにいたけりゃ、いるがいいさ。食べるのもワインを飲むのも勝手だが、ほどほどにしな。仕事だって、やりたきゃやるがいい。でもね、命令を下すのはわたしだよ」

「本当なら、おめえとそこの外国人の野郎、射ち殺してやるところだ」仏頂面でパブロは言った。

「面白い、やってみな。で、どうなるか、見てみるがいい」

「水を一杯、飲みたいんだがな」ロバート・ジョーダンは言った——頭のでかい仏頂面の男と、まるで指揮棒のように大きな匙を堂々とかまえて、自信たっぷりに立っている女から一瞬も目をそらさずに。

「マリア」パブロの女が呼んだ。あの娘が洞窟の入口から入ってくる。「この同志が水をほしいとさ」

ジョーダンはフラスコに手をのばした。それを引き寄せながら、もう一方の手でさりげなく拳銃のホルスターをゆるめて、拳銃が太ももの上にくるようにまわしておく。それからまたアプサンを自分のカップにつぎ、娘が持ってきてくれた水のカップを手にとって、アプサンを一度にすこしずつそこにたらしはじめた。娘はわきに立って、じっと彼の手つきに見入った。

「外に出ておいで」パブロの女が言って、匙を入口のほうに向けた。

「寒いんだもの、外は」娘はジョーダンの頰に頰を寄せて、カップの中の液体が白濁していく様子を見守っていた。

「だろうね。でも、ここは暑すぎるよ」それから優しい口調で、パブロの女は促した。

「さあ、長くはかからないから」

娘はうなずいて、出ていった。

この男の忍耐もそろそろ限界だろうな、とジョーダンはひそかに思った。カップを片手に持ち、もう一方の手をいまは公然と拳銃の上に置く。安全装置はすでにはずしてあった。表面がほとんどすべすべになるほどすり減った銃把の、使い慣れた安心感を確かめてから、心やすい半円形の、ひんやりとしたトリガー・ガードにさわる。パブロはもうこちらは見ずに、ひたすら女のほうを見ていた。パブロの女はつづけた。「よく聞きな、この飲んだくれ。ここの隊長はだれだか、わかったね？」

「おれさ」

「とんでもない。よく聞きな。その毛むくじゃらの耳の垢をほじくって、よくお聞き。ここの隊長はわたしになったんだ」

パブロはじっと女の顔を見た。その表情からは、心中の思いは推し測れない。食い入るような目つきで女を見つめていたと思うと、こんどはテーブルごしにジョーダンの顔を見すえる。考え込むようにしばらく眺めてから、また女の顔に視線をもどした。

「いいだろう、隊長はおめえだ」パブロは言った。「そうしたけりゃ、その男にも指揮をとらせりゃいい。で、二人仲良く地獄にいくんだな」女の顔をひたと見すえているところは、彼女に屈服した様子でも、威圧されている様子でもなかった。「たしかにおれは怠け者の飲んだくれかもしれねえ。おれを臆病者呼ばわりするのも勝手だが、それは大間違いだぞ。おれは阿呆でもねえしな」ひと息ついて、「まあ勝手に指揮をとって、有頂天になるがいいや。ところで、おめえは隊長になったそうだが、女であることに変わりはねえよな。ここらで何か食わせてもらいてえもんだ」

「マリア」パブロの女は呼びかけた。

あの娘が洞窟の入口にたれている毛布を払って、顔をのぞかせた。「入ってきて、夕食の用意をしておくれ」

娘は中に入ってきた。炉のそばの小卓に近寄ると、琺瑯引き（ほうろうび）のボウルをとりあげてテーブルに運んでくる。

「ワインもね、みんなが飲めるだけあるから」パブロの女はジョーダンに言った。「この飲んだくれの言うことは、気にかけなさんな。この鉢がからっぽになったら、また持ってくるから。あんたも、そのけったいな飲み物を干しちまって、ワインを飲んだらどうだね」

ジョーダンは最後に残っていたアブサンを飲み干した。あたたかく、ひそかに沸き立つような化学変化をもたらす熱気が、うるおいを保って胃袋に広がる。彼はカップを娘に手わたした。するとマリアはカップ一杯にワインをすくいとって、にこっと笑う。

「で、橋は見てきたのかよ？」ラファエルが訊いた。頭目を乗り換えてから沈黙を守っていた男たちが、ひとことも聞き逃すまいと身をのりだした。

「ああ」ジョーダンは答えた。「たいした手間じゃなさそうだ。スケッチを見せてやろうか？」

「頼むよ。こりゃ面白そうだぜ」

ジョーダンはシャツの胸ポケットから手帳をとりだして、橋のスケッチを見せた。

「こりゃうまく描けてら」平たい顔の、プリミティボという名の男が言った。「まさしく橋にちげえねえな」

ジョーダンは橋を爆破する手順を鉛筆の先で示し、それぞれの爆薬をその位置に仕掛ける理由を説明した。

「なんだ、簡単じゃねえか」アンドレスという名の、額に傷のある弟のほうが言った。

「で、どうやって点火するんだい？」

ジョーダンはそれも説明した。話しながら、マリアが覗き込もうとして肩に手をのせてくるのを感じていた。パブロの女も覗き込んでいた。パブロだけは興味を示さず、ワインのカップを手に超然とすわっていた。大きなボウルには、マリアの手で、入口の左側に吊(つ)るされた皮袋からワインがつぎ足されていたのだが、そこからパブロは勝手に何杯も汲(く)んでいた。

「こういう仕事、あなたは何度もしているの？」マリアが小声でジョーダンに訊いてくる。

「ああ」

「爆破するところを、あたしたちも見てかまわないの？」

「ああ。かまわないとも」

「もちろん、おめえも見ることになるだろうよ」テーブルの端からパブロが口をはさんだ。「もちろん、目に入るだろうぜ」

「うるさいね」パブロの女が言った。そのとき不意に彼女は午後に見たジョーダンの手相を思いだし、無性に腹が立ってきて荒々しくつづけた。「うるさいんだよ、この臆病者は。黙れったら、この疫病神(やくびょうがみ)。お黙り、この人殺し」

「けっこうだね」パブロは言った。「黙ってやろう。いまはおめえがここの頭(かしら)だからな。まあ、せいぜいきれいな絵図を見つづけるがいいや。だがな、おれは先が読める男だってことを、忘れねえこった」

　パブロの女は、怒りが悲哀に変わりつつあるのを感じていた。すべての希望や明るい展望が、にわかに崩れ落ちてゆく感覚。その感覚は少女の頃から知っていたし、その感覚をもたらす原因もまた、これまでの人生を通じて覚っていた。その感覚が、いままた不意にもどってくるのを感じて、すぐに自分のなかから閉めだした。この感覚、もう二度と近寄らせまい。自分にも、共和国にも。パブロの女は言った。「さあ、みんな、食べようじゃないか。大鍋からみんなのボウルによそっておくれ、マリア」

5

ロバート・ジョーダンは洞窟の入口にたれさがった毛布を押し分けて外に踏みだし、冷たい夜気を思い切り吸い込んだ。霧はすでにはれていて、星が出ていた。風はない。いま後にした洞窟の中は、暖かかった。タバコと炭火のにおい、肉とサフランとピメントを炊き込んだライスのにおい、それに油のにおいがたちこめていた。入口のわきに四本の足と首でぶらさがっている大きな皮袋にしみついたワインの、タールのようなにおい。一本の足に嵌め込んだ栓から汲みだした、ワインのにおい。下の地面にすこしこぼれ落ちて、埃のにおいを抑えているワインのにおい。ニンニクをゆわえつけた長い綱で天井からぶらさがっている、名も知れぬ薬草の束のにおい。銅貨のような色合いの、ニンニクをひたした赤ワインのにおい。男たちの服にしみこんで乾いた、馬や人間の汗のにおい。(人間の汗は鼻を衝くような灰色のにおいをともない、馬の汗はブラシをかけた乾いた馬体の甘酸っぱいにおいがした)。そんなにおいのすべてを逃れて外に出たジョーダンは、山の澄みきった夜気を胸いっぱいに吸い込んだ。夜気は松葉と、小川のほとりの草原の草にやどる露のにおいがした。風が止んでいたから草は夜露でしとどに濡れていたが、朝になる頃には霜が降りているだろうと、そこに立ったままジョーダンは思った。深く息を吸い込んでから、夜の音に聴き入る。最初に遠くのほうで銃声が聞こえ、次いで馬の柵囲いのある下手の樹林でフクロウの鳴く声がした。やがて洞窟の中でジプシーが歌いはじめ、低くかき鳴らされるギターの音がそれにつづいた。

〝おやじから継いだもの〟と、強い調子の声が跳ねあがり、その音階で余韻を響かせる。そして、歌はつづいた。

　それは月と太陽
　たとえ世界をさすらおうとも
　この遺産は使い切れぬ

歌い手を讃えるように、ギターが力強くかき鳴らされた。「いいぞ」だれかの囃す声が聞こえた。「カタルーニャの歌をやれよ、ジプシー」

「いやだ」

「やれ、やれ。カタルーニャをやれ」

「よし」ラファエルは言って、哀しげに歌いはじめた。

おれの鼻はぺしゃんこ
　顔は浅黒い
　　それでもおれはいっちょう前
ジプシーの声は一段と哀しげに、蔑むような調子を帯びた。
「オーレ！」だれかが叫んだ。「いいぞ、ジプシー！」
　ありがたいことに、おれは黒人で
　　カタルーニャ人じゃねえ！
「うるせえな」パブロの声が響いた。「いい加減にしろ、ジプシー」
「たしかにね」女の声が聞こえた。「声が大きすぎるよ。そんな声をあげたら、グアルディア・シビルが駆けつけてくるかもしれない。それに、たいした声じゃないしさ」
「じゃあ、別の歌をやろうか」ジプシーが応じる。ギターが鳴りはじめた。
「おやめったら」女が制止する。
ギターの音がやんだ。

「今夜はいい声が出ねえや。喜んで、やめてやるよ」ジプシーは入口の毛布をかき分けて、暗い外に出てきた。

ジョーダンが見ていると、最初は木に歩み寄り、そこからこっちに向かってくる。

「ロベルト」低い声で、ジプシーは言った。

「なんだい、ラファエル」ジョーダンはすぐに相手の声でわかった。ジプシーはどうやらワインがまわっているらしい。ジョーダン自身、アブサンを二杯にワインをすこし飲んでいるのだが、パブロとの肚の探り合いで頭は冴えていた。

「あんた、なんでパブロをやっちまわなかったんだい？」ごく低い声でラファエルは訊いてきた。

「どうしてあいつを殺さなきゃならない？」

「遅かれ早かれ、あいつは始末しなきゃならねえさ。なんでせっかくのチャンスを生かさなかったんだい？」

「それ、本気で言ってるのか？」

「あそこにいたみんながよ、いったい何を待ってたんだと思う？　パブロの女があの娘を外に追いだしたのはなぜだと思うんだ？　ああいう言い合いをした後で、このままやっていけると思ってんのか？」

「じゃあ、あんたたち、みんなで殺したらどうだ」

「ケ・バ（そりゃ、ねえよ）」平静な声で、ジプシーは言った。「そいつはあんたの仕事だ。あんたがいまやるか、いまやるかと、おれたちが身がまえたことが、三度か四度はあったんだぜ。パブロに味方するやつなど、一人もいねえんだから」

「そういう気に、ならないこともなかった。でも、思い直したのさ」

「それはみんな気づいてたよ。あんたがそのつもりでいたことはな。なぜやっちまわなかったんだい？」

「あんたたちゃあの女を、窮地に追いやりやしないかと思ってね」

「ケ・バ（馬鹿な）。あの女だって、あのでかい鳥が飛び去るのを淫売が待ちかまえるように、待ってたんだよ。あんたは見た目より若いな」

「かもしれない」

「殺すならいまだぞ」ジプシーはせっついた。

「それじゃ騙し討ちになってしまう」

「いいじゃねえか」低く声を落として、ジプシーは言う。「そのほうが安全だ。やれよ。いま殺しちまえ」

「それはできない。いい気持ちがしないし、大義にもとる行為になってしまう」

「じゃあ、あいつを挑発すりゃいい。とにかく、殺すっきゃねえよ。他に手はねえんだ」

二人が話していると、音も立てずに一羽のフクロウが樹間に飛来した。急降下して二人のわきをかすめたと思うと、また急上昇してゆく。素早く羽ばたいていたが、狩り立てられた鳥のように騒々しく羽音をたてることはなかった。

「見なよ」暗がりの中でジプシーが言う。「人間の男もああでなきゃな」

「そして日中は目も見えず、カラスに囲まれて木の枝にとまっているのか」ジョーダンは言った。

「まさか。こうなったら、一か八かだぜ。殺しちまえ」ジプシーはたきつけた。「面倒なことになる前によ」

「いや、もう好機は去ったな」

「だから、あいつを挑発すりゃいいんだって。さもなきゃ、あいつの油断をつきゃいい」

洞窟の入口をふさいでいる毛布がひらいて、中の明かりが洩(も)れた。だれかが二人に近寄ってきた。

「けっこうな晩じゃねえか」大儀そうな、重苦しい声だった。「あすはいい天気だぞ、このぶんなら」

パブロだった。あのソ連製のタバコをふかしている。大きく吸い込むと、丸い顔が浮かびあがった。星明りで、腕の長い、でっぷりした体軀(たいく)も見えた。

「あの女の言うことは、真に受けねえほうがいいぞ」ジョーダンに向かって言った。闇の中でタバコの火が明るく輝いたと思うと、次の瞬間、口から離した手の中で、赤く浮かびあがった。「あいつはときどき手に負えなくなるが、根はいい女だ。共和国に命をかけてやがる」こんどは、しゃべるにつれてタバコの火が揺れた。口にくわえてしゃべっているんだ、とジョーダンは思った。「なあ、おい、面倒なことはなしにしようじゃねえか。お互い、考えは一致してるんだ。おめえがきてくれてよかったと思ってるんだよ、おれは」タバコの火がぽっと明るく輝いた。「さっきの言い合いは忘れてくれ。よくきてくれたよ、おめえは」それから、語調を変えて、「ちょっと失礼するぜ。馬をどんなふうにつないだか、見にいってくら」

パブロは木立ちを抜けて、野原の端のほうに遠ざかってゆく。下で馬のいななく声がした。

「ほら、な、どうだい？」ラファエルが言った。「見てのとおりだ。こうやって、せっかくのチャンスが逃げちまうのよ」

ジョーダンは黙っていた。

「おれもいってくら」ジプシーが腹立たしげに言う。

「何をしに？」

「ケ・バ（何だっていいだろう）。せめて、あいつが逃げだすのを防いでやるよ」

「下のあそこから、馬で逃げられるのかい？」

「いや」

「じゃあ、あいつが逃げるのを阻止できる場所にいったらどうだい」

「そこにはアグスティンがいら」

「だったら、そこにいって、アグスティンに話せばいい。ここで起きたことを洗いざらい伝えるんだ」

「アグスティンなら、喜んであいつを殺すさ」

「それもいい。じゃ、上にいって、洗いざらいアグスティンに話してこいよ」

「それから？」

「ぼくは下の野原の様子を見てくる」

「そいつはいいや。ああ、そいつはいい」

暗くて、ジョーダンにはラファエルの顔が見えなかったが、にんまりしているのは感じでわかった。

「あんたもとうとう肚をくくったようだな」満足したように、ジプシーは言った。

「とにかく、アグスティンのところにいってこいよ」ジョーダンは促した。

「わかったよ、ロベルト、いってくら」ラファエルは答えた。

ジョーダンは、木から木へと手さぐりで松の林を抜けて、野原の端に着いた。そこは広々としているせいか、星の光が一段と明るく、つながれた馬の黒いシルエットがはっきり見えた。そこから小川までの範囲に散らばっている馬の数を、かぞえてみた。全部で五頭だった。松の根方に腰を下ろすと、ジョーダンは野原を見わたした。

おれは疲れている、と彼は思った。おれの判断は間違っているかもしれない。だが、あの橋の爆破こそがおれの任務であって、それを完遂するまでは無用な危険は避けなければならない。もちろん、ときには、石橋をたたいて、なお渡らないほうが危険なこともある。とはいえ、おれはいままでこの流儀を守って、すべて自然な成り行きに任せるようにしてきた。ラファエルが洩らしたように、おれがパブロを殺すのをみんなが本当に期待していたのなら、やるべきだったかもしれない。けれども、事実、みんながそう思っていたのかどうか、おれにはわからなかったのだ。いずれ協力を仰がなければならない連中の目前で、彼らの一人を外部の人間が殺したりするのは好ましくない。これが戦闘中だったら、そして確たる規律が守られている場合なら、やってやれないこともあるまい。しかし、この場合は、たとえそれがどんなに誘惑的で手間いらずの近道に見えようとも、ひどい悪手であることはたしかだ。それにこの国では、そんなに単純な近道があるとは思えないし、あのパブロの女には信頼を置いているとはいえ、それほど思い切った手に彼女がどういう反応を示すかは予測の限りではない。こんな場所で人を殺したら、なんと醜悪で不潔で不快なことをするんだと思われるかもしれない。そう、あの女がどういう反応を示すかは、まったくわからない。とにかく、あの女あってこその組織であり、規律なのだ。あの女さえ味方につければ、万事うまくいく。理想的なのは、あの女自身が手を下してくれることだ。さもなければ、ラファエルか（これは無理だろうが）、歩哨のアグスティンが殺してくれること。アンセルモなら、たとえ人を殺すのは反対だと公言はしていても、こちらが頼めばやってくれるだろう。アンセルモがパブロを憎んでいるのはたしかだし、すでにこのおれを信頼してくれていて、このおれこそは彼の信じている大義を体現している者だと思っている。おれの見る限り、共和国の大義を本当に信じているのはあの女とアンセルモだけだ。ただ、そう決めつけるのは早計にすぎるかもしれないが。

星明りに目が慣れるにつれて、一頭の馬のわきに立つパブロの姿が見えてきた。草を食んでいた馬が頭をあげたと思うと、また気ぜわしげに下ろした。パブロはそのわきにいた。馬にもたれて、綱の許す限り動きまわる馬と一体になって、首筋を叩いていた。馬は、草を食んでいる最中に示される優しさに苛立っていた。パブロが何をしているのか、馬に何を言っているのか、ジョーダンにはつかめなかった。が、パブロが綱を解こうとしているのでも、鞍を置こうとしているのでもないことは、見てとれた。その場に腰を下ろして、当面の問題を考え抜こうと努めながら、ジョーダンはパブロを見守っていた。

「でっかくて可愛(かわい)い、おれの馬っこ」暗がりの中で、パブロは馬に語りかけていた。相手は堂々たる鹿毛の牡(おす)だった。「色白で男前の大男だよな、おめえは。太い首は、おれの生まれ故郷の村の吊(つ)り橋みてえになってるじゃねえか」そこでいったん口をつぐんでから、「でもな、もっとしなれば、もっと立派になるぞ」馬は草を口でむしりとり、男が話しかけるのがうるさいのか、首を横に振ってはまた頭を振りたてた。「おめえは女でもなし、阿呆(あほう)でもねえ」パブロは鹿毛の馬に語りかけた。「おめえはな、ああ、おめえはよ、おれのでっかくて可愛い馬っこだ。燃えさかる岩みてえな女じゃねえ。頭を短く刈った娘みてえな仔馬(こうま)でもねえや。ああ、お袋から生まれたばかりで、やたらとはしゃぎまわる仔馬とは大違いだ。人を馬鹿にしたりもしなきゃ、嘘(うそ)もつかねえ、聞き分けのいいやつよ。そうとも、おめえはよ、ああ、おめえは、おれのでっかくて可愛い馬っこだあな」

パブロがそうして鹿毛の馬に話しかけるところをジョーダンが聞くことができたら、さぞ興味を誘われただろう。だが、彼の耳に入ることはなかった。なぜならジョーダンは、パブロはただ馬の様子を見にいっただけだと思っていたし、いまパブロを殺すのは得策ではないという結論にも達していたので、立ちあがって洞窟に引き返したからである。パブロはそのまま野原で長いこと馬に話しかけていた。パブロが何を言っているのか、馬は何ひとつわからなかった。ただ、パブロの声の調子から、自分を可愛がってくれているのだとわかっただけだった。馬は一日中柵囲いの中にいて腹をすかしていたから、いまは綱の許す限り動きまわって草を食んでいた。パブロの存在はわずらわしいだけだった。やがてパブロは杭を打ち変えて、もう何も言わずに馬に寄り添った。馬は草を食べつづけながら、パブロがうるさく話しかけてこないのでほっとしていた。

6

洞窟に入ったジョーダンは、隅の炉辺に置かれた生皮張りの腰掛けにすわって、パブロの女の話に耳を傾けた。女は皿を洗っていて、あの娘マリアはそれを乾かしていた。彼女は地面にひざまずいて、棚代わりに使っている壁の窪みに皿を次々にしまっていた。

「妙だね」パブロの女は言った。「エル・ソルドがやってこないなんて。一時間前にきてなくちゃおかしいのに」

「くるようには伝えたんだね？」

「いいや。だって毎晩きてるんだから」

「何か別の件で忙しいんじゃないか。何かやることがあるのさ」

「そうかもしれない。もしこなかったら、明日、こっちから出かけないと」

「そうしよう。ここからは遠いのかい？」

「そうでもない。足馴らしにはちょうどいいよ。わたしは最近、運動不足だし」

「あたしも一緒にいっていい？」マリアが訊いた。「いいでしょう、ピラール？」

「ああ、いいともさ」女は言って、大きな顔をジョーダンのほうに振り向けた。「この子、きれいだろう？　どう思うね、あんたは？　ちょっと痩せぎすかい？」

「いや、とても素敵じゃないか」ロバート・ジョーダンは答えた。

マリアが彼のカップにワインをついだ。「ねえ、飲んで。そうしたら、あたしがもっと素敵に見えるから。ワインをたくさん飲んでもらわないと、あたしがきれいに見えないんだから」

「じゃあ、このへんで止めといたほうがいいな」ジョーダンは言った。「きみはもう十分きれいだし、それ以上だから」

「そうこなくちゃね」パブロの女が言う。「あんた、伊達男みたいな口をきくね。それ以上、というと、どういうふうに見えるんだい？」

「その、知的に、というか」弱々しい口調で、ジョーダンは答えた。

マリアがくすっと笑い、パブロの女は気落ちしたように言った。「すべりだしは上々だったのに、最後が尻つぼみだったね、ドン・ロベルト（ロベルト旦那）」

「ドン・ロベルトはやめてくれ」

「冗談だよ。ここじゃ、冗談でドン・パブロと言うしさ。冗談で、セニョリータ・マリア（マリアお嬢さま）と呼ぶように」

「そういう冗談は苦手だな。この戦争では、カマラーダ（同志）この名前はすべて正確に呼ぶべきだと思う。冗談を言い合っているうちに、腐敗がはじまるんだ」

「あんた、政治の話になると馬鹿に生真面目になるんだね」女はからかった。「冗談は絶対に言わないのかい？」

「いや、言うとも。冗談はぼくだって好きだが、人の名前を冗談の種にはしない。人の名前は旗のようなものだから」

「わたしは旗も冗談の種にするけどね。どんな旗だって」女は笑った。「この世に冗談の種にできないものなんてないさ。この国の黄色と金色の古い国旗のことを、わたしらは〝膿と血〟って呼んでた。それに紫色を加えた共和国の旗のことは、〝血と膿と過マンガン酸塩〟って呼んでるよ。もちろん、冗談にね」

「この人はコミュニストなのよ」マリアが言った。「コミュニストって、みんな生真面目なヘンテ（連中）なんだもの」

「きみはコミュニストかい？」

「ううん。あたしはアンチ・ファシスト」

「昔から？」

「ファシズムのことがわかったときから」

「それから何年になる？」

「十年ぐらい」

「たいして長くないね」パブロの女が言った。「わたしなんざ、二十年も前から共和派だもの」

「あたしの父も、生涯、共和派だったわ。それで射殺されたんだもの」

「ぼくの父も、生涯、共和党員だったよ。祖父もね」ジョーダンは言った。

「どこの国で？」

「アメリカで」

「で、射殺されたのかい、おやじさんとお祖父さんは？」パブロの女が訊く。

「ケ・バ（まさか）」マリアが言った。「アメリカは共和主義の国でしょ。共和派だからって、射ち殺されたりはしないはずよ」

「それはともかく、お祖父さんが共和派だったっていうのは、いいことだね。血筋がいいってことだよ」

「ぼくの祖父は、共和党全国委員会のメンバーだった」ジョーダンは言った。それを聞くと、マリアまで感心した様子だった。

「で、あんたの親父さんは、まだ政界で活躍してるのかい？」

「いや。もう死んでるんだ」

「死因を訊いてもいいかい？」

「自殺したのさ」

「拷問されるのを避けたくて？」

「ああ」ジョーダンは答えた。「拷問を避けるために」

ジョーダンを見つめるマリアの目は、涙ぐんでいた。「あたしのお父さんは、自殺するための武器を手に入れられなかったの。ああ、よかったわね、あなたのお父さまは幸い武器を手に入れることができて」

「ああ。とても幸運だったと思う」ジョーダンは言った。「どうだろう、話題を変えないか？」

「じゃあ、あなたとあたしって、とても似てるんだわ」マリアはジョーダンの腕に手を置いて、じっと彼の顔を見つめた。ジョーダンも、マリアの小麦色の顔と目を見つめた。その目は、初めて見たときから彼女の顔で唯一若さを欠いていたのだが、いま突然、何かを急に欲しくなったような、若々しい光を放っていた。

「あんたたちの顔を見ると、兄さんと妹といっても通るね」パブロの女が言った。「そうじゃなくて幸いだと思うけどさ」

「わかったわ、どうしてあたし、こんな気持ちになっていたのか」マリアが言った。

「はっきりわかった」

「ケ・バ（それはそれは）」ジョーダンは手をのばして、マリアの頭を撫でた。会ったときからそうしたかったのだが、いまその望みを果たしてみると、喉がつまりそうになるのを感じた。マリアは頭を動かしてこちらを見あげ、にこっと笑いかける。短く刈られはしても密に生えた、なめらかで剛い髪が、指のあいだで揺れる。手をマリアの首筋にのばしてから、すぐに下ろした。

「もう一度やって」マリアが言う。「ずっとそうしてもらいたかったの」

「後にしよう」ジョーダンの声はくぐもっていた。

「おやまあ」パブロの女が大きく響きわたる声で言った。「わたしはあんたら二人を、ずっと見てなきゃならないのかい？　この歳だから、何も感じないと思われてるのかい？　とんでもない。こっちは何もいいことがないんだからね。いっそパブロにもどってきてもらいたいようなもんさ」

マリアはもう彼女には目もくれなかった。ろうそくの明かりの下、テーブルでカード・ゲームに興じている男たちのことも気にしていなかった。

「ね、もう一杯、ワインをどう、ロベルト？」

「ああ、もらおうか」

「おまえさん、わたしみたいに飲んだくれの面倒を見ることになるよ」パブロの女がマリアに言った。「この旦那は、あの妙な飲み物をもうたっぷり飲んでるんだから。いいかい、聞いておくれよ、イングレス（イギリス人）」

「ぼくはイングレスじゃない。アメリカ人だ」

「ならば、よく聞いておくれ、アメリカ人。あんた、どこで寝るつもりだい？」

「外で。寝袋を持ってるからね」

「けっこう。今夜は晴れかしらね？」

「それに、冷え込むだろうな」

「いいじゃないの。じゃあ、外でおやすみ。あんたの大切な荷物は、わたしが添い寝してやってもいいから」

「それはありがたい」それからマリアに向かって、「ちょっとはずしてくれないか」ジョーダンは言って、肩に手を置いた。

「どうして？」

「ピラールと話があるんだ」

「どうしてもいかなきゃだめ？」

「ああ」

「何の話だい？」マリアが洞窟の入口のほうに移動すると、ピラールは訊いた。マリアは大きなワインの皮袋のわきに立って、カード・ゲームに興じている男たちを眺めている。

「ジプシーに言われたんだが、ぼくは思いきってパブロを──」

「いや」女はさえぎった。「ジプシーは間違ってるよ」

「どうしてもというなら、ぼくは――」静かな口調ながら、言葉は途切れがちだった。

「ああ、あんたはやっただろうね。ただ、その必要はないよ。あんたのこと、ずっと見てたんだけど、いい判断をしてくれたじゃないか」

「しかし、どうしても必要なら――」

「いや」ピラールは言った。「だから言ってるだろう、その必要はない、って。ジプシーは頭がくさってるんだよ」

「ただ、人間ってやつは、弱気になると、かえってだいそれたことをしでかすからね」

「いや、あんたにはわからないんだ。だいそれたことをしでかすような気力は、もうあの男には残ってないよ」

「そうかな」

「あんたはまだ若いからね。そのうち、わかるときがくるさ」それから、マリアに向かって呼びかけた。「おいで、マリア。話はもうすんだから」

マリアが近寄ってきた。ジョーダンは手をのばして、彼女の頭を撫でた。マリアは子猫のように彼に撫でられ、自分でも髪を撫でつけた。この娘、泣きだすんじゃないかと、ジョーダンは一瞬思った。が、マリアはまた唇をぎゅっと引きむすんでこちらの顔を見あげると、にこっと微笑(ほほえ)んだ。

「じゃあ、ゆっくりお寝みよ」ピラールがジョーダンに言った。「長旅で疲れただろうから」

「そうさせてもらおうか」ジョーダンは答えた。「荷物をとってくる」

7

　彼は寝袋にくるまって眠っていた。ずいぶん長いあいだ眠っていたような気がした。寝袋は、洞窟（どうくつ）の入口の向こうで見つけた岩陰の地面にひろげてあった。眠っているあいだに寝返りをうった拍子に、ひもで手首にくくりつけてあった拳銃（けんじゅう）の上に体がのってしまった。掛け布の下にもぐりこんで寝込んだとき、拳銃は体のわきにあったのだ。肩から背中の部分がだるくて、足は疲れ、体中の筋肉が疲労でこわばっていたから、地面は柔らかく感じられたし、寝袋のフランネルの裏地に包まれて思いきり足をのばすと、疲れを忘れるくらいに心地よかった。目が覚めた瞬間、ここはどこだろうと思ったが、すぐに思いだした。体の下から拳銃を引きだし、いい気持ちでまた眠りにもどろうとした。片手は、縄底の靴に衣類をしっかり巻きつけてつくった代用の枕（まくら）にかかっていた。

　その枕をあらためて抱きかかえようとしたとき、女の手が肩に触れてきた。右手で寝袋の中の拳銃をつかむなり、さっと向き直った。

「なんだ、きみだったのか」拳銃をはなし、両手をのばして彼女を引き寄せた。上体を抱きかかえると、小刻みに震えている。

「入れよ」低い声で言った。「寒いだろう」

「ううん。いいの」

「入れよ。話はあとだ」

彼女は震えていた。片手で手首をつかみ、もう一方の手でそっと上体を抱きかかえる。女は顔をそむけた。

「入れったら、きみはウサギみたいに可愛(かわい)いな」ジョーダンは言って、彼女の首筋に軽くキスした。

「怖いんだもの」

「大丈夫。怖くなんかないさ。さあ、入って」

「どうやって？」

「ただすべりこんでくればいい。十分なゆとりがあるから。手を貸そうか？」

「ううん、大丈夫」すべりこんできた彼女を、ジョーダンはしっかり抱きしめた。唇にキスしようとすると、代用の枕に顔を押しつけてしまう。それでも両腕は彼の首を抱きかかえている。その腕から力が抜けたと思うと、またわなわなと体を震わせた。

「ちがうんだ」ジョーダンは言って、笑った。「それは拳銃だよ」

とりあげて、自分の背後にすべらせた。

「あたし、恥ずかしい」彼女は顔をそむけた。

「いや。恥ずかしがることはない。ほら、こっちに。さあ」

「だめ。だめなの。恥ずかしい。怖くて」

「そんなことはない。ほら、ぼくのウサちゃん」

「だめ。あたしを愛してくれてるんでなくちゃ」

「愛してるよ」

「あたしも。本当に好き。ねえ、頭を撫でて」相変わらず頭を枕にのせ、顔をそむけたまま言う。ジョーダンは頭に手をのせて、ゆっくりと撫でた。すると急に彼女は顔を枕から浮かせて、ジョーダンの腕の中に入ってきた。ぴったり体を押しつけて、顔に顔を寄せ、静かに泣いていた。

ジョーダンはそっと、強く彼女を抱きしめた。すんなりとした若々しい肢体が掌の下にある。頭を優しく撫でながら、塩からい涙で濡れた頰にキスした。むせび泣く彼女をなだめていると、まろやかな乳房の、つんととがった乳首がシャツを突きあげているのがわかった。

「あたし、キスできないの。やり方がわからないんだもの」

「いまはキスしなくてもいいよ」

「ううん。するの。絶対にするの。何でもするの」

「そんなことはいいんだ。こうしているだけでいい。でも、ずいぶん厚着だな」

「どうすればいい？」

「手伝ってやろう」

「これでいい？」

「うん。ずっといい。きみもこのほうがいいだろう？」

「ええ。ずっとね。あたし、ピラールが言ってたみたいに、ずっとついていけるのね？」

「ああ」

「でも、施設はいやよ。あなたと一緒にいたいんだから」

「いや、施設に入るんだ」

「いや、そんなのいや。どこまでもあなたについていく。あたし、あなたの女になるんだから」


並んで横たわる二人の、それまで隠されていたものがすべて、いまは露わになった。ざらついた布地の手ざわりは失せて、いまはどこもかもなめらかで、まろやかなものが押しつけられている。表面はひんやりとして、内は熱い、すべやかで、なめらかなぬくもり。かろやかにぴったりと抱きつき、それをきつく抱きしめると、肉体の曲線がどこか虚しくわびしくたわむ。だが、それはすぐに若々しく、愛らしく、幸せな情感を生んでゆく。あげくに、なめらかで熱い感触に圧倒され、胸苦しさと、きつく抱きしめられた虚脱感に圧倒されると、ジョーダンはもはや我慢できなくなって、たずねた。「これまでに、だれかを愛したことは？」

「そんなの、一度もない」

次の瞬間、急に彼の腕の中でぐったりとした。「でも、ひどい目にあわされたことがあるの」

「だれから？」

「いろんなやつから」

いまはじっと動かず、死んだように体を硬直させて、顔をそむけた。

「もう嫌いになったでしょう」

「いや、好きだよ」

だが、彼の心には微妙な変化が起きていて、彼女もそれに気づいていた。

「うそ」その声は死んだように生気がなかった。「もう嫌いになるわよ。で、あたしを施設につれていく。あたしは施設にいって、もうあなたの女にも、何にもなれないの」

「好きな気持ちは変わらないよ、マリア」

「ううん。嘘にきまってる」それから、そのひとことに無念さと一途な希望をこめるように、「でも、あたしは、だれともキスしたことがないんだから」

「じゃあ、キスしてくれ、いま」

「それはしたいけど。どうやってすればいいのか、わからない。ひどいことをされたときは、あたし、死に物狂いで逆らったの。無我夢中で逆らっているうちに、一人が頭の上にすわりこんできて——そいつに嚙みついてやったら——こんどは猿ぐつわをかまされて、両手を頭の上で押さえつけられて——他のやつらまでがひどいことをしかけてきて」

「好きだよ、マリア」ジョーダンは言った。「きみは、ひどいことなど、だれにもされてないんだ。きみに触れることのできるやつなど、いるもんか。きみに触れたやつなど、だれもいないんだよ、ウサちゃん」

「本当にそう思ってる?」

「ちゃんとわかってるから」

「それでも、好きになれる?」

「もっと好きになれるさ」

また火照った体を押しつけてくる。

「あたし、とっても上手にキスしたい」

「じゃ、すこしキスしてくれ」

「わからないんだもの、どうするのか」

「ただキスすればいいんだよ」

「もっとちゃんと」

ジョーダンの頬に唇が触れた。

「鼻はどっちを向くの？　ずっと不思議だったの、鼻はどっちを向くんだろう、って」

「いいかい、顔をこう傾けて」二人の唇はぴったりと重なり、マリアはぐっと体を押しつけてきた。その口がすこしずつひらいてくる。と、不意に、彼女をしっかり抱きしめながら、ジョーダンはいままでにない幸福感に包まれた。心は浮き立ち、愛おしさに圧倒され、体は熱く燃え、言いようのない幸福感に満たされ、何も考えず、疲労も忘れ、悩みも吹っ飛んで、あふれるような歓喜にひたっていた。「ああ、可愛いウサちゃん。好きだよ。本当に好きだ。なんて可愛らしいんだ。もういつまでも――」

「いつまでも、なあに？」はるか遠くから問いかけるような声で言う。

「ぼくの可愛い女でいてくれ」

そうして横たわっていると、マリアの心臓が脈打っているのが胸に伝わってくる。彼は足のわきで、マリアの足のわきを軽く撫でた。

「裸足できたんだね？」

「ええ」

「じゃあ、ここで寝るつもりだったんだ」

「そうよ」

「じゃあ、怖くなんかなかっただろう」

「ううん。とても怖かった。でも、靴を脱ぐのはどんな気持ちだろうって、最初に思ったときのほうが怖かった」

「いま、何時だろう？ ロ・サベス（わかるかい）？」

「ううん。あなた、時計を持ってないの？」

「持ってるけど、きみの後ろにあるんだ」

「そこからとったら」

「むりだな」

「じゃあ、あたしの肩ごしに覗いて」

一時だった。寝袋の中の暗がりで、文字盤が明るく輝いていた。

「あなたの顎ひげが肩をこすってる」

「ごめん。ひげ剃りの道具がないんでね」

「でも、素敵。顎ひげはブロンドなの？」

「ああ」

「ほっとけば、長くのびる？」

「橋の仕事が片づいてからならば。ねえ、マリア。きみは――」

「なあに？」

「きみは、そのつもりなのかい？」

「ええ。最後まで。おねがい。もしあなたと最後までしたら、あいつらにされたことはなかったことになるかもしれないし」

「それはきみが考えたこと？」

「ううん。自分でも思っていたけど、でも、ピラールがそう教えてくれたの」

「いいことを言うね、彼女は」

「もう一つあるの」低い声で、マリアは言った。「あたしはまともな体だって、あなたに言いなさい、って。あの人、そういう事柄には詳しくて。そうあなたに言いなさいって」

「ぼくにそう言えと？」

「ええ。ピラールに言ったのよ、あたし、あなたのことが好きだって。きょう、あなたを見た瞬間から好きになって、それからずっと好きで、でも、あなたにはきょう初めて会ったわけだし、だからピラールに打ち明けたんだけど、そしたらこう言われたの、あなたに洗いざらい何でも打ち明けるつもりだったら、あたしの体はまともだってことも言うといい、って。もう一つのことはもっと前に言われたの。列車襲撃のすぐ後で。何かいやなことをされても、自分がそれを受け容れなければ、そんなことをされたことにはならない、って。それから、もしあたしがだれかを本当に好きになれば、そんなことはみんな洗い流されてしまうんだって。あのとき、あたしはしんそこ死んでしまいたかったの」

「ピラールが言ったことは本当だよ」

「いまはね、あたし、死ななくて本当によかったと思っている。そうよ、死ななくて本当によかった。こんなあたしだけど、愛してくれるのね？」

「ああ。愛しているとも」

「あたし、あなたの女になれる？」

「この仕事がすむまでは、だれかを自分の女にすることはできないんだ。でも、きみはもうぼくの女だよ」

「一度でもあなたの女になれたら、あたしはもう変わらない。あたし、あなたの女なのよね？」

「そうだとも、マリア。そうだとも、ウサちゃん」

マリアはぎゅっとジョーダンにしがみついていた。その唇が彼のそれを求め、見つけて、重なった。ジョーダンは彼女の体をまさぐった。たおやかですがすがしく、なめらかで若々しい、愛おしい肉体。ひんやりとしているようでいて、火傷するように熱い体。まるで自分の衣類や靴や任務のように自然にこの寝袋の中にいるのが、信じられなかった。やがてマリアはおずおずと言った。「ね、早く、早くしましょう、いやなことが消えてなくなるように」

「いいのかい、本当に？」

「ええ」猛々（たけだけ）しいほどの口調で、マリアは言った。「ええ、ええ、いいんだってば」

8

夜は寒かった。ロバート・ジョーダンは熟睡した。一度、夜中に目をさまして背筋を伸ばすと、マリアがまだそばにいた。寝袋の下のほうで身をまるめて、かろやかに、規則的に息をしていた。暗がりの中、ジョーダンは冷気を避けて頭を引っ込めた。夜空では星が荘厳(そうごん)に瞬(また)いていた。冷気を鼻孔に感じながら、暖かい寝袋の中で首をすくめ、マリアのすべすべした肩に口づけをする。彼女は目をさまさない。ジョーダンは寝返りをうって、また冷たい夜気の中に頭を突きだした。疲労がじんわりと溶けていく贅沢(ぜいたく)と、二つの肉体が触れ合うひそかな幸せをつかのま味わって、両足を思い切り寝袋のなかで伸ばす。それから、またつるべ落としに眠りに引き込まれていった。

夜が白々と明けたときに目覚めると、マリアの姿はなかった。目をあけた瞬間にわかって、手をのばした。寝袋の、彼女の寝ていた部分にまだぬくもりが残っていた。洞窟(どうくつ)の入口に目を転じると、毛布に霜が貼(は)りついている。岩の隙間(すきま)から灰色の煙が一筋たちのぼっているのは、調理場の火がついているからだろう。

ポンチョのように毛布を頭にかぶった男が一人、木陰から現れた。パブロだった。タバコをふかしている。馬を柵囲(さくがこ)いに入れてきたんだな、とジョーダンは思った。

パブロは、こちらには目もくれずに洞窟の入口の毛布をまくって、中に入っていった。

五年も使っているダウンの寝袋の、汚れた緑色の表面は、気球用の絹の素材でできている。そこに貼りついた軽い霜を手でさぐってから、ジョーダンはまた中にもぐりこんだ。ブエノ（ようし）と独りごちてから、慣れ親しんだフランネルの裏地に包まれる心地よさにひたりつつ両足を大きくひらく。それからまた足を閉じると、寝返りをうって、いずれ朝日が射し込むに相違ない方角に後頭部を向けた。ケ・マス・ダ（いいってことさ）、もうすこし寝ていても大丈夫だろう。

そのまま眠って、飛行機の爆音で目がさめた。

仰向けに寝たまま、機影を見あげた。ファシスト側の偵察機、イタリア空軍のフィアットの三機編隊が、小さな機体をきらめかせ、かなりの速度で山の上空を横切っていく。ジョーダン自身がアンセルモと二人で昨日やってきた方角に向かっている。その三機が通過すると、さらに九機が飛来した。三機ずつ、三角形の編隊を組んで、最初の編隊よりずっと上の高空を飛んでゆく。

パブロとジプシーのラファエルが、洞窟の入口の陰に立って空を見あげていた。ジョーダンはそのまま横たわっていた。空にはいまやキーンと耳を打つような爆音が充満していた。また新たな爆音が響いたと思うと、高度三百メートル程度の低空を三機の飛行機が接近してきた。ナチス・ドイツ空軍のハインケルＨｅ１１１双発爆撃機だ。

ジョーダンは、岩陰に頭を隠したまま、やつらにもここは見つかるまいと思っていた。見つかったところで、どうということはない。やつらの目的がこの山中の索敵にあるのなら、おそらく柵囲いの馬は見つかるだろう。索敵が目的でなくとも馬は見つけるだろうが、当然、味方の騎兵隊の馬だと思うはずだ。そのとき、また新たな、もっと大きな爆音が聞こえて、さらに三機のハインケルＨｅ１１１が飛んできた。前よりもっと低空を、堅固な編隊を組んで、微塵の乱れもなく飛んでくる。叩きつけるような爆音が一気に高まって、耳を圧する轟音になったかと思うと、空き地の上を通過して遠ざかっていった。

ジョーダンは枕代わりの衣類の束をほどいて、シャツを頭からかぶった。頭を出してシャツの裾を引っ張っていると、次の編隊が接近してくる爆音が聞こえた。寝袋の中でズボンをはき、そのままじっと横たわっていた。さらに三機のハインケル双発爆撃機が上空にさしかかり、やがて山の上を通過する頃、ジョーダンは拳銃をズボンのベルトにさしこんでから、寝袋をぐるぐると巻いて岩にもたせかけていた。それから岩のそばにしゃがんで縄底の靴のひもを結んでいると、またも接近してきた爆音が耳を圧するような轟音に変わり、さらに九機のハインケル軽爆撃機がエシュロン隊形で飛来した。すさまじい爆音で空を引き裂きながら、編隊は遠ざかっていった。

すべるような身ごなしで、ジョーダンは岩伝いに洞窟の入口に向かった。あの兄弟の一人とパブロ、ジプシーのラファエル、アンセルモ、アグスティン、そしてピラールが空を見あげていた。

「あんな大編隊がやってくることは、前にもあったのかい？」ジョーダンは訊いた。

「一度もねえな」パブロが答えた。「まあ入れよ。やつらに見つかるとまずい」

太陽はまだ洞窟の入口を照らしてはいない。いまは小川のほとりの草地を照らしている頃合いだった。早朝の樹木の影や黒々とした岩陰の綾なす暗がりにいれば発見される気遣いはないとジョーダンは踏んでいたが、みんなに余計な心配をさせたくなくて、素直に洞窟に入った。

「まあ、やたらとたくさん飛んできたもんだね」ピラールが言う。

「もっと飛んでくるさ」

ジョーダンが言うと、

「どうしてわかる？」訝しげにパブロが訊いた。

「いま飛んでいった編隊には、後続の追撃機がついてるだろうから」

ちょうどそのとき、ひときわ高い上空を接近してくるかん高い爆音が聞こえた。高度約千五百メートルの高空を飛んでいく機影を数えると、十五機のフィアットの編隊だった。三機がV字型の編隊をつくり、それがいくつもの梯団となって飛んでいった。

洞窟の入口で見上げるみんなの顔は、真剣そのものだった。ジョーダンは訊いた。

「あれだけたくさんの飛行機を見たのは、初めてかい？」

「ああ、一度もねえな」パブロが応じた。

「セゴビアでは、あれくらいの数は飛んでくるんじゃないのかい？」

「いや、一度もねえな。三機ぐらいがふつうだから。ときどき追撃機が六機ついてくることもあったが。エンジンが三基ついた、どでかいユンカースが三機、それに追撃機が三機付き添ってくるくれえで。あんなべらぼうな数の飛行機を見たのは初めてよ」

よくない兆候だ、とジョーダンは思った。こいつはまずい。相当にまずい。あれだけの敵機が集結しているということは、何かしら深刻な事態が起きつつあるのだろう。耳をすまして、爆弾を投下する音がするかどうか確かめなければ。だが、待てよ、爆撃にさらされるような味方の部隊が、いまの時点ですでに動員されているはずはない。部隊が動くのは今夜か明日以降のはずだ。まだ動いてないに決まっている。この時刻に部隊を動かすはずはない。

遠ざかってゆく爆音が、まだ聞こえた。ジョーダンは腕時計を見た。いまごろあの編隊は、すくなくとも最初の編隊は、境界線を越えているだろう。時計のノブを押すと、秒針がカチッと鳴る。それが文字盤を旋回しはじめるさまにじっと目を凝らした。いや、まだ越えてはいないか。が、もう越えたはずだ。そう。もう優に越えている。あのハインケルは時速四百キロ。五分もあれば境界線に到達する。すでに峠を楽々と越えて、朝日を浴びたカスティーリャの大地を眼下にして飛んでいるにちがいない。黄褐色の大地には白い道路が交錯し、小さな村が点在しているはずだ。ハインケルの機影はいま、白砂の海底の上をよぎる鮫の影のように、大地の上を移動していることだろう。ずしん、ずしんと地軸を揺るがすような爆撃の音は聞こえない。カチ、カチという秒針の音が聞こえるだけだった。

あいつら、コルメナルやエスコリアル、もしくはマンサナレス・エル・レアルの飛行場に向かっているのだ、とジョーダンは推測した。あの湖畔には古城がたたずみ、葦のあいだを家鴨が泳いでいる。その近くの飛行場の背後には偽の飛行場が設けてあり、ダミーの飛行機がおおっぴらに並べてあって、プロペラが風に吹かれて旋回している。あの大編隊はそこを目指しているにちがいない。目前に迫ったこちらの攻勢を、敵が感づいたはずはない、とジョーダンは胸に呟いた。が、待てよ、とささやく声があった。本当にそうだろうか。これまでも、こちら側の計画はすべて敵に筒抜けだったのだから。

「おれの馬、見つかっちまったかな？」パブロが訊いた。

「あいつら、馬を探していたわけじゃないからね」ジョーダンは答えた。

「でも、目に入ったかな？」

「あの編隊、馬を探せと命じられたわけじゃないさ」

「でも、めっけられたかな？」

「それはないだろう。あの林に日が差していれば別だが」

「あそこは、朝早くから日が差すからよ」気落ちした声で、パブロが言う。

「あいつらの念頭にあったのは、あんたの馬以外のことさ」

ストップウォッチのノブを押してから八分たっていたが、爆撃の音はまだ聞こえない。

「その時計で何してるんだい？」ピラールが訊く。

「あいつらがどこまで飛んでいったか、計っているのさ」

「ふうん」

十分たったところで、ジョーダンは時計を見るのを止めた。音がここまで達するのに一分と見込んでも、もう遠くにゆきすぎてしまっただろうと思ったからだ。彼はアンセルモに声をかけた。「あんたに話がある」

洞窟から出てきたアンセルモとつれだって、入口からすこし離れたところまで歩き、松の木のそばに立った。

「ケ・タル（調子はどうだい）？」

「上々ですよ」

「食事はすませたかい？」

「いえ。まだだれも食べちゃいません」

「じゃあ、すませて、昼食時に食べるものも用意してくれ。あの橋につづく道路を監視してほしいんだ。あの道路を行き来する車両を、残らず書き留めてくれないか」

「わたしは字が書けませんが」

「いや、字を書く必要はないんだ」手帳の紙を二ページ分引き裂き、鉛筆の先端を三センチほどナイフで切りとった。「これを持っていって、戦車を見たらこういう印を書いてくれればいい」傾いた戦車の絵をかいて、「一台につき一つずつ書いて、五台目が現れたら、それまで書いた四台の印を×で消すんだ」

「わたしらも、そういう数え方をしてますな」

「そいつはいい。じゃあ、別の印を教えよう。二つの車輪の上に箱を書いたら、トラックの印だ。もし荷台が空だったら、丸で囲む。もし兵隊を満載していたら、その上に棒を引く。それから、大砲の印。大型だったら、こう。小型だったら、こう。車の印はこう。傷病兵搬送車の印はこうだ。二つの車輪の上に箱を書き、その上に十字を書いておく。歩兵部隊の一中隊の印はこうだ、いいね？ 小さな四角を書いて、そのわきに印をつける。騎兵隊の印はこうだ、いいかい？ 馬みたいだろう。箱に四つの足をつける。これが二十頭の馬の部隊だ。わかるね？ 一部隊ごとに印をつける」

「はい。そいつはいい考えですな」

「それからと」二つの大きな車輪を書いて丸で囲み、砲身の印の小さな棒をつけた。

「これが対戦車砲の印だ。ゴムのタイヤを備えているから、その印もつける。それと、これが高射砲」二つの車輪に、斜めに上向いた砲身を添える。「この印もつけておいてくれ。いいね？　こういう砲は、見たことがあるかい？」

「ええ、もちろんです。よくわかりまさ」

「ジプシーを一緒に連れていって、あんたが見張る場所を確認させておいてほしい。あとで交代するときのために。安全な場所を選んでくれ。橋に近寄りすぎず、それでいて、じっくりと見わたせる場所がいい。そこで見張って、交代の時を待つんだ」

「わかりました」

「よし。もどってきたら、橋でどういう動きがあったか、正確に報告してもらうと助かる。この紙には橋をのぼってゆく動き、もう一枚の紙には橋を下る動きを書き込んでくれ」

二人は洞窟のほうに歩きだした。

「ラファエルをよこしてくれ」ジョーダンは言って、木のそばで待った。見ていると、アンセルモが洞窟に入ってゆき、その背中に入口の毛布が降りた。やがてジプシーが、口元を手で拭(ぬぐ)いながら、ぶらぶらと出てきた。

「ケ・タル（どうだい）？」ジプシーは言った。「ゆうべは楽しめたかい？」

「よく眠ったよ」

「そいつはよかったな」にやっと、ジプシーは笑った。「タバコ、持ってるか？」

「いいかい」ロバート・ジョーダンは言って、ポケットのタバコをさぐった。「これからアンセルモと一緒に、道路をじっくり見張れる場所までいってくれ。そこであんたは別れるんだが、後でぼくや、彼と交代する人間をそこまで案内できるように、道順をしっかり頭に入れてほしい。それからあんたは、あの製材所を見張れる場所に移るんだ。あの哨所（しょうしょ）に何か変化があったかどうか、しっかり観察してほしい」

「変化ってえと？」

「あそこに詰めている兵隊は何人いる？」

「五人だったぜ。最後に見たときは」

「いまは何人いるか、確かめてくれ。あの橋では、どれくらいの間隔で兵隊が交代するのかも」

「間隔って、何だい？」

「一人の兵隊が何時間ぐらい見張りをして、何時に交代するのか」

「おれ、時計を持っちゃいねえからな」

「じゃあ、ぼくのを持っていけ」ジョーダンは腕時計をはずした。

「すげえ時計だな」感心したようにラファエルは言った。「なんて複雑なんだ。こんな時計なら、読み書きもできそうじゃねえか。どうだい、この数字の込み入ってること。

時計の中の時計だな、こいつは」

「やたらといじらないようにな」ジョーダンは注意した。「時間は読みとれるね？」

「あたりめえだろう。昼間の十二時。腹がへってら。真夜中の十二時。おねんねだ。朝の六時。腹がへってら。夕方の六時。酔っ払ってるな、運が良けりゃ。夜の十時——」

「もういい。おふざけはそこまでだ。あんたにやってほしいのは、大きな橋とその下の哨所の警備兵の動きの監視だ。あの製材所と小さな橋の哨所、そこの警備兵を監視するのと同じやり方で」

「そりゃ、たいした仕事だな」ジプシーはにやついた。「おれ以外にそれをやらせたいやつってのは、いねえのかい？」

「いないんだよ、ラファエル。これはとても重要な任務なんだ。ごく慎重に、敵に見つからないようにやってほしい」

「そりゃ、敵に見つからねえようにやるさ。どうしてわざわざそんな念を押すんだい？おれが敵に射たれたがってるとでも思うのかい？」

「すこし真面目に聞いてくれ。これは真面目な話なんだ」

「あんたにそれを言われたくねえな。ゆうべ、あんなにイイことをしたあんたによ。あんた、人間を一人、始末すりゃよかったのに、代わりに何をした？　あんたにはな、人を殺してほしかったんだ、人をこしらえるんでなしによ！　ついさっきは敵の飛行機の大編隊が空を埋めてたよな、それこそ祖父(じい)さんたちの代からこれから生まれる孫たちまで、そこらじゅうの猫や山羊(やぎ)や南京虫(ナンキンむし)まで皆殺しにしちまうくらいの大編隊が。やつらときたら、お袋のおっぱいの乳まで固まっちまうくらいの音を立てて、ライオンみてえに吠(ほ)えながら、空を黒々と染めて飛んでった。それをビクつきながら見ていたおれに向かって、あんた、もっと真面目にやれなんてほざくのかい？　こっちはもう真面目になりすぎるくらい真面目になってら」

「わかった」ジョーダンは言って、つい吹きだし、ラファエルの肩に手を置いた。「じゃあ、あまり真面目になりすぎないでくれ。朝食をすませてから、出発してもらおうか」

「で、あんたは？」ジプシーは訊いた。「あんたはどうするんだ？」

「エル・ソルドに会いにゆく」

「あんな敵機がきた後じゃ、この山のどこにも、人っ子一人残っちゃいねえぜ、きっと。けさ、あいつらが通過したときは、大粒の脂汗(あぶらあせ)を流したやつが大勢いたにちげえねえさ」

「あの敵機の編隊には、ゲリラ狩り以外の任務があるんだよ、きっと」

「そうだろうな」ジプシーは言った。それから首を振って、「でも、やつらが本気でゲリラ狩りをおっぱじめるとなると」

「ケ・バ（心配しなさんな）」ジョーダンは言った。「あれはドイツ空軍の最精鋭の軽爆撃機だ。ジプシーを狩るために出動させたりはしないさ」

「とにかく、ぞっとしたぜ。ああいうのには弱いんだよ、おれは」

「あいつらの目的は、飛行場の爆撃だ」洞窟に入りながら、ジョーダンは言った。「まず間違いない」

「なんだって？」パブロの女が言った。ジョーダンのためにコーヒーをボウルについで、コンデンス・ミルクの缶を手渡した。

「ほう、ミルクまであるのかい？　こいつは豪勢だな！」

「ああ、ここにはないものがないくらいさ。あの敵機が飛んでってから、みんなビクついてるんだ。あいつら、どこに向かったって？」

ジョーダンは缶の蓋の穴から濃いミルクをつぎ、カップのふちで缶のへりを拭ってから、コーヒーが薄茶色に変わるまでかきまぜた。

「やつらの目的は飛行場の爆撃だと思う。だから、エスコリアルとかコルメナルに向かったんだろう。三つの編隊、全部が」

「ここからずっと遠くにいっちまって、この辺には近寄らねえでもらいてえな」パブロが言った。

「それにしても、どうしてこんなところを通るんだろうね？」ピラールが訊いた。「どうしていまどき、こんなところをさ？　あんな飛行機は見たことないもの。しかも、あんな大編隊でやってきて。やつら、大がかりな攻撃の準備でもしてるのかね？」

「ゆうべ、この辺の道路ではどんな動きがあった？」ジョーダンは訊いた。マリアがすぐそばにいたが、彼女のほうは見なかった。

「あんた」ピラールが言った。「ねえ、フェルナンド。あんた、ゆうべはラ・グランハにいたんだろう？　あそこじゃ、変わった動きがあったかい？」

「いや、別に」年の頃三十五、六、背の低い、片方の目が斜視で、実直そうな顔をした男が答えた。ジョーダンが初めて見る男だった。「いつものようにトラックが何台か通ったな。それと乗用車が数台。おれがいるあいだ、部隊の動きはなかったよ」

「あんた、ラ・グランハには毎晩いくのかい？」ジョーダンは訊いた。

「ああ、おれか別のやつがな」フェルナンドは答えた。「とにかく、だれかがいってるよ」

「情報をさぐったり、タバコを手に入れたり、いろいろと雑用のためにね」ピラールが口を添える。

「あそこにも、味方がいるのか？」

「ああ。いなくてさ。発電所で働いてるやつとか、他にも何人かいるよ」

「どんな情報を仕入れてきた？」

「プエス・ナダ（何もなかったな）。北部のほうじゃ依然不利な情勢がつづいているみたいだが、そいつは目新しいことじゃない。北部のほうは、最初から形勢が悪かったし」

「セゴビアからは、何か情報は？」

「ないよ、オンブレ（旦那）。ま、おれも特に聞いてまわったわけじゃない」

「あんた自身、セゴビアにいくことはあるのかい？」

「ときどきな。でも、危険なんだ、あそこは。検問所があって、証明書を見せろと言われるから」

「あそこの飛行場は知ってるか？」

「いや、知らないね。場所は知ってるが、近づいたことはない。あそこでも、身分証明書を見せろと、やかましく言われるもんでね」

「さっきの編隊について、昨夜のうちに何か噂（うわさ）しているやつはいたかな？」

「ラ・グランハで？　いや、だれも。でも、今夜は間違いなく噂になるさ。ゆうべ話題になってたのは、ケイポ・デ・リャーノ将軍のラジオ放送だ。それくらいのもんだった。ああ、そういえば、共和国が攻勢の準備をしているそうな」

「何の準備だって？」

「共和国が、攻勢の準備をしているとさ」

「どこで？」

「それはわからないが、このあたりじゃないか。でなきゃ、シエラの別の一帯とか」

「ラ・グランハで、そんな話が広まってるのか？」

「そうだよ、オンブレ。いま思いだしたんだけどな。でも、新しい攻勢の噂はしょっちゅう出まわってるぞ」

「どういうところから、そういう話が出るんだろう？」

「どういうところ？　そりゃ、いろんな人間からさ。セゴビアやアビラのカフェで将校たちが話してるのを、給仕が耳に留めたりとか。噂ってのは広まるのが早いからな。あの辺じゃ、共和国が攻勢に出るって噂は、しばらく前から流れてるんだ」

「共和国の攻勢か、ファシスト側の攻勢か、どっちだい？」

「共和国のさ。ファシスト側の攻勢だったら、もう広く知れ渡ってるだろうよ。なんでも、かなりの規模の攻勢らしいな。二か所でやるって話もあるし。このあたりと、もう一つはエスコリアルの近くのアルト・デル・レオンだとか。あんたは聞いてないのか？」

「他にどんな噂を聞いた？」

「ナダ（それくらいだな）、オンブレ。ああ、そういえば。仮に攻勢があるとすると、共和国側が橋を爆破するかもしれない、という噂もあったな。でも、橋は厳重に警備されているとか」

「そいつは冗談のつもりかい？」ロバート・ジョーダンは言って、コーヒーをすすった。

「とんでもないよ、オンブレ」

「この男は冗談は言わないよ」ピラールが言った。「すこしは冗談くらい言えばいいのに」

「そうか」ジョーダンは言った。「助かったよ、いろんな情報を聞かせてもらって。それくらいのもんかい、耳に入ったのは？」

「まあね。いまにはじまった話じゃないが、ファシストのやつら、この山を掃討するために軍隊を送るなんて噂も流れているし。軍隊はすでに派遣されたなんて説もあるんだ。とっくにバジャドリードを出発したなんて話もある。だいたいがその手の話さ。真面目に受けとることはないよ」

「そうなると、あんた」嚙みつくような口調で、ピラールがパブロに言う。「あんたの好きな安全第一の話の出番だね」

パブロは考え込みながら彼女を見返して、顎をかいた。「おめえは、お気に入りの橋の話をしたらどうだ」

「橋というと？」あっけらかんとした口調でフェルナンドが訊く。

「馬鹿だねえ、おまえは」ピラールが言った。「なんて間抜けなんだ。トント（阿呆だよ、本当に）。もう一杯コーヒーを飲んで、他にも何か耳にしなかったか、思いだすといい」

「そう怒りなさんなよ、ピラール」穏やかに、快活な口調でフェルナンドが言った。

「噂で神経をとがらせることはないだろうが。とにかく俺は、覚えてることをぜんぶ、あんたと、この同志に話したんだから」

「他にはないんだな、覚えてることは？」ジョーダンは訊いた。

「まあな」フェルナンドはもったいぶって答えた。「これだけ覚えてただけでも、おれにしては上出来さ。どうせろくでもない噂だと思ったから、聞き耳を立てたりしなかったからね」

「じゃあ、実際には、もっと他にも噂は流れていたってことか？」

「そうだな。そうだったかもしれない。でも、なんせおれは真面目に聞いちゃいなかったからな。なにしろこの一年、ろくでもない話ばかり耳にしてたもんで」

背後にいるマリアが、ついくすっと吹きだしたような声が、ジョーダンの耳に入った。

「じゃ、あと一つでいいから、ろくでもない噂を聞かせてよ、フェルナンド」マリアはまた肩をふるわせた。

「覚えてたって、話すもんかい」フェルナンドは言った。「くだらない噂を耳にするそばから信じ込むのは、男の恥だからな」

「でも、それで共和国が救えるんだよ」ピラールが言った。

するとパブロが、「おめえの場合は、橋を爆破して共和国を救うんだろうが」

「じゃあ、いってきてくれ」ジョーダンはアンセルモとラファエルに声をかけた。「食事は終わったんだろう」

「ええ、いってきますわい」老人は言い、二人は立ちあがった。ジョーダンは、だれかの手がそっと肩に置かれるのを感じた。マリアだった。「あなたも食べなくちゃだめよ」肩に手をのせたままマリアは言った。「たくさん食べて、もっと噂を消化できるようにしなきゃ」

「噂を聞きすぎて、食欲どころじゃない」

「だめじゃない、そんなことじゃ。ほら、これを食べなさいな、もっともっと噂を聞かされる前に」ボウルをジョーダンの前に置いた。

「おれをからかうのはやめてくれ」フェルナンドが言った。「仲良しのおれをよ、マリア」

「あんたをからかったりするもんですか。あたしはただ、この人をからかってるだけ。もっと食べなきゃおなかをすかせてしまうから」

「それはそうだ、みんなで食わなきゃな」フェルナンドは言った。「おれたちに食わせたくないものなんぞ、何もないんだろう、ピラール？」

「ああ、そのとおり」パブロの女は言って、フェルナンドのボウルに肉のシチューをよそった。「さあ、おたべ。あんたのお得意だろう。おたべよ」

「うん、こいつはめっぽううまいぞ、ピラール」もったいぶった調子を崩さずにフェルナンドは言った。

「ありがとうよ」ピラールは答えた。「ありがとう。もう一度言おうか。ああ、ありがとう」

「なんだい、怒ってんのか？」フェルナンドは訊いた。

「とんでもない。さあ、おたべ。とっととおたべ」

「ああ、食うとも。礼を言うぜ」

ジョーダンがマリアを見ると、肩がまたふるえだしていた。マリアは目をそらした。フェルナンドは誇らしげに、胸を張って堂々と食べつづけた。その威風は、手にした大きなスプーンや、口の端からわずかにしたたるシチューの汁によっても、損なわれることはなかった。

「気に入ったかい？」ピラールが訊いた。

「おう、気に入ったぜ、ピラール」口いっぱいにシチューを頰ばって、フェルナンドは答えた。「いつもどおりの味だからな」

自分の腕に置かれたマリアの手。その指先が嬉しそうにしめつけてくるのをジョーダンは感じていた。

「いつもどおりだから気に入った、ってのかい？」フェルナンドに訊き返してからすぐに、ピラールはつづけた。「そうなんだ。なるほどね。シチューはいつもどおり。コモ・シエンプレ（なんでも、いつもどおり）。北部の情勢がかんばしくないのも、いつもどおり。このあたりで攻勢がはじまるのも、いつもどおり。ファシストの軍隊がわたしらを狩り立てにくるのも、いつもどおり。あんたはさしずめ、いつもどおりの記念碑の役割を果たせそうじゃないか」

「でも、最後の二つは噂にすぎないんだからな、ピラール」

「これがスペインって国なんだ」情けなさそうにパブロの女は言った。それからジョーダンのほうを向いて、「よその国にも、こんな連中がたくさんいるのかしらね？」

「スペインみたいな国は他に二つとないさ」ジョーダンは控えめに答えた。

「その通りだよ」と、フェルナンド。「スペインみたいな国は、この世界にまたとあるもんか」

「あんたは、スペイン以外の国なんて見たことあるのかい？」ピラールが訊いた。

「いいや。見たくもないしな」

「これだからね」ジョーダンのほうを向いて、ピラールは言った。

「ねえ、フェルナンド。バレンシアにいったときのこと、聞かせてよ」マリアが言った。

「バレンシアは好きになれなかったな」

「どうして？」マリアは訊いてから、またジョーダンの腕をしめつけた。「どうして好きになれなかったの？」

「バレンシアの人間は、礼儀作法ってものを知らないんだよ。やつらの本音が、どうも読みとれなくてな。あいつらときたら、お互いに〝チェ（やあ）〟とばかり叫び合ってんだから」

「あなたの気持ちが理解できないわけね、向こうの連中？」

「わからないふりをしてやがるんだ」

「で、あなたはどんなことをしてすごしたの、バレンシアでは？」

「海も見ずに帰ってきたさ。いやなやつらだよ、あの地方の人間は」

「ああ、もう、出てっておくれよ、小姑みたいな口をきく、あんたのような男は」ピラールが言った。「とっとと出てっておくれ、胸がムカムカしてくる前に。わたしはね、人生で最高に楽しい時間をすごしたんだから、バレンシアでは。バモス（出ていけっていうのに）！　ああ、バレンシア。わたしの前でバレンシアの悪口を言うやつは、ほっとかないから」

「じゃあ、あなたはバレンシアでどんな風にすごしたの？」マリアが訊いた。パブロの女はコーヒーのボウル、一切れのパン、それにシチューのボウルをテーブルに置いて、腰を下ろした。

「ケ（どんなことを）？　あそこでどんなことをしたか、って。バレンシアにいったのはね、フィニトがフェリア（お祭り）で三回の闘牛に出る契約をしたときだったよ。まあね、あんなに大勢の人を見たのは初めてだったね。カフェがあんなに込み合ってるのを見たのも、初めてだったたし。何時間待ったって席はとれない、電車にも乗れない。夜も昼も、そりゃたいした賑わいだったよ、あのときのバレンシアは」

「でも、あなたは何をしてたの？」

「そりゃ、ありとあらゆることさ。海岸にいってね、水につかって寝ころんでいたら、帆を張った船を牛が海から引っ張りあげるんだからね。最初に牛は、背が立たないところまで海に追いやられる。それから船にくくりつけられる。で、足の立つところまでくると、猛然と砂の上まであがってくるのさ。さざ波が波打ち際ではじける朝、首枷でつながれた十頭の牛が、帆をかけた船を海から引っ張りあげるんだよ。それがバレンシアさ」

「でも、そんな牛の見物をする以外に、あなたはどんなことをしてたの？」

「砂浜に張ったテントの中で、美味しいものをたらふく食べたよ。お菓子なんだけどね、こまかく刻んだ魚と、赤と緑の胡椒、それに米粒のようにちいさなナッツを混ぜ合わせて煮てこしらえたお菓子なんだ。信じられないほど濃い魚の味がしみ込んだ、パイのようにふわっとした舌ざわりのお菓子だった。それから、ライム・ジュースをふりかけた獲れたてのクルマエビ。ピンク色で、甘くて、四口も嚙んでやっと食べ切れるくらいの大きさでさ。それをたらふく食べたんだから。それから、貝殻をつけたままのハマグリだの、イガイだの、ザリガニだの、ちっちゃなウナギだの、それはまあ新鮮な海の幸を炒めたパエリャもね。それから、もっと小さいウナギだけを油で揚げて食べるんだけど、豆の芽みたいにちっちゃなウナギがくねくねと体をくねらせてさ、これが信じられないくらい柔らかいもんだから、口に入れると噛まないうちから溶けてなくなっちまうんだ。そうやって食べながらも、白ワインは切らさなかったね。一壜三十センティモの、軽くてうまいワインをきりっと冷やしてさ。そして、最後をメロンでしめくくる。あそこはメロンの名産地だから」

「メロンはカスティーリャ産のほうがうまいぞ」フェルナンドが口をはさんだ。

「ケ・バ（冗談じゃない）」ピラールは応じた。「カスティーリャのメロンは自瀆用だろう。バレンシアのメロンは食べるためにあるんだから。人の腕ほども大きくて、海のように青くて、さくりと切ると汁けたっぷりで、夏の夜明けよりも甘いメロン、あれを思うと、もう、たまらないね。それからあのちっちゃいウナギ、皿に山盛りになった、あの細っこくて柔らかいウナギ、あれだってどんなに素晴らしかったことか。それに加えて、午後の間じゅう、水差しのビールを飲みつづけたんだからね。ビールの入った、水甕ほどの大きさの水差しが、すっかり冷えて汗をかいていたものさ」

「じゃあ、飲み食いをしてないときは、どんなことをしてたの？」

「そりゃ、愛し合ったんだよ、バルコニーにすだれのかかっている部屋で。蝶番で動く扉の上の隙間から、涼しい風が入ってくる部屋だった。昼間でもその部屋はすだれのおかげで薄暗くて、往来からは花市の花の香りが漂ってくる、そういう部屋でわたしたちは愛し合ったんだ。あの町では、フェリアのあいだ、毎日正午になるとトラカが街路を走りまわって、爆竹が盛大にはぜるんだけど、その火薬のにおいも、わたしらが愛し合っている部屋に流れ込んできたっけ。トラカというのは爆竹を長いひものようにつらねたもので、それが町中を走りまわって、電柱や電車の架線伝いにバンバンとはぜるんだけどね。電柱から電柱へと、それは盛大な音を立ててはぜるんだけど、あのかん高い、耳の鼓膜が裂けちまいそうな音のすさまじさといったら、信じられないほどさ。

一回愛し合ってから、また冷たい汗をかいている水差し入りのビールを注文する。女の子が持ってくると、戸口で受けとってから、ぐっすり寝込んでいるフィニトの背中に冷たい水差しを押しつけてやったりしてね。ビールが届いたときにも目をさまさなかったフィニトが叫ぶ、〝やめろ、ピラール。おい、やめろったら、寝かせてくれ〟。だから、あたしも言ってやるんだ、〝ほら、起きなってば、飲んでごらんよ、すごく冷えてるから〟。するとフィニトは、目もあけずにガブガブ飲んで、また寝込んでしまう。わたしはベッドの裾のほうに置いた枕に寄りかかって、そんなフィニトをじっと見守っていたっけ。そう、静かに眠っている黒髪の、褐色の肌の若者をね。そして、残っていたビールを全部飲み干すと、往来を通りすぎる楽団の音に耳を傾けたものだった。どうだい、あんた」パブロに向かって、「わたしにもこういう日々があったなんて、すこしでも知ってたかい?」

「おれとだって、おめえはいろんなことをしてきただろうが」

「ああ、してきたよ。そりゃあね。あんたも若い時分はフィニトよりも男らしかった。でも、バレンシアに一緒にいったことは一度もなかったね。ベッドに並んで横たわって、楽団が通りすぎる音に耳をすませたことだって、一度もなかったね」

「あたりまえだろうが。おれとおめえと、二人でバレンシアにいく機会なんぞ一度もなかったんだから。ちゃんと頭を働かせりゃ、わかるはずだ。それによ、フィニトと組んで列車を爆破したことなど、おめえは一度もなかったはずだぞ」

「ああ、なかったよ。あれはあんたと一緒にやったことさ。列車の爆破はね。ああ、そうとも。何かというと列車の話だね、あんたは。あれにはだれもケチをつけられないからだろう。あんたがいくらズルをきめこんで、怠けて、失敗したって、あの功績は残るからね。いまのあんたがどんなに臆病者(おくびょうもの)になったって、あの功績は残るんだから。他にもあんたがやってのけたことは、いろいろあったよ。それは否定しない。でもね、バレンシアの悪口を言うやつ、わたしは許しゃしないよ。わかったかい?」

「それでも、いやなところだったな、バレンシアは」平静な口調でフェルナンドが言った。「いやだな、バレンシアは」

「これだ。ロバを頑固者と呼んだら、ロバが泣くよ、本当に」ピラールは言った。「さ、片づけて、マリア。そろそろ出かけるから」

彼女が言い終わらないうちに、帰投する爆撃機の最初の爆音が聞こえてきた。

9

彼らは洞窟の入口に立って、敵機の編隊を眺めた。爆撃機は醜悪な鏃の隊形を組み、すさまじい爆音で空気を切り裂きながら高空を飛んでいく。鮫の形に似ているな、とロバート・ジョーダンは思った。メキシコ湾流を遊弋する、ひれの大きな、頭のとがった鮫。だが、いま銀色の大きなひれを広げて、陽光を浴びつつプロペラで白い霧の尾を引きながら轟々と飛んでいる彼らは、鮫のような動きはしない。いまだかつて見たこともない動きだ。機械じかけの運命のように、彼らは飛んでいく。

また文章を書かなくちゃな、とジョーダンは思った。そのうちまた書くこともあるだろう。マリアが腕にしがみついているのを感じた。空を見あげている彼女に、ジョーダンは言った。「やつら、何に見える、マリア?」

「わからない。死神かしら」

「わたしには飛行機に見えるね」パブロの女が言った。「小型のやつはどこにいるんだろう?」

「別のルートで帰っていくんだろう。あの爆撃機は速すぎて、小型機を待っていられないんだ。で、一足早く帰ってきたのさ、きっと。敵の支配地まで越境して追撃できるだけの飛行機は、味方にはない。そんな危険を冒せるだけの数の飛行機がないんだ」

ちょうどそのとき、V字編隊の三機のハインケル戦闘機が、木の梢に触れんばかりの低空で空き地の上に進入し、彼らのほうに向かってきた。翼を傾けて、鼻のとがった、ガンガンとうるさい醜悪な玩具のように接近してきたかと思うと、突然、その姿は恐ろしい実物大に拡大し、耳をつんざくような轟音と共に飛び去った。あまりにも低空だったので、ヘルメットをかぶってゴーグルをかけた操縦士たちの姿や、編隊長の首の背後になびくスカーフまでが、洞窟の入口にいた全員の目に映った。

「あれじゃ、馬も見つかったな」パブロが言った。

「あんたのくわえているタバコまで見られたさ」と、ピラールが応じる。「さあ、毛布をおろそう」

それっきり敵機は飛来しなかった。残りの飛行機はきっと、もっと遠くの山地を横断して帰投したのだ。爆音が遠のいて消え去ると、一同は洞窟の外の空き地に出てきた。

上空にはもう何も見えず、空は高く、青く、澄みわたっていた。

「なんだか、夢から覚めたみたい」マリアがジョーダンに言った。爆音が完全に遠のいてしまうと、もはや指先が触れては離れ、離れては触れるような、あの微かな最後の唸り音すら聞こえなかった。

「あれは夢じゃないよ。さあ、中へ入って片づけておくれ」マリアに言ってから、ピラールはジョーダンのほうを向いた。「あんた、どう思う？　馬でいったほうがいいか、それとも歩いていったほうがいいか？」

パブロが彼女を見て、何か唸り声を洩らした。

「あんたの好きにしてくれ」ジョーダンは答えた。

「じゃあ、歩いていこうか。そのほうが肝臓にもいいし」

「馬でいくのも肝臓にいいはずだが」

「そうね。でも、お尻にきついから。わたしらは歩いて、あんたは――」パブロのほうを向いて、「あんたは下にいって、馬の数をかぞえたらどうだい。逃げた馬がいなかったかどうか」

「おめえ、馬でいきたくはねえか？」パブロがジョーダンにたずねた。

「いや。お気づかいはありがたいがね。あの娘はどうする？」

「歩かせたほうがいいよ」ピラールが言った。「馬に乗せたら体の節々が痛くなって、何の役にも立たなくなるかもしれない」

顔にさっと血がのぼるのをジョーダンは感じた。

「あんたは、よく眠れたかい？」ジョーダンに訊いてから、ピラールはすぐにつづけた。

「あの子は本当に、何の病気にもかかってないんだ。かかってもおかしくなかったのに。どうしてかわからないけど。もしかしたら、まだ神さまってやつが存在するのかもね。わたしら、信仰はもう捨てちゃったんだけど。あんたは早くおゆき」パブロに向かって、「これはあんたには関わりのないことなんだから。あんたよりずっと若い人たちの話なんだからさ。そう、あんたとは出来がちがう人たちの話さ。さあ、おゆきったら」ジョーダンのほうに向き直って、「アグスティンにあんたの荷物の番をさせるからね。あいつがきたら、出かけようじゃないか」

きれいに晴れわたった日で、日が昇ったいまはもう暑かった。ジョーダンは、浅黒く日焼けした顔の、大柄な女をあらためて見つめた。間隔のあいた、気のよさそうな目。角ばった肉厚な顔には皺が刻まれているが、目は陽気そうで、決して美しくはないものの感じがいい。哀しみをたたえる顔は、唇が動くと印象が一変した。その顔から、ジョーダンの視線は柵囲いに向かって木立の間を抜けてゆく、ずんぐりとした男に移った。ピラールも彼の後ろ姿を見送っていた。

「あの子とはやったのかい？」突然の問いかけだった。

「あの子は何と言ってた？」

「話したくないとさ、その件は」

「じゃあ、ぼくも話さないでおく」

「ということは、やったんだね。くれぐれも粗末に扱わないでおくれよ、あの子を」

「赤ん坊ができたら、どうしよう？」

「それは別にかまわないさ。どうということはないよ」

「ここは、子供を産めるような場所じゃないからな」

「いつまでもここにはいないさ。あんたと一緒にいくだろうよ、あの子は」

「いくといったって、どこに？　ぼくは女づれで行動するわけにはいかない」

「でも、わからないだろう、先のことは。赤ん坊と一緒につれていけるかもしれないじゃないか」

「そんな無責任なことは言わないでくれ」

「いいかい」ピラールは言った。「わたしは臆病者（おくびょうもの）じゃないけど、こういう早朝には物事がはっきり見えるんだ。いまはピンピンしていても、こんどの日曜日にはあの世にいってる人間が大勢いるはずさ」

「きょうは何曜日だい？」

「日曜日だよ」

「ケ・バ（おいおい）。じゃあ、次の日曜日なんてずっと先じゃないか。水曜日まで生きていられたら御の字だ。でも、あんたのそういう話の持っていき方はどんなものかな」

「だれだって話し相手はほしいからね。以前は宗教とかなんとか、阿呆（あほ）らしいものがあったけどさ。いまはだれしも、あけすけに心の内を明かせる相手が必要なんだ。人間ってやつは、どんなに大胆になれたところで、とても孤独な動物なんだから」

「ぼくらは孤独じゃない。みんなで連帯しているじゃないか」

「さっきみたいに、あんな敵の飛行機を見ると、やっぱり平気ではいられないよ。所詮(しょせん)、ああいう機械には太刀打ちできないんだから」

「いや、みんなでやつらを打ち負かせるさ」

「いいかい」ピラールは言った。「わたしはこうして悲しい心中を明かしているけど、だからって決心が鈍ったとは思わないでおくれ。わたしの決心には何の変りもないんだから」

「悲しみなんて、日が昇れば消えてしまうさ。霧みたいにね」

「たしかにね。そう思いたけりゃ思えばいいよ。たぶん、さっきバレンシアについて馬鹿(ばか)なことをしゃべったせいで、こんな気持ちになったのかもしれない。それと、いま馬を見にいってる、あの情けない男のせいさ。ただ、あんな話をしたことで、わたしはあの男をだいぶ傷つけてしまった。あの男を殺すのもいい、罵(のの)しるのもいい。でも、傷つけるのはよくないね」

「だいたい、どうしてあの男と一緒になったんだい？」

「人はどうしてだれかと一緒になるんだろうね？　この抵抗運動のはじまった頃、いや、それ以前から、あの男は見あげた存在だったんだよ。ひたむきなところがあってね。でも、いまは終わっちまった。皮袋の栓が抜けて、中身のワインがみんな流れ出てしまったみたいに」

「どうも、あの男は好きになれない」

「あいつだって、あんたを好いちゃいないさ。それも道理でね。ゆうべ、わたしはあの男と寝たんだよ」にやっと笑って、ピラールは首を振った。「バモス・ア・ベル（それでさ）、わたしは言ったんだ、〝あんた、どうしてあの外国人を殺さなかったんだい、パブロ？〟。そうしたら、〝あいつはいいやつだからさ、ピラール〟って言うのさ、〝あいつはいいやつだぜ〟ってね。だから、わたしは言ってやった、〝わたしが指揮をとるってこと、納得してくれたんだね？〟。そうしたら、〝そのとおりだ、ピラール、わかったよ〟って、パブロは言った。それから深夜になって、パブロが寝ないで泣いているのが聞こえてね。まるで体の中に獣（けだもの）がいて、そいつに体を揺すぶられているみたいに男泣きをしてしゃくりあげてるんだよ。〝どうしたんだい、パブロ？〟って言って、わたしはあの男を抱きしめてやった。そしたら、〝何でもねえよ、ピラール、何でもねえ〟って言う。〝そんなことないだろう、何か胸につかえてることがあるんじゃないのかい〟とわたし。そうしたら、〝あの手下どもよ〟とパブロは言う。〝あいつら、あんなにあっさりおれを見限りやがって。まったく、やつらときたら〟。しょうがない、わたしは言ったよ、〝たしかにね。でも、みんな、わたしについてるんだから。そのわたしはあんたの女じゃないか〟。するとあの男は言うんだ、〝ピラール、あの列車のことを忘れないでくれよな〟。そしてつづけて、〝おめえに神の加護がありますように〟。〝なんで神なんか持ちだすんだい〟って、わたしは言ってやった。〝なんてことを言いだすんだい？〟。〝いいじゃねえか〟とあの男は言い返した。〝神さまとビルヘン（処女マリア）におすがりするのよ〟。〝ケ・バ（なんだろうね、まったく）。神さまとビルヘンだなんて〟ってわたしは言い返した。〝どういうつもりだい、まったく〟。するとあの男は、〝死ぬのが怖いんだよ、ピラール〟って言う。〝テンゴ・ミエド・デ・モリル（死ぬのが怖いんだ）。わかってくれるか？〟。〝じゃあ、このベッドから出てっておくれ〟って、わたしは言った。〝このベッドにはね、わたしと、あんたと、あんたの臆病風が一緒に寝られるような余裕はないんだから〟って。するとパブロのやつ、さすがに恥ずかしかったんだろう、それっきり黙り込んだので、わたしも寝入ったんだけど。あの男は終わっちまったよ、本当に」

ジョーダンは黙っていた。

「こういう侘（わび）しさに襲われることって、これまでもなかったわけじゃない、一定の間隔を置いてね。でも、わたしの場合、パブロが襲われるような侘しさとはちがうんだ。それで決意が鈍ることはないんだから」

「それはそうだろうとも」

「もしかすると、これは女の月のさわりのようなものかもしれない。きっと、どうってことはないのさ」一呼吸おいてから、ピラールはつづけた。「わたしはね、共和国の未来に大いなる幻影を見ているんだ。共和国の大義をこれっぽちも疑っていないし、固く信じてるよ。それこそ信仰心の篤い連中が秘跡を信じているような熱烈さで、わたしは共和国を信じている」

「そういうきみを、ぼくは信じている」

「じゃ、あんたも同じ信念を抱いているのかい？」

「共和国に対して？」

「そう」

「ああ、抱いているとも」本当にそうだといいと念じながら、ジョーダンは答えた。

「嬉しいね。で、何か恐れていることは？」

「死ぬことは怖くないな」それは本当だった。

「それ以外に、恐れていることは？」

「自分の任務を果たせないこと。それだけだね」

「他の連中みたいに、敵の捕虜になることは怖くないのかい？」

「ないね」それも本当だった。「それを怖がっていると、それればかり頭にこびりついて任務に支障が生じるから」

「本当に冷静な人だね、あんたは」

「そんなことはない。自分じゃそうは思っちゃいない」

「いや。あんたの頭はとても冷静だよ」

「任務のことがいつも頭にあるからだろう、きっと」

「でも、人生のもろもろの楽しみには距離を置いてるんじゃないのかい？」

「それもちがうね。人生の楽しみは、何でも味わうほうさ。任務にさしさわりが生じない限り」

「酒は好きなんだね。それはこの目で見たよ」

「ああ、とてもね。任務にさしさわりが生じない程度に」

「女は？」

「とても好きだな。これまでは、あまりのめりこまないようにしてきたんだが」

「惚(ほ)れる、っていうことはないのかい？」

「いや、あるさ。ただ、身も心も虜(とりこ)になるような相手には、出会わなかったんだ」

「嘘(うそ)だね、それは」

「まあ、ある程度は」

「でも、マリアには惚れたんだろう」

「ああ。あっという間に、心の底から」

「わたしもさ。大好きなんだよ、あの子。そう、とってもね」

「ぼくもだ」ジョーダンは言って、自分の声がくぐもっていることに気づいた。「ぼくも好きだね。本当に」そう言えるのが嬉しくて、あらためてフォーマルなスペイン語で言い直した。「心から惚れてるね、あの子に」

「きょうはね、エル・ソルドに会った後で、あの子と二人きりにさせてあげるから」

とっさには何も言えず、一呼吸置いてからジョーダンは言った。「いや、それには及ばない」

「そうしたほうがいいよ。そうしなきゃ。時間があまりないんだから」

「それは手相でわかったのかい？」

「いいや。手相なんて阿呆らしいことは、もう忘れてしまいな」

共和国に有害なもろもろの事柄と一緒に、ピラールは手相の件も頭から閉めだしていたのだ。

ジョーダンは何も言わずに、洞窟の中で皿の片づけをしているマリアを眺めていた。マリアは両手を拭ってこちらを向くと、にこっと微笑いかけた。ピラールの言葉は耳に入っていなかったはずだが、小麦色の肌を赤く染めて微笑し、すぐにまた微笑いかけた。

「昼間でもいいじゃないか」ピラールは言った。「そりゃ夜もいいだろうけど、昼間だって楽しめるよ。もちろん、わたしがバレンシアで味わったような贅沢は味わえないだろうけどね。でも、ほら、野いちごを摘んだりできるだろうしさ」

ジョーダンはピラールの大きな肩に手をかけた。「あんたにも惚れたよ。しんそこ惚れたね」

「いっぱしのドン・ファン・テノーリオだね、あんたも」まごつきながらも嬉しそうに、ピラールは言った。「だれにでも、そういうきっかけはあるもんだけどさ。あっ、アグスティンがきたね」

ジョーダンは洞窟に入って、マリアのほうに歩いていった。近寄ってくる彼を見守るマリアの目は、きらきら輝いていた。頬から喉元にかけて、また赤みがさした。

「おはよう、ウサちゃん」ジョーダンは言って、マリアの口にキスした。マリアはひしと抱きついて、彼の顔を見つめた。「おはよう。ああ、おはよう。おはよう」

まだテーブルでタバコを喫っていたフェルナンドが立ちあがった。壁に立てかけてあったライフルをとりあげると、首を振って出てゆく。

「ありゃあ、ふしだらだな」ピラールに向かって彼は言った。「ああいうのは、気に入らないな。あの娘に、もっと目を光らせたらどうだい」

「光らせてるよ」ピラールは答えた。「あの同志はね、もうあの娘のノビオ（フィアンセ）も同然なんだよ」

「そうか、そうだったのかい。婚約したってんなら、おれも特に目くじらはたてないよ」

「いいことじゃないか」

「たしかにな」重々しい口調でフェルナンドは同意した。「サルー（じゃあな）、ピラール」

「これからどこにいくんだい？」

「上の哨所にいって、プリミティボと交代するんだ」

そこへアグスティンが近寄ってきて、しかつめらしい顔をした小柄な男に訊いた。

「どこにいくんだよ、いったい？」

「任務を果たしにいくのさ」もったいぶった口調でフェルナンドが答える。

「ふん、おまえの任務ねえ」見下したように、アグスティンは言った。「まあ、せいぜいおまえの任務に抱きついて、腰が抜けるほど可愛がってやんな」それからピラールに向かって。「で、おれに見張れという、ろくでもねえ代物はどこにあるんだい？」

「洞窟の中だよ」ピラールは答えた。「二つの雑嚢に入ってるから。ああ、もう、あんたの汚ならしい物言いには飽き飽きしたね」

「ようし、飽き飽きしたあんたの心に、一発ぶっといのをかましてやろうじゃねえか」

「じゃあ、勝手にあんたのあれをしごいてなよ」醒めた口調でピラールは応じた。

「ならば、あんたのおふくろを汚してやろうか」

「ふん、そっちはだれの腹から生まれたのやら」ピラールは言い返した。その侮蔑の言葉は、実相を明示せずに暗示するに留まる、スペイン語の形式主義の頂点にまで達していた。

「あいつら、あそこで何してんだい？」こんどはこっそりと、アグスティンは訊いた。

「別に何も。ナダ（何もしちゃいないさ）。いまはほら、春じゃないか。けだもののあんたにもわかるだろ」

「けだものか」その言葉を味わいながら、アグスティンは言った。「けだものねえ。するとあんたはさしずめ、淫売の中でもとびきりの淫売の娘だよな。ようし、おれは春の淫水にまみれてたっぷりマスをかいてやるぜ」

ピラールはぴしゃっとアグスティンの肩を叩いた。

「あんたときたら」愉快そうに高笑いをして、「でも、どうも一本調子だね、その悪態のつき方は。まあ、勢いがあるのは認めてやるよ。ところで、さっきの敵の飛行機は、あんたも見たかい？」

「ああ、見たともよ。こうなったら、やつらのエンジンの淫水にまみれて、マスをかいてやら」アグスティンはうなずいて、下唇を嚙んだ。

「いまのはいいね。いまのはかなりいい線いってるよ。実行に移すのは難しいだろうけど」

「あの高度じゃな、ああ」アグスティンはにやっと笑った。「デスデ・ルエゴ（もちろんよ）。でも、からかってやるのはかまわねえだろう」

「そうともさ。からかってやるに限るよ。あんたはいいやつだし、おふざけにも凄みがあるね」

「なあ、ピラール」ふっと真面目な口調になって、アグスティンは言った。「何かが起きそうな気がするな。そう思わねえかい？」

「あんたはどう思うんだい？」

「何とも浅ましいことが起きるんじゃねえかな。とにかく、べらぼうな数の飛行機だったじゃねえか。すげえ数だったぜ」

「じゃ、あんたも怖気づいたのかい、他の連中みたいに？」

「ケ・バ（さあ、どうかね）。やつら、何の準備をしてるんだと思う？」

「だからさ。あの若者が橋を爆破しにやってきたところをみると、わたしらの共和国は大攻勢をかける準備をしているんじゃないかね。そこへ、あの、とんでもない数の飛行機だろう。ファシスト側は、その攻勢を迎え撃つ準備をしてるんだよ。だとしても、なんであんなに大変な数の飛行機を見せつけるんだろう？」

「この戦争じゃ、阿呆らしいことがいくらでも起きてるからな。実際、やつらときたら馬鹿の限りがねえくらいだぜ」

「たしかにね。だからこそ、わたしたちもここにこうしていられるんだから」

「そうともよ。阿呆らしい海で泳ぎまわって、一年だ。でもな、パブロは物の道理がわかってる男だぞ。知恵の働く男よ、パブロは」

「何でそんなことを言うんだい？」

「事実だからさ」

「でもね、あんたもしっかり見きわめをつけなきゃ。知恵働きで救われるときは、もうすぎたよ。あの男は、もう一つの大切なものを失ってしまったし」

「なるほど」アグスティンは応じた。「そろそろ移動しなきゃならねえことはわかる。それに、最後まで生き残るためには勝たなきゃならねえんだから、あの橋の爆破も必要だ。でもな、たとえいまは臆病者になっちまったとしても、パブロは知恵の働く男だぜ」

「わたしだって、知恵は働くさ」

「それはちがうな、ピラール。あんたは知恵者じゃない。そりゃ、あんたは勇敢だ。忠誠心もある。決断力もあるし、直観も鋭い。決断力と気力に欠けることはねえ。でも、知恵者とはちがうな」

「本気でそう思ってるのかい？」考え込むように、ピラールはたずねた。

「ああ、本気だとも、ピラール」

「あの若者は知恵が働くよ。知恵が働くし、冷静だね。実に冷静だよ、頭が」

「ちげえねえ。自分の任務の何たるかを心得てるからこそ、ここに送られてきたんだろうからな。でも、あいつが知恵者かどうかは、おれは知らねえ。パブロが知恵者であることは、よくわかってる」

「でも、行動はしたがらないし、あの臆病風のおかげで、役立たずになっちまったよ」

「だけど、知恵者であることには変わりねえぞ」

「だから、どうだというんだい？」

「べつに。おれはただ、知恵を働かせて考えようとしているだけさ。いま、おれたちに必要なのは、理性を使って行動することだからな。例の橋を爆破したら、すぐさま撤退しなきゃならねえ。その準備を前もってしとかねえと。どこに向かって、どうやって撤退するか、ちゃんと決めておかねえとな」

「そりゃそうだよ」

「そのためには――パブロだ。万事、巧妙に立ちまわらなきゃならねえんだから」

「でも、パブロという男は、もうまったく信用できないもの」

「この問題に限っちゃ、信用できるぜ」

「いいや。あんたは知らないんだよ、あの男がどれだけ役立たずになったか」

「ペロ・エス・ムイ・ビーボ（でも、あいつは頭がいい）。この計画、よっぽど頭を使って実行しねえと、おれたちは一巻の終わりだぞ」

「まあ、考えておくよ」ピラールは言った。「まる一日、考える時間があるからね」

「橋の爆破については、あの若えのがいる。爆破についちゃ、あいつは万事心得ているんだろう。でもな、列車の爆破を仕組んだときの、あのパブロの見事な手際を思いだしてみなよ」

「そうだね。あれは実際、パブロがみんな練ったんだものね」

「やる気と決意にかけちゃ、あんただ。でも、実際の行動と撤退の手口を練らせたら、パブロだぜ。いまからあいつに、計画を練らせときゃいいんだ」

「知恵の働く男だね、あんたも」

「ああ、知恵は働くともよ。でも、シン・ピカルディア（悪知恵はだめだ）。そっちはやっぱりパブロでなきゃ」

「あんな臆病者であってもかい？」

「ああ、あんな臆病者であっても」

「橋の爆破そのものについては、あんた、どう思ってるんだい？」

「そりゃ必要だろうよ。それはわかってら。やらなきゃならねえことは、二つあるぜ。ここを撤退し、なおかつ勝利することだ。どうしても勝つためには、橋の爆破をやらねえとな」

「パブロが本当に知恵者なら、そういう理屈がなぜわからないんだろうね？」

「あいつはいま弱気になってるもんで、万事、いまのままがいいと思ってるんだろう。弱気の渦巻きの中に、どっぷり浸っていたいのさ。ところが、いま、川の水かさは増してきている。いまのままじゃいけねえとなったら、いくらあいつでも、頭を働かせて変化を受け容れるさ。

「あの若者の手にかからなくてよかったということかね」

「ケ・バ（そんなところさ）。ジプシーのやつは、ゆうべ、パブロを殺せ、とおれをけしかけたんだが。ジプシーはけだものだからな」

「あんただって、けだものじゃないか。知恵は働くけど」

「おれもあんたも、知恵は働く」アグスティンは言った。「だが、根っからの知恵者はパブロさ」

「でも、付き合いきれないんだよ。あいつがどんなにだめになったか、あんたは知らないんだ」

「そりゃそうだろうが、あいつが根っからの知恵者であることはたしかだぜ。いいかい、ピラール、ただ戦争をやるだけなら知恵さえありゃいい。でも、その戦争に勝つためには、生まれつきの才能と物資がなきゃだめなんだ」

「わかった、考えとくよ。そろそろ出発しないと。遅れちまった」声を張りあげて、ピラールは叫んだ。「イギリス人！　イングレス！　出ておいで。さあ、出かけるとしようよ」

10

「ひと休みしようか」ピラールがロバート・ジョーダンに促した。「おすわり、マリア。すこし休んでいこう」

「いや、このまま進もう」ジョーダンは言った。「休むのは向こうに着いたときでいい。まずはあの男に会わないと」

「会えるともさ。急ぐことはない。おすわりよ、マリア」

「いや、このままいこう。休むのは頂上に着いてからだ」

「わたしはここで休むよ」ピラールは小川のほとりにすわりこんだ。隣りの草むらに腰を下ろしたマリアの髪が、陽光に照り映えている。ジョーダンだけはその場に立って、鱒（ます）の棲（す）む小川が流れる高地の草原を見わたした。足元にはヒースが生えていた。草原の下方に目を転じると、ヒースに代わって生えている黄色い羊歯（しだ）のあいだから、灰色の岩が頭を出している。そのさらに下のほうには松の木が黒々とつらなっていた。

「あとどれくらいなんだい、エル・ソルドのところまでは？」ジョーダンはたずねた。

「たいしたことないよ。この野原を突っ切っていって、次の谷間に降りる。するとこの川の水源に出るんだけど、そこに広がる森の上あたりさ。あんたもすわって、しばらく頭を休めたらどうだい」

「早くエル・ソルドに会って、用件を片づけてしまいたいんだ」

「わたしは足を水につけたいね」縄底の靴を脱ぎ、分厚いウールの靴下を脱ぎ捨てると、ピラールは右足を流れにひたした。「ああ、冷たい」

「馬に乗ってきたほうがよかったかな」

「わたしはこっちのほうがいいね。前からこうしたかったんだよ。何が不満なんだい、あんたは？」

「べつに不満はないさ。ただ気がせいているだけで」

「だったら、ここでのんびりするんだね。時間はいくらでもあるんだから。まあ、なんていい天気だろう。まわりに松の木がないと、せいせいするよ。もううんざりさ、松の木は。おまえはどうだい、松の木にはもう飽き飽きしていないかい、マリア」

「あたしは松の木、気に入ってるけど」

「どこがいいんだい、あんな木の？」

「だって、においが好きだし、足で松葉を踏んだときの感触も好き。梢(こずえ)を吹き抜ける風や、枝と枝がこすれ合う音も好き」

「おまえには嫌いなものがないんだろう。そのぶんだと、もうすこし料理がうまけりゃ、どんな男にもチヤホヤされるよ、きっと。でも、松林にはうんざりだ。おまえはブナの林なんて、見たことがないだろう。樫の林や栗の林も。あれこそは林というもんでね。木の一本一本がちがうし、それぞれが独得の美しさや個性を備えているんだ。それに比べると、松林なんぞは退屈そのものさ。あんたはどう思う、イングレス？」

「ぼくも松の木が好きだけどな」

「ペロ・ベンガ（やれやれ）。二人揃ってね。そりゃ、わたしだって松の木が好きだけど、長すぎたからね、松に囲まれて暮らすのが。山の暮らしにも飽き飽きしたし。山では方角が二つしかない。下りと、上りと。しかも下っていけば、ファシストの町に通じる道路にぶつかるだけなんだ」

「あんた、セゴビアに出かけることはあるのかい？」

「ケ・バ（よしとくれよ）。この顔でかい？　自慢じゃないが、知られた顔だよ。ねえ、マリア、おまえさんみたいに可愛い子は、不器量な女にはなりたくないだろうね？」

「あなたは、不器量じゃないわよ」

「バモス（よく言ってくれるね）、わたしが不器量じゃないなんて。わたしはね、不器量に生まれついたんだ。生まれてこのかた、ずっと不器量だったんだ。あんたはね、イングレス、女のことなんか、何も知らないだろう。不器量な女の気持ちがわかるかい？

物心ついてからずっと不器量で、しかも内心では自分は美人だと思っている、そういう女の気持ちがわかるかい？　それはそれで、面白いもんだけど」もう片方の足も水に突っ込んで、すぐに引っ込めた。「おう冷たい。ほら、あのセキレイを見てごらん」上流の石の上をひょこひょこ歩きまわっている、灰色の手毬のような鳥を指さした。「あの鳥は何の役にも立ちはしない。いい声でさえずりもしなければ、食べてうまいわけでもない。ただああやって尻尾を上下に振っているだけでね。タバコを一本おくれ、イングレス」ジョーダンから一本受けとると、シャツのポケットに入っていたライターで火をつけた。一度ふかしてから、ジョーダンとマリアのほうを見て、

「ま、面白いもんさ、人生ってやつは」鼻からふうっと煙を吐きだしながら、「これで男に生まれていたら、いっぱしの人物になっていただろうね。ところが、わたしは掛値なしの女だし、しかも不器量ときている。でもね、こんなわたしでも、好きになってくれた男は大勢いたし、わたしも大勢の男を愛してきたんだ。実際、奇妙なもんさ。実に面白いね、人生は。わたしを見てごらん、イングレス、ほら、こんなに不器量だろう。とっくり見てごらんよ、イングレス」

「不器量じゃないよ、あんたは」

「ケ・ノ（ちがうかい）？　嘘を言いなさんな。それとも——」しんから愉快そうに笑って、「あんたもわたしに惚れはじめたのかい？　まさかね。冗談だよ。冗談。この不

器量な顔をよく見ておくれ。でもね、女って動物は、男に愛されているあいだは男を盲目にしてしまうような情念を内に秘めているものなんだ。その情念は相手を盲目にするし、自分自身をも盲目にする。ところがある日、何の理由もなく男は女の本来の不器量さに気づいて、もはや盲目ではなくなる。すると女も相手の目に映っている通りの自分の不器量さをあらためて悟って、男と、自分のうちに燃えていた情念を、二つながら失ってしまうのさ。わかるかい、マリア？」

「わからないわ。だって、あなたはちっとも不器量じゃないんですもの」

「おまえの心じゃなく、頭を使って、よくお聞き。これはね、とても興味深いことなんだから。あんたは聞いていて、面白くないかい、イングレス？」

「面白いけれども、いまは先を急ぎたいね」

「ケ・バ（なんだね）、じゃあ、いくといいよ。わたしはいま、とてもいい気分なんだ。それでね」ピラールはつづけた。ジョーダンに話しかける口ぶりは、教室で生徒に話しかける教師の口調に似ていた。まるで授業でもしているかのような、そんな口調。「それからしばらくして、わたしみたいに、これほどの醜女はいないと思うほど不器量な女にもどると、逆に、自分は美しい女なんだという馬鹿げた気持ちが、またすこしずつ頭をもたげてくる。まるでキャベツが育つみたいにね。そして、その気持ちが動かしがたいものになる頃、またぞろ、こちらをいい女だと思う男が現れて、最初から同じことがくり返されるのさ。わたしはもうその段階をすぎたと思うけど、でも、わからないね、また同じことが起こるかもしれない。だから、マリア、おまえさんはつくづく幸せだと思うよ、不器量に生まれなくて」

「あら、あたしは不器量だもの」強い口調でマリアは言った。

「じゃあ、そこの彼氏に訊いてごらん。それからね、おまえは足を流れにつけないほうがいい。冷たくて、凍ってしまうから」

「ねえ、先に進んだほうがいいってロベルトが言うなら、先に進んだほうがいいと思うけど」

「よく頭を働かせるんだね。いいかい、わたしはね、おまえさんのロベルトと同じくらい、この仕事には気合を入れているんだよ。そのわたしが、この川のほとりでもうしばらく休んだほうがいいと言っているんだ。時間もたっぷりあるしさ。それに、わたしはしゃべることが好きなんだ。これって、いまのわたしらに唯一与えられた文化的な営みだと思うけどね。これにまさる気晴らしって、ほかにあるかい、イングレス？」

「いや、あんたの話はとても面白いよ。でも、いまのぼくには、女の美醜の話より、もっと気がかりなことがあるんだ」

「じゃあ、あんたの面白がる話をしようじゃないか」

「この戦争がはじまったとき、あんたはどこにいたんだい？」

「わたしの生まれ故郷だけど」

「というと、アビラに？」

「ケ・バ（どうだかね）」

「パブロは、アビラの出身だと言ってたじゃないか」

「嘘だよ。あの男は、自分が大きな町の出身だと思わせたいのさ。本当は、この町の生まれでね」ピラールはある町の名前をあげた。

「で、何があったんだい、そこで？」

「そりゃ、いろいろなことさ。いろんなことが起きたんだ。浅ましいことばかりだけどさ。表面的には栄光に包まれていても」

「話してくれ」

「それが、なんともむごたらしい話でさ。この子の前では話したくないね」

「話してほしいな」ジョーダンは言った。「マリアに向いた話じゃなければ、耳をふさがせておけばいい」

「あたし、聞いていられるわよ」マリアはジョーダンの腕に手をかけた。「あたしが耳をふさがなきゃならない話なんて、何もないってば」

「おまえが聞いていられるかどうか、じゃないんだよ、肝心なのは」ピラールは言った。

「おまえに聞かせて、悪い夢でも見られたんじゃ困るからね」

「あたし、だれかのお話を聞いて、悪い夢を見たりなんかしないもの。あれだけいろんなことを体験してきたのに、いまさらあたしが人の話を聞いて悪い夢を見たりすると思う？」

「もしかしたら、このイングレスが悪い夢を見るかもしれないさ」

「じゃあ、試してみたらどうだい」

「やめとくよ、イングレス。これは冗談で言ってるんじゃないんだ。あんた、このスペインの小さな町で、どんなふうに戦争がはじまったか、自分の目で見ているのかい？」

「いや」

「じゃあ、あんたは何も見ていないんだ。いまのパブロの情けない有様は見ているだろうけど、あの日のパブロを見せたかったよ」

「それを聞かせてもらおうじゃないか」

「いや、話したくないね」

「聞かせてくれ」

「じゃあ、話そうか。ありのままに話してやるよ。でもね、マリア、おまえさんは聞いていられなくなったら、そう言っとくれ」

「それほどひどい話になったら、あたし、耳をふさぐけど。これまでにあたしが体験したことよりひどい話なんて、あるはずないと思う」

「ところがあるんだよ。タバコをもう一本おくれ、イングレス。それからはじめよう」

マリアはヒースの生えた小川の堤にもたれかかり、ジョーダンは肩を堤に、頭をヒースの茂みにのせて、長々と寝そべった。手をのばしてマリアの手を握る。しっかり握りしめてヒースを撫でているうちに、マリアが手を離してジョーダンの手にのせた。二人はじっと耳を傾けた。

「あの町の兵営のグアルディア・シビル（治安警備隊）が降伏したのは、夜が明けて間もないときだった」ピラールは語りはじめた。

「きみらは兵営を襲撃したのか？」ジョーダンは訊いた。

「パブロは暗いうちに兵営を包囲してね、電話線を切断したり、壁の下にダイナマイトを仕掛けたりしてから、シビルのやつらに降伏を呼びかけたんだ。ところが、やつらは従わない。で、夜明けとともにパブロは壁を吹っ飛ばしたのさ。しばらく戦闘がつづいた。シビルのやつら、二人が死んだ。そして二人が負傷、四人が降伏した。

　早朝の光のもと、わたしらは屋根や地上、壁や建物の端に腹ばいになっていた。吹き払う風がないので、爆発の粉塵がおさまらずに、空中高くとどまっていたね。わたしらは、破壊された兵舎の一角にたちこめる煙をめがけて、ひっきりなしに、弾丸をこめては射ち込んでいた。兵舎の中からもライフルで射ち返す閃光がひらめいていたっけ。そのうち、煙の中から、もう射つな、と叫ぶ声がしたと思うと、シビルが四人、手をあげて出てきたんだ。屋根の大部分が崩れ落ちて、壁も消えちまっていた。そうしたなか、四人が出てきて降伏したんだよ。『まだ中にいるのか?』ってパブロが叫んだ。『負傷者がいる』『よし、こいつらを見張ってろ』攻撃していたわたしらの中から近寄った四人の味方に向かって、パブロは命じた。それから降伏したシビルに命じたんだ、『おまえらはそこに立っていろ。壁を背にしてな』とね。四人のシビルは壁を背にして立った。どいつも薄汚れた格好で埃(ほこり)にまみれ、すすけた顔をしていたね。四人の味方がそいつらに銃を突きつけるのを見届けてから、パブロは敵の負傷兵にとどめを刺そうと、手下をひきつれて兵舎に乗り込んだ。

その目的が果たされて、もはや兵舎内で負傷者のうめき声も叫び声も聞こえず、銃声もしなくなったとき、パブロと手下たちが出てきた。パブロは散弾銃を肩にかけ、モーゼル・ピストルを手に握っていた。

『見ろよ、ピラール』とパブロは言った。『こいつはな、自殺した将校が握ってたんだ。おれはピストルってやつ、一度も射ったことがねえ。おい、おめえ』降伏したシビルの一人に向かって、言った。『これ、どうやって射つのか、やってみせてくれ。いや、やらなくていい。言葉で教えろ』

壁を背に立っていた四人のシビルは、兵舎内で撃ち合いがつづいているあいだ、無言のまま、ただ汗をだらだら流していたっけ。みんな背が高くて、いかにも治安警備隊って顔をしていたよ。まあ、わたしと同じような顔さ。ただちがうのは、その朝、まだひげを剃ってないもんだから、顔中無精ひげに蔽われてたってことくらいだね。それがみんな無言で、壁際に立っているのさ。

『おい、きさま』いちばん近くに立っていたシビルに向かって、パブロは言った。『どうやって射つのか、言ってみろ』

『そのちいさな安全レヴァーを下ろすんだ』乾き切った声で、そいつは言った。『そしたら、レシーヴァーを手前に引いて、離す』

『レシーヴァーってな、何だ？』パブロは訊いて、四人のシビルの顔をねめまわした。『レシーヴァーってな、何だ、おい？』

『引き金の上の本体の部分だよ』

言われた通り、パブロはその部分を手前に引いたんだけど、つっかえてしまってね。『こりゃ、どういうこった？』って、訊き返した。『つっかえて動かねえじゃねえか。さては騙したな、てめえ』

『もっと手前に引いて軽く離せば、前にもどるんだ』同じシビルが答えたんだけど、まあ、あんな声は聞いたこともなかったね。お天道様の出ない朝よりも陰気な声でさ。

パブロは言われた通り、もっと手前に引っ張ってから離すと、その本体は前にピシッともどって、撃鉄が起こされた。なんともぶざまなピストルでね。握りの部分は丸っこくて、いやにちっちゃいのに、銃身はひらたくて、でかくて、不格好ったらなかった。その間中、四人のシビルは黙りこくってパブロを眺めていたんだけど、そのうち一人が訊いたんだ。

『おれたちをどうする気だ?』

『射ち殺す』パブロは答えた。

『いつ?』男は同じ陰気な声で訊いた。

『いまだ』パブロは答えた。

『どこで?』シビルがたずねる。

『ここでさ』パブロは答えた。『ここで。いまからだ。ここで、いまからだぞ。何か言い残すことはあるか?』

『ナダ(何もない)』シビルは答えた。『何もない。しかし、浅ましいことだぜ、そいつは』

『で、おまえは浅ましい野郎だよな』パブロは言った。『農民たちをさんざん殺してるんだから。自分のおふくろまで殺すような野郎だろうが、てめえは』

『人を殺したことなど一度もないぞ、おれは』シビルは言った。『それに、おれの母親のことを引き合いに出したりするな』

『まあ、立派な死にざまを見せてくれや。さんざん人殺しをしてきたおめえなんだから よ』

『おれたちを侮辱することは許さん』別のシビルが言った。『死に方ぐらい、おれたちはちゃんと心得てる』

『壁に向かってひざまずいて、額を壁にもたせかけろ』パブロは命じた。それを聞いてシビルたちは、互いに顔を見合わせたっけ。

『ひざまずけ、と言ってるんだ』パブロは言った。『腰を下ろして、ひざまずけ』

『どうする、パコ?』パブロにピストルのことを教えた、いちばん長身のシビルが言った。そいつの袖には伍長の袖章がついていて、まだひんやりとした早朝だというのに、だらだらと汗をかいていたっけ。

『ひざまずいてやろうじゃないか』訊かれた男は答えた。『たいしたことじゃない』

『それだけ地面に近くなるからな』最初に口をきいた男が言った。冗談めかそうとしたんだろうが、仲間たちはみな深刻な顔をして冗談どころじゃなさそうだった。だれ一人笑わなかったよ。

『じゃあ、ひざまずいてやろう』最初のシビルが言って、四人はひざまずいた。額を壁にもたせかけて両手をわきにたらしているところは、なんともぶざまだったけどね。で、パブロはそいつらの後ろを通って、後頭部を次々にピストルで射っていったのさ。一人、また一人と、後頭部にピストルの銃口を押しつけて引き金を引くと、みんな、くたっと前のめりに倒れていった。鋭い、それでいてくぐもった銃声が、まだこの耳の底に残っているよ。ピストルの銃身が跳ねあがると同時に、撃たれた男の頭ががくんと前に倒れる光景も、頭に焼きついている。一人はピストルの銃口が触れても、頭をぴくりとも動かさなかった。一人は頭を前につきだして、額を壁に押しつけていた。一人は全身がわなわな震えていて、頭も震えていた。一人だけ両手で目をふさいでいたけど、その男が最後だったね。四人の体がぐったりと壁にもたれかかると、パブロはこちらに向き直って、ピストルを握ったまま、わたしらのほうに近寄ってきた。

『こいつを持っててくれ、ピラール』パブロは言った。『撃鉄の下ろし方がわからねえんだ』わたしにピストルを手渡すと、兵舎の壁にもたれた四人の死体をじっと眺めていた。一緒にいたわたしらも、何も言わずに眺めていたね。

そうしてわたしらは、その町を奪ったんだ。まだ早朝だったもんだから、みんな何も食べてないし、コーヒーも飲んでいない。みんなで顔を見合わせたんだけど、兵舎を爆破したときの粉塵を体中にかぶって、ちょうど脱穀のときみたいに埃だらけでね。わたしはピストルを持って立っていたんだけど、ずっしりと重たかったのを覚えているよ。わた壁際に倒れているシビルたちを見ると、すうっとおなかの力が抜けていくような気がしたね。どの死体もわたしら同様埃だらけで青白いんだけど、その頃になると、倒れている壁際の土に血がべっとりとしみ込んでいるのさ。そのうち遠い山の端に日が昇って、わたしらの立っている道路や兵舎の白い壁に照りつけはじめた。宙を舞う埃も最初の陽光を浴びて黄金色に染まっていたっけ。すると、そばにいた農夫が兵舎の壁を眺め、そこに横たわっている死体を見、空のお天道さんを見あげて言ったものさ、『バーヤ（さてさて）、一日がはじまったなあ』

『みんなでコーヒーを飲みにいこう』と、わたしはもちかけた。

『けっこうだね、ピラール、けっこうだ』と農夫も言う。で、わたしらは町の広場に入っていった。あのシビルたちが、あの町で撃ち殺された最後の連中だったよ」

「他の連中はどうなったんだい？」と、ジョーダンは訊いた。「彼ら以外にファシストはいなかったのかい、その町には？」

「ケ・バ（とんでもないよ）、他にファシストはいなかったなんて。実際、二十人以上いたんだから。でも、銃殺された者は一人もいなかったんだ」

「じゃあ、何があったんだ？」

「パブロの命令で、そいつらは全員、殻竿で殴り殺されたあげく、崖から川に放り込まれたのさ」

「二十人全員が？」

「じゃあ、話してやろう。そう単純な話ではないんだけど。もう二度とごめんだね、あいう光景を目にするのは。川を見下ろす崖の上の広場で、殻竿で人を殴り殺す光景なんてのはね。

その町は川に臨む高い崖の上にあって、真ん中に、噴水のある広場があった。そこには高い樹木が生えていて、木陰にいくつかベンチがあった。家々のバルコニーも、その広場を見下ろしていてね。広場からは六本の道が町の外に延びていて、広場を囲む家々の前はアーケードになっていた。だから、日差しが強いときはその涼しいアーケードの下を歩けたのさ。広場の三方はアーケードが囲んでいて、残る一方は木陰の歩道。その道を突っ切ると、はるか下の川を見下ろす崖っぷちになっていた。崖の高さは九十メートルはあったかね。

兵舎の攻撃計画もそうだけど、すべてはパブロが練りあげたんだ。パブロはまず、外部から広場へ入ってくる道路をぜんぶ荷車で封鎖してしまった。広場をカペア（闘牛場）に仕立てあげるみたいにね。そう、即席の闘牛場にさ。ファシストは全員、広場に面した最も大きな建物、アユンタミエント（市役所）に拘束されていた。大時計が壁にはめ込まれていたのが、その建物さ。ファシストたちの集会場があったのは、アーケード沿いの建物だった。その前の、アーケードの下の歩道には、連中が寛（くつろ）ぐための椅子（いす）やテーブルが並べてあってね。戦争がはじまる前、連中はよくそこに集まって一杯やっていたものさ。椅子もテーブルも籐(とう)づくりだった。まるでカフェみたいに見えたけど、もっと上等だったね」

「その連中を拘束するに際して、戦闘行為は一切なかったのかい？」

「パブロはね、兵舎を攻撃する前の晩に、やつらを拘束してしまったんだよ。そのときはもう兵舎を包囲してしまっていてね。攻撃開始と同時に、やつらをそれぞれの自宅で拘束したんだ。あれは実に巧妙な作戦だったね。パブロはあれで、なかなかの策略家なのさ。ああいう段取りを踏んでいなかったら、グアルディア・シビルの兵舎を攻撃している最中に、側面や背後から攻撃を受けていたかもしれないじゃないか。

でも、頭がいい反面、パブロにはとても残忍な面もあってね。この町での一件も、あらかじめ念入りに計画して、指図もすませてあったんだ。まあ聞いておくれ。兵舎の攻撃が成功し、最後に残った四人のシビルが降伏し、そいつらを壁の前にひざまずかせて銃殺してしまうと、わたしらはコーヒーを飲んだ。最初のバスが出る広場の隅の、朝一番にひらくカフェでね。それからパブロは広場の準備にとりかかったんだ。まさしく仮の闘牛場を設けるように、道路の入口はぜんぶ荷車でふさがれた。川の崖っぷちに向かう道路だけがあけておかれた。それからパブロは神父に対して、ファシストたちの懺悔(ざんげ)を聴いて赦(ゆる)しの秘跡を行うように命令したのさ」

「その場所は？」

「前にも言ったように、アユンタミエントだよ。その前には大勢の人間が集まっていた。中で神父が儀式を行っているあいだ、外はちょっとした騒ぎになっていた。汚らしい叫び声が飛び交ってはいたけれど、全体的にはとても真剣で、厳粛な気分に包まれていた。冗談を言い交しているのは、兵舎を奪ったお祝いにたらふく飲んで、早くも酔っぱらっている連中だった。それと、ふだんから四六時中酔っぱらっているような穀つぶしの連中さ。

神父が儀式を行っているあいだに、パブロは広場に集まった連中を二列に分けた。それはちょうど綱引きの競技のとき、参加者を二列に分けるような按配（あんばい）でね。あるいは町中で自転車のロードレースを見物するとき、選手たちが通れるだけの隙間（すきま）をあけて、両側に人が並ぶような具合、もしくは、お祭りで聖像が通るとき、両側に人が並ぶような具合、とでも言ったらいいかね。列と列のあいだの間隔は二メートルほどで、その列はアユンタミエントの入口からまっすぐ広場を突っ切って、崖っぷちまでつづいているのさ。だから、アユンタミエントの入口から出てきて広場を見渡すと、崖っぷちまでぎっしりと縦二列に並んだ群衆が見える寸法だった。

その連中は麦の脱穀のときに使う殻竿で武装していて、列のあいだの間隔は、ちょうど両側から殻竿を振りまわせるほどのゆとりがあったわけさ。手に入る殻竿には限りがあったから、全員に殻竿がゆきわたっていたわけじゃない。手に入った殻竿の大部分は、ドン・ギジェルモ・マルティンの店から強奪したものだった。ギジェルモ・マルティンはファシストで、農具一切を自分の店で売っていたんだ。殻竿がゆきわたらなかった連中は、牧場で使う重たい棍棒（こんぼう）や牛追いの棒なんかを持っていたね。干し草用の熊手（くまで）を手にした連中もいたっけ。それから、脱穀の後でもみ殻や麦わらを宙に放りあげるのに使う木の叉（また）のついた熊手を持った連中もいた。大小の鎌（かま）や刈り取り用の鎌を手にした者もいたけど、この連中はパブロの指示で、列が崖っぷちに達するいちばん奥に配置されていた。

並んだ連中は静まり返っていたし、ちょうどきょうのように晴れ渡った日だった。いまみたいに、空高く雲が浮かんでいてね。夜露がしっぽりと降りていたから、広場もまだ埃っぽくはなかった。男たちの上には木の影がさしていて、噴水を見れば、ライオンの口中の真鍮管（しんちゅうかん）から泉水に落ちる水の音が聞こえるほどに静かだった。その泉水は、町の女たちが水瓶（みずがめ）を持ってよく水を汲（く）みにいくところだったんだけどさ。

騒がしいのは、神父がファシスト相手の儀式を行っているアユンタミエントの周辺だけだった。しかも、騒ぎ立てているのは、前にも言ったように、すでに酔っぱらっている穀つぶしばかりで、この連中は窓の前に集まって、猥（みだ）らな悪態や、たちの悪い冗談を鉄格子（てつごうし）ごしに中に向かって叫んでいるんだ。列に並んだ大部分の男たちは静かに待っていて、一人の男が、あそこには女もいるのかな、と言うのが聞こえた。

『いないといいがな』と別の男が言った。するとまた別の男が言うのさ。『お、パブロの女がそこにいるじゃねえか。どうだい、ピラール、中にゃ女もまじってるのかい？』そいつを見ると、よそ行きの格好をした農夫で、やたらと汗をかいている。わたしは言ってやったんだ、『いや、ホアキン。女は一人もいないよ。わたしら、女を殺したりなんかしない。どうしてあいつらの女を殺さなきゃならないんだい？』ってね。すると、その男は言った。『そいつはありがてえ。女はいねえわけだな。で、いつはじまるんだい？』

『神父のお勤めが終りしだいさ』と、わたし。

『で、神父はどうなる？』

『さあね』と答えると、その男の顔は引きつっていて、額から汗が流れ落ちているのさ。

『おれ、人を殺したことは一度もねえからな』とその男は言う。

『そいじゃ、これから覚えりゃいい』と、隣りにいた農夫が言った。『でも、こんなもんで一回殴っただけで人を殺せるとは思えねえけどな』その男は両手で殻竿を持ちあげると、疑わしそうに眺めた。

すると、別の男が言った。『だからいいんじゃねえか。何回もぶっ叩くことになるんだから』

『やつら、バジャドリードを奪ったんだからな。アビラの町もよ』だれかが言った。

『この町に入る前に聞いたぜ』

『この町は絶対やつらに渡さないからね。この町はわたしらのものさ。わたしらはやつらの先手を打って攻撃したんだから』わたしは言った。『パブロは、やつらの攻撃をおとなしく待ってるような男じゃないよ』

『パブロはたしかにやり手だよ』別の男が言った。『でも、あのシビルたちを片づけたやり口は、身勝手だったと思うな。どうだい、ピラール？』

『そうだね』わたしは答えた。『でも、こんどはみんなが加わってるじゃないか』

『たしかにな。こんどはうまく段どりができてら。でも、戦争の情報がさっぱり入ってこねえのはなぜなんだい？』

『兵舎を襲撃する前に、パブロが電話線を切断したからさ。それがまだ直ってないんだよ』

『そうだったのか』男は言った。『それで何も知らせがこねえんだな。おれはけさ早く、道路工事の派出所で情報を仕入れたんだが』

『きょうのこの一件は、なんでこんなやり方にしたんだい、ピラール？』その男はわたしに訊いた。

『弾丸を節約するためさ』わたしは答えた。『それと、一人一人に責任を分担させるためだろうね』

『じゃあ、さっさとはじめてもらいてえな。ああ、早くはじめてもらいてえ』

で、その男を見ると、泣いているんだよ。

『どうして泣いたりするんだい、ホアキン?』わたしは訊いた。『なにも泣くことはないじゃないか』

『どうしようもねえんだよ、ピラール』その男は言う。『おれはいままで、だれも殺したことがねえんだから』

町内のだれもが知り合いで、昔から顔なじみだったような小さな町、そんな町で起きた革命の実態を、もし見たことがないのなら、何も見てないのに等しいね。この日、広場に二列に並んだ男たちの大半は、急いで町に駆けつけたため野良着のままだった。でも、中には革命運動の初日にどういう服装をしていいものやらわからず、よそ行きの服や晴れ着を着こんできた者もいた。この連中は、兵舎の襲撃に参加した者も含めて、他の男たちがおんぼろの服を着ているのを見て、場違いな服装をしてきたことを恥ずかしがっていたね。と言って、着てきた服を脱ごうともしなかった。脱いだら、なくしてしまいはしないか、ろくでなしどもに盗まれはしないかと、心配だったんだろう。で、みんな、暑い陽を浴びて汗だくになりながら、はじまるのを待ってたんだ。

するとそのとき、急に風が立った。広場の乾いた土は、男たちに長時間踏みにじられていたため、すっかりゆるんでいた。そこに風が吹いたものだから、ぱっと土埃が宙に舞いはじめる。濃紺の晴れ着を着た男が『アグア（水だ）、アグア』と叫ぶと、毎朝広場に水をまく管理人が飛んできてホースの栓をひねった。そして、管理人は広場の端から真ん中のほうへと水をまきはじめたのさ。二つの列は後ろに下がって、管理人は広場の真ん中の埃をしずめた。ホースは大きな弧を描いて宙を薙ぎ、水は陽を浴びてキラキラ輝いていた。男たちは殻竿や棍棒や白い木の熊手に寄りかかって、宙に舞う水を眺めていたね。そのうち、広場がたっぷり水を吸い込んで、埃が収まると、また男たちが列をつくって、一人の農夫が叫んだ。『最初のファシストの顔はいつおがめるんだ？　いつになったら最初の野郎が出てくるんだい？』

『もうじきだ』アユンタミエントの入口で、パブロが叫んだ。『すぐに出てくるぞ、一人目が』兵舎を攻撃したときにさんざん叫んだり、煙を吸ったりしたため、その声はしゃがれていた。

『どうしてこんなに遅れてるんだ？』と、だれかが叫ぶ。

『やつら、まだ罪の清算に時間をくってるのよ』パブロが叫び返す。

『そりゃそうだな、あそこにゃ二十人はいるだろうから』

だれかが言うと、

『いや、もっといるぜ』と別の男が言う。

『二十人もいりゃ、懺悔する罪だって数え切れねえくれえあるだろう』

『そりゃそうだろうが、あれは時間稼ぎをしてるんだぜ、きっと。こんなに切羽詰まったときは、いちばんでかい罪がすぐ頭に浮かぶもんよ』

『じゃあ、もうすこし辛抱するんだな。やつら、二十人以上もいりゃ、いちばんでかい罪だけを懺悔するんだって、それ相当の時間がかかるだろうしよ』

『そりゃ、辛抱してもいいが』別の男が言った。『さっさと片づけちまったほうが、やつらのためにも、おれたちのためにもいいんじゃねえのか。いまは七月で、仕事はたんとあるからな。刈り入れはすんだが、脱穀はまだだ。祭りや市もこれからだし』

『でも、きょうのこいつが、祭りや市の代わりになるんじゃねえのかい』別の男が言った。『そうよ、〝自由の祭り〟よ。きょう、やつらが根絶やしにされりゃ、この町と土地はおれたちのものなんだから』

『きょうはファシストたちの殻打ちだからな』一人が言った。『もみ殻の中から、この町の自由が生まれるんだ』

『それに相応しいように、万事とり運ばねえとな』また別の男が言った。『なあ、ピラール』とわたしに向かって、『組織固めの集会はいつやるんだい?』

『これが終わりしだい、すぐさ』わたしは答えた。『あのアユンタミエントでね』

わたしはそのとき、天敵、グアルディア・シビルのエナメル革の三色の帽子を冗談のつもりでかぶっていたんだよ。一つの戦利品としてね。パブロから預かったピストルは撃鉄を下ろしてあった。それを親指で押さえて、ごく自然に引き金に手をかけていた。そのときは腰に縄をまいていたんだけど、そこにピストルの長い銃身を差し込んでいたのさ。あの帽子をかぶったときは気のきいた冗談に思えたんだけど、後になって、あんな帽子じゃなく、ピストルのホルスターをぶんどっておけばよかったと思ったよ。そのとき、列に並んでいた男たちの一人が声をかけてきた、『なあ、ピラールよ。そんな帽子をかぶるのは悪趣味だと思うぜ。グアルディア・シビルのやつらは、もうやっつけちまったんだから』

『そんなら』とわたしは答えた。『これは脱ぐよ』そして、そのとおりにしたんだ。

『おれによこしな』と、相手は言う。『こんなものとは、おさらばしたほうがいい』

わたしらはそのとき列のどんづまり、川の崖っぷち沿いの歩道とぶつかるところにいたんだけど、男は帽子を手に持つと、ちょうど牛飼いが牛を集めようと小石を下手で投げるように、崖から空中に放り投げたものさ。帽子ははるか空中を飛んでいった。見ていると、どんどん小さくなって、エナメル革が澄んだ大気の中で輝いていて、ふうわりと川に落ちていった。わたしは広場のほうを振り返った。そしたら、窓という窓、バルコニーというバルコニーに人が群がっていてね、広場にはまた二列の人垣ができていて、それがアユンタミエントの入口までずっとつづいていた。その建物の窓の前にも大きな人だかりができていて、かしましい人声が渦巻いていたよ。そのうちどっと歓声が湧き起こったと思うと、だれかが言った、『おっ、一人目が出てきたぞ』。それは市長のドン・ベニート・ガルシアだった。帽子もかぶらずに、入口からゆっくりと姿を現してポーチの階段を下りてきた。でも、何も起きなかった。そこから殻竿を持った男たちのあいだを歩いてくるんだけど、何も起こらない。二人の男の前を通りすぎ、四人、八人、十人と、男たちの前を通りすぎていくんだけど、やっぱり何も起こらない。肉づきのいい顔には血の気がなかったけど、頭をあげて、前方を見据え、左右をちらちら見ながらも、落ち着いた足どりで進んでゆく。それでも何も起こらない。

近くのバルコニーから、だれかが叫んだ、『ケ・パサ、コバルデス（どうした、臆病者たちめ）？』ドン・ベニートはそのまま男たちのあいだを進んでいく。それでもやっぱり何も起こらない。そのとき、わたしの立ってた場所から三人ほど前の男が目に留まったんだ。その男、顔をひくつかせながら唇を噛んでいて、手から血の気がなくなるほどぎゅっと殻竿を握りしめていた。近づいてくるドン・ベニートを、その男はじっと睨みつけていた。でも、やっぱり何も起こらない。そうしたら、ドン・ベニートが目の前にさしかかったその瞬間、男は隣りの男に当たるのもかまわず殻竿を高々と振りかぶって、力いっぱい振り下ろしたんだ。殻竿はドン・ベニートの横っ面を直撃した。ドン・ベニートが男のほうを見る。男はまた殻竿で殴りつけて叫んだ、『思い知ったか、カブロン

（こん畜生め）』。顔を直撃されたドン・ベニートは、両手をあげて顔を守ろうとする。すると、他の男たちも攻撃に加わって、ドン・ベニートはとうとう地面に倒れてしまった。最初に打ちかかった男が、手を貸してくれ、とみんなに叫ぶ。そして、ドン・ベニートのシャツの襟をつかんで引きずりはじめた。ほかの男たちはベニートの両腕をつかんで引きずる。ベニートは広場の砂に顔を埋めたまま崖っぷちまで引きずられていった。そして、そこから川に放り投げられたんだ。最初に打ちかかった男が崖っぷちにひざまずいて、落下していくベニートを見ながら叫んでいたっけ、『ざまあみろ、カブロン。思い知ったか、カブロン！　くたばりやがれ、カブロン！』

この男はドン・ベニートの小作人で、二人は敵同士のような間柄だったんだね。ドン・ベニートはその男に貸していた川っぷちの土地をとりあげて、他の男に貸しつけた。それでひと悶着あって、それ以来、男はずっとドン・ベニートを憎んでいたんだそうだ。そうやってドン・ベニートを始末した後、男はもう列には加わらず、崖っぷちにすわり込んで、宿敵が転落していった個所をじっと見下ろしていたっけ。

ドン・ベニートの後は、だれも出てこなかった。広場は静まり返って、次に出てくるのはだれだろうと、みんな固唾をのんで待っていた。一人の酔っぱらいが大声でわめいた。『ケ・サルガ・エル・トロ（はやく牛を追いだせ）！』

すると、アユンタミエントの窓から中を覗いていた男が叫んだ。『やつら、動こうとしねえぞ！　どいつもお祈りをしてやがる！』

別の酔っぱらいが怒鳴った。『引っぱりだせ。さっさと引きずりだしゃいいんだ。お祈りの時間は終ったんだ』

でも、だれも出てこない。と思ったら、入口から一人の男が出てきた。ドン・フェデリコ・ゴンサレスだった。製粉場や食料品店の経営者で、第一級のファシストだった。背の高い細身の男で、禿を隠すために、頭のてっぺんの髪がきれいに横に撫でつけられていた。寝間着姿で、裾がズボンにたくしこまれていたっけ。自宅から引き立てられたときのままの裸足で、両手をあげたままパブロに追い立てられていた。パブロから散弾銃を腰に突きつけられて、二列に並ぶ男たちのあいだに入っていった。でも、パブロがそこからアユンタミエントの入口に引き返していくと、ドン・フェデリコはもう一歩も前に進めないのさ。そこに棒立ちになったまま天を仰いで、空をつかもうとするように両手を上に伸ばしていた。

『足が動かねえようだぞ』と、だれかが言う。

『どうした、ドン・フェデリコ？　歩けねえのか？』別の男が叫ぶ。それでも、ドン・フェデリコはそこに立ちすくんだまま、唇だけをわなわなと震わせていた。

『さっさと進めよ』パブロが階段から怒鳴った。『さあ、歩きやがれ』

ドン・フェデリコは突っ立ったまま、動けない。酔っぱらいの一人が殻竿の柄で背中をつつくと、ドン・フェデリコは急に立ち止まった馬のように飛びあがったけど、やっぱりその場を動かない。両手をあげて、空を見あげたままでね。

　すると、わたしのわきに立っていた農夫が言った。『情けねえったらねえな。あいつにゃ何の恨みもねえが、何だろうと、ケリをつける潮時ってものがあら』その農夫は列を進んでいって人を押し分け、ドン・フェデリコのそばに立った。『恨みっこなしだぜ』言ったと思うと、棍棒で思い切り横っ面をひっぱたいたんだ。

　ドン・フェデリコは両手を下ろして、頭の禿げた部分を蔽った。禿を隠していた細い長い毛が、指のあいだからはみだした。そこで頭を下げると、ドン・フェデリコはやみくもに男たちの列のあいだを駆けだした。その背中に、肩に、殻竿が振り下ろされる。彼はとうとう倒れてしまった。すると、列のいちばん端にいた連中がその体を抱えあげて、崖から投げ下ろしてしまったんだよ。パブロの散弾銃に小突かれて出てきたときから、ドン・フェデリコは一度も口をひらかなかった。ただ、どうしても前に進めなかったんだね。足がまったく言うことをきかないみたいに。

　ドン・フェデリコが死んじまうと、崖っぷちの列の端には荒くれ男たちが集まってきた。わたしはそこを離れて、アユンタミエントの前のアーケードに移った。そして酔っ払いたちを押しのけて、窓から中を覗き込んでみた。大きなホールではみんなが半円形にひざまずいて、お祈りをあげていたっけ。神父もひざまずいて、一緒にお祈りしていた。パブロともう一人、〝クアトロ・デードス（四本指）〟というあだ名の靴屋がいて、この男は当時いつも、パブロの腰巾着みたいにくっついていたんだけど、他にもう一人の男が散弾銃を抱えて立っていた。パブロが神父に向かって、『次はだれだ？』と訊く。でも、神父は祈りつづけて答えない。

『おい』パブロがしゃがれた声で神父に訊いた。『次はだれだ？　だれの番だ？』

神父は答えず、パブロなど眼中にないような様子でね。パブロがだんだんいきり立ってくるのがわかったよ。そのときだった。

『みんな一緒にいかせてくれ』ドン・リカルド・モンタルボという地主が祈りをやめ、顔をあげてパブロに言った。

『ケ・バ（そりゃ、ねえな）』パブロが応じた。『準備のできたやつから、一人ずつだ』

『じゃあ、わたしがいく』ドン・リカルドが言った。『準備など、とっくにできてるからな』神父が彼を祝福し、彼が立ちあがると、祈りつづけながらまた祝福を与えた。そして、十字架をささげて、ドン・リカルドがキスするように促す。ドン・リカルドは十字架にキスしてからパブロのほうを向いて言った。『こんな準備など二度とするもんか。腐った根性のろくでなしめが。さあ、いこうかい』

ドン・リカルドは猪首で灰色の髪の、ずんぐりした男だった。襟のないシャツを着ていたね。乗馬をやりすぎたもんで、がに股だったよ。『じゃあ、さらばだ、みんな』ひざまずいている連中に向かって、彼は言った。『そう、嘆きなさんな。一つだけ無念なのは、このろくでもないカナヤ（豚野郎）の手にかかって死ぬことだ。わたしにさわるな、汚らわしい』パブロに向かって彼は言った。『散弾銃をどけろ』

ドン・リカルドはアユンタミエントの入口の前に出た。灰色の髪に、灰色のちいさな目。太い猪首はなおのこと短く、居丈高に見えたね。二列に並んだ農夫たちを見ると、ぺっと唾を吐いた。ドン・リカルドは本物の唾を吐いたんだけど、あんたも知っといたほうがいいよ、イングレス、ああいう場面でそういう真似をしてのけられるやつは、めったにいないもんさ。それから彼は叫んだ。『アリバ・エスパーニャ（スペイン万歳）！くたばれ、ペテンの共和国！　汚らわしい祖先から生まれたきさまら、みな呪われろ！』

この悪罵に激高して、男たちはあっという間に棍棒でドン・リカルドを殴り殺してしまった。彼が列のいちばん前に達すると同時に殴りかかり、頭を昂然とあげて歩こうとするところを殴りつけ、たまらずにぶっ倒れたと見ると草刈り鎌やふつうの鎌で切りかかり、寄ってたかって崖っぷちまでかついでいって放り投げてしまった。そうなると、男たちの手や服にもべっとりと血がついてね、入口から外に出てくるやつは正真正銘の敵だ、ぶっ殺せ、という雰囲気が充満してしまったんだよ。

実はね、ドン・リカルドがあんな剣幕で入口から現れて、あんな悪態をつく前は、こんな列に混じらなきゃよかったと思ってる男たちが大勢いたと思うのさ。だから、もし列のあいだから、『なあ、みんな、残ったやつらはもう勘弁してやろうじゃねえか。きっと改心してるだろうから』という声があがったら、ほとんどの連中は賛成しただろうと思うんだ。

ところが、ドン・リカルドが最後の空威張りをしたもんだから、残っていたファシストの連中が割りを食ってしまった。あの悪態のおかげで、列に並んでいた男たちは逆上してしまって、それまではいやいやながら仕方なく列に並んでいた男たちまで憤激して、雰囲気が一変してしまったのさ。

『神父を出せ。そのほうが早くケリがつくぞ』とだれかが叫んだ。

『そうだ、神父を出しやがれ』

『盗人は三人片づけた。こんどは神父だ』

『盗人は二人だぞ』小柄な農夫が、先に怒鳴った男に言った。『二人の盗人と、われらが主だよ』

『なんだと、だれの主だ?』相手は憤慨し、顔を真っ赤にして言い返した。

『だからさ、あいつはいつも、われらが主、って口癖みてえに言うじゃねえか』

『あいつはおれの主じゃねえ。冗談じゃねえや。おめえ、この列のあいだを歩きたくなかったら、言葉に気をつけろ』

『いいか、おれだって、あんたに劣らぬ自由共和主義者なんだ』小柄な農夫は言った。

『だから、ドン・リカルドの口をひっぱたいてやった。ドン・フェデリコの背中をひっぱたいてやった。ドン・ベニートはやりそこねたけどな。でも、あの男を指すときゃ、われらが主って呼ぶのがきまりなのよ。だから、盗人は二人なんだよ』

『うるせえ、おめえの共和主義なんぞ、どうにでもなれ。それにおめえはいちいち、ドンなになに、ドンなになに、と言いやがるな』

『ここじゃ、連中はそう呼ばれてるんだ』

『おれはそう呼ばねえ、あんな糞ったれどもなんぞ。それから、おめえの主だが——おっ！　新顔が出てきたぞ！』

　情けない光景が展開されたのは、そのときだった。というのも、そのときアユンタミエントの入口から出てきた男というのが、地主のドン・セレスティノ・リベロの長男、ドン・ファウスティーノ・リベロだったからなんだ。そいつは長身で、黄色い髪をしていて、ポケットに櫛を入れて持ち歩いていて、その髪はいつもきれいに額から撫であげられていた。そのときも、ちゃんと髪を撫でつけてから出てきたのさ。女の子の尻ばかり追いかけてるやつで、肝っ玉がちっちゃいくせに素人の闘牛士になりたがっていた。ジプシーや闘牛士、牛飼いなんかとねんごろに付き合っていて、日頃、アンダルシア風の装いをしては悦に入っていた。ところが、肝心の肝っ玉がちっちゃいもんだから、物笑いの種になっていたんだよ。それがあるとき、アビラの養老院のための慈善素人闘牛大会に彼が出場するというお触れが出てね。アンダルシア風に馬に乗って牛を殺すというので、相当に練習を積んだらしいのさ。ところが、いざ本番になって、自分が予め選んでおいた足の弱い子牛の代わりに逞しい牡牛が登場したとたん、やっこさん、気分が悪いと言いだして、だれかの話じゃ、自分で喉の奥に指を三本突っ込んで、ゲロを吐いたんだそうだ。

そのファウスティーノが現れたもんだから、男たちはいっせいにわめきだした。『オラ（よお）、ドン・ファウスティーノ。ゲロを吐かねえように注意しな！』

『よく聞きな、ドン・ファウスティーノ、崖の向こうにゃ可愛い子が大勢待ってるぜ』

『ドン・ファウスティーノ。ちょっと待ちなよ、とびきりでかい牛をつれてきてやるから』

別の男が怒鳴った。『どうだい、ドン・ファウスティーノ、おまえ、人がおっ死ぬ話など聞いたこともなかったんじゃねえのか？』

ドン・ファウスティーノはまだ虚勢を張って、そこに立っていた。こんどはおれが出ていくぞ、と衝動的に仲間たちに宣言したときの勢いがまだ残っていたんだね。闘牛に出るぞと宣言したときの、あの発作的な空威張りと同じさ。それであの男は、自分が素人闘牛士になれると信じ込み、そう願ったんだから。いま、あの男はドン・リカルドの先例に刺激されて、勇敢な色男然として立っていた。いかにも、詰めかけた男たちを軽蔑するような表情を浮かべてさ。ところが、そのまま口もきけずにいるんだよ。『どうした、ドン・ファウスティーノ』列の男たちの一人が声をかけた。『ほら、ドン・ファウスティーノ、こっちにどでかい牡牛が待ちかまえてるぜ』

ドン・ファウスティーノは黙って前方を見渡していた。そのとき、列のどっちの側の男らも、同情なんかこれっぽちも感じていなかったと思うね。それでも彼は、雄々しい色男然と立っていたよ。ところが、時間はどんどんたっていくし、進む方向は一つしかない。

『ドン・ファウスティーノ』だれかが呼ばわった。『何を待ってんだい、ドン・ファウスティーノ?』

『ゲロを吐く準備をしてんだろ』別のだれかが言うと、男たちはどっと笑った。

『ドン・ファウスティーノ』一人の農夫が怒鳴った。『いくらでもゲロを吐きなよ、いい気分になれるんだったら。こっちはかまわねえんだぜ』

すると、わたしらが見守るなか、ドン・ファウスティーノはその視線を、列に沿って広場の先のほうにのばしていった。そして、あの崖と、その向こうの何もない空間が目に入った瞬間、くるっと後ろに向き直るが早いかアユンタミエントの入口に向かって突進したんだ。

男たちはわっと喚声をあげ、だれかがかん高い声で叫んだ。『どこにいくんだよ、ドン・ファウスティーノ？　どこにいこうってんだい？』『そりゃおまえ、ゲロを吐きにいくのよ』だれかが叫び、またいっせいに笑い声が湧いた。

そうしたら、ドン・ファウスティーノがまた姿を現した。こんどは、後ろからパブロに散弾銃を突きつけられてね。最初の虚勢はもうどこにもなかった。男たちの列のどんづまりの崖っぷちを見て、空元気も虚勢も吹っ飛んでしまったんだろうさ。パブロにつつかれて出てきたところは、まるでパブロが道路掃除をしていて、ドン・ファウスティーノを掃除道具代わりに押しているみたいだったよ。前に出てきたドン・ファウスティーノは、胸に十字を切って祈りを唱えると、両手で目を隠して階段を下りてきた。『やつをほっとけ』だれかが怒鳴った。『さわるんじゃねえぞ』

男たちは納得して、だれもドン・ファウスティーノにさわろうとはしない。震える両手で目を隠し、口をわなわな動かして、ファウスティーノは列のあいだを進んでいった。みな黙り込んで、体にさわろうとする者などだれ一人いない。列の中ほどまでくると、あいつはもう先に進めなくなって、その場にがっくりとひざまずいてしまった。

そんな彼に殴りかかろうとする者もいない。ファウスティーノのやつ、どうしたんだろうと思って、わたしは人垣のそばを歩いていった。すると、一人の農夫ががみこんで彼を立たせてから、こう言ったんだ、『立てよ、ドン・ファウスティーノ。歩きつづけなきゃだめだ、牛はこれから出てくるんだからよ』ドン・ファウスティーノはもう一人では歩けず、黒い野良着の男が片側を、同じく黒い野良着を着て牛飼いの長靴をはいた男が反対側を支え、二人して腕をとって歩いていった。ドン・ファウスティーノは目を隠したまま列のあいだを進んでいく。唇は終始わなわなと震え、ぺったりと撫でつけた黄色い髪が日を浴びて輝いていたね。そして前を通る彼に向かって、農夫たちが口々に声をかけるんだよ。『ドン・ファウスティーノ、ブエン・プロベッチョ（食事を楽しみな）』。かと思うと、『ドン・ファウスティーノ、ア・スス・オルデネス（ご注文通りに食わしてやるぜ）』なんて言う者もいる。それからまた、闘牛をやって負けたことのある男が言うんだね。『ご立派な闘牛士、ドン・ファウスティーノ、ア・スス・オルデネス』。こう言った者もいたよ、『ドン・ファウスティーノ、天国にゃ可愛い女がたくさんいるからよ、え、ドン・ファウスティーノ』。そんな騒ぎの中で、両側から彼を持ちあげるようにしっかりと支えて、男たちは彼を歩かせてゆく。ドン・ファウスティーノはずっと目を隠していたけど、おそらく指のあいだから前を見ていたんだろうよ。なぜかというと、そうして一行が崖っぷちに着くと、彼はまたひざまずいて身を投げだし、土にしがみついて草を握りしめながら言ったんだから。『いやだ。いやだ。いやだ。おねがいだ。いやだ。おねがいだ。たのむ。いやだ。やめてくれ！』

するとゝ一緒にいた農夫や、列のどんづまりにいた荒くれ男たちが、ひざまずいているファウスティーノの後ろに素早くしゃがみこんで、力いっぱい前に突き飛ばしたんだ。それで彼は、それ以上痛めつけられることもなく崖から転落していったんだよ。落ちていく彼の絶叫が、高く、大きく、尾を引いていたっけ。

列の男たちが解き放たれたように残酷になったのは、それがきっかけだったと思う。最初にドン・リカルドの侮蔑の言葉、次いでドン・ファウスティーノが見せた恥さらしの臆病さ、この二つが引き金を引いたんだと思うよ。

『次のやつを出せ』と一人の農夫が怒鳴ると、別の男がその背中を叩いて言うんだ、『ドン・ファウスティーノ！　なんて情けねえ野郎だ！　ドン・ファウスティーノ！』

『こんどはあいつも、でっかい牛を見ただろうぜ』別の男が言った。『こんどばかりはゲロを吐いたって、助からなかったわけだ』

『生まれてこのかた』別の農夫が言った。『生まれてこのかた、ドン・ファウスティーノみたいな野郎は見たことがねえや』

『まだ他の野郎どもが残ってるからな』また別の農夫が言う。『まあ、見てなよ。お楽しみはこれからだぜ、きっと』

『でっかい巨人や小人が出てくるかもしれねえ』最初の農夫が言った。『そうだよ、アフリカのクロンボとか、めったにいねえ獣が出てくるかもしれねえや。でも、おれに関する限り、あのドン・ファウスティーノみてえな野郎にお目にかかることはもうないかもしれねえな。でも、早いとこ、次のやつを出してもらいてえもんだ。さあ、何やってんだい。次のやつを出しやがれ！』

酔っ払いたちは、ファシストのクラブのバーからかすめとったアニスやコニャックのボトルをまわし飲みしていた。まるでワインのようにがぶ飲みしていたね。列に並んだほかの男たちも、すこし酔っぱらいかけていた。ドン・ベニート、ドン・フェデリコ、ドン・リカルド、そして、なかでもドン・ファウスティーノの末路を見届けた興奮に煽られて飲んだものだから、酔いがまわるのも速かったんだろう。ボトルがまわらなかった連中は、ワインの皮袋をまわし飲みしていてね、わたしのところにもまわってきた。わたしは喉がえらく渇いていたもんだから一気に飲んで、冷たいワインが喉を伝い落ちていくのに任せたよ。

『人を殺すと、喉がやけにかわくもんだな』皮袋を持った男がわたしに言う。

『ケ・バ（そんなものかね）』わたしは応じた。『あんたも殺したのかい？』

『おれたちゃ、四人始末したもんな』誇らしげに男はつづけた。『グアルディア・シビルのやつは勘定に入れずに。あんたがシビルを一人殺したってのは本当かい、ピラール？』

『一人じゃないよ』わたしは答えた。『兵舎の壁が倒れたとき、他の連中みたいに、煙の中めがけて射ち込んだのさ。それだけだよ』

『そのピストルはどこで手に入れたんだい、ピラール？』

『パブロから預かったのさ。パブロがシビルの連中を殺してから、わたしによこしたんだ』

『そのピストルでやつらを殺したのかい、パブロは？』

『そうともさ。それからわたしにくれたんだから』

『見せてくれるかい、ピラール？　ちょっと握ってみていいかな？』

『ああ、いいとも』腰の縄から抜きとって、その男にわたした。わたしはそのとき、どうして次の男が出てこないんだろうと、そっちのほうが気になってたね。そうしたら、次の瞬間、だれかと思えば、ドン・ギジェルモ・マルティンが出てきたんだ。男たちが手にしている殻竿や牛飼いの棍棒、木の熊手なんか、みんなその男の店からとってきたものなのさ。ドン・ギジェルモはファシストだったけど、それ以外の点では特に後ろ指を指されるようなところはなかったんだけどね。

殻竿を作る職人にわずかな手間賃しか払わなかったのは事実だけど、売り値も安かった。ドン・ギジェルモから殻竿を買いたくないやつは、木と皮代さえ用意すりゃ、自分で作れたんだしね。そりゃ、ドン・ギジェルモはしゃべり方が乱暴だったし、まぎれもないファシストだったし、ファシストのクラブの常連だったのは事実さ。だから、昼も夜もクラブの籐椅子にすわって、『エル・デバテ』誌を読んだり、靴を磨かせたり、炭酸水割りのヴェルモットを飲んだり、炒ったアーモンドや乾燥シュリンプやアンチョビを食べたりしていたのはたしかだよ。でも、だからって、殺されるいわれはないからね。もしドン・リカルド・モンタルボの悪罵や、ドン・ファウスティーノの嘆かわしい愁嘆場がなかったら、それに二人を始末した興奮でみんなが酔っ払ったりしていなかったら、きっとこう叫ぶ人間がいただろうと思うんだよ、『ドン・ギジェルモには手を触れずに通してやれよ。この殻竿にしたって、彼がつくらせたものなんだからさ。通してやれよ』

この町の連中は、そりゃ残酷にもなれるけど、もともと親切で、生まれついての正義感と、いつもまっとうなことをしたいという願望を持っているんだ。ところが、そのときは残酷な気分が男たちの心に入り込んでいてね、だれもが酔っ払うか酔っ払いかけていて、全体の雰囲気が、最初にドン・ベニートが現れたときとは様変わりしてしまっていた。他の国の事情は知らないし、まあわたしくらいお酒が好きな者もいなかろうとは思うけど、このスペインでは、ワイン以外のもので酔っ払っちまうと、なんとも浅ましい状態になって、みんな、ふだんはまずやらないようなことをやらかしてしまうんだ。あんたの国じゃ、そんなふうにはならないかい、イングレス？」

「まあ、似たようなものかな」ジョーダンは答えた。「ぼくが七歳のとき、オハイオ州で行われたある結婚式に、母と一緒に出席したことがあった。ぼくはもう一人の女の子と組んで、花束を運ぶ役目をつとめることになっていてね——」

「あなたが？」マリアが訊いた。「まあ、素敵！」

「ところがその町で、一人の黒人が街燈の柱に吊るされて、その後で焼き殺されるという事件があったんだ。あれはアーク燈の柱だったな。黒人は最初、アーク燈はいったん歩道に下ろされて、そこで点燈される仕掛けになっていた。黒人は最初、アーク燈を持ちあげる仕掛けを使って吊るされたんだが、その仕掛けが壊れてしまって——」

「黒人を」マリアが言った。「なんて野蛮なことをするの！」

「みんな酔っ払ってたのかい？」ピラールが訊いた。「酔っ払った勢いで黒人を焼き殺したのかい？」

「それは、わからない」ジョーダンは答えた。「というのも、ぼくはその家の窓のブラインドの陰から見ていただけだから。その家は、ちょうどアーク燈の立っていた町角にあったんだが。道路は人であふれていて、黒人が二度目に吊しあげられたとき——」

「そのとき、まだほんの七つで、しかも家の中にいたんじゃ、たしかにわからなかっただろうね、みんなが酔っ払っていたかどうかは」

「いま言ったように、黒人はあらためて吊しあげられた。そのときぼくは母に、窓から引き離されてしまった。だから、その先のことは見ていないのさ。でも、それ以来、酔っぱらった結果が蛮行につながる実例は、自分の国でもいろいろと見てきたよ。野蛮で浅ましい実例をね」

「七つといったら、本当にまだちいさいわよね」マリアが言った。「そんなちいさなときに、そんな光景を見るなんて。あたしはサーカスでしか黒人を見たことがないの。ムーア人も黒人と言えるなら別だけど」

「黒人と言える者もいれば、言えない者もいるさ」ピラールが言った。「ムーア人のことなら、いろいろと教えてやれるがね」

「でも、あたしが知ったようなことは、あなただって知らないはずよ。そうよ、あたしがこの体で知ったようなことは」

「やめよう、こんな話は。ろくでもない。で、どこまで話したんだったかね？」

「列に並んでいた男たちが泥酔（でいすい）していた、というくだりじゃないかな」ジョーダンは言った。「その先を聞きたいね」

「泥酔していた、というのは言いすぎだね。そういう状態には、まだまだ程遠かったんだから。ただ、雰囲気はもうかなり変わっていてね。そういうところに、ドン・ギジェルモが出てきたんだ。背筋を伸ばして、近眼で、灰色の髪、中肉中背で、襟ボタンのついたシャツにカラーはつけていなくて、一度十字を切るとまっすぐ前方を見ていたけど、眼鏡なしではほとんど見えなかったと思うよ。それでも、揺るぎない足どりで進んでいくところは、同情を誘うに十分な風情だった。ところが、並んだ男たちの中から声があがったんだ。『ほら、こっちだぞ、ドン・ギジェルモ。こっちだ、こっちだ、ドン・ギジェルモ。さあ、こっちへこい。あんたの店で売ってる品がみんな揃ってるから』その連中、前にドン・ファウスティーノをからかって、さんざん楽しんだものだから、ドン・ギジェルモが別格の人間だってことが見えなくなっていたのさ。それと、どうしてもドン・ギジェルモを殺さなきゃならないなら、手早く、厳粛な死に方をさせてやるべきだってこともね。

『ドン・ギジェルモ』と、別の男が叫んだ。『あんたの家にだれかをやって、眼鏡をとってこさせようか？』

もともとドン・ギジェルモは大金を貯め込んでいたわけじゃないから、その家といったって、たかが知れていた。ファシストになったんだって、紳士を気どりたかったのと、小金を稼ぐために木製品の店を営まなきゃならない自分の、気晴らしのためなんだ。それと、おかみさんのカトリックの信仰を尊重することが愛妻家の自分の務めだと思って、それもファシストになった理由だったんだろうよ、きっと。住まいは広場から三軒離れたアパートだった。で、ドン・ギジェルモが男たちの列、これから入っていかなければならない二列の人垣を、近眼の目をすぼめて眺めたとき、彼の住むアパートのバルコニーから女の悲鳴があがった。そのバルコニーからドン・ギジェルモの姿が見えたんだね。

その女は彼のおかみさんだったのさ。

『ギジェルモ！』と女は叫んだ。『ギジェルモ、待ってて。あたしもそばにいくから』

ドン・ギジェルモは叫び声のしたほうに顔を向けた。でも、おかみさんの姿は見えない。何か言おうとしたけど、声が出ない。で、叫び声のしたほうに向かって手を振ってから、列のあいだに入っていったのさ。

『ギジェルモ！』と、女は絶叫した。『ギジェルモ！　ああ、ギジェルモ！』バルコニーの手すりをぎゅっと握りしめて、体を前後に揺すっていたっけ。『ああ、ギジェルモ！』

ドン・ギジェルモはまた声のしたほうに手を振ると、頭を昂然とあげて人垣のあいだに入っていった。そのときの顔の色を除いて、彼の胸の中をうかがい知ることはできなかったね。

すると、列の中にいた酔っぱらいの一人が、ドン・ギジェルモのおかみさんのかん高い、引きつった声を真似して、『ああ、ギジェルモ！』と叫んだ。ドン・ギジェルモは、頰を涙で濡らしながら、その男に遮二無二つっかかっていった。男は手にした殻竿で彼の顔を力いっぱい殴りつけた。ドン・ギジェルモはがっくりと地面に腰を落としてすわり込んだ。そして泣いていたんだけど、それは恐怖に打たれたせいではなかった。そうしている間に酔っ払いたちがいっせいに殴りかかった。背中に飛びついた一人の男なんぞ、肩にまたがって、酒壜で殴りつけたんだからね。それを見た大勢の男たちが列を離れていったけど、入れ替わりに、それまでアユンタミエントの窓越しに口汚くののしっていた酔っ払いどもが押し寄せてきたんだ。

わたし自身、パブロがグアルディア・シビルの連中を銃殺したときには、かなり感情が高ぶっていた。目をそむけたくなるような光景だったけど、そのときはこうも思ったのさ、どうしてもこうする必要があるのなら、こうするしかないんだ、ってね。それに、すくなくとも、あの銃殺という行為には残忍さはなかった。この何年かでみんなが学んだことだけど、人の命を奪うのは目をそむけたくなる行為ではあるにしろ、それは同時に、わたしらが勝利をおさめて共和国を守るためには必要不可欠なことなんだから。

　最初に広場が封鎖されて二列の人垣ができたときは、よくぞパブロはこんなことを考えついたと思って、感心もしたし理解もしたよ。そりゃ、なんだか突拍子もないことに思えたけど、不快感をもたらさずに気のきいた形で実行できるものなら、そういうやり方も必要なんだろうと思ったりもした。それに、どうせファシストたちが民衆の手で処刑されなければならないものなら、みんなが参加したほうがいいだろうし、わたし自身、町がわたしらのものになったときはみんなでその果実を分かち合うように、人殺しの罪もみんなで分かち合いたいと思ったしね。でも、ドン・ギジェルモがああいう最期をとげた後は、いやな気分がして、いたたまれなくなった。それに、ドン・ギジェルモの扱いに抗議の意思表示をして列を離れた連中と入れ替わって、酔っ払いやろくでなしどもが大勢集まってきたのを見て、自分も列から離れようという気になってね。で、そこを離れて広場の反対側にゆき、涼しい影を落としている大木の下のベンチに腰を下ろしたんだ。

するとそこへ、同じく列を離れた二人の農夫が、何やらしゃべりながら近づいてきて、一人が声をかけてきた。『何を考えてんだい、ピラール?』

『別に何も』とわたしは答えた。

『いや、考えてるだろう』と、その男は言う。『言っちまいなよ、何を考えてるのか』

『なんだか、もう満腹って気分でね』わたしは言った。

『おれらもそうなんだよ』その男は言い、二人ともベンチに腰を下ろした。一人がワインの皮袋を持っていて、わたしに差し出した。

『まあ、これで口をゆすいだらどうだい』

するともう一人が、それまでの話のつづきをしはじめた。『いちばんまずいのは、こんなことをしてたら、そのうちバチが当たるってことよ。ドン・ギジェルモをあんなふうに殺してバチが当たらねえなんて、だれも言えねえはずだぜ』

すると、もう一人が言葉を継いだ。『やつらをどうしても皆殺しにしなきゃならねえのなら――おれはそれもどうかと思うんだが――でも、やらなきゃならねえのなら、せめて人間らしく、笑い者にしたりしねえで、死なしてやりゃいいと思うんだがな』『ドン・ファウスティーノみたいなやつなら、笑い者にするのもいいさ』もう一人の男が言った。『あいつはふだんから道化者も同じで、不謹慎もいいところだったんだから。でもよ、ドン・ギジェルモみたいな真面目な人間を笑い者にするのは道に外れてると思うんだよ』

『わたしはとにかく、おなかがいっぱいなのさ』わたしは言った。それは掛け値なしの事実でね。体中、どこもまともじゃなくて、すごく汗をかいていたし、くさった魚を呑み込んだように吐き気を催していたから。

『じゃあ、もうやめにしたらどうだい』農夫の一人が言った。『あんな騒ぎとはもう手を切るぜ、おれは。それにしてもわからねえ、他の町はどうなってるのかな?』

『電話線がまだ切断されたままだからね』わたしは言った。『あれが直らないことには、事情がつかめないよ』

『まったくよ。こんなふうにだらだらと残忍な人殺しをつづけるよりも、この町の守りを固めるためにおれたちを使ってもらったほうが、よっぽどいいんじゃねえのか』

『ちょっと、パブロと話してくるよ』二人に言って、わたしはベンチから立ちあがった。そして、アユンタミエントの入口に通じるアーケードのほうに歩きだした。男たちの列は、その入口から広場をまたいで延びていたんだけど、いまはもう野放図に乱れていて、だれもかも、手のつけようがないくらいに酔っぱらっていた。広場の真ん中では二人の男がひっくり返っていて、酒壜をやりとりしていたしね。一人がぐびっと飲んで、『ビバ・ラ・アナルキア（無政府主義、万歳）！』と叫ぶ。仰向けになったまま、頭のたがが外れたように怒鳴るのさ。首には赤と黒のハンカチを巻いてたけどね。するともう一人が、『ビバ・ラ・リベルタッド（自由、万歳）！』と叫んで、両足で宙を蹴りあげる。そしてまた、『ビバ・ラ・リベルタッド！』と大声でわめくんだ。その男も赤と黒のハンカチを持っていて、それを振りまわしながら、もう片方の手で酒壜を振りまわすんだよ。列を離れてアーケードの木陰に立っていた農夫が、うんざりしたように二人を見て言った。『あいつら、酔っぱらい万歳、と怒鳴りゃいいんだ。あいつらの信念といったら、それっきゃねえんだから』
『いや、それだって信じちゃいねえよ、やつらは』もう一人の農夫が言う。『やつらは何もわかっちゃいないし、信じてもいないのさ』
そのとき、酔っぱらいの一人が立ちあがり、両の拳をつきあげて叫んだ。『無政府主義、万歳。自由、万歳。共和国なんぞ、くそくらえ！』
まだ地面にひっくり返っていた飲んだくれが、怒鳴っている酔っ払いの足首をつかんで転がったものだから、相手も地面に倒れ込んだ。二人はごろんと転がって、また起き直った。相棒の足首をつかんだほうの飲んだくれが、相手の肩を抱いて酒壜をまわし、赤と黒のハンカチにキスする。二人はそうやって飲みつづけていた。

そのときだったね、男たちのあいだから喚声が湧いたのは。で、アーケードの向こうのほうを見あげたんだけど、出てきたのがだれなのか、とっさにはわからなかった。アユンタミエントの入口周辺はすごい人だかりで、男の顔も隠れていたから。わかったのは、一人の男が、後ろからパブロとクアトロ・デードスに散弾銃を突きつけられて、出てきたってこと。でも、顔がわからないので、わたしは入口の前にひしめく群衆のほうに近寄っていった。

男たちは押し合いへし合いしていて、ファシストのカフェから持ちだされた椅子やテーブルもひっくり返っている。飲んだくれが一人、ちゃんとしたテーブルに寝そべって、口をあけたまま頭をだらんとたれている。わたしは椅子を一つつかんで柱に寄せると、その上に立って、群衆の頭ごしに入口のほうを見たんだよ。

パブロとクアトロ・デードスにど突かれて出てきたのは、ドン・アナスタシオ・リバスだった。こいつは正真正銘のファシストで、町でいちばんデブの男さ。商売は穀物の仲買人で、いくつかの保険会社の代理人も務めていたし、高利の金貸しもやっていたんだ。椅子に立って眺めたら、そいつが男たちのほうに向かって階段を降りてくるところが見えた。シャツの襟の後ろに太い首がはみだし、禿頭が日を浴びてテカテカ光っていたよ。でも、あいつはもう前には進めなかった。なぜかというと、そのときいっせいに、個々の叫び声というより、男たち全員が同時にあげた喚声が湧き起こったからなんだ。なんとも聞き苦しい大音響で、あれこそは酔っ払いたちの大合唱と言ってよかったかもしれない。男たちの列が崩れて、雪崩を打つように人波がドン・アナスタシオに押し寄せた。アナスタシオが両手で頭を抱えて身を投げるのが見えたと思ったら、それっきり姿が消えてしまった。男たちが折り重なるように蔽いかぶさったからさ。やがてその連中が起きあがると、ドン・アナスタシオはアーケードの舗道の敷石に頭を叩きつけられて死んでいた。そこにはもう男たちの列はなく、ただ暴徒が騒いでいるだけだった。『中へ入ろうぜ』みんなは叫びだした。『中へ入って、やつらを片づけるんだ』『こいつは重すぎて、運べねえよ』一人の男が、うつぶせに横たわったドン・アナスタシオの死体を蹴りつけた。『ここに放っぽっとこうや』『そんな臓物の桶だる、崖っぷちまで運ぶことはねえよ。そこにうっちゃっとけ』『さあ、中に入って、やつらを片づけようや』男がわめいた。『みんな、中に入るんだ』『なんでお天道様に焼かれたまんま、一日待ってなきゃならねえんだよ?』別の男が叫んだ。『さあみんな、中に入ろうぜ』

暴徒はアーケードに押し寄せてきた。口々にわめき、押し合いながら、獣のように唸って、わめいていた。『あけろ!　あけろ!　さっさとあけろ!』男たちの列が崩れたとき、アユンタミエントの入口の扉はパブロの部下の手で閉められていたんだよ。

椅子の上に立つと、アユンタミエントの内部が格子窓ごしに見えた。そこでは、ちょっと前と同じような光景が展開されていた。中央に立つ神父を半円形に囲んで、残されたファシストたちが祈っていたんだ。パブロは散弾銃を背中にしょって、市長の椅子の前の大きなテーブルにすわっていた。足をぶらぶらさせて、タバコを巻いていたよ。クアトロ・デードスは市長の椅子に腰を下ろし、両足をテーブルにのせてタバコをふかしていたっけ。残りの隊員たちは、みんな、思い思いの椅子に腰かけて銃をかまえていた。大扉の鍵は、パブロの隣りのテーブルに置いてあったね。

暴徒たちは歌うような調子で、『あけろ！　あけろ！　あけろ！』と叫んでいたけど、パブロはすわったまま動かなかった。何も耳に入らないかのようにね。そのうち神父に何か声をかけたんだけど、周囲の喚声がうるさくて、彼が何を言ったのか、わたしにはわからなかった。

神父は依然として、返事もせずに祈りつづけていた。わたしの背後には大勢の連中が押しかけてくる。後ろから押されるままに、わたしは椅子を前に動かして、壁にぴたりとくっつけた。それから椅子の上に立つと、格子をしっかり握りしめて、顔を格子に押しつけたんだ。一人の男が椅子にのってきて、こちらの背中にのしかかるようにして二本の格子をつかんだ。

『椅子が壊れちゃうじゃないか！』わたしは怒鳴った。

『それがどうしたい？』男は言う。『ほら、やつらを見ろ。祈ってるところを見ろよ』そいつの息が首にかかるんだけど、まさに暴徒の臭いだったね。舗道に吐かれたゲロみたいな饐えた臭い、酔っ払い特有の臭いだったよ。しかもそいつときたら、こちらの肩ごしに顔を格子に寄せ、格子と格子のあいだに口を押しつけて叫ぶんだ。『あけろ！あけろ！』そうして暴漢にのしかかられていると、まるで、夢の中で悪魔に押さえつけられているような心地だったよ。

その間も暴徒は扉の前にひしめいていて、前にいる者は後から押し寄せる者につぶされそうになっていた。そのうち、黒い野良着を着て、赤と黒のハンカチを首に巻いた大男の酔っぱらいが広場から突進してきたかと思うと、押し合ってる暴徒の群れに頭からぶつかってね。で、ひしめき合った連中の上に倒れかかったら、すぐに体勢を立て直して、後じさりするなりまた突進したんだ。で、『おれさま、万歳、無政府主義、万歳！』なんてわめきながら、押し合ってる連中の背中めがけて体当たりしていったものさ。

見ていたら、この男はその後、暴徒の群れから離れて、地面にペタッとすわりこんだ。そして酒壜のラッパ飲みをはじめたんだけど、そのうち、ドン・アナスタシオの死体に気づいてね。そう、敷石の上にうつ伏せになってさんざん踏んづけられたドン・アナスタシオの死体に。で、そこに近づいていったと思ったら、死体の頭に、服に、酒を振りかけはじめたものさ。それからマッチをポケットからとりだすと、つづけて何本かすって、ドン・アナスタシオの死体に火をつけようとするんだ。ところが、そのときは強風が吹いていたもんだから、いくらすっても火は消えてしまう。で、しばらくすると、大男の酔っ払いは、死体のそばにへたり込んでしまった。そして、頭を振りながら酒を飲みはじめ、ときどき死体によりかかってはドン・アナスタシオの肩を撫でていたっけ。

その一方で、暴徒たちは依然、あけろ、あけろ、とわめいていたし、わたしの後ろに立っている男も窓の格子にしがみついて、早くあけろ、と怒鳴りつづける。耳元で怒鳴るものだから、鼓膜が破れそうだったし、その息がまたくさいのなんのって。わたしは、ドン・アナスタシオの死体を燃やそうとしている飲んだくれから目をそらして、またアユンタミエントの中を覗き込んだ。そこにはさっきまでと同じ光景が広がっていて、ファシストたちはひたすら祈りつづけていた。みなシャツの前をはだけて祈っていて、頭をたれている者もいれば、顔をあげて、神父を、神父がかかげている十字架を、見あげている者もいた。神父は早口で祈りを唱え、彼らの頭ごしに視線を遠くに漂わせている。で、パブロはと言えば、その連中の背後のテーブルにすわって、タバコをふかしているのさ。散弾銃を背に、足をぶらぶらさせながら、鍵をいじくっていたね。

そのうちパブロがテーブルから身をのりだして、神父に話しかけるのが見えた。でも、周囲のわめき声がうるさくて、何を言っているのか聞こえないんだ。神父は返事をせずに、祈りつづけている。と、半円形に神父を囲んで祈っていた連中の中から、一人の男が立ちあがった。外へ出ようとしているようだった。ふだん、ドン・ペペと呼ばれているドン・ホセ・カストロという男で、馬の売買が商売の、これまた掛け値なしのファシストだった。立ちあがったところは背もあまり高くなく、ひげも剃っていないし、パジャマの裾を灰色の縞のズボンにたくしこんでいるのに、なぜかこざっぱりとして見えたね。そいつが十字架にキスすると、神父が祝福を与える。ドン・ペペは立ちあがってパブロを見、扉のほうに顎を向けた。

パブロは首を振って、タバコを吸いつづける。ドン・ペペが何か話しかけたけれども、何を言ったのか、わたしには聞こえなかった。パブロはまた首を振って、扉のほうに顎をしゃくってみせた。

それでドン・ペペは扉のほうをまともに見た。そうか、鍵がかかっているのを知らなかったんだな、とわたしには合点がいった。そのとき、パブロが鍵を見せた。ドン・ペペはちらっとその鍵を見やってから、また元のところにもどってひざまずいた。神父がパブロのほうを見ると、パブロはにやっと笑って鍵を見せる。そのとき初めて神父も、扉に鍵がかかっているのに気づいたらしいのさ。一瞬、首を振ろうとしかけたものの、ちょっと頭をかしげただけで、またお祈りにもどった。

扉に鍵がかかっていることに、どうしてファシストたちが気づかなかったのか、わからない。たぶん、お祈りに夢中で、考えも千々に乱れていたせいなんだろう。でも、そのときになって、連中にはわかったんだ。大きな喚声の意味もわかっただろうし、いまや状況が一変してしまったことも呑み込めたにちがいない。でも、連中の様子はそれまでと変わらなかった。

その頃になると、すさまじい喚声が渦巻いて、だれが何を言っても聞こえないくらいだった。わたしと同じ椅子に立っていた飲んだくれは、両手で格子を揺すぶって、『あけろ！　あけろ！』と声が嗄れるまでわめいていたよ。

パブロを見ていたら、また神父に何か話しかけている。でも、神父は返事をしない。するとパブロは散弾銃を肩からはずして、神父の肩を銃身で叩いた。それでも、神父は振り向こうとしない。パブロは首を振って、後ろにいたクアトロ・デードスへ肩ごしに何か言った。デードスはもう一人の隊員に何事か指示する。すると隊員たちはみな立ちあがって広間の端に移動し、散弾銃をかまえて立ち並んだ。

見ていると、パブロはまた何かクアトロ・デードスに指示した。デードスはテーブル二つとベンチを何脚か動かし、隊員たちが散弾銃をかまえてその背後に立つ。そうやって、広間の隅にバリケードを築いたのさ。パブロはまた前に身をのりだして、神父の肩を散弾銃の銃身で叩いた。それでも神父は振り向こうとしない。ただ、他の連中がひたすら祈りつづけている中で、ドン・ペペだけがパブロのほうをじっと見ているんだ。パブロは首を振り、ドン・ペペが自分を見ているのに気づくと、彼に見せつけるように鍵を高くかかげた。ドン・ペペはその意味に気づいたんだろう、頭をたれて、かなりの早口で祈りはじめた。

パブロは両足をぐるっとまわしてテーブルから降り立った。そして、テーブルの背後をまわって市長の大きな椅子に歩み寄った。その椅子は長い会議用のテーブルの後ろの、一段高くなった壇の上に置かれていたんだけどね。その椅子にどっかと腰を下ろすと、パブロは、神父と一緒に祈りつづけるファシストたちに目をすえたままタバコを巻いた。その顔には何の感情も浮かんでいなかったよ。鍵はパブロの前のテーブルに置かれていた。鉄製の大きな鍵で、長さは三十センチ以上あっただろう。それからパブロは大声で、わたしには聞こえなかったんだけど、何事か手下たちに指示した。一人の手下が扉に歩み寄った。ファシストたちの祈りのテンポがいちだんと早まったのを見て、あの連中も覚ったんだな、とわかったね。

パブロが神父に何か言ったけど、神父はやはり答えない。するとパブロは身をのりだして鍵をつかみ、扉の前の隊員に下手で投げてやった。隊員が受けとると、パブロはにやっと笑った。隊員は扉の鍵穴に鍵を差し込んで、くるっとまわす。そして扉を手前に引き、暴徒たちがなだれ込んでくると同時に扉の後ろに身をすべらせたのさ。

男たちが飛び込んできたそのとき、わたしと一緒に椅子にのっていた飲んだくれがわめきだした。『アイー（いいぞ）！　アイー！　アイー！』そいつが頭を前に突きだしたものだから、こっちは何も見えないんだ。そいつはまた、『ぶっ殺せ！　ぶっ殺せ！　叩き殺しちまえ！　ぶっ殺せ！』と怒鳴りながら、両手でわたしを押しのける。中を見るどころじゃないんだよ、こっちは。
だから、そいつの脇腹に肘打ちをくれて、言ってやった。『この酔っ払い！　これはわたしの椅子だろ。これじゃ何も見えないじゃないか』

それでもそいつは両手、両腕で格子をがんがん揺すぶりながら怒鳴りつづける。『殺せ！　叩き殺せ！　叩き殺せ！　そうだ。叩き殺せ！　ぶっ殺せ！　カブロネス（くそったれども）！　カブロネス！　カブロネス！』

わたしは思い切りそいつの脇腹を肘で突いて、言ってやった。『カブロン（くそったれ）！　飲んだくれ！　わたしにも見せなったら』

そうしたらそいつ、もっとよく見たいと思ったのか、両手でわたしの頭を押さえつけ、ぐっとのしかかって怒鳴りつづけるんだ。『叩き殺せ！　そうだ。叩き殺せ！』

『自分を叩き殺しゃいいだろう』わたしは言って、そいつのいちばん痛がるところに一発くらわしてやった。それが効いたらしくて、そいつはわたしの頭から手を離し、急所を押えながらほざいたよ。『ノ・アイ・デレチョ、ムヘール（なんてことをしやがるんだ、このアマ）』その瞬間、格子のあいだから中を覗けたんだけど、広間はもう男たちで溢れかえっていた。その連中が棍棒で殴ったり、殻竿でぶっ叩いたり、木の熊手で突いたり、叩いたり、押したり、突きあげたりしてるんだ。熊手はもう血で真っ赤、叉なんかは折れちゃっていてね、広間のあちこちでそんな修羅場が展開されてるのに、パブロは散弾銃を膝に大きな椅子にすわったまま黙って見てるのさ。そうしている間も男たちは叫び、ぶっ叩き、突き刺して、炎に囲まれた馬みたいな悲鳴があちこちであがっていた。そのとき目に入ったんだけど、あの神父まで、いまは祭服の裾をからげてベンチに飛び乗ろうとしていた。それを追いかけてきた男たちが、大小の鎌で切りつける。祭服をつかもうとする男たちもいて、また、あちこちで悲鳴があがる。二人の男が神父の背中に鎌で切りつけ、三人目の男が祭服をつかむ。神父は両手を振りあげて、ベンチにしがみつこうとしていたよ。そのとき、わたしののっていた椅子が壊れて、わたしと飲んだくれは舗道に放りだされてしまった。こぼれたワインやゲロの臭いがこびりついてる舗道にね。するとまたあの飲んだくれが指をこっちの顔に突きつけて言う。『ノ・アイ・デレチョ・ムヘール、ノ・アイ・デレチョ・ムヘール。ひでえ怪我をするところだったじゃねえか』。男たちはわたしらを踏みつけて、アユンタミエントの広間に飛び込んでゆく。わたしの目に入るのは、入口に乱入してゆく男たちの足と、わたしに向き合って道路にへたり込んでいる飲んだくれの顔だけだった。そいつは、さっきわたしが一発くらわしてやった個所を手でおさえていたっけ。

　それが、わたしらの町で行われたファシスト殺しの最後の場面だった。それ以上見ないですんで、ほっとしたよ。あの飲んだくれがいなかったら、わたしは一部始終見ることになっただろうから、あいつもすこしは役に立ってくれたのかもしれない。なんてったって、あのとき、アユンタミエントでは、見たのを後悔するような光景がくり広げられたんだから。

ところが、もう一人の飲んだくれときたら、もっと呆(あき)れ返ったやつでね。椅子が壊れた後、わたしが舗道から立ちあがると、暴徒となった男たちがまだアユンタミエントに乱入している最中だったんだけど、あの赤と黒のスカーフを首に巻いた酔っ払いが、ドン・アナスタシオの死体にまた酒を振りかけているのが見えたのさ。頭を左右に振って、まともにすわっちゃいられない様子だったけど、酒をぶっかけてはマッチをすり、また酒をぶっかけてはマッチをすっている。わたしは近づいて、言ってやった。『何してるんだい、この恥知らずが』

『ナダ、ムヘール、ナダ（何もしちゃいねえよ）』と、そいつは言い返す。『ほっといてくれ』

たぶん、そこに立っていたわたしの足が風よけになったんだろうね、マッチの火がついて、青白い炎がドン・アナスタシオの上着の背中を走りはじめた。火はたちまち肩からうなじのほうに燃え移った。するとその酔っ払いは頭をあげて、大声でわめいたんだ。

『やつら、死体を燃やしてるぞ。死体を燃やしてるぞ、やつらが！』

『だれが燃やしてるんだ?』だれかが言った。

『どこで?』別の男が叫ぶ。

『ここだよ!』酔っ払いはわめきたてた。『ここだってばよ!』

すると、だれかが殻竿で、そいつの頭を思いきりぶっ叩いてね。そいつは仰向けに地面に倒れてしまった。自分をぶっ叩いた男を見あげて両目を閉じると、両手を胸に組んで、まるで眠っているようにドン・アナスタシオの隣りに寝転んでいたっけ。ぶっ叩いた男はそれきり叩こうとはしなかったから、その晩、アユンタミエントの内部の掃除がすんだ後、ドン・アナスタシオの死体が抱えあげられて、他の死体と一緒に荷車に積み込まれたときも、まだあの恥知らずはそこに寝ころんでいたね。荷車は崖っぷちまで押されていって、ドン・アナスタシオの死体は他の死体もろとも崖から放り投げられたのさ。町にとっては、あの二、三十人の飲んだくれどもも、とりわけ赤と黒のスカーフを巻いた連中もあの崖から放り投げてしまったら、いっそどんなに良かったかしれないんだけどさ。今後、もう一度革命を起こすことがあったら、まず最初にあの連中を始末しなきゃと思うよ。でも、あのときのわたしらには、そのへんの道理がわからなかったんだ。それから何日も後になって、わたしらは教訓を学ぶことになるんだけれども。

でも、その晩は、この後どういうことになるのか、わからなかった。アユンタミエントの虐殺の後は、もう殺生は行われなかったけど、あまりにも酔っ払いが多いもんだから、ちゃんとした集会もひらけない始末だった。秩序を保つのが不可能だったため、集会は翌日に延期されたんだ。

その晩、わたしはパブロと寝たよ。こんなことまでおまえに話すのはどうかと思うんだけどね、マリア、でも、おまえさんが一切合切知っておくのはいいことだと思うし、すくなくともわたしが話すのは本当のことなんだから。まあ、聞いておくれよ、イングレス。めったにある話じゃないんだしさ。

で、その晩のことだけど、わたしらは食事をした。まあ、めったにある話じゃないんだよ、本当に。その場の空気といったら、大嵐や洪水や激しい戦闘の後みたいでね、みんな疲れ切って、口数もすくなかった。わたしもなんだか虚ろな気持ちで、体の調子もいま一つだった。なんといっても、恥ずかしさと、良からぬことをしたという後悔でいっぱいで、ちょうどけさ、敵の飛行機の編隊を見た後のように、胸苦しい気持ちと、これから何か悪いことが起こるんじゃないかという予感がした。事実、それから三日もたたないうちに、悪いことが起きたんだけどね。

食事の最中、パブロは口数がすくなかった。

そのうち、とうとう、子山羊を炙った肉を口いっぱいに頬張りながら訊いてきた。

『どうだい、ピラール、きょうの首尾はどう思ったい、気に入ったか?』

『いや』と、わたしは答えた。『ドン・ファウスティーノは別だけど、あとは気に入らなかったね』

『そうか、おれは気に入ったぜ』と、パブロは言う。

『何から何までかい？』

『ああ、何から何まで』ナイフでパンを大きく切りとると、それで肉汁をすくいながら言うんだ。『何から何までよ。ただし、神父の最期は別だけどな』

『神父の最期は気に入らなかったのかい』パブロがファシストより神父たちのほうを憎んでいるのを知っていたから、わたしはそう訊いたんだ。

『ああ、がっかりしたな、あいつには』気落ちしたようにパブロは言った。周囲では大勢の連中が歌をがなっていたから、大声を出さないとお互いの声が聞こえないくらいだった。

『でも、どうしてだい？』

『死にざまが情けねえじゃねえか。威厳ってものが、これっぽちもなくってよ』

『だって、あんな大勢の暴漢に追いかけられたら、威厳なんか保てっこないだろうよ』わたしは言った。『それまでの神父の態度は、立派だったと思うけどね。あれだけの威厳は、なかなか保てるもんじゃないよ』

『まあな』パブロは答えた。『でも、最後の瞬間になって、やつはブルってたぜ』

『あたりまえだろう。追っかけまわした連中が何を手にしてたか、あんたも見ただろう?』

『そりゃ見たさ』パブロは言う。『でも、死にざまは情けねえったらなかった』

『あんな状況に陥ったら、だれだって情けない死に方をするもんさ』わたしは言った。

『どういう死に方だったら、あんたは満足したんだい? あのときのアユンタミエントの騒ぎといったら、目を蔽いたくなるくらいだったじゃないか』

『まあな。みんな、やりたい放題だったのはたしかだ。でもよ、あいつは神父だぜ。人の模範になって当然だろうがよ』

『へえ、あんたは神父が嫌いだったんじゃないのかい』

『そうよ、嫌いだとも』パブロはまたパンを切りとった。『でもな、あいつはスペインの神父なんだ。スペインの神父だったら、それ相応に潔い死に方をしてもらわねえとな』

『あの神父、十分潔い死に方をしたと思うけどね。神父らしい格式をみんな剝ぎとられちゃったにしては』

『いや』パブロは言った。『おれは大いにがっかりさせられたぜ。おれは朝から、あの神父が死ぬ瞬間を楽しみに待ってたんだ。あいつはたぶん、最後の最後に列のあいだに入っていくんだろうと思ってな。期待に胸をふくらませて待っていた。その瞬間こそは、最高の見せ場になるんじゃないかと思ってよ。なにしろ、神父の死ぬところなど、見たことなかったから』

『いずれ、そういう機会もあるだろうさ』わたしは皮肉っぽく言ってやった。『戦いは、きょうはじまったばっかりなんだから』

『いや、おれにとっちゃ幻滅だった』

『へえ。それじゃ、あんたの信念も崩れちまうかもしれないね』

『わかってねえんだな、ピラール。いいか、あいつはスペイン人の神父なんだぞ』

『スペイン人だからって、どうだというんだい』わたしはパブロに言ってやった。そうだろう、スペイン人だからって、どんな美点があるのかね、え、イングレス？　どんな民族なんだい、スペイン人とは？」

「そろそろ出発しないと」ロバート・ジョーダンは言って、太陽を見あげた。「もう正午に近いからな」

「そうだね」ピラールは言った。「そろそろ出発しよう。でも、その前に、パブロのことをもうすこししゃべらせておくれ。あの晩、パブロはわたしに言ったんだ。『なあ、ピラール、今夜は何もしねえで寝ようや』

『わかった』わたしは答えた。『そのほうがいいよ』

『あれだけの人数を殺した後じゃ、いい気持ちもしねえだろうから』

『ケ・バ（おやおや）』わたしは言った。『あんたがそんな聖人だったとはね。闘牛士たちと長年暮らしたわたしだよ。牛と闘った日の男たちが、どんな心持になるか、知らないとでも思うのかい？』

『闘牛士たちもそうなのか、ピラール？』

『わたしが嘘をついたことがあったかい？』

『そうだよな、ピラール、おれも今夜はからっきしだめだ。怒らねえだろうな？』

『もちろん、怒るもんかね』わたしは言った。『でも、毎日人を殺すようなことは、もうしないことだね、パブロ』

その晩、パブロは赤ん坊のように眠った。明け方になって起こしてやったんだけどね。わたし自身は、さっぱり眠れなかった。で、起きあがって椅子にすわり、窓の外を眺めたんだ。昼間、男たちが列をつくった広場が、月の光を浴びていたよ。広場の向こうでは、やはり月の光を浴びて樹木が輝いていたし、黒々としたその影も見えた。ベンチも明るく月に照らされていたし、散乱した酒壜も光っていた。ファシストどもが投げ込まれた、崖っぷちの向こうの闇も見えたしね。聞こえるものといったら噴水の水がはじける音くらいで、わたしはじっとすわったまま、ひどい幕あきにしちまったもんだと考えていたよ。

窓があけっ放しになっていたんで、広場の向こうのフォンダ（アパート）から、女の泣く声が聞こえてきた。わたしはバルコニーに出ていって、鉄の床に裸足で立った。広場に面した建物はみんな月に照らされていて、泣き声はドン・ギジェルモの家のバルコニーから聞こえてくるのだとわかった。泣いているのはドン・ギジェルモのおかみさんだった。バルコニーにひざまずいて、泣いているのさ。わたしは部屋の中に引っ込んで、じっとすわっていた。もう考えるのもいやだった。人生で最悪の日だったからね、後でもう一度、ひどい日がやってきたんだけど」

「それはどんな日だったの？」マリアが訊いた。

「それから三日たって、町がファシストに奪い返されたのさ」

「その話はしないで。聞きたくない。もうたくさん。いまの話だって、聞いちゃいられなかった」

「だから、おまえには聞かせたくないって言っただろう。ほらごらん。おまえには聞いてほしくなかったんだよ。きっと悪い夢を見るだろうから」

「それはないと思うけど。でも、これ以上は聞きたくない」

「ぼくはいつか、その件についても聞かせてほしいね」ジョーダンが言った。

「ああ、聞かせてやるとも」ピラールは答えた。「でも、マリアには聞かせないほうがいいね」

「そうね、聞きたくないわ」マリアは悲しげに言った。「頼むわね、ピラール。あたしのいる前では話さないで。いやでも耳に入っちゃうだろうから」

マリアの唇がわなわな震えているのを見て、泣きだすのでは、とジョーダンは思った。

「頼むから、ピラール、あたしのいる前では話さないで」

「心配しなさんなって、坊主頭の女の子には聞かせないよ。でも、イングレスにはいつか話してあげよう」

「でも、この人のいるところにはあたしもいたいし。ああ、ピラール、やっぱり、話しちゃだめよ」

「じゃあ、おまえが台所仕事をしているとき、この人には話してやるさ」

「だめ。やめて。お願いだから。そんな話、もう止めましょうよ」

「わたしらのしでかしたことを話したんだから、ファシストのしでかしたことも話さなきゃ不公平ってもんさ。でも、大丈夫、おまえさんの耳には入らないようにするから」

「ねえ、もっと楽しい話ってないの？　恐ろしい話以外に、話すことってないの？」

「今日の午後になれば、おまえとイングレスで二人きりになれるだろう。二人で何でも好きなことを話し合えばいいさ」

「じゃあ、早く午後になってほしいな。一足飛びに午後になってほしい」

「なるともさ。すぐ午後になるよ。そしてまた、すぐにすぎてしまう。あしたもね」

「今日の午後ね」マリアは言った。「ああ、今日の午後。早く今日の午後になりますように」

11

三人は高地の草原から樹木の茂る渓谷に下り、流れに沿った山道を登って、さらに高い縁辺岩の岩場の頂点をめざした。まだ深く生い茂っている松の樹林をのぼっていくと、ライフルを持った男が行く手の木陰から現れた。

「止まれ」男は言った。すぐにつづけて、「オラ（よお）、ピラール。そのつれの男はだれだい？」

「イングレス（イギリス人）さ」ピラールは答えた。「洗礼名はロベルトだけど。それにしても、なんて険しい道なんだろう」

「サルー、カマラーダ（同志）」男はジョーダンに言って、片手をさしだした。「調子はどう？」

「上々だよ」ジョーダンは答えた。「そちらは？」

「うん、おれも上々だよ」男はまだ若かった。ほっそりとした華奢な体つきで、頬骨が隆く、鷲鼻で、灰色の目をしていた。もしゃもしゃの黒い髪で、帽子はかぶっていない。

握手には力がこもっていて、友好的だった。その目にも、人なつこさがにじんでいた。

「やあ、マリア」マリアのほうを向いて、言った。「疲れただろう?」

「ケ・バ(どうってことないわよ)、ホアキン。実際に歩くよりも、すわっておしゃべりしてた時間のほうが長かったくらいだから」

「爆破屋ってのは、あんたかい?」ホアキンはジョーダンのほうを向いた。「あんたがきてることは、聞いてるぜ」

「昨晩は、パブロのところで夜を明かしたんだ」ジョーダンは言った。「そう、ぼくが爆破屋さ」

「会えて嬉しいよ。狙うのは列車かい?」

「この前列車をやったときは、あんたもいたのか?」ジョーダンは言って、微笑った。

「そりゃ、いたさ。そこでこの子を拾ったんだから」マリアに向かってにやつきながら、「えらくきれいになったじゃないか。みんなに言われるだろう、きれいになったって?」

「やめてよ、ホアキン。そのくらいにして。あんただって、髪を短く刈ればきれいになるわよ」

「おれがあんたを運んだんだからな。この肩に背負ってさ」

「おまえさんだけじゃないさ」深みのある声で、ピラールが言う。「みんなで運んだんだから、あのときは。で、大将はどこだい?」

「露営地にいるよ」

「ゆうべはどこにいたんだろう？」

「セゴビアさ」

「何か目新しい情報でも仕入れてきたかい？」

「ああ。いろいろとね」

「いいネタか、悪いネタか、どっちだい？」

「悪いほうじゃないかな」

「あんたは、敵の飛行機を見たかい？」

「ああ、見たよ」ホアキンは言って、首を振った。「その話はしないでくれ。なあ、爆破屋の同志、あの飛行機は何てやつだったんだい？」

「ドイツのハインケルＨｅ１１１爆撃機さ。それと、イタリアのフィアットの追撃機だったね」ジョーダンは答えた。

「あの、でかい低翼のやつは？」

「ハインケルＨｅ１１１だ」

「名前がどうだろうと、性の悪いやつらだな。あ、こいつはいけない、あんたたちを引き留めちゃって。じゃあ、司令官のところに案内するから」

「司令官だって？」ピラールが訊いた。

ホアキンはしかつめらしい顔でうなずいた。「そのほうが、頭目、って呼ぶよりいいじゃないか。ずっと軍隊的で」

「へえ、あんた、えらく軍隊式になったもんだね」ピラールは冷やかすように笑った。

「そんなことはないけど。でも、おれは軍隊式の用語が好きなんだよ。そのほうが命令がはっきりして、規律もゆきとどくから」

「ほら、イングレス、あんた好みの男がここにいるよ。真面目（まじめ）を絵にかいたような若者が」

「あんた、またかついでやろうか？」ホアキンはマリアに訊き、彼女の肩に腕をかけて笑った。

「あのとき一度でたくさんよ」マリアは答えた。「でも、ありがとう、気を使ってくれて」

「あのときのこと、はっきり覚えてる？」

「だれかにかついでもらったことは覚えてるけど。あなたにかつがれたことは覚えてない。ジプシーにかつがれたのは覚えてるのよ、何度も地面に落とされたから。でも、ありがとう、ホアキン。いつか、あたしのほうであなたをかついであげるから」

「おれのほうはよく覚えてるぜ」ホアキンは言った。「あんたの二本の足を抱えて背負ってさ、腹がおれの肩にのってて、頭はおれの背中にたれて、腕もだらんとたらしてたよな」

「よく覚えてるのね」マリアは微笑いかけた。「でも、あたしはそんなこと、何一つ覚えてない。あんたの腕のことも、肩のことも、背中のことも」

「いいこと教えてやろうか?」

「なあに?」

「あのときは敵の弾丸がビュンビュンと後ろから飛んできたから、あんたが背中にぶらさがっててくれて助かったんだよ、弾丸よけになってさ」

「まあ、なんて恥知らずなの。じゃあ、ジプシーがあたしをかついでくれたのも、そのため?」

「そのためもあったろうし、あんたの足をつかんでいたかったんだろうよ」

「あきれた英雄ね。とんだ救い主だわ」

「でもね、マリア」ピラールが口をはさんだ。「あのときはこの若者が、しっかりとおまえさんをかついでくれたんだ。あのときはおまえの足なんぞ、何の魅力もなかったんだから。ものを言ったのは敵の弾丸さ。この若者だって、もしあのとき、さっさとおまえをほっぽりだしていたら、楽に敵の弾丸の届かないところにいけたんだ」

「だから、ホアキンにはちゃんとお礼を言ってるじゃない。こんどはあたしのほうで、ホアキンをいつか、かついでやろうと思ってるし。ちょっとぐらい冗談を言い合ったたっていいでしょう。彼にかついでもらったからって、嬉し泣きする必要もないと思うんだけど」

「おれは、あんたをほっぽりだすこともできたんだぜ」ホアキンはからかうのをやめない。「でも、ピラールに射(う)ち殺されるんじゃないかと、それが心配でさ」

「わたしは射ったりするもんかね」

「ノ・アセ・ファルタ（そうさ、射つ必要なんかないよ）」ホアキンは言った。「あんたの毒舌を浴びりゃ、だれでも死ぬほどちぢみあがっちまうんだから」

「まあ、なんて口をきくんだろうね。以前のおまえさんは礼儀正しい若者だったのに。この戦いに加わる前は、どんなことをやってたんだい、坊や？」

「たいしたことはやってないよ。まだ十六だったんだから」

「でも、何をしてたんだい、はっきり言えば？」

「ときどき、靴を何足か」

「作ってたのかい？」

「いや、磨いてたのさ」

「ケ・バ（おやおや）。そんなもんじゃないだろう」ピラールはあらためてホアキンの日焼けした顔を見た。そのしなやかな体躯(たいく)を、もじゃもじゃの髪を見、爪先(つまさき)と踵(かかと)でリズムをとるような歩き方にも目を留めた。「なんでそっちのほうをしくじったんだい？」

「しくじったって、何を？」

「何をだって？ わかってるくせに。その弁髪は、闘牛士になるためだったんだろう」

「怖くてね、どうしようもなかったのさ」

「見たところ、引き締まった体をしているね。でも、顔にふてぶてしさがない。なるほどね、恐怖に勝てなかったのか。でも、列車を襲撃したときはいい働きをしたじゃないか」

「いまはもう怖いものはないさ。何ひとつ。牡牛（おうし）なんかよりずっとたちの悪い、危険なものを見てきたし。だいたい機関銃より危険な牡牛なんぞいないしな。でも、仮にいま闘牛場で牡牛と向かい合ったら、ちゃんと立っていられるかどうか、わからないけど」

「この子は闘牛士になりたかったんだよ」ジョーダンに向かって、ピラールは言った。

「でも、怖かったんだそうだ」

「あんた、闘牛は好きかい、爆破屋の同志？」ホアキンはにこっと笑って、白い歯を見せた。

「好きだね」ジョーダンは答えた。「大好きだよ」

「バジャドリードの闘牛は、見たことがある？」

「ああ。九月のフェリア（祭り）のときに」

「あそこがおれの生まれ故郷なんだよ。すごくいい町なんだけど、この戦争がはじまってから、町のブエナ・ヘンテ（善良な人たち）が、さんざん苦しめられたんだ」急に沈鬱な顔になって、「おれの親父も射ち殺されたし。おふくろも。義理の兄貴も。それと、姉もね」

「ひどいことをする」ジョーダンは言った。

それから、胸中に呟いていた。こういう話を、いままでに何度聞いたことだろう？ こういう話を言いづらそうに打ち明ける連中を、何度見たことだろう？ つい涙ぐみ、喉を引きつらせながら、両親や兄弟姉妹の身に起きたことをつらそうに語る人たちを、何度見たことか。そういうふうに愛する者の死が語られるのを、何度耳にしたか、思いだせないくらいだ。それは必ずと言っていいほど、まさしくいま、この若者が語ったように語られた。故郷の町が話題になったのをきっかけに、いかにも唐突に。そしておれは、そのたびに言うのだ、ひどいことをする、と。

こういう悲劇について、たいていの人間は耳で聞くだけだ。あの川のほとりでピラールは、ファシストたちが死んでゆく顚末を、おれの眼前に生起するように語ってくれた。人はこの若者の父親が死んだ光景を、ピラールが語ってくれたように目撃するわけではない。おそらく、この若者の父親はどこかの中庭の壁際に立たされて、もしくはどこかの路傍で、トラックのライトに照射されながら、死んだのだろう。人はただ、照射される車のライトを丘の上から見、銃声を聞いて、それから道路に降りてくる。そして死体を見つけるのだ。母親が、弟が、妹が銃殺される現場そのものを目撃するわけではない。そのことを耳にし、銃声を聞いて、死体を発見するだけなのである。

だが、ピラールは、あの町で起きたすべてを、おれの目の前に再現してみせた。あの女に物を書く力があったら、どんなに素晴らしいことか。おれもあの話を書いてみたい。もし運よくあの話を記憶にとどめることができれば、あの女が語ったように書き下ろせるだろう。それにしても、あの女はなんと語り上手なことか。スペイン文化の黄金時代の文豪、ケベドよりも達者なくらいだ。たとえばドン・ファウスティーノのような男の死を、ケベドは、あの女が語ったほどリアルに書いてはいない。おれにも、あの話をリアルに語れるくらいの筆力があればいいのだが。書く対象は、おれたちが何をしたか、だ。敵がおれたちに加えた仕打ちではなくて。敵がやったことなら、よくわかっている。敵が銃後でその種の蛮行を働いた例ならいくらでも知っている。だが、ピラールが語ったような出来事を書くためには、その町の人々のことを前もって知っておく必要がある。そこでどういう暮らしが営まれていたのかを、前もって知っておかなければならない。

おれたちのようなパルティザンはつねに移動しているし、任務遂行後、現場に居残って敵の仕返しにあうこともないから、作戦の最終的な決着がどうついたのか、知ることはない。任務を遂行する際は、農夫の一家の世話になる。夜間に訪れて、一家と食事を共にする。昼間は身を隠して、翌日の晩には消えている。任務を果たして撤退するのだ。そして、しばらくしてその地を再訪すると、農夫の一家がその後銃殺されたことを知らされる。事の次第ははっきりしている。

とにかく、凄惨な事件が起きるとき、こちらはたいていその場にはいない。パルティザンは敵に損害を与え次第、すぐに撤退する。が、農夫たちはその場に留まるから、敵の報復にさらされてしまう。その前段階のことなら、おれはいつもわかっていた。最初におれたちが加えた仕打ち。そのことならわかっていたし、内心では不快に思っていた。その戦果が恥ずかしげもなく、浅ましく語られ、得意満面に吹聴され、弁解され、果てはくだくだしく説明されて否定されるのを、おれはこの耳で聞いてきた。ところが、あの女丈夫の語りは、まるでおれがその場にいたかのように、すべてを眼前に彷彿とさせてくれたのだ。

そうなのだ、とジョーダンは思った。これはいわば、教育に匹敵するものだろう。すべてが終わったときには、それ相応の教育になっているだろう。慎重に耳を傾ければ、この戦争からも多くを学ぶことができる。現に、これまでもそうだった。この戦争が起きるまでの十年間、そのうちの何年かをスペインですごせたのは幸運だった。何よりも、この国の言葉を話せるという、その一点で、スペインの人々はおれを信用してくれる。この国の言葉を完全に理解し、流暢に話し、さまざまな場所の知識を持っていると、それだけでこちらを信用してくれる。スペイン人が最終的に忠誠を誓う対象は、つまるところ、自分の生まれた町なのだ。もちろん、最初に忠誠を誓う対象はスペインだ。次いで、自分の民族。次ぎに、自分の故郷の州。次ぎに自分の町と家族。そして最後に自分の職業。もしスペイン語を知っていれば、相手はこちらの肩を持ってくれる。もし相手の生まれた州を知っていれば、さらにこちらの株があがる。相手の職業と住む町まで知っているとなったら、これはもう外国人としては最高の待遇を受けることになる。おれはスペイン語をしゃべっていて外国人のような気がしないし、外国人のように扱われることもほとんどない。ただ、最初から敵視される場合は別だが。

もちろん、彼らはこちらを敵視する。それは毎度のことで、彼らはだいたい、いつもだれかを敵視するのだ。彼ら自身を敵視することだってある。スペイン人が三人いれば、二人が組んで、残りの一人を攻撃する。そのうち、その二人も互いに相手の裏をかきはじめる。必ずそうなるわけではないが、そういう結論を出してもおかしくないくらいに、そんな事例が頻発する。

こういう考え方はすべきではあるまい。といって、いったいだれがおれの考えを検閲するというのだ？　おれ以外にはいない。おれはそもそも敗北主義的な考え方にはくみしない。何よりも大切なのは、この戦争に勝つことだ。もし負ければ、すべてを失ってしまう。だが、おれはあらゆることに目を配り、あらゆることに耳を傾け、記憶してきた。おれはいま、一兵士として戦っている。戦う限りは絶対的な忠誠を誓い、全力を尽くして最高の成果をあげてきた。だが、おれの心はだれのものでもないし、見たり聞いたりする能力も、おれ以外のだれのものでもない。いずれ、いろいろな判断を下すことになるだろうが、それを急ぐ必要はない。描くべき材料はたくさんあるだろう。すでに、たくさんあった。ときには、多すぎるほどに。

あのピラールという女を見るがいい。これから何が起ころうと、もし時間があったら、あの話の顚末をすべて聞きださなければ。いま、ああして二人の若者を率いて歩いていく女を見ろ。スペインの生んだ果実で、あの三人ほど素晴らしい例はないぞ。ピラールは山のごとく、若者と娘は若木のごとし。老木はすべて切り倒され、若木がああしてすくすくと伸びている。あの二人の若者が過去にどんな辛酸をなめたにせよ、いまはああして、この世の不幸とは無縁のように、若々しく、潑剌(はつらつ)と、純粋に生きているではないか。だが、ピラールの話だと、マリアはここにきてようやく健全な姿をとりもどせたらしい。一時はかなりひどい状態に陥っていたのだろう。

第十一国際旅団にいたベルギー人の若者のことを思いだす。その若者は同じ村の五人の若者たちと共に共和派の義勇軍に参加したのだ。人口二百人くらいの村で、その若者が村を出るのは初めてのことだった。彼を初めてハンス旅団の幕僚本部で見かけたとき、仲間の五人はすでに全員戦死しており、彼は精神的にひどくまいっている様子だった。

幕僚本部では従卒として、将校たちの給仕役をつとめていた。金髪で、いかにもフランダース人らしい赤ら顔の、大柄な若者だった。いかつい、大きな農夫の手。皿を運ぶときは荷馬のように力強く、ぎごちなかった。そして彼はいつも泣いていた。食事の間中、声を立てずに泣いていた。

ふと顔をあげて彼を見ると、泣いている。ワインを頼むと、泣いている。シチューをよそってくれと皿をわたすと、泣いている。顔をそむけて。そのうち泣き止むのだが、顔を見ると、また涙が頰を伝いはじめる。食事が供される合間にも、調理室で泣いていた。だれもが彼には優しく接したのだが、効果はなかった。彼は自分自身で見定めなければならなかったのだ、自分はいったいどうなったのか、果たして自分をとりもどせたのか、そして、これからまた軍務につけるのかどうかを。

マリアはすっかり元気になったらしい。ともかくも、そう見える。だが、おれは精神分析医ではない。精神分析医はピラールだ。ゆうべマリアと寝たのは、お互いのためによかったのだろう。そう、これからも邪魔が入らずにすめば。おれにとってよかったのは、間違いない。きょうは気分も爽快（そうかい）だ。気持ちに一点の曇りもなく、爽（さわ）やかで、幸せだ。パブロたちと顔を合わせた際の雰囲気は最低だったが、すごい幸運にも恵まれた。これまでに付き合ってきたのは、剣呑（けんのん）な名乗りをあげる連中ばかりだった。名乗りをあげる――それもスペインならではの流儀だ。

マリアを見ろ。あの娘を見ろ。カーキ色のシャツの胸元をはだけ、明るい陽光を浴びて楽しげに歩いてゆくマリア。まるで仔馬(こうま)のような歩き方だ。あんな娘にばったり出会うような幸運は、普通なら、まずあり得ない。そんなことは、まず起きない。実際、あれは現実ではなかったのかもしれない。夢を見たか、頭の中で勝手にこしらえたことで、実際には起きなかったのかもしれない。映画の中で見た女が、夜、ベッドを訪れてくれて、実に愛らしく、優しく振舞ってくれる——そんな夢を見ることがあるが、まさしく、あれと同じだったのかもしれない。ベッドで就寝中、おれはそうやって、いろんな女と寝たものだ。グレタ・ガルボのことはいまでも覚えている。それから、ジーン・ハーロウも。そう、ハーロウとは何度寝たことか。すべてはあの夢のようなものなのだ、きっと。

ポソブランコ攻撃の前夜、ガルボが訪れてくれたときのことは、忘れられない。ガルボはそのときシルクのようなタッチの柔らかいウールのセーターを着ていて、おれはその上半身をきつく抱きしめた。ガルボが上にのしかかってくると、その髪が顔の上にたれてきた。こんなにあなたを愛しているのに、どうして、愛していると言ってくれないの？　ガルボはそう言った。恥じらいもせず、冷たくもなく、よそよそしくもなかった。ガルボはただ優しく抱かれて、愛らしく求めに応じてくれた。銀幕で、あのジョン・ギルバートと共演していたときのように。本当に、現実に起きているように生ま生ましくて、おれはハーロウよりガルボのほうがずっと好きだった。たとえガルボが訪れてくれたのはそのときだけで、回数から言えばハーロウのほうがずっと……そうなんだ、これはあの夢のようなものなのかもしれない。

いや、しかし、そうではないのかもしれない。いま手をのばせば、きっとマリアにさわれるだろう。おれはたぶん恐れているのだ。これが現実ではない絵空事だとわかるのを。そう、あの映画女優や、むかし付き合っていた女たちの夢のように、自分で勝手に頭の中でつくりあげた夢とわかるのを恐れているのだ。むかし付き合っていた女たちはみんな、時空を超えて、夜になるとあの寝間着姿でやってきて、このスペインにいるおれと寝てくれた。何も敷かれていない床の上で、農家の納屋の藁の中で、厩の中で、コラレス（家畜小屋）やコルティホス（農家）の中で。森やガレージやトラックや、このスペインのあらゆる山中で。寝ているおれを、女たちはみんなあの寝間着姿で訪れてくれて、実際、生ま身の彼女たちよりずっと素晴らしかった。そうだ、きっと、あれと同じなのだ。マリアにさわって、現実かどうか確かめるのを、おれは怖がっている。さわってみて、自分が頭の中でこしらえたもの、もしくは完全な夢とわかるのが怖いのだ。

ジョーダンは一歩進んで道を横切り、マリアの腕に触れた。指の下に、着古されたカーキ色のシャツに包まれたなめらかな腕を感じた。マリアがこちらを見て微笑んだ。

「調子は、マリア？」

「いいわよ、イングレス」こんがりと日焼けした顔、黄色みがかった灰色の瞳、笑みを含んだふっくらとした唇、そして日に灼けた短い髪。顔をあげて、笑いながらこちらの目を覗き込んでくる。大丈夫、これは夢ではない。

三人はいま、エル・ソルド（耳の遠い男）の野営地が見えるところまできていた。松林はそこで尽きており、たらいのように丸くえぐれた小渓谷に接していた。あの石灰岩の上層の壁面には、洞窟がたくさん口をあけているに相違ない、とジョーダンは思った。すぐ前方には二つの洞窟が見えた。岩のあいだに生えた矮小な松が、うまく入口を隠している。これはパブロの洞窟と同等か、もっと上等な洞窟だ。

「あんたの家族は、どんなふうに射ち殺されたんだい？」ピラールがホアキンに問いかけていた。

「特に変わった状況じゃなかったんだよ」ホアキンは答えた。「バジャドリードの住民たちの大多数と同じで、おれの両親も左翼のシンパだった。で、ファシストたちが町を粛清したとき、親父が最初に銃殺されたんだ。親父は社会党に投票したもんでね。それからやつらは、おふくろを銃殺した。おふくろもやっぱり社会党に投票したのさ。おふくろが選挙で投票したのは、後にも先にも、そのときだけだったんだけど。それからやつらは、姉さんたちの亭主の一人を銃殺した。彼は市電の運転手たちの組合に入っていた。そうじゃないと、市電の運転士もつとまらなかったのさ。実際はノンポリだったんだけどね。その義理の兄貴のことはよく知ってるんだ。ちょっとばかり図々しい男で、組合に忠実だったかどうかも怪しいもんだった。そういう状況を見て、やっぱり運転士の組合のメンバーだった、もう一人の姉さんの亭主は、おれと同じように山に逃げ込んだ。するとやつら、その居所を姉さんが知ってるとにらんだ。本当は知らなかったんだけどね。姉さんが居所を明かさないというんで、やつら、その姉さんまで銃殺しやがったのさ」

「なんて無慈悲なことを」ピラールは言った。「ところで、エル・ソルドはどこだい？　姿が見えないけど」

「ちゃんとここにいるよ。きっと洞窟の中だよ」ホアキンは答えて、立ち止まった。ライフルの銃尾を地面について、彼はつづけた。「ちょっと聞いてくれないかな、ピラール。あんたもだ、マリア。おれの家族の話なんかして、不愉快な気持ちにさせてしまったとしたら、謝るよ。だれもが似たような体験をしているのは、わかってるんだ。こういうことは黙ってたほうがいいんだよな」

「いいや、話したほうがいいのさ」ピラールは言った。「お互いに助け合わなかったら、わたしら、生まれてきた甲斐がないだろう？　聞くだけ聞いて何も言わないなんて、そんな薄情な話はないよ」

「でも、マリアにはいやな思いをさせるだろうからな。それでなくとも、さんざんひどい目にあってるんだから」

「ケ・バ（どういたしまして）」マリアは言った。「あたしのバケツはすごく大きいから、あんたのバケツの中身をいくら注いだって大丈夫。でも、本当につらかったのね、ホアキン。もう一人のお姉さん、元気でいますように」

「いまのところは大丈夫なんだ。牢獄にぶち込まれてるんだけど、手荒な扱いはされてないらしいから」

「家族は他にいるのかい？」ジョーダンが訊いた。

「いや。いまはおれだけさ。もう、家族は一人も残っちゃいない。山に逃げ込んだ義理の兄貴がいるけど、生きちゃいないと思うんだよ」

「でも、無事でいるかもしれないじゃない」マリアが言った。「きっと、他の山で別のゲリラの部隊に加わってるわよ」

「いや、おれは、もう死んでると見てるんだ。あまり、つぶしのきく人じゃなかったし。電車の車掌なんて仕事の経験は、山で生き抜くための助けにはならなかったろうし。まあ、一年はもたなかったんじゃないかな。それに、胸もちょっと悪かったし」

「でも、きっと無事でいるわよ」マリアはホアキンの肩を抱いた。

「そうだよな。きっとそうだよな」

マリアはすっと背伸びをし、ホアキンの首を抱いてキスした。ホアキンは顔をそむけた。泣いていたからだ。

「いまのはね、お兄さんとしてのキス」マリアは言った。「あなたのお兄さんとしてキスしたの」

ホアキンは首を振り、声をたてずに泣いていた。

「あたしはあなたのお姉さんよ。だから、あなたが大好き。ほら、あなたには家族があるじゃない。あたしたち、みんな、あなたの家族なんだから」

「イングレスだってその一人さ」大声でピラールが言った。「そうだろう、イングレス?」

「そうとも」ジョーダンは若者に言った。「おれたちはみんな、あんたの家族だよ、ホアキン」

「この人はあんたの兄さんさ」ピラールは言った。「そうだろう、イングレス?」

ジョーダンはホアキンの肩に手をまわした。「そうだとも、おれたちはみんな兄弟なんだ」

若者はうなずいた。「でも、あんなことを話して恥ずかしいよ。みんなにいやな思いをさせるだけだからな。本当に恥ずかしいよ、みんなの気持ちを暗くして」

「恥ずかしいなんて、言いなさんな」深みのある、淀(よど)みのない声でピラールが言った。

「マリアがまたキスするなら、わたしもあんたにキスしてやるよ。闘牛士にキスするなんて何年ぶりだろう。たとえあんたみたいな、なりそこないの闘牛士だろうとさ。なりそこないの闘牛士、転じていまはコミュニストに、ぜひともキスしたいよ。さあイングレス、その子をしっかりつかまえといておくれ、わたしがこってりとキスするまで」

「デハ（ほっといてくれ）」若者は言って、ぷいと顔をそむけた。「ほっといてくれよ、本当に。おれは大丈夫だ。恥ずかしいだけさ」

若者はそこを動かず、なんとか泣きだすまいとしていた。マリアはジョーダンの手に手をからめた。ピラールは両手を腰にあてがって、こんどは冷笑するように若者を見ている。

「わたしがあんたにキスするときはね、お姉さんのキスなんてもんじゃないよ。お姉さんのキスなんて、よくぞ考えたもんだ」

「冗談はやめてくれ」ホアキンは言った。「おれは大丈夫だと言っただろう。あんな話、するんじゃなかったよ」

「それじゃ、そろそろ耳の聞こえない老人に会いにいこうじゃないか。疲れちまったよ、興奮してしまって」

ホアキンはじっとピラールの顔を見返した。その目の表情から、ひどく傷ついていることがわかった。

「あんたが興奮したと言ってるんじゃないよ」と、ピラールは言った。「わたしが勝手に興奮したのさ。まあなんて神経が細いんだろうね、おまえさんは、闘牛士のくせして」

「おれはなりそこねたんだよ、闘牛士に。そういつまでも、闘牛士、闘牛士って言わないでくれ」

「でも、いつかまたなりたいからこそ、そうやって弁髪にしてるんだろうに」

「そうとも。悪いかい？　闘牛は経済の面でも共和政治に役立つんだ。たくさんの人に職を与えるし、これからは国家が管理するんだから。それに、おれの恐怖心だって、もうどっかにいっちまってるかもしれないし」

「たぶんね。さだめし、そうだろうさ」

「なんでそんな意地悪な口をきくの、ピラール」マリアが口をはさんだ。「あたし、あなたが大好きだけど、そういう口のきき方はすごく意地悪だと思う」

「ああ、意地悪なんだろうよ、いまのわたしは。それはそうと、イングレス、エル・ソルドに話すことは、もうまとまってるのかい？」

「ああ」

「わたしや、あんたや、この涙もろいお二人さんとちがって、これから会う男はたいそう無口だからね」

「どうしてそんな言い方をするの？」マリアが怒って言った。

「さあね」ピラールは大股に歩いていく。「なぜだと思う？」

「わからないわよ」

「ときどき、わたしはうんざりするんだよ、いろんなことで」腹立たしげに、ピラールは言った。「わかるかい？　原因の一つは、四十八というわたしの歳さ。聞いてるかい？　四十八という歳に加えて、この不細工な顔。原因の二つ目を言おうか。わたしが冗談のつもりで、キスしてやろうと言ったのに、闘牛士になりそこねたコミュニスト・シンパが狼狽の色を顔に浮かべたこと」

「それはないぜ、ピラール」ホアキンは言った。「そんな表情なんて、浮かべたりするもんか」

「ケ・バ（よく言うよ）、それはないなんて。まあね、おまえさんたちなんか、みんな、くそくらえさ。あ、あそこにいるね。オラ、サンチアゴ！　ケ・タル（調子はどうだい）？」

ピラールが声をかけた相手は、背の低い、どっしりとした、頬骨が横に張った、褐色の顔の男だった。間隔のあいた黄褐色の目、インディアンのような細い鼻梁の鷲鼻。上唇の長めな、薄い口。ひげはきれいに剃っている。牛飼いのズボンとブーツに似合いのがに股で、洞窟の入口から歩み寄ってくる。気温はかなり高いのに、羊の皮の裏地の短い上着を着て、いちばん上のボタンまではめていた。彼はまずピラールに向かって日焼けした大きな手をさしだした。「オラ、ピラール」次いでジョーダンに向かって「オラ」と言うと、握手してから鋭い目つきで顔を見た。その目は猫の目のように黄色く、爬虫類のそれのように無表情なのを、ジョーダンは見てとった。「よお、マリア」男はマリアの肩を軽く叩いた。それからピラールに向かって、「食事はすんでるのか、あんたら？」

ピラールはかぶりを振った。

「じゃあ、食っていくといい」こんどはジョーダンのほうを見て、「飲むかね？」親指を下に向けて、酒をつぐしぐさをして見せる。

「ああ。すまんね」

「よし。ウイスキーがいいか？」

「ウイスキーがあるのかい？」

エル・ソルドはうなずいた。「イングレス（イギリス人か）？　ルソ（ロシア人）じゃなしに？」

「アメリカノ（アメリカ人）だ」

「アメリカ人はめったにいないが」

「だいぶ増えたんだよ」

「けっこうだ。北か、南か？」

「北のほうだ」

「イギリス人もそうだな。橋はいつ爆破する?」

「橋のことを知ってるのか」

エル・ソルドはうなずいた。

「あさっての朝だ」

「いいだろう」こんどはピラールに向かって、「パブロはどうしてる?」

ピラールが首を振るのを見て、エル・ソルドはにやついた。

「あんたはどっかにいっててくれ」マリアに言って、またにやっと笑う。「それでだな――」上着の内側から、革ひものついた大きな時計を引っ張りだして、見下ろした。

「三十分後にもどっておいで」

ピラールとジョーダンに向かって、ベンチ代わりの、上部が平たく削られた丸太にすわるよう手真似(てまね)で促す。それからホアキンのほうを見ると、いま一行がたどってきた方角に向かって親指をぐいと振った。

「じゃあ、ホアキンとしばらく山道を下ってからもどってくるわね」マリアが言った。

エル・ソルドはいったん洞窟の中に消え、ウイスキーのボトルとグラスを三個持ってもどってきた。ボトルは一方の腕の下に抱え、同じ腕の手指で三個のグラスをつまんでいた。もう一方の手は、陶器の水差しの首をつかんでいる。ボトルとグラスは丸太の上に置き、水差しは地面に置いた。

「氷はなしだ」ジョーダンに言って、ボトルはグラスを手でふさぐ。

「わたしはけっこうだよ、酒は」ピラールはグラスを手渡した。

「ゆうべはな、地面に氷が張っていた」にやっと、エル・ソルドは笑った。「もうみんな、きれいに溶けちまったがね。あそこには氷があるが」山の禿げた頂上を蔽っている雪を指さして、「ここからは遠すぎる」

ジョーダンがエル・ソルドにウイスキーをつごうとすると、耳の遠い男は首を振って、あんたのグラスにつぐがいい、と手ぶりで促す。

ジョーダンは自分のグラスにたっぷりとスコッチ・ウイスキーをついだ。それを熱心に見ていたエル・ソルドは、ジョーダンがつぎ終ったとみると陶器の水差しを手渡してくる。ジョーダンが水差しを傾けると、冷たい水が弧を描いてグラスに注がれた。

エル・ソルドは自分のグラスに半分ウイスキーをつぎ、そこに水をたっぷりと足した。

それからピラールに向かって、

「ワインをやるかい？」

「いや。水でいいよ」

「じゃあ、水をやりな。味はないが」ジョーダンに言って、にやついてみせた。「イギリス人の知り合いは大勢いるが、みんなウイスキーをよく飲むな」

「反対側の耳に向かってね」

「どこで知り合ったんだい？」

「牧場だ。どいつも、親方の知り合いでな」

「ウイスキーはどこで手に入れるんだい？」

「何だって？」エル・ソルドには聞こえないのだ。

「大きな声で言わないとだめだよ」ピラールが注意した。「反対側の耳に向かってね」

エル・ソルドは聞こえるほうの耳を指さして、笑った。

「ウイスキーはどこで手に入れるんだい？」ジョーダンは怒鳴るように言った。

「つくるんだよ」エル・ソルドは言い、ジョーダンが口に運んでいたグラスが、途中でぴたっと止まるのを見た。

「いやいや」ジョーダンの肩を愉しげに叩いた。「冗談、冗談。ラ・グランハで手に入れた。イギリス人の爆破屋がやってくるって話を、ゆうべ耳に入れたんでな。けっこうなニュースだと思ったよ。けっこう、けっこう。で、ウイスキーを手に入れた。あんたのために。気に入ったかね？」

「大いにね。なかなか上等なウイスキーだ」

「そいつはよかった」エル・ソルドはにんまりとした。「今夜にもな、情報と一緒に届けるつもりだった」

「情報というと？」

「敵の部隊の大規模な移動だ」

「どこで？」

「セゴビアで。飛行機の編隊は見たろうが」

「ああ」

「ありゃ、まずいだろう」

「ああ、まったく。で、敵の部隊の移動というと？」

「ビヤカスティンとセゴビアのあいだで目立つな。バジャドリード街道でも。ビヤカスティンとサン・ラファエルのあいだでも目立つ。かなり盛大にやってる」

「あんたはどう見る？」

「ひょっとして、味方が何かの準備をしてるのか？」

「たぶんね」

「敵が気づいてるんだ。それで対策に動いてる」

「そいつはあり得るね」

「橋を今夜爆破しないのはなぜだ？」

「命令のためさ」

「だれの？」

「参謀本部の」

「なるほど」

「爆破の時刻がそんなに重要なのかい？」ピラールが訊いた。

「何より重要なんだ」

「でも、敵が大規模に部隊を移動させてるとしたら？」

「アンセルモを現地にやって、敵の部隊の移動と集結の実態を報告させるつもりでいる。アンセルモはいま、道路を見張っているところさ」

「道路をだれかに見張らせてるって？」ソルドが訊く。

この男はどれだけのことを聞きとっているのだろう、とジョーダンは思った。耳が不自由なのでは、こちらも確信が持てない。

「そうなんだ」と、ジョーダンは答えた。

「こっちもな、見張りは出してある。すぐにでも爆破したらどうだね？」

「命令があるんでね」

「気に入らんな。そいつは気に入らん」

「こっちもさ」ジョーダンは言った。

エル・ソルドは首を振って、ウイスキーをぐびっと飲んだ。「で、おれの助けが必要なんだとか？」

「どれくらいいるんだ、あんたの部下は？」

「八人だが」

「電話線を切断し、道路工夫の哨所(しょうしょ)を攻撃して占拠する。それから、橋まで撤退してほしいんだがね」

「お安い御用だ」

「後で手順を書いてやろう」

「そいつは余計な手間だ。で、パブロの役目は？」

「下の電話線を切断し、製材所の哨所を攻撃。そこを占拠してから橋まで後退する」

「で、うまく爆破して、この山から全員で撤退するときはどうするんだい？」ピラールが訊いた。「わたしらは男が七人、女が二人、馬が五頭だけど。そっちは――」ソルドの耳元で声を張りあげた。

「男が八人に、馬が四頭。ファルタン・カバヨス（馬が足らん）」

「全部合わせると十七人で、馬が九頭か」ピラールが言った。「荷物の運搬役は勘定に入れないでね」

　ソルドは何も言わない。

「なんとか馬を手に入れる方法はないかな？」ソルドの、いいほうの耳元でジョーダンは言った。

「戦争がはじまって一年だ」ソルドは言った。「それで手に入れたのが四頭」四本の指を立てて見せて、「なのにあんたは、明日のためにいますぐ八頭ほしいというのか」

「そうなんだ。作戦が終ったら、どうせこの山中を離れることになる。これまでのように慎重に振る舞う必要もないだろう。ことさら用心する必要はないんだ。なんとか頑張って、八頭かっぱらってもらえないかな？」

「できるかもしれん。が、ただの一頭も無理かもしれんし、逆に、もっと都合できるかもしれん」

「あんた、機関銃の備えはあるか？」ジョーダンは訊いた。

ソルドはうなずいた。

「どこに配置してある？」

「山の上に」

「タイプは？」

「名前は知らない。パン（円盤型弾倉）を使う」

「弾丸の数は？」

「パンが五個」

「撃ち方を知ってるやつはいるのかい？」

「おれが知ってる。すこしはな。けども、射つ機会があまりない。でかい音をたてたくないし。弾丸も無駄にしたくないからな」

「後で、実物を見せてもらおう。手榴弾はあるかい？」

「これは、たくさんある」

「ライフル一挺につき、どれくらいの弾丸がある？」

「たんとだ」

「正確には？」

「百五十発。もっとあるかもしれない」

「他にも、人数を調達できるかな？」

「何のために？」

「哨所を奪って、ぼくが橋の爆破にとりかかっているあいだ掩護してもらうのに、それ相当の人数がいる。いまの倍の人数は欲しいところなんだが」

「哨所の占拠は引き受けた。で、決行の時刻は？」

「早朝だ」

「なら、心配無用だ」

「あと二十人は欲しいところなんだが」

「腕の立つやつがいない。頼りないやつでもいいのか？」

「いや。使える人間はどれくらいいるんだい？」

「ざっと四人」

「何でそれっぽちなんだ？」

「他は、信頼がおけない」

「馬の係りとしてもか？」

「馬を扱わせるには、本当に腕の立つやつじゃないと」

「できれば、あと十人くらいは腕の立つ者が欲しいんだが」

「せいぜい四人だな」

「このあたりの山中には百人以上の男がひそんでいると、アンセルモは言ってたが」

「ろくなのはいない」

「あんたは前に、三十人はいると言ったね」ジョーダンはピラールに言った。「ある程度信頼のおけるやつが三十人はいる、と」

「エリアスの連中はどうなんだい？」ピラールは大声でソルドに言った。ソルドは首を振った。

「使いものにならん」

「なんとか十人、揃えられないかな？」ジョーダンは訊いた。ソルドはどろんとした黄色い目で彼を見返して、首を振る。

「よくて四人だ」四本の指をかざしてみせた。

「あんたの部下は腕利きかい？」訊いてしまってから、いまのはまずかったな、とジョーダンは思った。

　ソルドはうなずいた。

「デントロ・デ・ラ・グラベダド（まあ、それなりに）」にやっと笑って、「十分だろうが、それで？」

「おそらくは」

「おれもそう思う」とくに偉ぶるふうもなく、あっさりとソルドは言った。「頼りないのが大勢いるより、頼れるのが四人いるほうがいい。この戦争じゃ、最初から、頼りないのが大勢いて、頼れるのがすくなかった。で、パブロはどうしてる？」ソルドはピラールのほうを見た。

「わかってるだろう、悪くなる一方さ」

　ソルドは肩をすくめて、

「まあ、飲みな」ジョーダンに言った。「おれは部下をつれて参加する。あと四人は増やそうか。それで十二人だ。今夜、万事、話し合おう。それと、おれはダイナマイトを六十本持ってるが、要るか？」

「性能はどの程度だい？」

「わからん。並みのダイナマイトだ。それも、持っていこう」

「それがあれば、上のほうの小さな橋も爆破できる。こいつはいい。今夜、降りてくるんだね？　そのとき、全部持ってきてくれるかい？　小さな橋まで爆破しろという命令は受けていないが、あれも吹っ飛ばせれば、それにこしたことはない」

「今夜、降りていく。それから、馬をかっぱらおう」

「期待していいんだな？」

「まあな。じゃあ、食うとしよう」

この男はだれに対しても、こういうそっけない、片言のようなしゃべり方をするのだろうか、とジョーダンは思った。それとも、外国人に話をわからせるにはこういうしゃべり方に限ると考えてのことなのだろうか？

「で、作戦が終了したら、みんなでどこに向かうんだい？」ピラールがソルドの耳元で声を張りあげた。

ソルドは肩をすくめた。

「そこまで事前に決めておかなきゃね」

「そりゃそうだ。そうしよう」

「それでなくとも、情勢は厳しいんだ。厳重に計画を練っておく必要があるよ」

「そのとおりだ、ピラール。あんたは何をいちばん気にかけてる？」

「何もかもさ」ピラールは叫んだ。

ソルドはにやっと笑って、

「あんた、パブロのことじゃ、何かと苦労を重ねているのにな」

こういう、気持ちのこもったしゃべり方もできるのなら、やっぱり、あの無愛想な話し方は外国人向けのものなのだ、とジョーダンは思った。けっこう。このおやじのまともなしゃべり方を聞くのも、悪くはない。

「これが終ったら、どこを目ざせばいいと思う？」ピラールがたずねた。

「どこを、かい？」

「そう、どこを目ざせば」

「そりゃ、いろいろあろうが」ソルドは言った。「いくらでもあろうが。あんた、グレドスのあたりは詳しいか？」

「あそこは住民の数が多いね。敵に余裕ができたら、ああいうところは一気に掃討されちゃうよ」

「ああ。でも、でかい土地だし、かなり険しい場所だからな」

「たどりつくまでが大変じゃないか」

「そりゃ、どこにいくんだって楽じゃない。どうしてもどこかにいく気なら、グレドスにだっていけるだろう。夜間に移動するんだ。このところ、この近辺はめっぽう危険になった。これほど長期間いられたのは、奇跡のようなものよ。ここよりはグレドスのほうがなんぼか安全だぞ」

「わたしがいきたい場所は、どこだと思う？」

「どこかな？　ひょっとしてパラメーラか？　あそこはやめたがいい」

「どうしてあんなところに。パラメーラ山地はごめんだよ。わたしはね、こういう敵地じゃなく、共和国側の土地にいきたいんだ」

「それも、できんことはない」

「あんたの部下たちは、一緒にくるだろうかね？」

「ああ。おれが命令すればな」

「わたしの部下連中は、わからないんだ。パブロはいきたがらないだろうね。本当は、あっちのほうがずっと安全なはずなのに。あの歳だと、いまさら一介の兵士にはなりたくないんだよ。もっと上の階級にしてくれれば別だろうけど。ジプシーもまず、いきたがらないね。残りの連中についちゃ、わからないよ」

「平穏な日々がだいぶつづいたもんで、危険が迫ってるのがわからんのさ」

「きょう、あれだけの敵機の編隊を見たからには、だれもが危険に気づいたんじゃないかな」ジョーダンが言った。「しかし、グレドスを拠点にすれば、行動もしやすくなると思うがね」

「何だって？」エル・ソルドは突き放したような目でジョーダンの顔を見た。問いかけた言葉には、いささかの親愛感もこもっていなかった。

「あそこから出撃すれば、戦果もあがるはずさ」

「なるほど。あんた、グレドスには詳しいのか？」

「ああ。あそこを基地にすれば、鉄道の幹線も襲撃できるしね。友軍がずっと南のエストレマドゥーラ地方で作戦を展開するのに合わせて、あの鉄道の幹線をくり返し遮断すればいい。共和国の支配地にもどるよりは、あそこを拠点にゲリラ活動を行ったほうがずっといい。あそこにいったほうが、あんたの存在価値だって高まるはずだ」

ジョーダンがしゃべっているあいだ、ソルドとピラールはずっと押し黙っていた。

ソルドがピラールの顔を見、ピラールがソルドの顔を見返した。

「あんた、グレドスを知ってるのか？」ソルドが訊いた。「本当に？」

「ああ」ジョーダンは答えた。

「じゃ、あんたなら、どの辺を目ざす？」

「バルコ・デ・アビラの上あたりかな。ここよりはずっといい。そこから、幹線道路や、ベハールとプラセンシア間の鉄道を襲撃するね」

「そいつはかなり難儀だぞ」

「ぼくらはエストレマドゥーラのもっと危険な地帯で、同じ鉄道を襲撃したことがある」

「ぼくら、とはだれのことだ？」

「エストレマドゥーラのゲリラ・グループさ」

「大勢いたのか？」

「四十人ほどだった」

「あの変わった名前の、神経のイカれた男も、そのグループの一人だったのかい？」ピラールが訊いた。

「そうだ」

「で、いまはどこにいるね、その男は？」

「死んだよ、前にも話したように」

「あんたもその一員だったんだね？」

「ああ」

「わかるだろう、何を言いたいか？」

まずかったな、とジョーダンは肚(はら)の中で思った。自分の手柄とか能力のことは決して口にするな、というルールを破って、こっちのほうがあんたたちより有能だと、おれはこの二人のスペイン人に言ってしまったのだ。二人をいい気持ちにさせておくべきところを、こうしたらどうだ、などと言ってしまった。で、二人はむかっ腹を立てたのである。まあ、そのうち機嫌を直してくれるか、くれないか、二つに一つだ。ただ、ここよりはグレドスを拠点にしたほうが、彼らが役立つのは事実なのだ。その証拠に、ここでは彼らは、カシュキンが組織したあの列車襲撃以来、何ひとつ戦果をあげていない。あれ自体、さほど目覚ましい戦果ではなかった。せいぜいファシスト側の機関車を一両破壊し、兵隊を何人か殺しただけなのに、彼らはみんな大戦果だったように吹聴する。いずれ彼らも恥じ入って、グレドスに移動することになるだろう。そう、そしておれもたぶん、ここから放りだされる。まあ、どうせおれの前途に待ちかまえているのは、バラ色の未来ではない。

「ねえ、イングレス」ピラールが言った。「あんたの神経は、いま、どんなだい？」

「ごくまっとうだよ」ジョーダンは答えた。「オーケイさ」

「なぜこんなことを訊くかというと、この前わたしらのところに派遣されてきた爆破屋は、それは見事な腕前の主だったけど、神経がえらくか細かったんでね」

「なかには神経質なやつもいるさ」

「あの男が臆病（おくびょう）だったとは言わないよ、最後まで立派に振る舞ったから」ピラールはつづけた。「ただ、話し方がやけに変わっていて、何かと強がってたもんでね」そこで声を張りあげて、「そうだろう、サンチアゴ、あの列車を攻撃したときの爆破屋は、ちょっとばかし変人だっただろう？」

「アルゴ・ラロ（たしかに変わり者だったな）」耳の遠い男はうなずいた。それからジョーダンに向けられた目は、真空掃除機の棒の先端の丸い穴を思わせた。「シ、アルゴ・ラロ、ペロ・ブエノ（ああ、変わり者だったが、悪いやつじゃなかった）」

「ムリオ（でも、死んでしまった）」ジョーダンは相手の耳元で言った。「もうこの世にいないんだ」

「なんでまた、そんなことに？」ジョーダンの目から唇へと視線を落として、耳の遠い男は訊いた。

「ぼくが射殺した」ジョーダンは言った。「もう歩けないくらいの重傷を負ったんで、ぼくが始末をつけた」

「あの男はいつも、万一の場合は、という話をしてたよ」ピラールが言った。「そういう考えにとり憑かれていたのかね」

「そうなんだ。それが口癖だった。たしかに、そういう考えにとり憑かれていたんだろう」

「コモ・フエ（どんなふうだったんだ）？」耳の遠い男が訊いた。「列車を爆破したときにやったのか？」

「爆破してからもどる途中だった。爆破そのものは成功したんだ。暗闇の中をもどる途中、ファシストの巡回警備隊と遭遇してね。すぐに逃げたんだが、彼は背中を撃たれた。命中したのは肩甲骨で、それまでずいぶん長距離を歩いてきたんだが、その傷がもとで、もう歩けなくなってしまった。一人取り残されるのは絶対にいやだというんで、ぼくが射殺した」

「メノス・マル（そいつはよくやった）」エル・ソルドは言った。「敵につかまるよりはいい」

「で、あんたの神経は本当に参ってないのかい？」ピラールはジョーダンに訊いた。

「ああ。まったく問題ない。それで、こんどの橋の爆破がすんだら、あんたたちはやっぱりグレドスに向かったほうがいいと思うね」

ジョーダンが言ったとたん、ピラールの口から汚い悪態の洪水が迸りでた。それは間欠泉から噴きでる白い熱湯のように、ジョーダンの体の表面を流れ落ちた。

耳の遠い男はジョーダンに向かって首を振り、嬉しそうににやついた。ピラールがなおもジョーダンに悪態を吐きつづけているあいだも、ソルドは嬉しそうに首を振っていた。どうやら機嫌を直してくれたらしいな、とジョーダンは思った。ピラールの悪態もやがて止んだ。水差しをとってコップにつぐと、ピラールは一口飲んでから静かに言った。「じゃあ、あとでわたしらはどうしろ、こうしろ、と言うのは止めてくれるね、イングレス？　あんたは共和国にもどればいいじゃないか、あんたの女をつれて。その代わり、わたしらがどうするかはわたしらが決めるからね。そうさ、この山のどこでいずれおっ死ぬかは」

「どこで生きつづけるかは、だろう」エル・ソルドが言った。「まあ、落ち着けよ、ピラール」

「どこで生きて、おっ死ぬか、さ」ピラールは言い返した。「わたしにはこの旅路の果てがありありと見えるんだ。わたしはあんたが好きだよ、イングレス。でもね、この仕事がすんでからのわたしらの身の振り方にまでは、嘴をはさまないでおくれ」

「もちろん、それはあんたがたの勝手さ」ジョーダンは言った。「嘴をはさむ気など毛頭ない」

「でも、はさんだじゃないか。あんたはあの、髪を切られたふしだらな娘をつれて共和国側にもどればいいのさ。でもね、共和国を愛しているこの国の人間たちのやることに、いちいち干渉するのはよしとくれ。そうだよ、自分はなんだい、まだ顎についたおふくろさんのおっぱいをふきとろうとしている若造のくせしてさ」

そうして三人が話し合っているとき、マリアは山道を登ってきていて、ピラールが大声でジョーダンに毒づいた言葉が耳に入っていた。それに気づいたジョーダンに向かって、マリアは激しく首を振り、何も言わないで、というように指を振った。ジョーダンが笑いかけたのに気づいて、ピラールは後ろを振り向いた。「ああ、ふしだらな娘、と言ったよ、わたしは。本当にそう思ってるんだから。あんたらはどうせ二人でバレンシアにでも向かうんだろう。わたしらはグレドスで山羊の凝乳でも食べてるさ」

「あなたがそう呼びたいのなら、あたしはふしだらな娘でけっこうよ、ピラール」マリアは言った。「あなたがどう呼ぼうと、あたしはたぶん、そのとおりの女なんだから。でも、頼むから落ちついて。いったい、どうしたの？」

「別にどうということもないさ」ピラールはベンチに腰を下ろした。いまはその声もおだやかで、さっきまでの激情はすっかりおさまっていた。「さっきはね、本気で言ったんじゃないよ。ただ、共和国の支配下の土地にいきたいという願いは、掛値のないところなんだ」

「あたしたち、みんなでいけるわよ」

「そうとも」ジョーダンも口を添えた。「あんたはグレドスが嫌いなようだし」

ソルドがジョーダンを見て、にやっと笑った。

「そうだね」いまは平静な声で、ピラールは言った。「その珍しいお酒を一杯もらおうか。あんまり怒ったもんで、喉がひりひりしてきた。まあ、様子を見てみよう。いずれすべてがはっきりするだろうさ」

「いいかね、同志」エル・ソルドが、嚙んで含めるように言った。「危険なのは明るくなってからの行動だ」それはもう、さっきまでの片言のような口調ではなかった。ソルドはいま、ジョーダンの目をおだやかに、説いて聞かせるように見つめていた。こちらの真意をさぐるような、猜疑心の滲んだ口調ではなかった。そう、さっきまでの、いかにも老練の戦士でございといった優越感は感じられなかった。「あんたの望みはわかっている。敵の哨所は前もって制圧しなきゃならんし、あんたが爆破作業にとりかかっているあいだ、しっかりと掩護する必要があるのもな。それは十分わかっている。そのためには、まだ暗いうちに、さもなきゃ夜明けと同時に決行したほうがうまくいくな」

「そうなんだ」言ってからジョーダンは、マリアのほうを直接見ずに声をかけた。「ちょっと向こうにいっててくれないか、マリア」

彼女はすこし離れたところへ歩いていって腰を下ろし、くるぶしを両手でつかんだ。

「いいかね」ソルドは言った。「爆破自体には、何の問題もない。だがな、その後、真昼間に撤退するとなると、かなりの危険を覚悟せにゃならんぞ」

「たしかにね。その点はぼくも考えた。ぼくもやっぱり、明るくなってからの撤退が最大の問題だと見ている」

「そっちは一人だ。こっちはいろんなやつを抱えてるんでな」

「爆破の後、いったん露営地にもどって、暗くなったら出発する、という手もあるんじゃないかい」ピラールが言ってグラスを口に運び、また下ろした。

「いや、そいつは危ない」エル・ソルドは言った。「そっちのほうが危険なくらいだ」

「たしかにね」と、ジョーダン。

「だから、橋の爆破を夜にやっちまえば、万事簡単に運ぶだろうが。そうすりゃ、夜明け前に撤退できるわけだし」エル・ソルドは言った。「夜明けに決行という条件をあんたが持ちだすから、後の始末が面倒になる」

「それはわかっている」

「爆破を夜のうちに決行する、というわけにはいかんのかい?」

「その場合は、命令違反でぼくは銃殺される」

「しかし、明るくなってから決行した場合は、おれたちみんなが敵弾に倒れる可能性が十分あるんだぞ」

「橋の爆破に成功しさえすれば、ぼく一個の命はどうなってもいい」ジョーダンは言った。「しかし、あんたの言いたいこともよくわかる。どうだろう、明るくなってから無事に撤退する方法を、なんとか考えてもらえないだろうか?」

「そりゃ、できないこともない。いい方法を考えてみよう。その前に、ちょっと言わせてもらおうかい。一方はある考えに凝り固まり、もう一方はむかっ腹を立てている。どうしてかというと、あんたが、グレドスにいくことをまるで達成しなきゃならん軍事作戦のように話すからだ。実際の話、もしグレドスにたどり着けたら、奇跡のようなもんだ」

ジョーダンは黙っていた。

「いいかね」耳の遠い男は言った。「おれはいま、しゃべりすぎている。でもな、そうでもしなきゃ、お互い、わかり合えんだろうが。おれたちがいま、ここで生きていられるのは、奇跡のおかげだ。ファシストどもの怠慢と愚劣さの生んだ奇跡のおかげだ。しかし、やつらもいずれは立ち直る。もちろん、おれたちも用心に用心を重ねて、この山の中でじっと目立たんようにしてきたが」

「それはわかっている」

「しかし、こんどの一件を実行するとなると、この山から出ていかなきゃならん。脱出の方法についちゃ、よっぽど熟慮せんとな」

「そりゃそうだ」

「それじゃ、まずは腹ごしらえをしよう。おれはしゃべりすぎた」

「あんたがこんなに長広舌をふるうのは、初めて聞いたよ」ピラールが言った。「やっぱり、これのせいかい?」グラスをかかげてみせた。

「いや」エル・ソルドは首を振った。「ウイスキーのせいじゃない。しゃべらなけりゃならんことが、たくさん生じたからさ」

「あんたの助力と忠誠心には頭がさがる」ジョーダンは言った。「橋の爆破のタイミングで、どんな皺寄(しわよ)せがそっちに及ぶか、よくわかっているつもりだ」

「それは言いなさんな。こっちはこっちで、できることをやりとげるまでだ。ただ、相当に手こずらされそうなことはたしかだがな」

「紙の上の計算では、ごく簡単なんだがね」ジョーダンは笑った。「紙の上では、味方の本格的な攻勢がはじまると同時に橋を爆破することになっている。敵が増援に駆けつけるのを防ぐために。単純そのものさ」

「だったら、こっちも紙の上で何かをやらせてほしいもんだ」エル・ソルドは言った。

「おれたちも紙の上で作戦を立てて、実行する――そうすりゃいい」

「〝紙は血を流さない〟からね」ジョーダンは諺を引用した。

「でも、効果的じゃないか、この作戦は」ピラールが言った。「エス・ムイ・ウティル（相当に役立つね）。わたしとしては、あんたの受けてる命令どおりに動いて、その目的を果たすまでさ」

「それはこっちも同じだが」ジョーダンは言った。「だからといって、戦争に勝てるわけでもない」

「まったくね」大柄な女は言った。「そういうもんだよ。でも、わたしの望みはわかってくれてるかい？」

「共和国の支配地にいくことだよな」エル・ソルドは言った。彼はいいほうの耳をピラールの口元に寄せていた。「ヤ・イラス、ムヘール（かくて、女は去りぬ）だな。ともかく、この戦争に勝つことだ。そうすりゃ、この大地の全部が共和国だ」

「わかったよ」ピラールは言った。「そうときまったら、食事にしないかい、後生だから」

12

食事をすませると、三人はエル・ソルドの洞窟を後にして山道を下りはじめた。エル・ソルドは下の哨所まで三人を送ってきた。

「サルー」ソルドは言った。「今夜、また会おう」

「サルー、カマラーダ」ジョーダンは挨拶を返し、三人はまた山道を下りはじめた。耳の遠い男は、しばらく三人を見送っていた。マリアが振り返って手を振ると、エル・ソルドはスペイン流に、何かを放り投げるように腕を振りあげた。それは、単なる形式的な挨拶はごめんだ、とでも言っているような手の振り方だった。食事中、ソルドは羊皮の上着のボタンを一度もはずさなかった。こちらの話には熱心に聞き入り、あの片言のようなスペイン語にもどって、共和国の最近の情勢を丁重にジョーダンにたずねたりした。終始礼儀正しく振舞ったが、三人に早く帰ってもらいたがっているのは明らかだった。

別れ際に、ピラールは訊いたのである。「何か言いたいことでもあるのかい、サンチアゴ?」

「いや、何もない」耳の遠い男は答えた。「何の心配もいらん。ただ、ちょっと頭に引っかかってることがあるだけさ」

「それはわたしも同じだよ」ピラールは答えたのだった。そしていま、くるときはあれだけ苦労してのぼった険しい山道を、楽々と快調に下りながら、ピラールは無言だった。ジョーダンもマリアも口をきかず、三人は速いピッチで下っていった。道は樹木の茂る渓谷からいったん険しい上り坂に変わり、樹林を抜けだすと高い草地に出た。

五月の末の暑い午後だった。最後の険しい坂を半分ほど登ったところで、ピラールの足が止まった。ジョーダンが立ち止まって振り返ると、ピラールの額に玉の汗が浮かんでいた。褐色の顔が青ざめているように、ジョーダンには見えた。肌も土気色で、目の下にくまができている。

「ひと休みしよう」ジョーダンは言った。「すこし急ぎすぎた」

「だめだよ。このままいこう」

「休んだほうがいいわよ、ピラール」マリアが言った。「顔色が悪いもの」

「お黙り。余計な口出しはおやめ」

そのまま山道を登りはじめたものの、頂上に着いたところで息づかいが荒くなった。顔には脂汗(あぶらあせ)が浮かんでいて、顔色の悪さはもう否(いな)みようがない。

「ちょっとすわったら、ピラール」マリアが言った。「ね、お願いだからすわって」

「そうだね、そうしようか」ピラールはとうとう応じた。三人は松の根方に腰を下ろして、山あいの草原を見渡した。なだらかにうねる高原の彼方にいくつもの峰がそそり立ち、山腹を蔽う雪が昼下がりの陽光を浴びて輝いていた。

「雪なんてろくなもんじゃないのに、まあ、なんてきれいなんだろう」ピラールは言った。「人目を欺く幻だね、雪ってやつは」マリアのほうを向いて、「おまえさんにひどい口をきいて悪かったね、マリア。どうしちゃったんだろう、きょうのわたしは。たいした性悪女だよ、まったく」

「あなたが怒ってるときは、何を言われても気にしないから、あたし。きょうはあなた、怒ってばっかりいるようだけど」

「いや、怒るよりも、もっとたちが悪いのさ」ピラールは遥かな山並みに目を走らせた。

「じゃあ、体調が悪いのね」

「それともちがう。ここへおいで、マリア。わたしの膝に頭をのせな」

マリアはピラールに身を寄せると、腕枕をするように両手を頭の下に組んで横たわった。下からピラールの顔を見あげて微笑いかけても、ピラールは草原の彼方の山々に目を走らせたまま、見下ろそうとはしない。ただマリアの髪を撫で、太い指をマリアの額に走らせる。そこから耳の周囲に指を這わせて、首筋の髪の生え際に指先を下ろしていった。

「あんた、すこししたらこの子を抱けるからね、イングレス」

ジョーダンはピラールの背後にすわっていた。

「そんな言い方しないでよ」マリアは言った。

「そうさ、おまえは彼に抱かれるんだよ」二人のどちらも見ずに、ピラールは言った。

「おまえを抱きたいなんて、一度も思ったことはないけど、でも妬けるね」

「ピラールったら。やめて、そんな言い方」

「イングレスはおまえを抱くんだ」マリアの耳たぶをいじくりながら、「やっぱり妬けるね、とっても」

「でも、ピラール、あたしとあなたの間にそういう感情はないって言ったのは、あなたじゃない」

「でも、そういう感情はね、どこかにあるものなのさ。あってはいけないものだけど、どこかしらにあるんだね。だけど、わたしにはないよ。本当にないんだから。わたしの望みはおまえさんが幸せになること。それだけさ」

マリアは何も言わず、頭を軽く腕にのせるようにして横たわっていた。ピラールは何気なく、だがマリアの頬の輪郭をなぞるように、指先を走らせていた。「いいかい、マリア、わたしはおまえを愛しているけど、おまえを抱けるのはイングレスなんだ。わたしはトルティイエラ（レズビアン）じゃなくて、男たちのためにつくられた女さ。本当だよ。でも、こうして昼のひなかにこんなことを言えるのは、そう、おまえを愛しているって言えるのは、いい気分だね」

「あたしもあなたを愛してるもの」

「ケ・バ（よしとくれ）。馬鹿なことは言いっこなしだよ。わたしが何を言いたいのか、わかってもいないくせに」

「わかってるわよ」

「ケ・バ、わかっちゃいるもんか。とにかく、おまえはイングレスのものなんだ。それははっきりしているし、またそうでなくちゃね。わたしも、そうであれと思ってるんだよ。それ以外のことは望んじゃいない。わたしは事実をねじ曲げたりはしない。本当のことしかしゃべらないよ。おまえに本当のことを話すやつなんてめったにいないだろうし、ましてや、女の中にはいないはずさ。わたしは妬いているし、だからそう言うんだし、事実そうなんだ。だから、そう言うんだよ」

「でも、やめて。そんなこと言わないで、ピラール」

「ポル・ケ（どうしてだい）、どうして言っちゃいけないんだい」依然として二人のどちらの顔も見ずに、ピラールはつづけた。「わたしはね、そんなことを言うのがいやになったらやめるつもりだけど」そこでマリアの顔を見下ろして、「もうそのときがきたようだ。これ以上は言わない。いいね？」

「お願いだから、ピラール。そういう言い方は止めて」

「あんたは実際、可愛いウサちゃんだね。さあ、もう起きあがったらどうだい、くだらない話は終わったから」

「くだらなくはないわよ。それにあたし、まだこうして横になっていたい」

「だめだよ。頭を起こすんだ」ピラールはマリアの頭の下に大きな両手を差し入れて、起こした。「それから、あんた。ねえ、イングレス」マリアの頭を支えたまま、遠い山脈に目を走らせてピラールは言った。「さっきから黙ってるけど、どんな猫に舌を食われたんだい？」

「猫なんかに食われるもんか」

「じゃ、どんな動物に食われたんだい？」マリアの頭を地面に下ろした。

「どんな動物にも食われやしない」

「じゃ、自分で呑み込んじまったのかい？」

「そうなんだろう、きっと」

「で、味はどうだった？」ピラールは振り返って、ジョーダンに笑いかけた。

「うまくはなかったね」

「そうだろうと思ったよ。そうだろうと思った。じゃ、ウサちゃんはお返しするよ。とりあげるつもりはなかったんだからね。でも、いい呼び名じゃないか。けさ、あんたがそう呼ぶのを耳にしてね」

ジョーダンは顔が赤くなるのを覚えた。

「とんでもない」ピラールは応じた。「頭の働きが単純すぎて、かえってややこしいだけさ。あんたもややこしいほうかい、イングレス？」

「いや。といって、そう単純でもないが」

「あんたは実際、愉しい男だよ、イングレス」うっすらと笑って身をのりだし、また笑みを浮かべて首を振った。「あんたからウサちゃんをとりあげるか、ウサちゃんからあんたをとりあげるかしたら、どうだろうね」

「それはできっこない」

「わかってるさ」ピラールはまた笑みを浮かべた。「そんなつもりもないし。でも、若いときのわたしだったら、できたと思うよ」

「だろうね」

「本気でそう思うのかい？」

「もちろん。でも、こんな話は無意味だね」

「あなたらしくもないし」マリアが言う。

「きょうのわたしは、まったく、自分らしくないんだ」ピラールは言った。「どこにいっちまったのかね、いつものわたしは。あの橋のことを考えると、正直、頭が痛いんだよ、イングレス」

「じゃあ、あの橋は〝頭痛の橋〟とでも呼ぼうか。いずれ壊れた鳥籠のように谷底に落としてやるが」

「それはいいね。そういう調子で話しておくれ」

「ああ、皮をむいたバナナを二つに折るように、落としてみせるよ」

「ああ、バナナが食べたくなった。その調子だよ、イングレス。もっともっと、勇ましい話をつづけておくれ」

「いや、このへんでやめておこう」ジョーダンは言った。「それより、もう洞窟にもどろうじゃないか」

「律儀な男だね、あんたも。どうせすぐに決行のときがくるんだから。その前に、あんたたちを二人きりにしてあげると言っただろう」

「いや。こっちはやることがたくさんある」

「あれだって大切なことじゃないか。時間もそれほどかからないんだし」

「いやだわ、ピラール」マリアが言った。「そんな下品な口きいて」

「どうせわたしは下品な女だからね。でもね、これでえらく神経がこまやかなところもあるんだよ。ソイ・ムイ・デリカダ（ちゃんと気働きはできるんだから）。さっきの、妬ける、妬けないという話は馬鹿馬鹿しかったね。その前にホアキンとしゃべったとき、あの若造の表情から、わたしを不細工な女だと思ってるのが見てとれたんでね。それで腹が立ったんだ。わたしはただ、おまえがまだ十九だってことが妬ましいだけなのさ。いつまでもつづくやきもちじゃない。おまえだって、ずっと十九でいるわけじゃなし。じゃあ、わたしはいくからね」

立ちあがると、ピラールは腰に手をあてがって、やはり立ちあがっていたジョーダンの顔を見た。マリアは頭をたれて、木の下の地面にじっとすわっていた。

「みんな一緒に、洞窟にもどろうじゃないか。そのほうがいい。やることがたくさんあるんだし」

ピラールはマリアのほうに顎をしゃくってみせた。マリアは黙って、二人から顔をそむけている。

ピラールは微笑んで、ごくかすかに肩をすくめた。「道はわかっているね？」

「あたしはわかってるから」顔をあげずにマリアが言う。

「プエス・メ・ボイ（じゃあ、いくからね）」ピラールは言った。「何かおなかの足しになるようなものをつくっておくよ、イングレス」

洞窟の方角に流れている小川を目ざして、ピラールはヒースの草むらの中に分け入った。

「待ってくれよ」ジョーダンは呼びかけた。「みんなでいったほうがいい」

マリアは無言ですわっていた。

そのまま振り向かずにピラールは言った。「ケ・バ（いいんだよ）、一緒にいかなくたって。向こうで待ってるから」

「大丈夫かな、ピラールは？」ジョーダンはマリアに訊いた。「さっきはかなり体調が悪そうだったが」

「いいのよ、いかせれば」うなだれたままマリアは答えた。

「まずくないか、一人でいかせたんじゃ」

「いいんだったら。いかせればいいじゃない！」

13

二人は山の草原のヒースをかき分けて歩いていた。ロバート・ジョーダンはヒースに脚が撫でられるのを感じ、ホルスターにおさめた拳銃の重みを太ももに感じ、陽光を頭に感じ、雪に覆われた山頂から吹きわたる涼風を背中に感じた。そして掌中には、指をしっかりとからませたマリアのしなやかな手があった。その手から、こちらの掌に重ねたマリアの掌から、からみ合った二人の指から、こちらの手首に接したマリアの手首から、彼女の手は、指は、手首は、何かを伝えてきた。それは鏡のようにないだ海面に微かな皺を刻む、早朝の風のそよぎにも似た爽やかさだった。唇を撫でる羽毛のように、そよとも風が吹かないのに落ちる葉のように、それはかろやかだった。指先でしか感じられないほどあえかなそよぎは、しかし、指先が掌や手首に押しつけられるにつれて強まり、いやまさり、果ては痛いほどに切迫した衝動に昂まって、ジョーダンの全身にはあたかも電流が腕を這いのぼるように餓えた欲望が満ち広がった。マリアの髪は明るい陽光を浴びて金茶色に照り映え、なめらかな愛らしい顔は小麦色に輝き、喉の曲線もなだらかに浮きあがっている。ジョーダンは彼女をきつく抱きしめて、のけぞった顔の唇に唇を重ねた。マリアはふるえていた。その体を強く抱きよせると、二人のカーキ色のシャツを通して若い乳房が彼の胸に押しつけられた。小ぶりで張りのある感触が伝わってくる。ジョーダンはマリアのシャツに手を這わせてボタンをはずし、かがみこんでそこにキスした。マリアは首をのけぞらせた。ジョーダンの頭を抱えてふるえていたと思うと、顎をがっくりと落とした。ジョーダンは頭を強く抱かれて、若々しい胸に押しつけられるのを感じ、しばらくして頭を起こした。思わず力いっぱい抱きしめたので、マリアの体は彼に押しつけられたまま地面から浮きあがった。マリアはふるえていた。唇がジョーダンの喉に押しつけられる。その体を地面に下ろして、ジョーダンはささやいた。「マリア、ぼくのマリア」

そして、つづけた。「どこにいこうか？」

マリアは何も言わずにジョーダンのシャツの下に手をすべりこませた。下着のボタンがはずされてゆく。「あなたもしたんだから、あたしもここにキスしたい」

「だめだよ、ウサちゃん」

「いいじゃない。いいでしょう。あなたがしたように、あたしもするんだから、なんでも」

「だめだ。それはいけない」

「だったら、ああ。だったら、ああ。そうよ、そう」

それから、押しつぶされたヒースが匂い立った。マリアの頭の下で折れた茎の、荒々しい感触。彼女がつむった目を明るく照らしている陽光。ジョーダンは生涯忘れないだろう。ヒースの根元に彼女の頭が押しつけられたとき、なだらかな曲線を描いたその喉もとを。ひとりでに、わなわなと動いたその唇を。そして、陽光を、すべてを、閉めだそうときつく閉じられた目の、それでもそよぐようにふるえていた睫毛を。そのとき彼女に見えていたのは、閉じた目を透過した陽光の赤と、オレンジと、金色がかった赤。それしか彼女には見えず、それが彼女を満たし、埋め、満たされ、すべての色が渾然となって、色の洪水に彼女は盲いた。そしてジョーダンの突き進んだ暗い小道は虚無へと彼を導いた。そこからくり返し虚無へ。虚無へ。また虚無へ。どこまでも、くり返し虚無へ。地面に両肘をめり込ませて虚無へ。小暗い道を、ゆく果ても知らず虚無へ。時間の中を、宙づりのまま虚無へ、未知の虚無へ、もどり、進み、ひたすらに、虚無へ、後もどりはならず、ひたすら虚無へ、もはや耐え切れずに、高みへ、つねならぬ高みへ、そして突然、灼熱の溶岩に突き落とされ、もはや虚無は消えて時間が歩みを止める。二人は同時に達して時は停止した。大地が下からすべりだし、二人は宙に浮かんだとジョーダンは感じた。

しばらくして、彼は横向きに横たわっていた。頭はヒースの草むら深くもぐって、匂いをかいでいた。根っこと土と陽光の匂いがそこにはまじっていた。裸の肩と脇腹がヒースにこすれてチクチクする。目を閉じたままこちらを向いて横たわっていたマリアが、そのとき目をひらいて微笑んだ。ジョーダンは身を引くように、だが親しみをこめて、けだるい口調で言った。「やあ、ウサちゃん」

マリアはにこっと笑って、すがりつくように言った。「気分はどうお、あたしのイングレス」

「ぼくはイギリス人じゃない」物憂い口調でジョーダンは答えた。

「ううん、そうなのよ。あなたはあたしのイングレスなんだもの」手をのばしてジョーダンの両耳をつまみ、額にキスした。

「ほら。どうお？　あたしのキス、うまくなった？」

やがて二人は小川のほとりを並んで歩きだした。ジョーダンが言った。「マリア、きみが好きだ。きみは本当に愛らしくて、素晴らしくて、美しい。きみと一緒にいると、胸が苦しくなるくらいだよ。だから、愛し合っているときなど、死にたくなってしまう」

「あら。あたしはそのたびに死んでるわ。あなたはちがうの？」

「そうだな。死にそうにはなるけれど。きみは、大地が動くのを感じたかい？」

「ええ。死ぬんだと思ったときにね。ねえ、その手をあたしの腰にまわして」

「いや。いまはこうして、きみの手を握っているだけでいい」

ジョーダンはマリアの顔を見てから、草原を見わたした。鷹が一羽、獲物を追ってい
た。午後の大きな雲が山の端にかかっている。

「で、他の女たちとはさっきみたいじゃなかったの？」マリアは訊いた。二人はいま、
手をつないで歩いていた。

「ああ。嘘じゃない」

「あなた、大勢の女を愛してきたんでしょう」

「数えるくらいさ。でも、きみほど愛した女はいなかった」

「じゃ、あのときも、さっきのあたしたちみたいじゃなかったのね？　本当のことを言
って」

「どの女とも、付き合っているあいだは楽しかったな。でも、こんなふうじゃなかっ
た」

「で、あたしとのときには大地が動いたのね。以前は、そんなこと一度もなかった？」

「なかったよ。本当に、一度も」

「よかった。あたしたち、たった一日でそうなったんですもの」

ジョーダンは何も言わなかった。

「ともかく、あたしたち、そうなったんだから。ねえ、あたしのこと、好き？　あたし

で満足？　あたし、これからもっときれいになるから」

「いまでもすごくきれいだよ、きみは」

「ううん、そんなことない。ねえ、この手であたしの頭を撫でて」

ジョーダンはそうした。短く刈られたマリアの髪が、やわらかく寝たと思うと、また彼の指のあいだから立ちあがる。ジョーダンは両手でマリアの頭を抱え、顔を上向けてキスした。

「キスするのって、大好き」マリアは言った。「でも、まだ上手にできない」

「上手にできなくたっていいよ」

「だめよ、上手にできなくちゃ。あなたの女になるんだから、何をしても喜んでもらえるようにならなきゃ」

「いまでも十分喜ばせてもらってるさ。これ以上ないくらいにね。これ以上の喜びを与えられても、ぼくは何もしてやれないぞ」

「まあ、見ててちょうだい」楽しくてたまらないといった口調でマリアは言った。「いま、あたしの髪、変だから、あなたは面白がってるのよね。でも、毎日順調に伸びてるの。ちゃんと長くなったら、もっと体裁がよくなるから、あなたももっと愛してくれるわ、きっと」

「きみは素晴らしい体をしているじゃないか。世界一素敵だよ」

「ただ若くて、細いだけよ」

「いや、ちがうね。きれいな体には魔法が宿っているんだ。魔法を秘めている女性と、そうじゃない女性がいるのはなぜなのか、わからないが。きみの体は魔法を秘めているんだよ」

「あなたのために」

「さあ、どうだろう」

「そうだってば。あなたのため。いつだってあなたのため。あなただけのため。でも、それだけじゃ足りないの。あたしね、あなたの世話がしっかりとできるように努めるから。でも、本当のことを言って。これまでに、大地が動いたことって一度もなかったの？」

「なかったな」それは事実だった。

「ならば嬉しい。本当に嬉しい。ねえ、あなた、いま、別のことを考えてるでしょう？」

「ああ、任務のことをね」

「いま、二人で乗りまわせる馬があるといいな。いまの幸せな気分のまま、足の速い馬に乗りたい。そして、あなたと並んで早駆けするの。ぐんぐんスピードをあげて、でも、いまの幸福を決して追いこさないようにするの」

「きみの幸福を飛行機に乗せたっていいじゃないか」ジョーダンは何気なく言った。

「そうね、で、日を浴びてキラキラ光っていた、あの小さな追撃機みたいに、あたしの幸福はぐんぐん空を駆けのぼっていくのね。で、宙返りをしたり、急降下をしたりして。ケ・ブエノ（素敵）！」マリアは笑った。「そんなことをしてるなんて、あたしの幸福は気づきもしないでしょうけど」

「きみの幸福は食べるほうが好きだからな」言いながらジョーダンは、マリアの言うことの半分も聞いていなかった。

というのも、ジョーダンの心はいま、そこにはなかったからだ。マリアと並んで歩きながら考えているのは、目前に迫った橋の爆破作戦のことだった。彼の脳裏にはいま、カメラの焦点がぴたりと合うように、作戦の全貌がはっきりと、厳密に、鮮明に見えていた。まず、敵の二か所の哨所と、見張り中のアンセルモとジプシーの姿が見える。がらんとした道路と、人の動きが見える。二挺の機関銃を、最大限広角の射界を得られるように据えるとしたら、どの位置が適当か。その候補地が見える。あそこにはだれを配置しよう？ 最後にはおれが受け持つとしても、最初は？ 所定の場所にダイナマイトを押し込んで、動かないようにする。雷管を埋め込んで固定してからコードを伸ばし、上にひっかけておいて、あらかじめ起爆装置入りの古い木箱を置いておいた場所にとって返す。そこまではいい。するとジョーダンの頭には、そこまでの過程で起こり得る予期せぬ手違いのことがいろいろと浮かびはじめた。やめろ、とジョーダンは自分に言い聞かせた。おまえはいま、この女と交わった。頭はすっきりしている。十分にすっきりしている。すると、とたんに、おまえは色々なことを気に病みはじめてしまう。自分のなすべきことを考えるのはいい。が、余計な心配は無用だ。気に病むな。心配してはならない。どういう対応を迫られるかは、わかっている。何が起こるかも。それはまず間違いなく現実に起こるだろう。

おまえは戦う意義を十分承知した上で、この戦いに参加した。そしていま、すこしでも勝利のチャンスをものにするために、本来すべきでない戦い方を強いられている。勝利のためには正規の軍隊を、感情移入など無用な正規の軍隊を使用すべきところを、その実、愛すべき人々を利用せざるを得ない状況に追い込まれている。パブロがだれよりも目端のきく男であることは間違いない。だからあの男は、この作戦の危険性を即座に見抜いた。ピラールは最初から乗り気で、いまもそれは変わらない。だが、この作戦の真の中身がわかるにつれ、しだいにそれに圧倒され、いまはかなり神経質になっている。エル・ソルドも即座にこの作戦の本質を見抜き、それでもやる気になってはいるものの、おまえ、ロバート・ジョーダン同様、この作戦を好んではいない。

だから、気にせざるを得ないのは、自分自身がどうなるかということより、ピラールやマリアや他の男たちがどうなるかということだ。よろしい。おまえがもしここに乗り込んでこなかったら、あの連中はどうなっていただろう？　そもそもおまえがここにやってくる前に、彼らの身には何が起き、いまごろ何をしていたか？ いや、そういう考え方は排すべきだ。おまえが責任を負っているのは、あくまでも、作戦行動中の彼らに対してだけなのだから。それに、その作戦命令はおまえが出すわけではない。命令はゴルツから出る。ゴルツとは何者か？ 優秀な将軍だ。これまでに仕えた最良の将軍だ。といって、人は、悲惨な結果をもたらすのは承知の上で、達成不可能な命令に唯々諾々と従うべきなのだろうか？ たとえそれが、軍隊のみならず党をも体現しているゴルツの命令だとしても？ しかり。従わなければならない。なぜなら、それが実現不可能かどうかは、やってみなければわからないのだから。やりもせずにどうして、実現不可能だとわかるのか？ もし、だれもかもが、命令を受けるなり実現不可能だと言いだしたら、どうなる？ 命令を受けたときに、〝実現不可能〟ですませたら、われわれはみんなどうなる？

どんな命令を受けても、実現不可能、ですませてしまう指揮官たちを、おまえは大勢見てきている。エストレマドゥーラの、あの唾棄すべきゴメスなどはその典型だ。実行が困難という理由で両翼が進撃しなかったために頓挫した攻撃の実例を、おまえはどれだけ見てきたことか。やっぱり、命令は遂行しよう。そのために、愛すべき人々を利用しなければならぬのは、不運と言うほかない。

彼らパルティザンは、その作戦活動の結果、彼らに協力し、彼らをかくまってくれた人々に、かえって、さらなる危険と不運とをつねにもたらした。彼らの活動の目的は何だったか？　民衆の危険を減らし、この国をより暮らしやすい場所にすることだ。どんなに陳腐な言い草に聞こえようと、それは事実だ。

もし共和国が敗北したら、その大義を信じている人々は、もうスペインでは暮らせなくなるだろう。それは事実か？　間違いない。すでにファシスト軍に占拠された地域のその後の状況を見れば、それは瞭然だ。

パブロはどうしようもない男だが、残りの連中は素晴らしい人間たちだ。その彼らをこの作戦に加担させるのは、彼らに対する裏切りではないのか？　たぶん、そうだ。が、彼らがこの作戦を実行しなければ、敵の騎兵の二個大隊が襲ってきて、一週間もたたないうちに、彼らをこの山から狩り立ててしまうだろう。

そうなのだ。彼らをいまの状態に放置しておいても、得られるものは何もない。ただし、原則的には、万人は自由であるべきだし、だれにも干渉されるべきではない。おまえも、そう信じているのではないか？　ああ、信じている。では、社会の建設計画、その他の目標についてはどうなのだ？　それはほかの連中に任せればいい。この戦争が終ったら、おまえには他にやるべきことがある。おまえがこの戦争で戦っているのは、そこがおまえの愛する国だからだ。それにおまえは共和国の大義を信じている。もし共和国が破壊されたら、それを信じている多くの人々にとって、生きていくことは耐え難いものになるだろう。戦争がはじまって以来、おまえは共産党の規律に従ってきた。ここスペインでは、戦争遂行のための最上の規律、最も健全で合理的な方針を提供したのが共産党だからだ。戦争が継続する間は彼らの規律を受け入れようと思ったのも、戦争遂行上、首肯できる計画と規律を提示した唯一の政党が共産党だったからである。

では、おまえの政治的信条はどうなのだ？　それに関しては、いまはいかなる政治的信条も持っていない、と言うほかない。だが、このことは決して他人に口外しないほうがいい。決してそれを認めないほうがいい。ならば、戦争が終ったらどうする？　祖国アメリカにもどって、以前のようにスペイン語を教えて暮らしをたてよう。そして、一冊の真実の本を書くのだ。そう、絶対に書く。それはたやすいはずだ。

政治については、いずれパブロと話し合わなければなるまい。パブロの政治的信条の変遷を知るのは、さぞ興味深いにちがいない。おそらくは、左翼から右翼への典型的な転身だろう。あの老レルー*のように。そうだ、パブロとアレハンドロ・レルーのあいだには実に多くの共通点がある。プリエト*も同じくたちが悪い。パブロとプリエトは、ほぼ同様に究極の勝利を信じている。あの手の連中が信奉している政治とは、馬泥棒のそれだ。おまえは統治の一形態としての共和国を信じている。いずれ共和国は、ファシストの将軍たちの反乱勃発に際して国民をあのような窮境に陥れた馬泥棒たちを、根こそぎ排除しなければなるまい。信じる指導者たちが実は真の敵だったという悲惨な目にあった国民が、史上、他にもあっただろうか？

人民の敵。これは、排除したい言葉だ。口にしたくないキャッチフレーズだ。そう思うようになったのも、マリアと寝たことがもたらした変化の一つだと思う。以前のおまえは、それこそ厳格なバプティスト派の信徒のように、政治的な信条を頑固に、教条的に守っていた。だから、人民の敵、というような言葉もまったく無批判に受け容れていた。革命的、愛国的な言葉なら、どんな決まり文句でもいい。何の疑念もなく受け容れていた。もちろん、それらの常套句にはいくばくかの真理も宿っていたとはいえ、あまりにも安易にそれらの言葉に飛びついて使っていた。だが、昨夜ときょうの午後の交わりを経て、おまえの頭はより柔軟に、より明快になった。教条主義とは妙なものだ。ある信条を頑固に守るには、自分は絶対正しいという確信を持たなければならない。そして、その確信と信念を何よりも強固に支えるのが、ストイックな自制心なのである。だから、異端を排するにはストイックな自制心を強固に持ちつづけることが不可欠なのだ。

この解釈は、どれほどの精査に耐えられるだろう？　共産主義者が、奔放な自由人をつねに弾圧してきたのはなぜか？　教条的な党是を守るのに不可欠であるストイックな自制心が侵食されるのを、恐れるからだ。酒に酔ったりすると、あるいは女と交わったり不倫にふけったりすると、人は、道を踏み外しやすい自分の性向が、使徒信条や党の綱領に容易に取って代わり得ることに気づく。だから、党を守るためには、自由奔放な放縦主義を、*マヤコフスキーの罪を、断固取り締まれ、ということになるのだろう。だが、弾劾(だんがい)されたマヤコフスキーはいままた聖者になった。もはや無害な死者になったからだ。いずれはおまえも無害な死者になる、とジョーダンは胸に独りごちた。が、そういう辛気くさいことを考えるのはもうやめよう。マリアのことを考えよう。

マリアと交わったことで、おまえの頑迷さはぐらついてきている。いまのところはまだ、信念そのものまでぐらついてはいないが、できれば死にたくないとおまえは思いはじめている。英雄や殉教者のような最後はもうとげたくない。*テルモピュライの戦いなど演じたくないし、*ホラティウスのように橋を死守したくもない。水が漏れそうな堤の穴に、一晩中指をつっこんで決壊を防いだというオランダの少年にもなりたくない。それはもうご免だ。それよりはすこしでもマリアと一緒にすごしたい。それに尽きる。長い、長い時間をマリアと共にすごしたい。

〝長い、長い時間〟など、この先持てるとは思わないが、もし持てるなら、その時間をマリアとすごしたい。二人でホテルに入ってゆき、*リヴィングストン博士と奥様でいらっしゃいますね、などと言われて、その通り宿帳に記すのも面白いだろう。

では、マリアと結婚すればいいじゃないか。ああ、そうしよう。マリアと結婚しよう。そうするとおれたちは、アイダホ州サン・ヴァレーのロバート・ジョーダン夫妻になる。

もしくは、テキサス州コーパス・クリスティの、あるいはモンタナ州ビュートのロバート・ジョーダン夫妻に。

スペイン娘は素晴らしい妻になる。実際に妻に迎えたことなどおれは一度もないから、そう思っている。いずれおれが大学の旧職にもどったら、マリアは講師夫人になるわけだ。スペイン語の第四講座を受講している学生たちが、夕方、パイプ・タバコをふかしにやってきて、ケベド、ロペ・デ・ベガ、ガルドス等、多くの世評の高い故人について、高尚ながら、くだけた論議にふける。そのときマリアは、信念に燃えた青*シャツのファシスト派義勇兵たちが自分の頭にすわりこみ、別の何人かが自分の両腕をねじあげて、まくったスカートを自分の口につめこんだ顚末(てんまつ)を語ってやれるだろう。

モンタナ州のミズーラでは、マリアはどう迎えられるだろうか？　それはもちろん、おれがまたミズーラで復職できれば、の話だが。おそらく、おれにはもう〝赤〟のレッテルが貼(は)られていて、いずれブラックリストにものせられるだろう。まだ、断定はできないが。そう、断言はできない。おれがどういう行動をとったか、確たる証拠はないはずだし、こちらから話したとしても、信じる者はいないはずだ。それに、おれのスペイン行きのパスポートは各種の渡航制限が出される前に正規に発行されたものだし。

帰国の時期は、今年の秋以降になるだろう。国を出たのが一九三六年の夏だった。休暇は一年とってあるが、今年の秋の学期がはじまるまではもどる必要はない。いまから秋までは、まだたっぷり時間がある。その意味では、いまから明後日の朝までだって、まだたっぷり時間はある。いや。大学のことで、そう心を煩わせる必要はない。秋になったら、ただあそこに足を運べばいいのだ。なんとかあそこに行き着けばいいのだ。それにしても、われながら風変わりな生活をずいぶん長くつづけてきたものだ。実際、尋常ならざる生活だったと思う。スペインはおまえの行動の場であり仕事の場だった。だから、スペインで暮らすこと自体はごく自然で健全な営みだった。ここでは幾夏も土木工事に従事し、森林に道路を建設する工事や公園を開設する工事に携わって、火薬の扱いに習熟した。だから、何かを破壊するのは健全でまっとうな仕事だった。多少あわただしくはあっても、健全な仕事だった。

何かを破壊することを、解決すべき問題の一つと見なす考え方に慣れてしまうと、破壊は単なる一個の課題にすぎなくなってしまう。だが、現実にはそれに付随して多くの好ましくない事柄が生じるのであって、おまえはそれをあまりに安易に片づけてきたかもしれない。破壊作戦に伴う殺人。それを成功させるための条件を最適化する試みは、つねに行われてきた。勇ましいスローガンは、殺人をすこしでも正当化する助けになっただろうか？　それは殺人を、口になじみやすいものにしただろうか？　それを正面から問われれば、おまえはあまりにも安易に対処してきたと言うほかない。いずれ共和国の軍務を離れるとき、おまえはどういう人間になっているか、どんな仕事にふさわしい人間になっているか、きわめて疑問だ。だが、いずれそれを文章に記すことで、そういう難問も処理できるだろう。それを一冊の本に昇華させれば、すべては解決できるはずだ。もし書くことができれば、いい本になると思う。前に書いたものよりずっといい本に。

だが、その間、おまえに与えられた人生、与えられるだろう人生は、今日、今夜、明日、今日、今夜、明日、その積み重ねだ(だといいが)。だから、いまは、目前にある時間をつかんで、それに感謝することだ。もし、橋の爆破が思うようにいかなかったなら、どうするか。いまでも、さほど順調に進行しているようには見えないのだが。けれども、マリアは素晴らしかった。そうだろう? ああ、そうさ。たぶん、それこそが、いま、おれがこの人生から得られる果実なのだ。それこそがおれの人生であり、人生七十年の代わりに、四十八時間、ないし七十時間、もしくは七十二時間の人生が目の前にある。一日二十四時間とすると、丸三日は七十二時間だ。

たとえ七十時間でも、七十年に匹敵する充実した人生を生き切ることは可能だと思う。その七十時間がスタートするまでの人生が充実したものであり、それまでに当人が一定の年齢に達してさえいれば。

なんて馬鹿(ばか)な。なんとくだらないことを一人で考えているのだ。こいつは、掛け値なしのたわごとだ。いや、もしかすると、たわごとではないかもしれない。まあ、その当否はいずれわかるだろう。最後におれが女と寝た場所は、マドリードだった。いや、ちがう。エスコリアルだった。夜中に目を覚まし、だれか別の女と勘違いして興奮したのだが、すぐに相手の正体に気づいた。砂を嚙むような索漠とした思い。だが、快感はあった。その前はマドリードだった。事に及んでいるあいだ、相手の素性に関して自分を偽ったり、とりつくろったりはしたものの、全体的には前と同じか、すこしましな程度だった。だからおれはスペインの女性のロマンティックな讃美者ではないし、この国の一夜妻が他の国のそれよりいいとも思わない。だが、マリアと一緒にいると、本当に愛おしさがこみあげてきて、文字どおり、もう死んでもいいという気持ちになる。そんなことになろうとは、実際にそんなことが起きようとは、思ってもいなかったのに。だから、もしおまえが、七十年の人生を七十時間と交換するというなら、それは無益なことではないし、それを事前に知ることができるのは幸せというものだ。〈長い歳月〉とか、〈余生〉とか、〈この先いつまでも〉とかがもう存在せず、あるのは〈いま〉だけなのだとしたら、〈いま〉こそは讃えられるべきであって、それを手中にしているおれは幸せだ。いま（now）。スペイン語でアオラ（ahora）、フランス語でマントナン（maintenant）、ドイツ語でオート（heute）。いま（now）。それこそが自分の持つすべてであり、全世界だと思うと、奇妙な響きに聞こえる。今夜。スペイン語でエスタ・ノーチェ（esta noche）、フランス語でス・ソワール（ce soir）、ドイツ語でオート・アーベント

（heute abend）。人生（life）と妻（wife）。フランス語で、人生（vie）と夫（mari）とすると、あまりさまにならない。やっぱり、妻、をもってきたいところだ。いま（now）と、ドイツ語の妻（frau）。これもしっくりこない。死（dead）はどうだろう。フランス語で、モール（mort）。スペイン語で、ムエルト（muerto）。ドイツ語で、トート（tod）。tod がいちばん死らしい響きがある。戦争（war）。フランス語で、ゲール（guerre）。スペイン語で、ゲーラ（guerra）。ドイツ語で、クリーク（krieg）。krieg がいちばん戦争らしく響かないだろうか？　これは、おれがいちばんドイツ語が苦手なせいだろうか？　恋人（sweetheart）。フランス語で、シェリ（chérie）。スペイン語でプレンダ（prenda）。ドイツ語で、シャッツ（schatz）。おれはこのすべての言葉を、マリア、と取り換えよう。これこそは至高の名前だ。

それはともかく、これからおれは、彼らみんなと作戦を遂行することになる。その時は、目前に迫っている。情勢は不利になる一方だ。これは夜が明けてから取り組むような仕事ではない。八方ふさがりになったら、夜まで粘って脱出するしかない。夜までなんとか持ちこたえて、洞窟（どうくつ）の基地に帰還する。暗くなるまで粘って引き揚げれば、たぶん大丈夫だろう。だったらいっそ、夜のうちに決行して朝まで粘ることにしたらどうなんだ？　その場合の成否は？　あの、どうにも食えないソルド親爺（おやじ）は、片言のスペイン語で話すのをやめて、夜間に決行する利点を辛抱強く説いたっけ。おれだって、ゴルツから最初に作戦内容を聞かされて以来、何かしら悲観的な予測が頭をよぎるたびに、その選択肢を検討してはみたのだ。それで、一昨々日の夜以来、みぞおちに何か未消化なパンの塊がつっかえているような感が消えずにいる。

なんて任務だろう、いったい。この人生を生きてきて、何か有意義な仕事にぶつかったなと思うと、それは結局、無意味な結果に終わる。こういう作戦に匹敵するものには、過去一度もお目にかからなかった。この先も二度とぶつかるまい。で、すでに開始されたかもしれない敵の反撃を封じるべく、そして、不利な条件下で橋を爆破する作業を掩護してもらうべく、頼りない二組のゲリラ隊をなんとか統合して、このろくでもない作戦に打って出ようとする。すると、マリアのような娘にめぐりあってしまうのだ。人生とはえてしてそういうものか。知り合うのが遅すぎた、と諦めるしかない。

そのマリアを、あのピラールのような女がおれの寝袋に文字通り押し込んでくる。すると、どうなるか？　そう、するとどういう結果に終わるのだ？　頼むから、どうなるか教えてくれ。そう。つまりはそういうこと。そういうことなのだ。

が、待て。ピラールがマリアをおれの寝袋に押し込んだのが悪かったなどと、自分の責任を回避するかのように言い立てるのはやめろ。事実は、マリアを一目見た瞬間に、おまえはもう惚れ込んでいたのだ。マリアが最初に口をひらいて話しかけてきたとき、おまえはもう彼女の虜になっていた。それは事実だ。そんな気持ちが湧くはずはないと思っていたのに、湧いてしまった。そう、あの鉄の料理皿を手に前かがみになって洞窟から現れたマリアを見た瞬間、その気持ちが湧いた。自分でもそれがわかっている以上、いまさらその気持ちに後足で砂をかけても意味がない。

そのときおまえは心を奪われた。それを自分でも承知しているのだから、嘘をついてどうなる？　あれ以来、マリアを見るたびに、マリアから見られるたびに、おまえの気持ちは激しく揺すぶられた。としたら、どうしてそれを認めない？　わかった。認めよう。それと、ピラールがマリアをおまえに押しつけたという点だが、ピラールはただ頭を働かせただけなのだ。それまでピラールは、マリアの面倒をよく見て、マリアがどんな娘なのかをつかんでいた。で、料理皿を手に洞窟の中にもどってきたマリアの様子を見て、これからどうなるかを覚ったのだ。

だからこそ、ピラールは事がすんなり運ぶようにお膳立てしてくれたのだろう。そうしてくれたからこそ、昨夜があり、きょうの午後があった。ああ見えて、あの女はおまえなんかよりずっと人情に通じているし、時間の持つ意味も心得ている。そうだ。時間の価値について、あの女が独特の考えを持っているのは間違いない。あの女は過去に、それなりの手ひどい傷を負っている。自分が失ったものを他の人間にも失わせたくないと願えばこそ、それが失われるのを目撃するのは耐え難いのだろう。それでピラールはあの山の上で、打撃をこうむった。おれたちの振る舞いもまた、彼女の気持ちを和ませたとは思えない。

それが、ここに至ったすべて、いま起こりつつあるすべてであって、おまえもそれは認めたほうがいい。マリアとすごせるときは、もう二夜とない。一生涯を共に暮らすこともかなわず、並の人間に与えられているいかなるものも、二人で共有することはできない。一切、できない。あるのは過ぎ去った一晩、過ぎ去った午後、そして、これから訪れる一晩。たぶん、それだけだ。そう、それだけだ。

時間。幸福。娯楽。子供たち。わが家。浴室。清潔なパジャマ。新聞の朝刊。二人して目覚めること。目を覚まして彼女を見、自分が一人ではないと知ること。それらの一切が、おれたちからは奪われている。まったく存在しない。だが、それが人生で得られる望みのすべてなら、そうだとわかったのなら、せめて一晩ぐらい夜具の整ったベッドで寝たとしても、バチはあたるまい？

いや、それもいまとなっては見果てぬ夢だ。かなわぬ夢だ。だから、もしおまえがマリアを口で言うほどに愛しているのなら、彼女を精魂込めて熱愛して、これから長きにわたって愛せない分、その愛の強さで補えばいい。わかるか？　往時、人々は生涯をかけて愛したものだ。だからいま、愛すべき時が二夜もあるとわかったなら、自分はなんという幸運に恵まれたのだと思わなくては。二夜。愛し、讃え、慈(いつく)しむための二夜。良き時も、悪しき時も。病む時も死ぬ時も。いや、それはまずい。病む時も健やかな時も。

死がおれたちを分かつまで。二夜。あるいは、もっと長いかもしれない。だから、そんな考え方はもうやめろ。やめるんだ。そういう考え方はおまえのためにならない。自分のためにならないことは何もするな。そう、そのほうがいい。

考えてみると、あのときゴルツの念頭にあったのもこういうことだったのかもしれない。長く生きていればいるほど、ゴルツが聡明な男に思われてくる。彼があのときしきりに訊いていたのは、このことなのだ。不規則な軍務の償い。ゴルツもまたそれに身を任せたことがあったのだろうか？　時間がないという焦燥感と、それをもたらした状況のために？　これは、同様の状況に直面しただれもが経験することなのだろうか？　そしてゴルツは、それが自分の身に起きたがゆえに、何か特別なことだと思ったのだろうか？　母国ソ連の赤軍で遊撃騎兵隊を指揮していた頃、ゴルツは焦燥に駆られて手当たり次第に女と寝ていたのだろうか？　そういう状況に他の要因もからまって、相手の女たちがいまのマリアのように見えたのだろうか？

おそらくゴルツはそういう情理をすべてわきまえていて、与えられた二夜におまえの全生涯を注ぎ込むよう強調したかったのだろう。そう、こういう生を強いられる以上、与えられた短い時間に持てるすべてを注ぎ込めと強調したかったのだ。

それは傾聴に値する信念だ。が、マリアは過去に強いられた境遇の申し子にすぎないとは思わない。もちろん、彼女はおれ同様、過去の境遇の一つの反動として、いま存在していたのだが。マリアがかつて置かれた境遇は、ひどいものだった。そう、決してかんばしいものではなかった。

もしこれが現実なら、受け入れるしかない。だが、それでけっこうだ、とおれに言わしめる法律もない。自分がこういう感情を抱ける人間だとは、知らなかった。こういう運命にいつか直面するだろうということも。できれば生涯を通じて、この愛を保ちたいと思う。ああ、保てるさ、とおれの分身が言う。保てるとも。いま、おまえはそれを保っている。それがおまえの全生涯なのだ。いま。いま以外には何もない。昨日もなければ、明日もない。それがわかる頃には、いくつになっている？　あるのは、いま。それしかない。そして、いま、がたったの二日間なら、二日間がおまえの全生涯であり、すべてがその中で均衡を保っている。そうしておまえは、二日間で人生を生き切るのだ。不満を並べるのをやめ、得られるはずのないものを求めるのをやめれば、充実した人生を生きられる。充実した人生とは、聖書の基準で計られるものではない。

だから、もう心を煩わせるのをやめて現状を受け容れ、自分の務めを果たすのだ。そうすれば、長い人生、実に楽しい人生を生きられるだろう。このところ、おまえは楽しい日々を送っていなかったか？　いったい、何が不満だというのだ？　この手の作戦は、だいたいがこういうものなのだ。そう思うと満足だった。重要なのは、何を習得するかということよりも、どんな連中に出会うかということ。そう言える気持ちのゆとりが嬉しくて、ジョーダンはかたわらのマリアに意識をもどした。

「愛しているよ、ウサちゃん。いま、何を言いかけていた？」

「こう言いたかったの。こんどの仕事の件、心配しなくていいからって。あたし、邪魔立てはしないし、余計な口出しもしないから。もし、あたしに何かできることがあったら、言って」

「いや、そんなことは何もないさ。ごく簡単な作戦なんだから」

「あたしね、男の人の世話をするにはどんなことをすればいいか、ピラールに教えてもらって、それをちゃんと実行するから。そうやって勉強しているうちに自分でもいろいろ発見があるだろうし、あなたにも教えてもらうから」

「教えることなど、何もないって」

「ケ・バ（嘘よ）、何もないなんて！　あなたの寝袋だって、けさのうちによく振って、空気を入れて、日の当たるところに吊るしておけばよかったのよ。で、夜露がおりる前にとりこんでおくの」

「つづけてくれ、ウサちゃん」

「靴下だって、洗って乾かさなきゃ。いつも二足は用意しておかないと」

「それから？」

「もし教えてくれるなら、あなたのピストルを掃除して、油をひいてあげる」

「それよりキスしてくれ」

「だめ、ふざけちゃ。ねえ、ピストルの掃除の仕方、教えてくれる？ ピラールはね、ぼろきれと油を持ってるの。洞窟の中には、あなたのピストルに合う掃除棒もあるはずだし」

「わかった。教えてあげるよ」

「じゃあね、ピストルの撃ち方も教えておいてよ。そうすれば、あたしたちのどちらかが負傷して、敵につかまりそうになった場合でも、どちらかがもう一人を射(う)って、自分も自殺できるじゃない」

「なかなか興味深いアイデアだな。そんなことを、他にもいろいろと考えてるのかい？」

「そんなにたくさんはないけど。でも、これ、名案だと思うの。それからね、ピラールがこれをくれて、使い方も教えてくれたわ」シャツの胸ポケットから、携帯用の櫛(くし)を入れておくような、簡便な革のホルスターをとりだした。その両端をくってある太いゴムバンドをはずし、ゼム・タイプの片刃の剃刀(かみそり)をとりだして、「あたし、これ、いつも持ってるんだから。ピラールが教えてくれたんだけど、これで耳のすぐ下のところを切って、こっちに引っ張るんですって」指先でその個所を示した。「ここに大きな動脈があるから、剃刀をこういうふうに引っ張れば、失敗することはまずないんだって。それに、痛みもまるっきりないんだそうよ。ただ耳の下に当てて、下に引っ張るだけでいいんだって。ごく簡単だし、やってしまえばだれにも止められない、って言ってたわ」

「そのとおり」ジョーダンは言った。「そこは頸動脈だからね」

だとするとマリアは、とジョーダンは思った。これならば大丈夫、失敗するはずはないと信じて、いつもあれを持ち歩いているのだろう。

「でも、あたし、できればピストルで射ってもらったほうがいいの。もしものときは、きっとあたしを撃つって約束して」

「わかった。約束する」

「ありがとう。すごく重荷でしょうけど」

「いや、心配要らない」

ふだん、こういうことは忘れているんだが、とジョーダンは思った。任務に没頭していると、内戦というやつの苛烈さをつい忘れてしまう。事実、忘れていた。まあ、そういうものなのだ。ところが、カシュキンのやつはそれが頭から離れなかったため、任務にも響いてしまった。もしかすると、あいつはそういう事態の到来を予感していたのだろうか？　不思議だ、とジョーダンは思った。おれはカシュキンを射ったとき、精神的動揺は一切覚えなかったのだから。いつかはそういう瞬間がくるだろうとは思っていた。が、いままでのところ、その種の迷いを覚えたことは一度もなかったのである。

「でも、あたしにできることって、他にもあるから」ジョーダンに寄り添って歩きながら、ごく生真面目(きまじめ)に、女っぽい口調でマリアは言った。

「ぼくを射つだけじゃなく？」

「ええ。紙巻タバコがなくなったら、あたしが巻いてあげられるし。上手な巻き方をピラールに教わったの。粉をこぼさないように、きっちりと巻くやり方を」

「そいつはすごい。巻く紙も、自分で舐(な)めるのかい？」

「ええ。それに、あなたが負傷したときは、あたしが介護してあげる。包帯をして、洗って、食べさせて――」

「負傷なんかしないかもしれない」

「じゃあ、病気になったときに、面倒を見てあげるから。スープをこしらえて、体を洗って、必要なことは何でもしてあげる。それから、本だって読んであげる」

「たぶん、病気にもならないよ」

「じゃあ、朝、コーヒーを持ってきてあげる、目を覚ましたときに――」

「さあ、コーヒーも好きじゃないかもしれないぞ」

「嘘よ、好きなくせに」マリアは楽しげに言った。「けさは二杯も飲んだくせに」

「仮にぼくがコーヒーに飽き飽きして、ピストルで射ってもらう必要も生まれず、負傷もしなければ病気にもならず、タバコを吸うのをやめて、靴下は一足しかなく、寝袋も自分で木に吊るすとしたら、そうしたらどうする、ウサちゃん?」マリアの背中を軽く撫でて、「どうする、そうしたら?」

「そうしたら」マリアは言った。「ピラールの鋏を借りて、髪を刈ってあげる」

「髪は刈りたくないんだがね」

「あたしもそう。あなたの髪も、いまのままが好き。だから——してあげられることが何もなかったら、そうね、あなたのそばにすわって、あなたのことをじっと見守って、夜になったら愛し合うの」

「いいね。最後のところなんか、とても気がきいてる」

「あたしもそう思う」マリアはにこっと笑った。「ああ、イングレス」

「ぼくの名前はロベルトなんだが」

「いいのよ。ピラールみたいに、あたしもイングレスって呼ぶ」

「でも、ロベルトだよ」

「いいの。きょう一日はイングレスなんだから。でね、イングレス、こんどの作戦で、何かあたしに手伝えることってないのかな?」

「ないね。いま頭の中で処理しようとしているのは、単独で冷静に検討すべき案件なんだ」

「わかった。で、それはいつ終わるの？」

「今夜かな、うまくいけば」

「わかった」

下方には露営地に接している最後の森が広がっていた。

「あれはだれかな？」ジョーダンが訊いて、指さした。

「ピラールじゃない」彼の指さすほうを見て、マリアは言った。「間違いない、ピラールだわ」

草原が尽きて、森の最初の木々が生えているところに、女は組んだ腕に頭をのせてすわっていた。二人が立っているところからだと、黒い塊のように見える。そう、褐色の木の幹を背にした黒い塊のように。

「いこう」ジョーダンは言って、黒い塊の方角に走りだした。膝（ひざ）までの高さのヒースの草むらに勢いよく踏み込んだところまではよかったのだが、草をかき分けるのは容易でなく、かなり走りづらかった。すこし走ってスピードを落とし、最後には歩きだした。木の幹を背にした、大きな黒い塊。近づいていって、組んだ腕にひたいをのせた女の頭が見えた。叱咤（しった）するように声をかけた。

「ピラール！」

女は顔をあげて、ジョーダンを見た。

「おやおや。もうすませたのかい？」

「気分でも悪いのかい？」ジョーダンは訊いて、女のそばにかがみこんだ。

「ケ・バ（なあに）、ひと眠りしてたのさ」

「ピラール」追いついたマリアが言って、そばにひざまずく。「具合でも悪いの？　大丈夫？」

「大丈夫も大丈夫」口では言ったが、立ちあがろうとはしない。二人の顔を見比べて、言葉を継いだ。「それじゃあ、イングレス、またまた上手に女を泣かせてきたんだね？」

「本当になんともないのかい？」ピラールの言葉にはとり合わずに、ジョーダンは訊いた。

「もちろんさ。たっぷり眠ったよ。あんたはどうだい？」

「いや、眠ってない」

「そうかい」こんどはマリアに向かって、「どうやら、おまえの性に合ってるようじゃないか」

マリアは顔を赤らめたが、何も言わなかった。

「かまわないでくれよ、この子には」

「あんたに言ってるんじゃないよ」言い返してからマリアに向かって、きつい声で言った。「どうなんだい、マリア」

マリアはうつむいていた。

「どうなんだい、マリア」ピラールは再度問いかけた。「おまえの性に合ってるようじゃないか、と言ったんだがね」

「まあ、いいじゃないか、そんなことは」

「うるさいね」ジョーダンのほうは見ずに、ピラールは言う。「ねえ、マリア、一つだけ教えておくれな」

「いや」マリアは首を振った。

「マリア」表情と同じく険しい声で、ピラールは言った。その顔には、優しさのかけらもない。「一つだけ教えておくれ、おまえ自身の意思で」

マリアは首を振る。

ジョーダンは考えていた。もし、この女と、飲んだくれの亭主と、あのお寒いゲリラ組織の協力を仰ぐ必要がなかったら、この女の顔をひっぱたいてやるんだが――。

「さあ、話してごらん」ピラールはマリアに促した。

「いやよ。いや」

「どうでもいいじゃないか、そんなことは」ジョーダンは言った。いつもの彼らしくない声だった。よし、ひっぱたいてやる、あとはどうにでもなれだ、と彼は思った。

ピラールはジョーダンに話しかけようともしない。その態度はしかし、小鳥をすくみあがらせる蛇のようでもなければ小鳥を狙う猫のようでもない。獰猛な獣めいたところも、変質的なところもない。ただ、コブラが頭をふくらませているような、高圧的なものがあった。ジョーダンにはそれが感じられた。頭をふくらませて迫る威圧感。だが、それは悪意に発しているのではなく、何かをどうにでも探り当てたいという欲求に発していた。こういう場には居合わせたくなかったな、とジョーダンは思った。それは相手をひっぱたいてすむ問題ではなかった。

「マリア」ピラールは言った。「おまえには手も触れないよ。だから、自分の意志で言ってごらん。デ・トゥ・プロピア・ボルンタード（さあ、おまえから進んで）」

マリアは首を振った。

「マリア。さあ、自分から言ってごらん。いいね？　どんなことでもいいからさ」

「いやよ」低い声でマリアは言った。「いやと言ったら、いや」

「さあ、話すんだよ。どんなことでもいい。ね。話してごらん」

「大地が動いたわ」ピラールのほうは見ずに、マリアは言った。「本当よ。これ以上は話せない」

「そうかい」ピラールの声は温かく、優しさが甦っていて、押しつけがましいところは微塵もなかった。が、ピラールの額と唇には小さな汗の玉が浮いているのを、ジョーダンは見逃さなかった。「なるほど。そうだったんだね」

「嘘じゃないもの」マリアは唇を噛んだ。

「そりゃそうだろうとも」穏やかな口調でピラールは言った。「でも、仲間の連中には黙っていたほうがいいよ。どうせ信じないだろうから。あんたにはコロンビアのカリの連中の血はまじってないだろうね、イングレス？」

ピラールが立ちあがろうとするので、ジョーダンは手を貸した。

「いや。それはないと思うが」

「マリアの血にも、それはまじってないはずだし。プエス・エス・ムイ・ラロ（奇妙な話さ）」

「でも、本当にそう感じたのよ、ピラール」マリアが言った。

「コモ・ケ・ノ、ヒハ？（そりゃそうだろうともさ）。わたしが若いときは、大地が動いて、天も地もぐるぐるまわってしまうような気がしたね。地面の底が抜けてしまいやしないかと思ったくらいで、毎晩、そんな気がしたものさ」

「嘘」マリアは言った。

「そのとおり。最後のところは嘘だよ。そんな気になるのは、一生に三度くらいなんだから。大地は本当に動いたのかい？」

「ええ。本当に」

「あんたはどうだった、イングレス？」ピラールはジョーダンに視線を向けた。「本当のことを言っとくれ」

「ああ」ジョーダンは答えた。「事実、そうだったよ」

「それはよかった。よかったね。めったにないことだもの」

「三度くらい、って、どういうことなの？」マリアが訊いた。「それはどういうわけ？」

「そう、三度あるかないか。おまえはそのうちの一回を体験したってわけだ」

「たったの三回？」

「大部分の人間は、ただの一回だって体験できないものさ。本当に大地が動いたんだね？」

「地の底に落ちてしまいそうだった」

「じゃあ、本当に動いたんだ。さあ、いこう。露営地にもどろう」

「三回だなんてナンセンスな話は、どこからくるんだい？」並んで松林を歩きながら、ジョーダンは大柄な女に訊いた。

「ナンセンスだって？」ピラールは皮肉っぽい目つきでジョーダンを見た。「ナンセンスだなんてつまらない英語は、わたしの前では使わないでおくれ」

「その話も手相とか、ああいうまじないの類なのかな？」

「とんでもない。これはジプシーならだれでも承知している、れっきとした真理さ」

「でも、ぼくらはジプシーじゃないからな」

「そうだね。でも、あんたはちょっとした幸運に恵まれただろうが。ジプシーじゃない連中だって、ときに、ちょっとした幸運に恵まれることがあるのさ」

「じゃあ、たった三回というのは、本気で言ってるのかい?」

ピラールはまた奇妙な目つきでジョーダンの顔を見すえた。「そうからまないでおくれよ、イングレス。わたしを困らせないでおくれ。まだ若すぎるんだよ、あんたは、わたしの話し相手には」

「でも、ピラール」マリアが言った。

「お黙り」ピラールは叱りつけた。「おまえは一回経験したんだ。あと二回残ってるよ、この先に」

「で、あんたは?」ジョーダンはたずねた。

「これまでに二回さ」指を二本、立ててみせた。「二回。三回目はもうないだろうね」

「どうして?」と、マリア。

「お黙りったら。お黙り。うんざりだよ、おまえみたいなひよっこのしつこさには」

「どうして三回目がないんだい?」ジョーダンが訊いた。

「お黙り、と言ってるのにわからないのかい?　お黙り!」

いいだろう、とジョーダンは胸に独りごちた。おれはまだ納得したわけではないが。ジプシーと言われる連中は大勢知っている。実に風変わりな連中だ。が、見方を変えれば、おれたちだってそうだろう。違いがあるとすれば、おれたちはまっとうな暮らしをしなければならないという点だ。おれたちの祖先がどういう連中か、おれたちの遺伝的な資質がどういうものなのか、知る者はいない。遠い昔、おれたちの祖先が暮らしていた森にはどういう神秘が宿っていたのかも、知る者はいない。わかっているのはただ一つ、おれたちは知らない、ということだけだ。たとえば、真夜中の自然界ではどういう現象が起きているのか、知る者はいない。が、日中に何かが起きるときは、それなりの意味がある。起きたことは起きたことなのであり、この女はそれを無理やりマリアに言わせようとしている。そればかりか、それを自分の体験に置き換えようとさえしている。万事、ジプシーの流儀で解釈しなければ気がすまないのだ。さっき、山の上で、ピラールはてっきり受け身にまわったとおれは思っていたのだが、いまはまたここでおれたちを支配しようとしている。そこに悪意が働いているのなら彼女は射殺されてしかるべきだが、そこに悪意はない。ピラールはただこの生を支配しつづけたいだけなのだ。そう、マリアを通して。

この戦争から生還できたら、女という動物の研究をしてみるのもいいな、とジョーダンは思った。まず最初の研究対象はピラールだ。彼女はなんとも複雑な一日を演出してくれたものだ。ジプシーにまつわる話など、これまで持ち出したことなどなかったのに。あの、手相の件を除いて。そう、もちろん、手相の件があった。手相の件で、ピラールが何かごまかしていたとは思わない。ただ、おれの手相から読みとったものを、おれに伝えようとしないだけだ。何を読みとったにせよ、ピラールは自分の能力を信じている。だからどうというわけではないのだが。

「なあ、ピラール」ジョーダンは言った。

ピラールは彼を見て、微笑した。

「ああ、なんだい？」

「そう謎めかすのはやめてくれよ。いわゆる神秘現象ってやつ、ぼくはうんざりなんだ」

「それで？」

「人をとって食う鬼とか、予言者とか、運命鑑定とか、ろくでもないジプシーの魔術とか、そのたぐいを、ぼくは一切信じない」

「なるほどね」

「ああ、一切。それと、マリアにはかまわないでくれ」

「ああ、かまわないことにするよ」

「それから、神秘現象の話もやめてほしい。ぼくらには果たすべき任務や仕事がたくさんあるが、それは例外なく、いかがわしい神秘現象を持ちだしたりしてややこしくしなくとも、ちゃんと遂行できるんだ。神秘現象など持ちださずに、きちんと仕事をしようじゃないか」

「わかったよ」ピラールは同意したしるしにうなずいた。「それはそれとして、イングレス」にやっと笑いかけて、「大地は本当に動いたのかい？」

「動いたよ、何度言えばわかるんだ。動いたんだ、本当に」

ピラールは吹きだして、おかしくてたまらないようにジョーダンの顔を見ながら笑いつづけた。

「ああ、イングレス。イングレス」なおも笑いながら、「傑作な人だよ、あんたは。これから思い切り仕事に精を出さなきゃ、威厳はとりもどせないよ」

勝手にしやがれ、とジョーダンは思った。が、何も言わなかった。話し合っているうちに日が翳（かげ）ってきて、山のほうを振り返ると、すでに灰色の雲がたれこめていた。

「まちがいないね」空を見あげてピラールが言った。「これは雪になるよ」

「この時節にかい？　もう六月になろうかというのに？」

「おかしいかい？　山のほうじゃ、いまが何月かなんて知っちゃいないんだからね。いまは陰暦の五月なんだ」

「でも、雪なんか降りっこない。降るはずがない」

「降るものは降るんだよ、イングレス。間違いない、雪になるね」

ジョーダンは淡い薄日のさす重苦しい灰色の空を見あげた。みるみるうちに日は完全に隠れ、空一面が湿気をはらんだような鼠色に覆われた。山の頂きも、いまは鼠色の空の陰に隠れている。

「なるほど」ジョーダンは言った。「あんたの言うとおりかもしれないな」

14

洞窟にもどる頃には雪になっていて、松の枝の隙間から雪片が斜めに降りかかっていた。最初は樹間を通り抜けて、パラパラと舞い落ちていたのだが、山から冷たい風が吹き下ろすにつれ渦を巻いて視界をさえぎるまでになった。洞窟の前に立ったロバート・ジョーダンは、煮えくり返るような気持ちで雪を眺めていた。

「こりゃ大雪になるな」パブロが言った。声はくぐもり、目は血走ってうるんでいる。

「ジプシーはもどってるだろうか？」ジョーダンは訊いた。

「いや。あいつも爺さんももどっちゃいねえよ」

「あんた、街道の上の哨所まで、一緒にいってくれるか？」

「断る。この作戦には加わりたくねえんでな」

「じゃあ、一人でいってこよう」

「この吹雪じゃ見つかりっこねえよ。いまは無理だ」

「道路までは下り坂だし、そこからは道伝いにいけるはずだ」

「そりゃいけるかもしれねえが、この雪だ、おめえの手下の二人の歩哨ももどってくるだろう。途中で行き違いになるかもしれねえぞ」

「アンセルモがぼくを待ってるだろうしな」

「いや。こんな雪だから、爺さんも引き揚げてくるさ」

洞窟の入口をふさぐように降りしきる雪を見て、パブロは言った。「おめえも雪は苦手かい、イングレス？」

ジョーダンは舌打ちした。そんな彼をうるんだ目で見て、パブロは笑った。

「これでおめえの作戦も中止だな、イングレス。まあ、中に入れって。手下たちも、おっつけもどってくら」

洞窟の中ではマリアが炉の火をおこしていて、ピラールは調理場のテーブルでせわしげに働いていた。最初はくすぶっていた火も、マリアが木をくべたり、たたんだ紙であおいだりするにつれ、ぱっと燃えあがった。天井の穴から吹き込む風にも助けられて、薪(まき)が盛大に燃えだした。

「この雪だが」ジョーダンは言った。「かなり降りそうかな？」

「そりゃ、大雪になるだろうぜ」満足げに言ってから、パブロは大声でピラールに言った。「おめえも気落ちしてるんじゃねえか？　ここの大将になったと思ったらこの雪だ、さぞ気に入らねえだろうな？」

「ア・ミ・ケ（わたしかい）？」ピラールは肩ごしに声を返した。「降ってる以上は、だれも止められないさ」

「ま、ワインをやれって、イングレス」パブロは言った。「おれは一日中飲みながら、この雪を待ってたんだ」

「カップをくれ」ジョーダンは応じた。

「雪に、乾杯」パブロは言って、カップを触れ合わせた。ジョーダンはパブロの目を睨みつけながら、カチンとカップを鳴らした。この涙目の浅ましい豚野郎め、と内心では思った。いっそ、このカップできさまの歯を一撃してやろうか。いや、落ち着け、と彼は自分を戒めた。そうカッカするな。

「ほうら、なんともきれいじゃねえか、雪は」パブロは言った。「でもよ、こう雪が降ったんじゃ、外ではもう寝られねえな」

なるほど、あのこともおまえは気にしているのか？　ジョーダンは思った。おまえにも何かと気苦労があると見えるな、パブロ？

「あんたはいやかい、外で寝るのは？」丁寧な口調でジョーダンは訊いた。

「ああ。めっぽう寒いだろうしよ。それに、体も濡れちまう」

グースダウンの寝袋が六十五ドルもする理由、おまえは知らないんだな、とジョーダンは思った。あれにくるまって雪の中で寝るたびに、おれは一ドル得した気分になるんだが。

「じゃあ、ぼくもこの洞窟の中で寝ていいのかな？」穏やかな口調でジョーダンは訊いた。

「そりゃ、いいともよ」

「そいつはありがたい。でも、外で寝るよ」

「この雪の中でか？」

「ああ」（だれがきさまのような、赤く血走った豚の目をした、毛だらけの豚の尻のような顔の男が寝るそばで、寝たりするもんか）

「雪の中でか」（そうとも、この予想もしなかった、破滅的な、ろくでもない、呆れ返った、敗北を招きかねない雪の中でさ）

ジョーダンはマリアのところに歩み寄った。マリアはまた松の薪を炉にくべたばかりだった。

「雪がとてもきれいだぞ」

「でも、作戦には不利なんでしょう？　心配じゃない？」

「ケ・バ（まあね）。いまさら心配してもはじまらない。夕食はいつできるんだい？」

「あんた、さぞおなかをすかしてるだろうと思ったよ」ピラールが言った。「とりあえず、チーズでも一切れ食べるかい？」

「そいつは助かる」ジョーダンは答えた。するとピラールは、天井から釣り下がっている、網に包まれた大きなチーズに手をのばしてとりはずした。切り口がのぞいている端のほうにナイフをふるい、分厚く切りとって渡してくれる。ジョーダンは立ったまま食べた。山羊のにおいが強すぎて、さほどうまくはなかった。

「おい、マリア」パブロがテーブルについたまま声をかけた。

「なあに?」

「このテーブルをな、きれいにふいてくれや」言ってから、パブロはジョーダンに向かってにやついてみせた。

「自分でこぼしたものは、自分でふきな」ピラールが叱りつける。「まずあんたの顎とシャツをふいて、それからテーブルをおふき」

「マリア」パブロが呼びかける。

「答えなくていいよ。あいつ、酔っぱらってるんだから」と、ピラール。

「マリア」パブロがまた叫んだ。「まだ雪が降ってやがるぞ。きれいな雪が」

やつは寝袋については詳しくないんだ、とジョーダンは思った。おれがなぜ六十五ドルも出してウッド・マーク製の寝袋を買ったのか、あの豚目野郎は知らないんだ。それにしても、早くジプシーがもどってくるといいんだが。ジプシーがもどりしだい、おれはアンセルモを探しにいく。いま出かけたっていいけれども、行き違いになるおそれもある。彼がどこで敵を監視しているのか、わからないのだから。

「おい、雪の玉でもつくらないか？」と、ジョーダンはパブロに声をかけた。「雪合戦でもしようじゃないか」

「何だって？」パブロは訊いた。「何をしようってんだ？」

「別に、何も。どうだい、馬の鞍にはちゃんと覆いをかけたのかい？」

「かけたさ」

それを聞いて、ジョーダンは英語で言った。「Going to grain those horses or peg them out and let them dig for it? （馬には飼い葉をやるのか、それとも、綱をほどいて勝手に餌をあさらせるのか、どっちだい？）」

「何だって？」

「Nothing. It's your problem, old pal. I'm going out of here on my feet. （何でもない。そいつはあんたの問題だからな。おれはどうせ、歩いてここから出ていくんだから）」

「なんで英語でしゃべるんだよ？」パブロが訊いた。

「I don't know. （さあ、なぜかな）」ジョーダンは言った。「When I get very tired sometimes I speak English. Or when I get disgusted. Or baffled, say. When I get highly baffled I just talk English to hear the sound of it. It's a reassuring noise. You ought to try it sometimes. （すごくバテたとき、おれはときどき英語で話すのさ。それとか、うんざりしたり、

途方にくれたりしたときに。進退に窮したときなんかは、単純に英語の響きが聞きたくなって英語でしゃべってみる。すると気持ちが落ち着くんだな。おまえさんもときどき試してみたらいい」

「何て言ったんだい、イングレス？」ピラールが訊いた。「聞いてると、とても響きが面白いけど、意味がわからないよ、こっちには」

「たいしたことじゃない」ジョーダンは答えた。「たいしたことじゃない、ということを英語で言っただけさ」

「だったら、いつもどおりスペイン語でしゃべればいいじゃないか。スペイン語でしゃべれば、ずっと短くてすむし、簡単だよ」

「そのとおり」だがな、と彼は思った。ああ、パブロ、そしてピラール、ああ、マリア、それからそこの隅にいる二人の兄弟戦士よ。名前は忘れたが、思いださなきゃな。おれはな、ときどきうんざりするんだよ、スペイン語ってやつに。そう、スペイン語にも、おまえさんたちにも、おれ自身にも、戦争にも。それにだいたい、よりによって、なんでいま、雪が降らなきゃならないんだ？　あんまりだろうが。いや、あんまりじゃない。あんまりだなんて考えるな。要は現実をあるがままに受け容れて、それを克服することだ。悲劇の主役ぶるのはやめて、雪が降っているという事実を受け容れろ。そう、さっきのようにな。それができたら、ジプシーの報告を受けて、アンセルモを拾いにいく。それにしても、雪だなんて！　それも、いまごろになって。いや、やめろ、と ジョーダンは自分を制した。泣きごとはやめて、事実を受け容れろ。格言にもあるじゃないか。そう、あの、カップに関する格言。あれは、カップがどうだというんだったかな？　だめだ。もっと記憶力を鍛えるか、もしくは、格言など引き合いに出さないようにしなければ。思いだそうとして思いだせないと、それは、どうやっても思いだせないだれかの名前のように、いつまでも頭にこびりついてしまう。あの、カップに関する格言、どういうんだったかな？

「ぼくのカップにもワインをついでくれないか？」ジョーダンはスペイン語でパブロに言った。それから、すぐにつづけて、「ムチャ・ニエベ（やっぱり、大雪になるかな）？　どうだい？」

酔っぱらった男はジョーダンを見あげて、にたっと笑った。それから大きくうなずいて、またにたっと笑う。

「これじゃ味方の反転攻勢もだめだな。アビオネス（飛行機）もだめだ。橋もだめだ。こう雪が降っちゃな」

「じゃ、かなりつづきそうかな、この雪は？」ジョーダンはパブロの隣りに腰を下ろした。「この夏中、雪に降りこめられると見ているのかい、え、物知りのパブロ？」

「夏中ってことはねえさ。ま、今夜から明日にかけてだろう」

「そう思う理由は？」

「雪嵐(ゆきあらし)にはな、二通りあるんだよ」重々しい声で、わけ知り顔にパブロは言った。「一つはピレネーから吹き下ろすやつ。こいつはえらい寒気を運んできやがるんだが、こんなに遅くなってやってくるわけがねえ」

「なるほど。一理あるようだ」

「いま吹いてるやつは、カンタブリア海からきてるんだ。海のほうからな。そっちから吹いてくると、大嵐と大雪になるのよ」

「あんた、どこからそんな知識を仕入れたんだい、物知りのパブロ？」ジョーダンは訊いた。

最初の怒りがおさまってくると、ジョーダンはむしろ、この雪嵐に興奮していた。種類を問わず、嵐に出会うと興奮するのは、毎度のことだった。ブリザード、烈風、赤道のスコール、熱帯の嵐、あるいは夏の山岳の雷雨。こうした嵐に遭遇すると、他の何物からも得られない興奮をかきたてられる。それは戦闘の興奮にも似ているが、戦闘とちがって、そこに殺し合いはない。戦闘のさなかに吹く風もあるが、それは熱風、人間の乾いた口腔(こうこう)のように熱い風だ。それは重々しく、熱く、穢(けが)れて吹く。その日の戦闘の帰趨(きすう)しだいで湧(わ)き起こり、衰える。その風なら、ジョーダンは熟知している。

だが、雪嵐となると、それらすべての嵐の対極にある。雪嵐に襲われると、野生の動物と鉢合わせしたりする。が、動物たちはこちらを恐れない。動物たちは行く先も知らぬまま原野をさすらい、鹿がときどき山荘の陰に立っていたりする。雪嵐の中で大鹿に近づくと、大鹿はこちらのまたがる馬を仲間と勘違いして駆け寄ってくる。雪嵐に遭遇すると、暫時、この世に敵など存在しないかのような気になることがある。雪嵐はときに大暴風になるが、それは純白の清潔な風であり、一面に白いものが吹き荒れて世界は相貌を変えてしまう。やがて風がおさまると、静寂が地上を支配する。いま眼前にあるのは強烈な雪嵐だ。これはいっそ楽しんだほうがいい。すべてを破壊してやまない嵐だが、それでも楽しんだほうがいい。

「おれは長年、貨物の運搬をやってたんだ」パブロが言った。「トラックがまだ実用化されねえときに、大きな荷馬車で山を越えちゃ荷物を運んだもんよ。あの稼業についてると、天気のことが自然とわかってくるのさ」

「共和派の活動には、どういうきっかけで加わったんだ？」

「おれは最初から左翼だったからな。アストリアスの連中とは、いまもたくさん付き合いがあるが、あの連中、政治的には相当進んでるんだよ。おれは一貫して共和国を支持してきたんだぜ」

「政治活動をはじめる前は、何をしてたんだい？」

「サラゴサの馬商人の手伝いよ。その男は闘牛場に馬を売り込んだり、陸軍に補充用の馬を納めたりしててな。そのときよ、ピラールと知り合ったのは。ピラールはな、本人も言ってるとおり、当時は闘牛士のフィニト・デ・パレンシアの女だった」その口調はすくなからず誇らしげだった。

「でも、たいした闘牛士じゃなかったよな、あいつは」テーブルについていた兄弟の一方が、炉の前に立つピラールの背中を見ながら言った。

「なんだって?」ピラールは振り返って、その男をぎろっと見た。「たいした闘牛士じゃなかった?」

洞窟の調理場の火のそばに立っているいま、ピラールにはフィニトの姿が見えた。背の低い、褐色の肌の、いっこくそうな顔をしたフィニト。悲しげな目。こけた頬。くせのある、じめついた黒い髪が貼(は)りついている額。そこには、だれも気づいていなかったが、きつい闘牛士の帽子が残した赤い筋が刻まれていた。フィニトはいま、五歳の牡牛(おうし)と向き合っている。牡牛の角は、ピカドール(槍師(やりし))のまたがる馬を高々と持ちあげたところだ。逞(たくま)しい牡牛の首が馬を高く、高く、押しあげ、ピカドールが馬上から牡牛の首に槍を突きさす。高々と持ちあげられた馬は、ついにどうと横倒しになり、またがっていたピカドールは木のフェンスに叩(たた)きつけられる。その体を牡牛は前足で突き飛ばし、太い首が角を振りまわして、かろうじて息をしている馬に止(とど)めを刺そうとする。〝たいした闘牛士じゃない〟フィニトがその前に立ちはだかる。牡牛が彼のほうに向き直るさまが、ピラールには見える。そう、ピラールにはいまはっきりとフィニトが見える。フィニトは、心棒を通した、ずっしりと重いフランネルのムレタを大きくひるがえす。それまでに何度かくり返したパセ*で、フランネルのムレタはたっぷりと牡牛の血を吸っている。そのときムレタは牡牛の頭から肩へ、肩甲骨(けんこうこつ)のあいだの血塗られた隆起部の上を走り、さらに背中のほうへと流れたのだ。牡牛は前脚をあげて立ちあがり、何本も突き刺さった銛(もり)がガタガタと鳴る。牡牛の頭から五歩離れ、横顔を見せて立つフィニトの姿がピラールには見える。牡牛はいまどっしりと静止している。フィニトはゆっくりと剣を持ちあげ、肩の位置まで引きあげたところで、血のしたたる刃(やいば)に沿って目を走らせる。いまは牡牛の頭が彼の目より高い位置にあるため、狙(ねら)う的はまだ見えない。いずれフィニトは、ずっしりと重たい濡れたムレタを舞わせて、牡牛の頭を下げさせるはずだ。が、いまは足の踵(かかと)を支点にわずかに上体を反らし、一部そがれた角の前に半身になって、剣の刃先に目を走らせる。

そのフィニトの姿が、いま、ピラールにははっきりと見える。彼はそこで赤いフェンスの上の客席最前列に顔を向け、澄んだ、かん高い声で呼ばわる。「さあ、ご覧(ろう)じろ、見事この牛を仕留められるかどうか」

その声が、ピラールにも聞こえる。フィニトは膝(ひざ)をわずかにかがめて突進する。低く舞ったムレタを牡牛の鼻づらが追い、魔法のように角が下がる。フィニトの、細い褐色の手首が精緻(せいち)に動いて角をやりすごした瞬間、剣先が、埃(ほこり)まみれの肩甲骨のあいだの隆起部に沈む。

まるで、突進した牡牛がみずから剣を奪っておのれの体に引き込んだかのように、きらりと輝く剣がゆっくりと牡牛の肩に沈み込んでいくのがピラールには見える。フィニトの指の関節が、張りつめた隆起部の上皮に押しつけられるまで剣先が沈むのを、ピラールは見守る。剣先が没入した個所をひたと見すえていた褐色の肌の男は、そこでようやく、引っ込ませていた腹を角から遠ざけ、牡牛から後ずさって、心棒を通したムレタを左手に、右手は宙にあげて、こと切れようとする牡牛を見守る。

なんとか倒れまいと足を踏ん張る牡牛に目を凝らすフィニトの姿が、ピラールには見える。フィニトは見守る、倒れる寸前の巨木のように牡牛の体が揺れるさまを。なんとか地面に立ちつづけようと必死にもがく瀕死の牡牛を。そして、短軀の闘牛士は片手をあげて、おのれの勝利を正式に宣明する。ピラールには見える、額に汗を浮かべつつ、事は成った、牡牛は死にかけているという空虚な安堵にひたるフィニトの姿が。角にも刺されず、体当たりの衝撃をくらうこともなく、無事決着をつけたという安堵にひたるフィニトの姿が。そして牡牛は、もはや大地を踏みしめることもかなわずにどうと倒れ、四肢を宙に突き立てて、こと切れる。そしてピラールには見えるのだ、疲れ切って、笑みを浮かべることもなく、フェンスに向かって歩み寄る褐色の肌の、背の低い男の姿が。たとえ死神に追いかけられようと、もはやリングを駆け抜ける余力もフィニトには残っていない。ピラールにはそれがわかっている。フェンスに向かってゆっくりと歩み寄るフィニトを、ピラールは見守る。フィニトはタオルで口元をぬぐい、ピラールを見あげて首を振り、タオルで顔をふいてから、勝者の特権として場内を一周しはじめる。ゆっくりと歩きだすフィニトを、ピラールは見守る。場内をまわりながらフィニトは初めて笑みを浮かべ、一礼し、また笑みを浮かべる。その後を追う助手たちが腰をかがめ、投げ入れられた葉巻を拾い、帽子を観客席に投げ返す。フィニトは悲しげな目で微笑しながら場内を一周し、ピラールの前にきて勝利の行進を終える。ピラールの目はフィニトの後を追う。フィニトは木のフェンスわきの階段に腰を下ろして、タオルを口に当てている。

調理場の火の前で、そこまでの一切を脳裏に甦らせていたピラールは、そのとき、現実にもどって口をひらいた。「ふうん、たいした闘牛士じゃなかったたって、フィニトは？　じゃ、なんてご立派な連中が揃ってたんだろうね、わたしの人生には！」

「いや、あいつは腕のいい闘牛士だったぜ」パブロが言った。「背が低い分、割りを食ってたけどな」

「それと肺病持ちだっただろう、だれが見たって」プリミティボが言った。

「肺病持ち？　肺病持ちだって？」ピラールは言った。「フィニトみたいにひどい生き方を強いられて、それでも肺病にならないやつなんているのかい？　ホアン・マルチみたいな犯罪者になるか、闘牛士になるか、オペラの歌い手にでもならない限り、貧乏人は逆立ちしたって金持ちになんぞなれないこの国でさ、え？　肺病持ちになって当たり前だろう？　ブルジョワのやつらは食べすぎて腹をこわし、胃の薬がなくちゃ生きていけないこの国、貧乏人は生まれた瞬間から死ぬまで腹をすかしているこの国、そんなところでだれが肺病持ちにならずにいられるんだい？　子供の頃からなんとか闘牛士になりたくて、各地の祭りを追いかけようと、三等車の座席の下にもぐりこんで無賃乗車をきめこもうとする。座席の下は塵や埃だらけで、吐いたばかりの唾や乾いた唾にまみれているのにさ。そんな半生を送って、しかも牛の角に胸を突かれたりしたら、いったいだれが肺病持ちにならずにいられるんだい？」

「そりゃ無理だよな」プリミティボは言った。「おれはただ、あいつは肺病持ちだったって事実を言っただけだよ」

「もちろん、フィニトは肺病持ちだったさ」攪拌用の大きな木のスプーンを手に、ピラールは言った。「背も低くて、声も細くて、それはそれは牡牛を怖がってた。闘牛場に立って、あれくらい怖がってた男は見たことがないよ。あんたは――」と、パブロに向かって、「いまじゃ死ぬのを怖がってるね。それを何やら上等なことのように思っている。でも、フィニトはね、日頃あんなに恐怖心にとりつかれていたのに、いざ牡牛を前にするとライオンみたいだったよ」

「たしかに、えらく勇敢な男だって評判だったよな」兄弟のうちの弟のほうが言った。

「でもね、あれくらいふだん怖がっていた男も見たことがないんだよ」ピラールは言った。「なんてったって、牡牛の首を家に飾るのもいやがってたほどなんだから。あるとき、バジャドリードの祭りで、パブロ・ロメロの育てた牛を、見事に仕留めたことがあったんだけど――」

「あ、それ、覚えてるぜ」兄弟の兄のほうが言った。「おれも闘牛場で見てたんだ。石鹸みてえな色で、額の毛がちぢれている、えらく角のでかい牛だったな。体重が三十アローバ級の牛だった。あれは、フィニトがバジャドリードで仕留めた最後の牛だったんじゃなかったっけ」

「そのとおり」ピラールは言った。「あの後、カフェ・コロンの常連で、フィニトの名前をクラブの名前にしていた闘牛愛好家たちが、あの牡牛の首を剝製にしたんだよ。で、カフェ・コロンで催された内輪の宴会の席上、フィニトに贈ってくれた。食事中も首は壁にかかっていたけれど、布で覆われていてね。わたしも席についてたんだけど、他にもいろいろと賑やかな面々が揃っていた。わたしよりも器量が劣るパストラだとか、ニニャ・デ・ロス・ペイネスだとか、それ以外にもジプシーや名の知れた娼婦なんかがね。内輪とはいえ熱気のこもった宴会で、パストラと名物娼婦の一人が礼儀作法のことで喧嘩になって、もうすこしで暴力沙汰になるところだった。わたしはとっても幸せな気分で、フィニトの隣りにすわっていたんだ。ところが、あの男、肝心の牡牛の首をいっこうに見あげようとしないのに気がついてね。その首は紫の布で覆われていたんだけどさ、ちょうど、キリスト教の、主の受難週間中、教会の聖者の絵が同じ扱いを受けるように。主の受難週間なんて、もうわたしら共和派とは無縁になってしまったけども。

フィニトはほとんど食べていなかった。なぜかというと、その年、サラゴサでの最後の闘牛で、止めを刺しにいったところが、パロタソをくらっちまったのが後を引いててね。パロタソというのは、牡牛の角の脇の面で一撃されることなんだけど、それでしばらく気絶しちまったんだ。それが原因で、食べたものを長いあいだ胃袋におさめられなくなってしまった。で、ハンカチを口に当てて、宴会のあいだ、かなりの血をときどきそこに吐いていたんだよ。ええと、何を言おうとしてたんだっけ?」

「牡牛の首だよ」プリミティボが言った。「剝製にされた牡牛の首の件よ」

「そうだったね。そうだ、そうだ。でも、あんたらにちゃんとわかってほしいから、細かい点もいくつか話しておかないと。フィニトって男はね、しんから陽気になるってことがまずなかったんだ。生まれつき真面目な男で、わたしと二人きりでいるときも、何かを面白がって笑うなんてことはまずなかったよ。どんなに滑稽なことが起きたって、笑わないんだ。どんなことでも、生真面目に受け止めるんだね。フェルナンドと同じくらいくそ真面目な男だった。でも、あの宴会は、〝クラブ・フィニト〟を結成したアフイシオナドス（熱烈な闘牛愛好家たち）が彼のために催してくれたんだから、フィニトとしても、陽気で、親密で、楽しげなふりをしなきゃならなかった。だから、食事の間中、フィニトは笑みを絶やさず、みんなを喜ばすような口をきいていた。ハンカチに何を吐いてるのか知ってたのは、わたしだけだったね。フィニトはハンカチを三枚用意していたのに、それをみんな使ってしまって、とうとう低い声でわたしに言ったのさ。『ピラール、もうこれ以上は駄目だ。このへんで引き揚げないと』

『じゃあ、引き揚げようじゃないか』と、わたしは言った。フィニトは見るからに苦しそうだったからね。その頃になると宴会は最高に盛りあがっていて、すごい騒ぎになっていたよ。

でも、フィニトは、『いや、やっぱり、そいつは無理だ』って言い直すんだ。『これはおれの名前をつけたクラブなんだから、最後まで残っていないと』ってね。

『気分が悪いなら帰ったほうがいいよ』って勧めても、『いや』と拒むのさ。『おれはここにいる。マンサニジャ（シェリー酒）をすこし飲ませてくれ』

正直、酒を飲むのはどうかと思ったよ、だって、フィニトはそれまで何も食べてないんだし、胃の状態がひどく悪かったんだから。でも、酒でも飲まなきゃ、あの陽気な馬鹿騒ぎについていけないことは、すぐに見てとれた。だからわたしは、注意深く見てたんだ、フィニトがぐいぐい飲んで、マンサニジャをほとんどひと壜あけてしまうのを。

ハンカチをみんな駄目にしてしまったもんだから、フィニトはそのときナプキンを代わりに使っていた。

その頃になると宴会は飲めや歌えの大騒ぎになっていて、身軽な娼婦たちがクラブの会員たちの肩車で、テーブルのまわりを練り歩いていたっけ。パストラなんかは歌をうたわされて、エル・ニニョ・リカルドがギターを弾いたんだけど、これがまあ素晴らしくてさ、酔狂な親愛の情と歓喜が最高に盛りあがっていたよ。本物のフラメンコの熱狂があれくらい高揚した宴会なんて、お目にかかったこともないね。しかも、そのときになってもまだ、牡牛の首のお披露目をするところまではいっていなかった。それこそがあの宴会の大目玉だったんだけど。

わたしはもうわれを忘れるくらい楽しんでいたし、リカルドの演奏に盛大に拍手を送ったり、みんなと組んで、ニニャ・デ・ロス・ペイネスの歌に拍手の合いの手を入れるのに夢中になっていたから、フィニトがいつのまにか自分のナプキンを汚してしまって、わたしのナプキンにまで手を出しているのに気づかなかった。フィニトはもう浴びるようにマンサニジャを飲んでいて、目はきらきら輝いていたし、だれに対しても陽気にうなずいていた。あまり口をきかなかったのは、しゃべっている最中に、いつナプキンの厄介にならないとも知れなかったからさ。でも、表面では、心から寛いで、楽しんでいるように見せかけていた。ま、そもそも、そうやってフィニトに楽しんでもらうために、クラブの連中は彼をそこに招んでいたんだし。

宴会はそうして進行した。わたしの隣りにすわってたのは、闘牛士のラファエル・エル・ガヨのマネージャーだった男で、面白い話を披露してくれていた。その締めくくりはこんなだったよ。『で、ラファエルがおれのところに近寄ってきて言うのさ、〝あんたはこの世で最高の友人だ、あんたみたいに立派な男にはお目にかかったこともない。おれはあんたを実の兄弟のように愛している。だから贈り物をしたいんだ〟。そうしてやっこさん、美しいダイヤの飾りピンをおれに手渡し、両の頰にキスするんだ。感動の一瞬だったな。それから、ラファエル・エル・ガヨは、そう、おれに美しいダイヤの飾りピンをくれたガヨは、カフェから出ていった。おれは同じテーブルについていたレタナに言ったよ、〝あの根性の汚いジプシー野郎め、おれから別のマネージャーに乗り換えたんだ、きっと〟。すると、レタナが訊く、〝そりゃ、どういうこったい？〟。おれは答えたんだ、〝この十年間、あいつのマネージャーをつとめてきたが、その間、あいつから何かを贈られたことなど一度もなかった。つまり、飾りピンはお別れのしるしだってことよ。それしか考えられん〟』

まさしくその言葉の通りで、ラファエル・エル・ガヨはそうして彼のもとを離れていったんだとさ。

ところが、そのとき、パストラが話に割り込んできたんだよ。といっても、ラファエルの名誉を守りたいからじゃなくてね。だって、あの女くらい、日頃、ラファエルの悪口をさんざん垂れ流してたやつはいないんだもの。だから、そうではなくて、あのマネージャーが〝根性の汚いジプシー〟なんて言葉を使ってジプシーをけなしたのが気に食わなかったんだろうね。それにしてもあの女ときたら、あけすけな言葉で、すごい見幕で割り込んできたものだから、マネージャーは黙ってしまった。それでわたしがパストラを黙らせようと割り込んだところ、別のヒタナ（ジプシー）がわたしを黙らせようと割り込んできて、双方が大声でやり合ったものだから、もうだれが何を言っているのかもわからない騒ぎになって、聞きとれたのはただ一つ、〝淫売〟というあのご立派な言葉だけで、その言葉だけが他の言葉を蹴散らして響きわたっているうちにようやく静けさがもどって、話に割り込んだわたしら三人はしおらしくそれぞれのグラスを見下ろしていた。そのときだったんだよ、フィニトが怯えた顔で、まだ紫の布で覆われたままの牡牛の首をじっと見つめているのに気づいたのは。

そうしたら、クラブの会長が牡牛の首の披露に先立つ演説をはじめた。その演説の間中、拍手と〝オーレ（ブラヴォー）！〟という掛け声、それにテーブルを叩く音が鳴りやまなかったんだけど、わたしはじっとフィニトを見守っていた。フィニトは自分の、いや、わたしのナプキンに血を吐きながら、どんどん椅子に沈み込んでいって、正面の壁にかかった、紫の布で覆われた牡牛の首を、さも恐ろしげに、まるで魂を奪われたかのように、見つめているのさ。

演説が終わりにさしかかったころ、フィニトは首を振りはじめた、その間もますます深く椅子に沈み込みながらね。『どうしたんだい、あんた？』わたしは声をかけた。フィニトはわたしを見てもだれだかわからないらしく、ただ首を振っては呟いていた、『やめろ、やめてくれ、やめろ』とね。

クラブの会長は演説を終え、湧き起こる歓呼に包まれて椅子の上に立つと、牡牛の首を包んでいる紫の布の紐をほどいてゆっくりと引っ張った。すると、牡牛の角の一つに紐が引っかかってしまい、それをはずして、つやつやと輝く角から布をゆっくりとはがしていった。そしたら、とうとう、黒い角をまっすぐ前に振りたてた黄色い牡牛の首が姿を現した。角の白い先端はヤマアラシの針毛みたいにとがっていて、首全体がまだ生きているかのようだったね。額の毛も同じで、勢いよく逆巻き、目はらんらんと輝いて、フィニトをはったと睨みつけているのさ。

やんやの喝采と万雷の拍手。ところが、フィニトはますます深く椅子に沈み込んでしまう。そのうち部屋は静まり返って、みんなの視線がフィニトに集中する。するとフィニトは、『もういい、もういいんだ』と言って牡牛に目を凝らした。そして、なおも尻込みしてから、『もうやめてくれ！』と大声で叫んだのさ。そのとき、ごぼっと血を吐いたんだけど、ナプキンを口に当てようとしないもんだから、血は顎にしたたり落ちる。フィニトはひたすら牡牛の首に目を据えたまま、叫ぶんだ、『一年中闘牛場に立つのはかまわねえ。金を稼ぐのもいい。うまいものを食うのもいい。でも、おれはものを食えないんだ。わかるか？　胃袋の具合が悪いんだよ。でも、闘牛のシーズンは終わったんだ。もういい！　もういい！　もういいんだ！』そこでテーブルを見まわし、牡牛の首を見あげてから、最後に『もういい！』と叫んで、首をたれてしまった。そしてナプキンを口に当てると、それ以上何も言わずにすわっていた。あんなに見事なすべりだしを見せた宴会だったのに、そうだよ、賑やかさといい、親密な気分の盛りあがりといい、どこから見ても大成功間違いなしだったのに、最後の最後で宴会はぽしゃってしまったというわけさ」

「で、それからどのくらいたって死んだんだい、あの男は？」プリミティボが訊いた。

「その年の冬だったよ」ピラールは答えた。「結局、サラゴサで受けた最後の打撃、角の横なぐりでやられた傷から、フィニトは立ち直れなかったんだ。あの傷は、角の先でぐさっと突かれた場合よりひどくてね、傷が体の内部に響いて、なかなか治らないんだよ。最後の止めを刺しにいくとき、フィニトはたいていそれをくらってしまって、闘牛士として大成できなかったのもそのせいなんだ。背が低いもんだから、角の横なぐりを避けるのが難しかったんだね。必ずと言っていいくらい、あれをくらっちまうんだもの。

もちろん、かすり傷程度で終わるのがほとんどだったけど」

「あんなに背が低かったんだから、そもそも闘牛士を目指したことからして間違いだったんじゃねえのかい」プリミティボが言った。

するとピラールは、やれやれと言わんばかりにジョーダンを見やって首を振った。それから、なおも首を振りつつ鉄の大鍋の上にかがみこんだ。

なんてやつらだろう、とピラールは思っていた。なんてやつらだろう、スペイン人という人種は。〝あんなに背が低かったんだから、闘牛士を目指したことからして間違いだった〟と、おいでなすったよ。そう言われたって、言い返す気にはなれなかった。腹も立たないし、あれだけ説明してやったんだから、いまさら抗弁する気にもならない。無知だってことは、なんて気楽なんだ。ケ・センシーヨ（なんて単純な頭なんだろう、まったく）！　人は何も知らずに、〝たいした闘牛士じゃなかったよな、あいつは〟などと言う。何も知らずに、〝肺病持ちだっただろう、あいつは〟などと言う。そして、事情を知る人間の説明を聞いた後でも、〝あんなに背が低かったんだから、闘牛士を目指したことからして間違いだったんだ〟などとほざくのだ。

いま、炉の火の上にかがみこむピラールの脳裏には、ベッドに裸で横たわる褐色の体が見えてくる。両の太ももの、固く硬化した傷。胸の右側の肋骨の下には、火傷の跡のような、渦巻き状の深い傷跡が残っている。そして、脇腹から脇の下にかけて白く走るみみず腫れの跡。ピラールには見える、目を閉じた、いっこくそうな浅黒い顔。額から後ろにかきあげられた黒い巻き毛。ピラールはいま、ベッドの彼の隣りにすわって脚を撫でさすり、ふくらはぎの凝った筋肉をもんで、柔らかくほぐしている。拳で軽く叩いて、引きつった筋肉をほぐしている。

『どうだい？』ピラールは話しかける。『脚の感じはどうだい、フィニト？』

『だいぶいいよ、ピラール』フィニトは目を閉じたまま答える。

『胸もさすってやろうか？』

『いや。胸にはさわらないでくれ』

『じゃ、太ももは？』

『いや、かまわんでくれ。痛みがひどいんだ』

『でも、ゆっくり揉んで、薬を塗り込めば、あたたまって、よくなるんじゃないかい』

『いいんだよ、ピラール。すまねえな。いまはさわらないほうがいいと思うんだ』

『アルコールでふいてあげようか』

『ああ。そうっとな』

『この前の闘牛の首尾はすごかったね』ピラールが言うと、フィニトが答える。『ああ、うまく仕留めたからな』

それからフィニトの体をふいてやり、寝具で蔽ってから、ピラールはベッドにあがって彼の隣りに横たわる。フィニトは褐色の手をのばしてピラールにさわる。『おまえはめったにいねえ上出来の女だな、ピラール』それはフィニトがそれまで口にしたなかで、いちばんジョークに近い言葉だった。闘牛の後だと、フィニトはたいていすぐに寝入ってしまい、ピラールは横たわったまま両手で彼の手を包んで、その寝息に耳を傾けるのだ。

眠っている最中、フィニトはよくうなされて、こちらの手をきつくつかむ。見ると、彼の額には玉の汗が浮かんでいる。フィニトが目を覚ますと、『大丈夫だよ』とピラールは声をかける。するとフィニトはまた寝入ってしまう。そうやってピラールは五年間フィニトと暮らし、その間彼を裏切ったことは一度も、というか、ほとんどなかった。そして葬儀がすんだ後、ピラールはパブロと暮らすようになったのだった。当時のパブロは、ピカドールのまたがる馬を闘牛場のリングに引いてゆく役回りで、フィニトが生涯かけて仕留めつづけた牡牛たちにそっくりだった。だが、パブロのなかの牡牛の力も、牡牛の勇気も、結局は長つづきしなかったのだ、とピラールはいまにして思う。じゃあ、途切れずにつづいたものには何があるだろう？　わたしはつづいたじゃないか、とピラールは思う。ああ、わたしはたしかにつづいた。でも、いったい何のために？

「マリア」ピラールは呼びかけた。「すこしは手元に注意しておくれ。それは料理をするための火だよ。町を焼き討ちする火じゃないんだからね」

そのとき、ジプシーが洞窟にもどってきた。全身雪まみれで、ライフルを持ったまま足踏みして雪を落とした。

ジョーダンが立ちあがった。入口に歩み寄って、ジプシーに声をかけた。「どうだった、様子は?」

「大きな橋じゃ、二人ずつ六時間交代で見張りをしてたぜ。道路工事の詰め所には、伍長が一人に兵隊が七人。ほら、これ、あんたに借りた腕時計だ」

「製材所の哨所のほうは?」

「あそこは、爺さんが見張ってら。爺さんの位置だと、製材所と道路の両方とも見張れるはずさ」

「道路のほうの動きは?」

「たいした変わりはねえな。いつも通りだよ。車が何台か通っただけで」

ジプシーは寒そうだった。日焼けした顔が寒さですぼまり、両手も赤くなっていた。洞窟の入口に立ったまま上着を脱いで、雪を払い落とした。

「おれは敵の見張りが交替するまで、あそこにいたんだ。交替は正午と六時だった。ずいぶんと長い間隔だよな。あいつらの軍隊にいなくてよかったぜ」

「よし、爺さんを迎えにいこう」ジョーダンは言って、革の上着を着た。

「おれはごめんだ。いまは火にあたって、熱いスープを飲みてえんだ。爺さんのいる場所を他のやつに教えるから、そいつに案内してもらえよ。おい、そこでさぼってるやつら」テーブルについている男たちに声をかけた。「だれか、爺さんが街道を見張ってるところまで、このイングレスを案内してやろうってやつはいねえか?」

「おれがいってやる」フェルナンドが立ちあがった。「場所を教えてくれ」

「いいか」ジプシーが言った。「そこへいくにはな――」彼はアンセルモ老人が監視任務についている場所を、フェルナンドに教えた。

15

アンセルモは大木の幹の陰にうずくまっていた。吹雪が木の両側を吹きすぎる。彼はぴったりと木の幹に体を押しつけ、両手をそれぞれ上着の反対側の袖につっこんでいた。さしこめるだけ深くつっこんでいた。頭は思い切りすくめて、上着の襟深く埋めている。このままでいたら凍死するだろうな、とアンセルモは思った。それは無駄死にというもんだ。交替の時間までここで見張っているようにとイングレスに命じられたのだが、こんな雪嵐になろうとは、あのときイングレスも知らなかったはずだ。街道では不自然な動きはなかった。道路の向こう側、製材所の哨所の衛兵たちの配置や日課なども、すでにしっかりとつかんだ。もう洞窟にもどったほうがいい。常識を心得ているやつならだれでも、おれが洞窟にもどってくると思っているだろう。よし、もうすこしここで頑張ってからもどることにしよう。部下の立場からすると、あまり厳しい命令も考えものだ。もっと、状況の変化に即した行動が許されたっていい。両足をこすり合わせると、アンセルモは両手を上着の袖口から出して、かがみこんだ。両脚を撫でさすり、足首を叩いて血のめぐりをよくする。この木陰にいると風が当たらないので寒さもしのげるが、もうすこししたら歩きださなければなるまい。

うずくまったまま両足を撫でていると、道路を接近してくる車の音がした。タイヤ・チェーンをつけていて、そのつなぎ目の一つがバタバタと音をたてている。アンセルモはじっと目を凝らした。雪道をのぼってきた車のボディには、緑色と茶色のペンキが不規則に塗りたくられていた。窓は一面青く塗られているため、中を覗(のぞ)くことはできない。窓の青い塗装面に、一部半円形に透明な部分が残されていて、乗っている者はそこから外が見られるようになっていた。それは敵の参謀本部用に迷彩を施された二年前の型のロールズロイスだったのだが、そんなことはアンセルモにはわからなかった。中を覗けないその車中には、外套(がいとう)に身を包んだ三人の将校が乗り込んでいた。二人は後部シートに、一人は折りたたみ式のシートにすわっていた。折りたたみ式のシートにすわった将校は、青い窓の透明部分から外を見ていたのだが、それもアンセルモにはわからなかった。二人はどちらも相手の姿に気づかなかった。

降りこめる雪の中、車はアンセルモのすぐ真下にさしかかった。運転手の姿が見えた。鉄兜(てつかぶと)をかぶった赤ら顔の男。その顔と鉄兜が、着ている外套から突き出ているように見える。隣りに控えた従兵の持つ自動小銃の先端も見えた。次の瞬間、車は坂をのぼって遠ざかってゆき、アンセルモは上着の内側に手をつっこんで、ロバート・ジョーダンの手帳から引きちぎられた二枚の紙をとりだした。そこに、いま見た車のマークを書き込む。いまの車は、その日坂をのぼっていった十台目の車だった。そのうち六台がまた坂を降りてきて、四台はまだもどってきていない。車の移動数としては、いつもと大差ない。だが、アンセルモには、もっぱら峠と山岳の前線守備の師団参謀が使うフォード、フィアット、オペル、ルノー、シトロエンの各車と、参謀本部付きのロールズロイス、ランチア、メルセデス、イソッタ等の車の区別がつかない。ロバート・ジョーダンならその区別がついただろうし、もし老人の代わりにジョーダンがその場にいたら、その日、山をのぼっていった車群の重要性も認識できたはずだ。けれども、ジョーダンはそこにはおらず、アンセルモはただ手帳の紙片に、山をのぼっていった車のマークを記すにとどまった。

とにかく寒い。暗くなる前に洞窟にもどろう、とアンセルモは決めた。道に迷う心配はしていなかったが、これ以上そこにとどまっても無駄だと判断した。風は冷たくなる一方だった。雪が衰える気配もない。だが、いざ立ちあがって足踏みをし、吹きつける雪をすかして前方に目をやると、アンセルモはそのまま松の木の、風の当たらない側にもたれて、一歩を踏みだそうとはしなかった。

おれはイングレスから、ここにとどまれと命じられたのだ、と彼は思った。こうしているいまも、イングレスはこちらに向かっているかもしれない。もしおれがこの場を離れたら、イングレスはおれを探しているうちに雪中で迷ってしまうかもしれない。この戦争を通じて、おれたち共和派は軍規の欠如と命令違反のために失敗を重ねてきた。そうだ、ここでもうすこしイングレスを待つことにしよう。しばらく待っても彼が現れなかったら、そのときは命令を無視して洞窟にもどることにする。おれには報告することがあるのだし、これからも果たすべき任務がいろいろとあるからだ。ここで凍死したって、味方の迷惑になるばかりで何の役にも立たない。

道路の向こう側、製材所の煙突からは煙が立ちのぼっている。雪のなか、風に運ばれてくるその臭い(におい)を、アンセルモはかぐことができた。ファシストのやつら、暖かくしてるんだろうな、と彼は思った。いまはみんな寛い(くつろい)でいるんだろうが、明日の晩にはあの連中を殺すことになる。なんだか妙な感じだ。そのことは考えたくない。きょうは一日中、あの連中を見張っていたが、あいつらもおれたちと同じ人間だ。もしあの製材所まで歩いていって、扉を叩いたら、あいつらはたぶん喜んでおれを迎え入れるだろう。だが、あの連中には、旅人を見たらだれかれかまわず素性を問いただして、通行証を提示させせろ、という命令が出されている。おれたちを分け隔てているのは、上官からの命令だけだ。あの連中はおそらくファシストでもない。おれは便宜上そう呼んでいるが、たぶん、ちがう。おそらく、おれたちと同じ貧乏人なのだ。絶対に、おれたちと戦うべきじゃない。あの連中を殺すことなど、考えたくない。

アンセルモは思った。あの哨所に配属されているのは、たぶん、ガリシア人だ。きょうの午後、あいつらが話し合っているのを聞いて、わかった。あいつらはたとえ脱走したくても、家族が銃殺されるのが怖くて、できない。ガリシア人は、すごく頭がいいか、すごく愚鈍で残忍か、のどちらかだ。おれは両方のタイプを知っている。スペイン人なのにソ連軍の将軍に成り上がった共和派のリステルは、フランコと同じガリシアの町の出身だ。あのガリシア人のやつら、こんな時節に降る雪をどう思っているかな。ガリシア地方にはこんな高い山はない。あそこじゃしょっちゅう雨が降っていて、草木は一年中緑なんだ。

製材所の窓に明かりがともった。アンセルモは震えながら思った、くそ、あのイングレスめ！　あのガリシア人のやつらは、ここ、おれたちの郷土の家でぬくぬくとしているのに、おれはこうして木陰で震えている。ふだんもみんなと、まるで獣のように岩場の穴の中で暮らしているんだ。しかし、明日にはおれたち獣の群れは穴から抜けだし、いまああして楽をしている連中は毛布にくるまれたまま死ぬことになる。そう、以前おれたちがオテロに夜襲をかけた際、暗闇(くらやみ)の中で死んだ連中のように。オテロのことは、あまり思いだしたくなかった。

アンセルモが初めて人を殺したのが、オテロの、あの夜だった。この哨所でも、あまり逼迫(ひっぱく)した状況で敵を殺すのは気が進まない。オテロでは、アンセルモが敵の歩哨に毛布をかぶせて押さえつけたところを、パブロがナイフで突き刺したのだ。敵の歩哨はアンセルモの足をつかんで離さなかった。毛布の下で暴れながら大声でわめくので、アンセルモは毛布をまさぐりながらナイフで突き刺すしかなかった。歩哨が彼の足を離して、静かになるまで、刺しつづけるしかなかった。声を出させまいと歩哨の喉に両膝でのしかかり、何度もナイフで刺すうちに、パブロが、敵の衛兵たちの眠る部屋に、手榴弾を窓から投げ込んだのだった。閃光がひらめいたときは、全世界が目の前で赤と黄色に炸裂したかのようだった。手榴弾はさらに二発用意されていた。パブロはピンを引き抜くなり素早く窓から投げ込んだ。眠っている最中、最初の手榴弾であの世行きにならなかった連中も、ベッドから起きあがったところを二発目の手榴弾の炸裂で吹っ飛ばされた。あれこそは、パブロがタタール人のように敵地を蹂躙していた全盛時代のひとこまだった。当時は、夜間、ファシストの哨所で安眠できる敵兵は一人もいなかったほどだ。

それなのにいま、パブロは去勢された牡の猪のように腑抜けになってしまった、とアンセルモは思う。去勢の術が終り、悲鳴が止んで、二個の睾丸が投げ捨てられる。すると、いまや牡ではなくなった猪は、鼻先で地面をあさりながらそれを探し当てて、食らうのだ。いや、いくらあいつでもそれほどひどくはあるまい。アンセルモはにやっと笑った。いくらパブロでも、そこまで悪しざまに言っては可哀想だ。だが、あいつは目も当てられないくらいに変わってしまった。醜悪そのものだ。

それにしても寒いな、とアンセルモは思った。早くイングレスがきてくれないものか。こんな状況下であの哨所の連中を殺すのは、ぞっとしない。あの四人のガリシア人と伍長は、人を殺すのが好きなやつに任せればいい。イングレスもそう言っていた。それがおれの任務だというならやってみせるが、おれの任務はイングレスを助けて橋を爆破することで、哨所の始末は他のやつに任せればいいんだ。イングレスもそう言っていた。橋の爆破にとりかかったら、戦闘が起きるだろう。その戦闘を切り抜けられたら、おれは、一介の老人がこの戦争でなし得ることを見事なしとげたことになる。それはともかく、イングレスのやつ、早くきてくれないものか。いまもこんなに寒いのだし、ガリシア人のやつらが寛いでいるに相違ない製材所の灯を見ていると、よけい寒くなる。この戦争が終って、またおれの家にもどれればいいのだが。しかし、いま、まともな家などはこの国のどこにも存在しない。まずもってこの戦争に勝たないことには、自分の家になどもどれないのだ。

そのとき、製材所の中では、ファシスト側の三人の兵士たちの一人が寝台に腰かけて、長靴に油を塗っていた。二人目の兵士は寝台で眠っていた。三人目の兵士は料理をしており、伍長は書類を読んでいた。彼らの鉄兜は壁に打ち込まれた釘にかかっており、ライフルは板壁に立てかけられていた。

「そろそろ六月だというのに雪が降るとは、なんて国でしょうね、いったい？」寝台に腰かけた兵士が言った。

「めったにあることじゃないな」伍長が応じる。

「いまは五月なんですからね」料理番の兵士が言った。「五月はまだ終わってないんですから」

「五月に雪が降るとは、なんて国でしょうね？」寝台に腰かけた男が、くり返した。

「このあたりの山間部じゃ、五月に雪が降るのは珍しくない」伍長が言った。「五月にマドリードにいたときは、他のどの月よりも寒かったことがあるからな」

「それに、暑かったりもしたんでしょう」と、料理番の兵士。

「五月というのは、気温の差の激しい月なんだ」伍長が言った。「このカスティーリャでは、五月はかなり暑い月であると同時に、えらく寒くなる月でもある」

「それに、雨も降りますよね」寝台に腰かけた兵士が言った。「この五月は毎日のように降ったじゃないですか」

「降るもんか」料理をしている兵士が言う。「おまえの言う、この五月ってのは四月のことだろうが」

「おまえたちの月の話を聞いていると、頭がおかしくなってくるぞ。月の話など、もう止めとけ」

「海べりや郊外に住んでる人間なら、だれだって知ってますぜ、大事なのは暦の月じゃなく、お月さまの変化だって」料理番の兵士が言った。「たとえば、いまは五月のお月さまになったばかりだけど、暦の上では六月に近づいているんです」

「じゃあ、どうしてはっきりと季節が移り変わらないんだ?」伍長が言った。「おまえの意見を聞いてると頭が痛くなってくるぞ、本当に」

「伍長殿は町の出身ですよね」料理番の兵士は言った。「ルゴの出身だ。海や郊外のことで、どんなことをご存知です?」

「おまえたち、海や郊外から学ぶアナルファベトス(無学な連中)より、町で暮らす連中のほうがずっと物知りだぞ」

「今月はイワシの最初の大群がやってくるんですよ」料理番の兵士は言った。「サバはもう北に移動してしまっていて、いまごろはイワシ漁の船が準備に大わらわです」

「おまえ、ノヤの出身なら、なぜ海軍に入らない?」

「なぜかっていうと、わたしの本籍は住み慣れたノヤではなく、生まれた町のネグレイラだったたからです。ネグレイラが本籍の人間は、みんな陸軍にとられることになってるんですよ」

「そうか、そいつは運が悪かったな」

「でも、海軍だって危険はつきものだぞ」寝台に腰かけている兵士が言った。「戦闘に巻き込まれる可能性がなくたって、冬の沿海は危険ですからね」

「何にせよ、陸軍よりひどいところはないさ」伍長が言った。

「伍長殿がそんなことを言うなんて」料理番の兵士が言った。「いいんですか、軍の悪口を言ったりして？」

「ちがう、ちがう」伍長は言った。「おれは、おれたちを待ちかまえる危険のことを言ってるんだよ。敵の爆撃に耐えなきゃならんこと。ときには出撃しなきゃならんこと。陣地にこもらなけりゃならんこと。そういうことさ」

「でも、ここにいる限り、そういう目にはあまりあわんでしょう」寝台に腰かけている兵士が言う。

「神様のご配慮によってな。しかし、いつまたそういう危険な目にあうかもわからん。こんな楽な任務が永遠につづくわけはないからな！」

「この任務、いつまでつづくでしょうかね？」

「さあな。戦争が終わるまで、ずっとこのままだといいが」

「六時間の当直任務は長すぎませんか」料理をしている兵士が言った。

「この嵐が止むまでは、三時間にしてもいい。それが普通なんだ」

「そういえば、きょう通っていった参謀本部の車、どう思いました？」寝台に腰かけている兵士が訊いた。「ああいう体裁の車、気に入らないんですがね」

「おれも気に入らんさ」伍長が言った。「ああいう車が通るのは、何か悪い前兆のような気がするんでな」

「それと、爆撃機の編隊」と、料理番の兵士。「あれもやっぱり悪い前兆じゃないですかね」

「しかし、味方の空軍は強力だからな。赤のやつらには、あれだけの空軍はないはずだ。けさ飛んでいったような爆撃機を見ると、だれでも安心するだろうが」

「まだ強力だった頃の赤の軍用機を見たことがありますがね」寝台に腰かけている兵士が言った。「双発の爆撃機で、あれにやられたときはこわかったですぜ」

「たしかにな。しかし、やつらのは味方の空軍ほど強力じゃない。こっちの空軍は天下無敵なんだから」


雪に降りこめられたアンセルモが、製材所の灯のともった窓と道路を見守っていたとき、製材所の中ではそういう会話が交わされていたのだった。アンセルモは考えていた——この先、殺す役目を負わされなけりゃいいんだがな、と。戦争が終わった暁には、人殺しに対する悔悟の儀式が大々的に行われてしかるべきだ。戦争が終ってカトリックが打倒され、宗教なんてものがなくなったとしても、みんなの殺人の罪が清められるように、市民レヴェルで、なんらかの贖罪の儀式が営まれたほうがいい。さもないと、生きていくための、真実の人間的な基盤を、おれたちは永遠に失ってしまうはずだ。もちろん、戦っているあいだは、ときに殺人も必要なことはわかっている。と言っても、人間が人間を殺すことは、やはり悪いことなのだ。だから、この戦いが終って、おれたちが勝利したときには、おれたち全員の罪を洗い清める何らかの儀式が行われなければ。アンセルモはそう思った。彼は善良な男だから、長時間一人きりになると――それがしょっちゅうなのだが――この、人殺しの問題を、つい考えてしまうのだった。あのイングレスはどうなんだろう、とアンセルモは思った。自分は気にしない、とあの男は言っていた。だが、ああ見えてあの男は、神経がこまやかだし、優しいところもある。もしかすると、若い世代の連中にとっては、これはさほど気にするようなことではないのかもしれない。外国人や、おれたちと異なる宗教を信仰している連中は、物の見方がちがうのかもしれない。だが、人を殺すやつはだれだって、いずれは大きな苦しみを味わうものだし、たとえ必要だろうと、それが大きな罪であることは間違いない。おれたちは結局、後になって、何かしら普通じゃないことをして罪を償わなければならないのだ。

周囲は暗くなっていた。道路の向こうの灯火を見ながら、アンセルモは胸を叩いて体を温めた。さあ、いまこそ洞窟にもどらなければ、と彼は思った。が、何かが彼を、道路を見下ろす木のそばに引き留めた。吹雪はますます激しくなっている。アンセルモは思った――あの橋を、いっそ今夜爆破すればいいのに。こういう夜なら、あの哨所を奪って橋を爆破するのは造作もないことだ。ごく簡単に片づけられるだろう。こんな晩には、何をやってもうまくいくはずだ。

それからアンセルモは、木にもたれて軽く足踏みをした。橋のことは、もう考えなかった。暗闇が訪れると、彼はいつも孤独感に襲われる。今夜はあまりにも寂しくて、飢えにも似た空虚な穴が胸にぽっかりとあいた。昔は祈りを唱えることでこの孤独を癒(いや)すことができた。猟をした帰り道など、同じ祈りの文句を何度もくり返し唱えたものだった。すると、気持ちもすっきりと晴れたのである。だが、この戦争に身を投じて以来、祈りを唱えたことは一度もない。できれば唱えたいのだが、反カトリックの陣営に身を投じている以上、それは偽善的な、ずるい行為だと思う。同じ葛藤(かっとう)を味わっている仲間たちをさしおいて、自分だけが神の恩寵(おんちょう)を乞(こ)いねがったりはしたくない。

そうだ、とアンセルモは思った。おれは孤独だ。が、それはどの兵士たちもみな同じなのだ。兵士たちの妻も、家族や両親を失った者たちも、みな同じなのだ。おれにはいま、女房がいない。が、この戦争がはじまる前に女房がこの世を去ったのはよかったと思っている。女房にはこの戦争が理解できなかっただろう。おれには子供もいないし、今後も持つことはあるまい。何もすることがない日中も孤独だが、こうして日が暮れると耐えがたいほど寂しくなる。だが、いかなる人間も、いかなる神も、このおれから奪いとることができないものが一つある。おれは共和国のために全身全霊をあげて尽くしてきたという事実だ。いずれおれたちみんなが共有する良き未来のために、おれは働いた。この戦争の勃発時からおれは最善を尽くしてきたし、恥ずべきことは何一つしなかった。

ただ一つ心に引っかかっているのは、殺しのことだ。だが、それを償う機会はいずれ絶対に訪れるにちがいない。なぜなら、この戦時、その類の罪を担っている人間は大勢いるに相違ないからで、それを救済する何らかの方法が必ず将来、案出されるはずだからだ。この件については、イングレスともそのうち話し合ってみたい。ただ、あの男はまだ若いから、おれの心の裡がわかってもらえないかもしれないが。この、人殺しの件については、あのイングレスも前に触れたことがある。いや、あれはおれのほうから持ちだしたんだっけかな？　あの男、すでに何人も殺しているはずだが、それで悦に入っているような素振りは見せなかった。人殺しを好むような人間は、どこかしら堕落した雰囲気を漂わせているものだ。

　これは実際、大罪にちがいないのだ、とアンセルモは思った。なぜなら、それは、たとえ軍事上必要だとしても、実行する根源的権利などだれにもない唯一のことだからだ。ところが、このスペインでは殺人が――その必要性などまったくないのに――実に安直に行われる。不正な決定が短兵急に下されて、それが後日糺されることもまずない。こんなことをくよくよ考えずにいられたら、どんなにいいことかと思う。罪滅ぼしの手段があって、それをいますぐにでも実行できたらと思う。なぜなら、おれはこの人生でさまざまなことをしてきたが、独りになると必ず後悔する唯一のことが、それだからだ。それ以外のことならたいてい許されるし、何か親切な行為や見あげた行為をすることで償う機会もある。ところが、この殺人という行為だけはどうしようもない大罪で、だからこそなんとか償いたいのだが。いずれ後世、人が国家のために貢献できる日がくるだろうし、罪を償えるような何かをなしとげる日もくるだろう。それは教会の全盛時に信徒が金で贖ったような何かかもしれんなと思って、アンセルモは笑った。実際、罪という問題を解決するために、教会くらい巧妙に組織されていた団体はないんじゃないのか。そう思うと面白くて、なおも暗闇の中でにやついていると、ロバート・ジョーダンが近寄ってきた。彼は音もなく近寄ってきたので、すぐそばにくるまでアンセルモは気づかなかった。

「オラ・ビエホ(やあ、爺さん)」ジョーダンはささやいて、老人の背中を叩いた。「調子はどうだい?」

「えらく寒いね」アンセルモは答えた。フェルナンドはすこし離れて、吹雪に背を向けて立っている。

「さあ、いこうぜ」ジョーダンはささやいた。「洞窟にもどって、あったまってくれ。こんなに遅くまで、悪かったな」

「あれがやつらの灯火ですよ」アンセルモは指さした。

「歩哨はどこにいる?」

「ここからは見えません。カーヴしている道路の向こう側にいるので」

「ま、いまはどうでもいい。詳しい話は洞窟で聞く。さあ、いこう」

「全体の状況を教えますよ」

「それも、明日の朝にしよう。さあ、これを飲むといい」

ジョーダンは水筒を老人に手渡した。アンセルモはそれを傾けて、ぐいっと飲んだ。

「うっ」と言って、口を拭う。「なんだか喉を火が伝い落ちたみたいでさ」

「さあ」ジョーダンは闇の中で促した。「いこう」

周囲は真っ暗闇で、目に映るのは吹きすぎる雪片とごつごつした松の黒い幹くらいのもの。フェルナンドはすこし上のほうに立っている。あの、タバコ屋の店頭のインディアン像もどきを見ろ。あいつにも、飲ませてやったほうがいいな。

「おい、フェルナンド」近寄りながら、ジョーダンは声をかけた。「一口、飲むか?」

「いや。けっこうだよ、ありがたいが」

ありがたいのはこっちのほうさ、とジョーダンは思った。この、タバコ屋の店頭のインディアン像もどきが断ってくれたのは、ありがたい。もう、あまり残っていないのだ。それにしても、この老人に再会できてよかった、とジョーダンは思った。アンセルモの顔を見て、もう一度背中を叩く。彼らは山をのぼりはじめた。

「あんたに会えて嬉しいよ、ビエホ」ジョーダンはアンセルモに言った。「気分が落ち込んだときも、あんたに会うと元気が出るからな。さあ、洞窟にもどろう」

彼らは雪を衝いて山をのぼった。

「パブロの宮殿にもどるんだ」ジョーダンはアンセルモに言った。スペイン語で言うと、響きが格別だった。

「エル・パラシオ・デル・ミエド（恐怖の宮殿）にですね」

「ラ・クエバ・デ・ロス・ウエボス・ペルディドス*（失われた卵の洞窟）にさ」ジョーダンは楽しげにアンセルモの言葉にかぶせて言った。

「何の卵だって?」フェルナンドが訊く。

「冗談だよ」ジョーダンは言った。「単なる冗談さ。本物の卵じゃない。あの連中を指して言ったんだ」

「でも、あいつらが失われた、ってのは、どういうわけなんだ?」

「さあね。あんたに説明するには本が一冊必要だな。ピラールに訊いてくれ」

ジョーダンはアンセルモの肩に腕をまわし、きつく抱き寄せて歩きながら肩を揺すった。「なあ、あんたに会えて本当に嬉しいよ。この国で、命じられた場所にちゃんと居残っている人間を見つけるのがどんなに貴重な体験か、あんたにはわからんだろう」

この老人を前に、この国に対するどんな悪口も言えるということ自体、ジョーダンが老人に対して抱く信頼感と親愛感の深さを示していた。

「わたしも嬉しいですよ、あなたに会えて」アンセルモは言った。「でも、実は、そろそろ洞窟にもどろうとしてたところだったんで」

「もどるのは無理だっただろう」ジョーダンは楽しげに言った。「その前にあんた、凍死してただろうから」

「上のほうの様子はどうでした？」

「順調だったね。すべて順調だ」

ジョーダンはいま、革命軍の指揮官だけが味わえる、めったにない、突然の幸福感に酔っていた。それは、すくなくとも部隊の両翼の一方が保持されていることを知った喜びだった。もし両翼のいずれもが保持されていたら、思わず眉に唾をつけるだろう。にわかには信じられないと、だれもが思うはずだ。そして、どの程度充実した翼であれ、その最先端は一人の男になる。そう、一人の兵士に。それはジョーダンの欲するような公理ではない。が、ともかくも、この男、アンセルモは善良なやつだ。一人の善良な男だ。いずれ戦闘を開始するとき、あんたには左翼を守ってもらう。それはまだ伝えないほうがいいだろう。戦闘としては、かなり小規模のものになるはずだ。が、それは秀逸な戦闘になるはずだ。おれは以前から、独力で立案した戦闘を指揮したいと思っていた。あの百年戦争でイギリス軍が決定的な勝利をおさめたアザンクールの戦い以降の戦闘を振り返って、おれは以前から、誤った作戦が実行された場合の原因について、自分なりの考えをまとめてきた。今回の戦闘を、おれは秀逸なものにするつもりだ。そう、小規模ではあっても、考え抜かれたものに。練りに練った作戦どおりに実行できれば、第一級の戦闘になることは間違いない。

「なあ」ジョーダンはアンセルモに言った。「あんたにあそこで会えて、本当に嬉しいよ」

「わたしも嬉しいですよ、あなたに会えて」老人は答えた。

闇のなか、風に背を向けて一歩、一歩、坂をのぼってゆく。吹きすぎる雪嵐を衝いてのぼりながら、アンセルモは孤独ではなかった。イングレスに肩を叩かれてから、孤独ではなかった。陽気で嬉しげなイングレスを相手に、冗談を言い合った。万事順調だとイングレスは言っていて、何かを気に病んでいる様子は微塵もない。胃の中のアルコールがアンセルモを温めてくれたし、のぼっているうちに足も温まってきた。

「道路では、たいした動きはありませんでしたな」アンセルモは言った。

「そいつはけっこう。洞窟にもどったら、メモを見せてくれ」

アンセルモはいま幸せだった。命じられた監視地点を動かずにいてよかった、と思っていた。

ジョーダンは、この老人が早めに洞窟にもどってきたとしても非難はされなかっただろう、と考えていた。この悪天候を考慮すれば、賢明で妥当な行為だと見なされたにちがいない。だが、この老人は命じられた場所を動かなかった。このスペインでは、まずめったにあることではない。嵐に遭っても逃げださないという行為は、多くのことに比肩する。ドイツ人が攻撃を嵐になぞらえるのも、故ないことではない。嵐に遭っても逃げださない男が、もう二人くらいいるといいのだが。ぜひとも、いてくれるといいのだが。あのフェルナンドは、逃げださないうちに入るだろうか？　可能性はある。すぐ老人を探しに出かけよう、と言ってくれたのはあの男なのだから。彼を勘定に入れていいだろうか？　たぶん、かまうまい。とにかく、頑固なやつであることは間違いない。すこし、探りを入れてみたほうがいいだろう。あの、タバコ屋の店頭のインディアン像もどきは、いま何を考えているのか。

「おい、いま何を考えてるんだい、フェルナンド？」ジョーダンは訊いた。

「なんでそんなことを訊くんだ？」

「気になったからさ。おれはすごく好奇心の強い男でね」

「晩めしのことを考えていたな」

「食べることが好きなんだな？」

「ああ。めっぽう好きだよ」

「ピラールのつくる料理はどうだい？」

「まあ、並みだな」

無愛想な点ではクーリッジ大統領級だ、とジョーダンは思った。だが、この男、逃げださないほうの数に入るような気がする。

雪の舞う中を、三人の男は重い足どりでのぼっていった。

16

「エル・ソルドがきてたんだよ」ピラールがロバート・ジョーダンに伝えた。ジョーダンとアンセルモは雪嵐(ゆきあらし)を逃れて、煙のよどんだ、暖かい洞窟(どうくつ)にもどってきたところだった。ピラールは顎(あご)をしゃくって、もっと中に入るようジョーダンに促した。「それから、馬を調達しにいったんだ」

「それはよかった。何かぼくに伝言は？」

「ただ、馬を見つけてくる、とだけ」

「こっちはどうすればいい？」

「ノ・セ（さあね）。あれを見てごらん」

洞窟に入ったときから、ジョーダンはパブロの姿を目に留めていた。パブロのほうでもジョーダンを見てにやついていたのだ。テーブルに向かったままこちらを見ると、パブロはまたにたっと笑って手を振った。

「イングレス」声をかけてきた。「まだ雪がやまねえな、イングレス」

ジョーダンはうなずいた。

「靴を脱いで。乾かしてあげる」マリアが言った。「この火の上に吊るしてあげるから」

「燃やさないようにたのむ。裸足でこのあたりを歩きまわるのは願い下げだ」それから、ピラールのほうを向いてジョーダンは訊いた。「どうしたんだい？　作戦会議でもやってるのかい？　それにしては歩哨も立ってないが」

「この雪のなかでかい？　ケ・バ（冗談じゃない）」

テーブルには六人の男がついていて、いずれも壁にもたれていた。アンセルモとフェルナンドはまだ上着の雪を払い落としたり、ズボンをはたいたり、入口のわきの壁を蹴って靴の雪を落としたりしていた。

「上着を貸して」マリアが言う。「そのままじゃ、雪が上着についたままとけちゃう」

ジョーダンは上着を脱ぎ、ズボンの雪をはたき落としてから靴のひもをほどいた。

「それじゃ、どこもかしこも濡れちまうよ」と、ピラール。

「こっちに入れと言ったのは、あんたじゃないか」

「でも、雪をはたくときくらいは、入口にもどってもらいたいもんだ」

「たしかに、悪かったな」裸足で土間に立ったまま、ジョーダンは言った。「靴下を一足、持ってきてくれないか、マリア」

「お偉いご主人さまの命令だね」ピラールは言って、薪を一本、火にくべた。

「アイ・ケ・アプロベチャル・エル・ティエンポ（時間は有効に使ったほうがいいからね）」

「ねえ、この袋、鍵がかかってるんだけど」

マリアに言われて、

「これであけてくれ」ジョーダンは鍵を投げてやった。

「この袋の鍵には合わないわよ」

「もう一つの雑囊だよ。靴下は蓋に近いわきのほうにつめてある」

マリアは靴下を見つけた。雑囊を閉じて鍵をかけ、靴下を鍵と一緒に持ってきた。

「はい、これ。そこにすわって、はいてね。足をよく揉むのよ」

ジョーダンはマリアに微笑いかけた。

「きみの髪で、きれいにふいてもらえないかな？」わざとピラールに聞こえるように言ってやる。

「まあなんて横柄な男だろう」ピラールは言った。「最初はお偉いご主人さまで、こんどは革命前の救世主もどきじゃないか。その薪でひっぱたいておやりよ、マリア」

「それはご勘弁」ジョーダンはピラールに言った。「すごく気分がいいんで、冗談を言ってるだけなんだから」

「そんなにいい気分なのかい？」

「ああ。万事、順調に進んでるんでね」

「ロベルト」マリアが言った。「そこにすわって、足を乾かしなさいよ。体があったまるようなものを持ってきてあげる」

「なんだか、その男が生まれて初めて足を濡らしたような騒ぎじゃないか。雪だって、初めて降ったわけじゃあるまいし」ピラールが言う。

マリアは羊の皮を一枚持ってきて、汚れた土間に敷いた。

「ほら。靴が乾くまで、そこに足をのせておけば」

羊の皮は乾燥させたばかりで、まだなめされていない。靴下をはいた足をのせると、羊皮紙のようにパリパリとこわばっているのが感じられた。

炉の火がいぶっているのに気づいて、ピラールがマリアを叱（しか）った。「ほら、ちゃんと火をおこさないと。だめじゃないか。燻製（くんせい）場じゃないんだからね、ここは」

「悪いけど、自分でおこして。いま、エル・ソルドが持ってきてくれたお酒を探してるんだから」

「それなら、イングレスの雑嚢の後ろにあるよ。なんだい、まるで乳飲み子の面倒を見るみたいに彼にかしずこうってのかい？」

「ちがうんだったら。この人、全身が濡れて寒がってるわけでしょう。たったいま、わが家にもどってきたところだと思って、世話してあげてるだけ。あ、ここにあった」マリアは酒のボトルをジョーダンのところに持っていった。「きょうのお昼に飲んでいたお酒よね。この壜、使い方しだいで、すごくきれいなランプになりそう。また電気が復活したら、この壜で素晴らしいランプができると思うな」胴がくびれたボトルを、賛嘆の目で眺めながら、「ねえ、これ、どうやって飲むの、ロベルト?」

「ぼくはイングレスじゃなかったのかい」

「他の人がいるところでは、ロベルトって呼ぶことにしたの」小声で言って、マリアは顔を赤らめた。「ねえ、飲んでみたら、ロベルト?」

「ロベルト」パブロがもったいぶった口調で言い、ジョーダンに向かってうなずいた。「飲んだらどうだい、ドン・ロベルト」

「あんたもやってみるか?」

ジョーダンが声をかけると、パブロは首を振った。「おれはワインでいい気持ちになってるところだからな」そっくり返って言う。

「じゃあ、好きなだけバッカスと付き合うがいい」ジョーダンはスペイン語で言った。

「バッカスってな、だれだい?」

「あんたの同志だよ」

「聞いたことがねえな、そんな名前は」重々しい口調で、パブロは言った。「この辺の山の中じゃ、一度も聞いたことがねえぞ」

「アンセルモに、カップをわたしてくれ」ジョーダンはマリアに言った。「本当に寒がってるのは、あの爺さんなんだから」

ジョーダンは乾いた靴下をはいているところだった。カップについで水で割ったウイスキーは、すっきりした味がして、体もすこしあたたまってくる。が、アブサンのように、熱いものが一気に体をかけめぐる感じとはちがう。やはり、アブサンは独特なのだ。それにしても、こんなところでウイスキーが飲めようなどと、だれが想像するだろう、とジョーダンは思った。が、考えてみれば、ラ・グランハはたしかに、スペインのどこよりもウイスキーを入手しやすい場所だ。エル・ソルドは、客として迎えた〝爆破屋〟のためにこのボトルを入手したばかりか、わざわざここまで持ってきて、置いていってくれたのである。それは単なる儀礼的な行為ともちがう。単なる儀礼に従うだけなら、このボトルをとりだして、礼儀正しく二人で杯を重ねればそれですむ。フランス人などがやりそうなことだ。フランス人は残った分をとっておいて次の機会に利用しようとするだろう。ところが、エル・ソルドはちがった。彼は、客がそれを気に入ったと知ると、もっと楽しんでもらおうと、わざわざボトルを持ってきてくれるのだ。しかも、他人をあてにできない緊急の仕事を抱えているときにそうしてくれるのだから、これこそ本当の心遣いというものだろう——これがスペイン流なのだ。まあ、スペイン人の一つの典型と言っていい。好みのウイスキーをわざわざ持ってきてくれる。だから、おれはこの国の人々が好きなのだ。といって、彼らを手放しで美化することも控えたほうがいい。

アメリカ人にもいろんなやつがいるように、スペイン人にもいろんなやつがいる。それでも、わざわざウイスキーを持ってきてくれたとは、なんと気がきいていることか。

「どうだい、うまいかい？」ジョーダンはアンセルモに訊いた。

老人は炉のそばにすわって、笑みを浮かべている。大きな両手でカップを持っていたが、ジョーダンに訊かれて首を振った。

「なんだ、うまくないのか？」ジョーダンはたずねた。

「マリアが水で割ってしまったんで」

「あたしはロベルトの飲み方にならったんだけど」と、マリアは言った。「あなたは、何か特別な飲み方をするの？」

「いや。特別な飲み方なんぞするもんか。ただ、こいつが喉（のど）を通るとき、かっと熱く焼けるようでないとな」アンセルモは答えた。

「じゃあ、それはぼくが引き受けるから」ジョーダンはマリアに言った。「爺さんには熱く焼けるようなのをついでやってくれ」

カップを傾けて中身を自分のに移し、空のカップをマリアに返した。マリアはボトルから慎重にそこについだ。

「うん」カップをつかんだアンセルモは、頭をのけぞらせて、ウイスキーを一気に喉に流し込んだ。壜を手にしたマリアのほうを見て、涙を流しながら片目をつぶってみせる。

「これ、これ、これだって」唇を舐めまわして、「腹に巣食った虫も、こいつでイチコロさ」

「ねえ、ロベルト」ボトルを持ったまま、マリアはジョーダンのもとに歩み寄った。「そろそろ食事にする？」

「用意はできてるのかい？」

「あなたの食べたいときに、いつでも食べられるから」

「他の連中は、もうすませたのかな？」

「ええ。残ってるのは、あなたとアンセルモとフェルナンドだけ」

「じゃあ、食べよう。きみは？」

「あたしは後からピラールと一緒に食べる」

「ぼくらと一緒に食べればいいじゃないか」

「だめよ。それはいけないの」

「そんなこと言わずに、食べよう。ぼくの国じゃ、まず女が食べて、それから男が食べるんだ」

「それはあなたの国の習慣でしょう。この国では、女は後で食べたほうがいいの」

「面倒くせえ、一緒に食べりゃいいだろうが」テーブルから顔をあげて、パブロが言った。「食うのも一緒、飲むのも一緒、寝るのも一緒、死ぬのも一緒だ。そいつの国の習慣どおりにしてやれや」

「もうできあがってるのか?」ジョーダンはパブロの前に立った。無精ひげを生やした、薄汚れた顔の男は、楽しげにジョーダンを見あげる。

「おうよ」パブロは言った。「女が男と一緒にめしを食うというおめえの国は、どこなんだい、イングレス?」

「エスタドス・ウニドス(合衆国)のモンタナ州というところだ」

「そこだな、男が女みてえにスカートをはく国ってのは?」

「いや。それはスコットランドだよ」

「だけどな、いいかい」パブロは言った。「おめえがああいうスカートをはくときはよ、イングレス――」

「おれはスカートなどはかない」

「おめえがああいうスカートをはくときは」パブロはつづけた。「あの下に何をつけるんだい?」

「スコットランド人が何をつけるのかは、知らないね。そういう疑問は、おれも抱いたことがあるが」

「エスコセセス(スコットランド人)じゃねえよ。エスコセセスのことなんざ、どうでもいい。そんなけったいな名前の国民のことなど、知ったこっちゃねえや。ああ、どうだっていい。おれが知りてえのはおめえのことよ、イングレス。なあ、おい、おめえの国じゃ、スカートの下に何をつけてるんだ？」

「おれはスカートなどはかないと、もう二度も言ったぞ。どんなに酔っ払おうと、冗談のつもりでも、スカートなどはくもんか」

「だがよ、おめえのスカートの下には――」パブロは執拗（しつよう）にくり返した。「おめえたちがスカートをはくのは、有名な話じゃねえか。兵隊どもだってはくんだろう。そんな写真を見たことがあるぜ。プライスのサーカスでも見たことがあら。なあ、おい、イングレス、スカートの下には何をつけてるんだい？」

「じゃあ、教えてやろう、コホネス（きんたま）だよ」ジョーダンは言った。

アンセルモが笑った。周囲で耳をそばだてていた他の連中もどっと笑ったが、フェルナンドだけは黙っていた。その言葉の響き、女たちの前で吐かれたその卑俗な言葉の響きが、彼の気にさわったのだ。

「なんだ、そりゃ、あたりめえの話だな」パブロは言った。「だがよ、立派なコホネスが備わってる男なら、スカートなんぞはかねえんじゃねえのか」

「もう放っときなよ、イングレス」プリミティボという名の、鼻のひしゃげた、平たい顔の男が言った。「こいつは酔っ払ってるんだ。なあ、教えてくれ、あんたの国じゃどんなものを飼ったり、栽培したりしてるんだい？」

「まず牛や羊だな」ジョーダンは答えた。「小麦農家も多いし、大豆の栽培も盛んだ。砂糖きびもたくさんできるしね」

洞窟にもどってきた三人は、いまテーブルについていた。他の連中も近くに集まっていたが、パブロだけは一人離れてワインの甕と向き合っている。食事は前夜と同じシチューだったが、ジョーダンは貪るように食べた。

「あんたの国にゃ、山はあるのかい？　モンターニャ（山）って州の名前からすると、山があるにちげえねえが」プリミティボは会話を途切らせまいと、気を使ってたずねた。彼はパブロの泥酔ぶりを苦々しく思っていたのだ。

「ああ、高い山がたくさんあるよ」

「いい牧草地もあるのかい？」

「そりゃ、見事なもんさ。夏場は政府管理の山間部の牧草地で放牧する。で、秋になったらもっと低地の牧草地に牛を移動させるんだ」

「土地は農夫のものなのか？」

「たいていの土地は、そこを耕作する者が所有している。最初はすべてが国有地だったんだが、あるときを境に、そこで暮らす者がその土地を耕作する意思を表明すれば、百五十ヘクタールに限って所有権を認められるようになったんだ」

「それ、もっと詳しく教えてくれよ」アグスティンが言った。「だって、そいつは立派な農業改革じゃねえか」

ジョーダンは自営農地法のあらましを説明した。それが農業改革に相当するなどとは、彼自身、それまで考えたこともなかった。

「なんて素晴らしいんだい」プリミティボが言った。「じゃ、あんたの国は共産主義なのか?」

「いや。それはあくまでも、共和国の一制度なんだ」

「だからよ」と、アグスティン。「共和国がありゃ、何でもできるのよ。他の形態の政府なんて、要らねえや」

「大地主はいないのかい、あんたの国にゃ?」アンドレスが訊いた。

「いや、大勢いるね」

「じゃあ、小作人の虐待もあるな」

「ああ、あるとも。いくらでもある」

「でも、それをなくそうとしてるんだろ?」

「ああ、その努力はつづけられている。でも、なかなか根絶やしにできないのが実情さ」

「でも、分割したほうがいいような大農場はねえんだな?」

「いや、あるよ。ただ、税金を有効に使えば分割も可能だと考えている連中もいる」

「どうやってやるんだい?」

ボウルのシチューをパンでさらいながら、ジョーダンは所得税と相続税の仕組みを説明した。「しかし、それでも大農場はなくならない。土地にかける税金もあるんだがね」

「でも、大農場主や大金持ちは、そういう税金の制度をぶっ潰そうとするんじゃねえのかい。そういう税金は革命的に見えるもんな、おれには。自分たちの財産が脅かされると見りゃ、そいつらは政府をぶっ倒そうとするぜ、このスペインのファシストたちがやってきたように」

「その可能性はあるね」

「じゃ、あんたは、おれたちがここで戦っているように、自分の国で戦わなきゃならねえな」

「ああ、そうしなきゃならないだろう」

「でも、あんたの国にゃ、ファシストはそう大勢いねえんだろう?」

「いや、自分がファシストだという自覚のないファシストが、大勢いるね。いずれ時がくれば、それと気づくだろうが」

「しかし、そいつらが反乱を起こすまでは、絶滅できねえんだろう?」

「ああ。それは無理だ。しかし、一般民衆を教育することはできる。ファシズムを警戒し、見かけがどうだろうとその本性を見抜き、それと戦うように教育するんだ」

「ファシストが一人もいねえ場所がどこだか、知ってるかい？」アンドレスが訊いた。

「どこだい？」

「パブロの町だよ」アンドレスは言って、にやっと笑った。

「その町でどんなことがあったか、知ってるかい？」プリミティボが訊いた。

「ああ。その話は知ってる」

「ピラールから聞いたのか？」

「ああ」

「何から何まで、あの女から聞いたはずはねえよな」パブロが、息苦しげな声で口を出した。「なぜってあいつは、椅子(いす)にのって窓の中を覗(のぞ)いてて、その椅子から転げ落ちたもんで、しまいまでは見てねえんだから」

「じゃあ、あんたが全部話してやったらいいじゃないか」ピラールが言った。「わたしは詳しくは知らないんだから、おまえさんが話せばいい」

「断る」パブロは言った。「これまでだって、一度も他人にしゃべったことはねえんだ」

「そうだろうね。話せないだろうね。で、いまは、あんなことが起きなきゃよかったと思ってるんだろう」

「いや。そうじゃねえ。それに、おれがやったように、みんなでファシストを皆殺しにしてたら、いまごろ、こんな戦争にはなってなかったはずだ。でもな、おれもさすがに、あんなやり方はまずかったと思ってんだよ」

「いまさらなんだい、それは？」プリミティボが訊いた。「あんた、自分の信念を変えるつもりか？」

「そうじゃねえ。ただ、あれは野蛮な仕打ちだった。あの頃のおれは、ずいぶんと野蛮な男だったんだ」

「で、いまはただの飲んだくれさ」ピラールが言う。

「そうともよ」パブロは応じた。「おめえ公認のな」

「わたしはね、野蛮だった頃のあんたのほうがずっと好きだよ。あらゆる男の中で、いちばん汚らしいのは飲んだくれさ。泥棒は、盗みをしないときは別人だ。強請(ゆす)り屋は、自分の家じゃ強請ったりしない。人殺しだって、自分の家にいるときゃ、ちゃんと手を洗うよ。ところが、飲んだくれときたひにゃ、いやな臭(にお)いを発散するわ、ベッドの中でもゲロを吐くわで、自分の内臓だってアルコールで溶かしちまうんだから」

「おめえは女だもんで、わからねえんだよ」おとなしい口調でパブロは言った。「おれは、ワインで酔っ払ってりゃもう天国だ。ところが、自分で殺した連中のことが頭に浮かぶと、もういけねえ。あいつらのことを考えると、やたらと落ち込んでしまうんだ」

暗い表情で首を振る。

「だれか、ソルドが持ってきた酒をこの男に飲ませてやりなよ」ピラールが言った。

「ちっとは元気になるものを、飲ませてやるといい。こう陰気な顔をされたんじゃ、見てられないから」

「あいつらを生き返らせることができるもんなら、そうしてやりてえよ」

「ふん、くだらねえ」アグスティンが言った。「何を言いやがるんだ、いまさら？」

「あいつらを、みんな生き返らせてやりてえんだ」悲しげな口調でパブロはくり返した。

「一人残らずな」

「くそったれが」アグスティンが怒鳴りつけた。「いつまでもそんなことをぐだぐだ言う気なら、出ていきやがれ。おまえが殺したのはみんな、ファシストじゃねえか」

「だからよ」パブロは言った。「あいつらをみんな、生き返らせてやりてえんだ」

「で、あんたはまた有頂天になるんだろう」ピラールが言った。「実際、こんな男は見たことがないよ。それでもきのうまでは、男らしさのかけらがちょっぴり残っていたのに。きょうになったら、どうだい、病みあがりの子猫ほどの元気も残ってないじゃないか。ひたすら酔っぱらって、くだをまいてるだけで」

「皆殺しにするか、一人も殺さねえか、どっちかだったな」パブロはうなずいた。「うん、皆殺しか、一人も殺さねえか、だ」

「なあ、イングレス」アグスティンが言った。「あんたはどうしてスペインくんだりまでやってきたんだい？　パブロなんか、もうかまうな。酔っぱらってるんだから」

「そもそもは、この国とこの国の言葉を研究するためにやってきたのさ。十二年前にね」ジョーダンは答えた。「大学でスペイン語を教えているもんだから」

「でも、あんた、大学の教授みてえじゃねえな」プリミティボが言った。

「そうよ、ひげも生やしてねえしよ」パブロが言う。「見てみな。顎ひげを生やしてねえぞ」

「あんた、本当に大学の教授なのかい？」

「講師なんだ」

「でも、教えてるんだな？」

「ああ」

「でも、なんでスペイン語を教えるんだ？」アンドレスが訊いた。「あんた、イギリス人なんだから、英語を教えるほうが楽なんじゃねえのかい？」

「この人のしゃべるスペイン語は、わたしらと変わらねえぞ」アンセルモ老人が言った。

「スペイン語を教えたって、かまわんだろうが」

「そりゃそうだが、外国人がスペイン語を教えるってのは、ちょっと、厚かましくないか」フェルナンドが言う。「これ、あんたが憎くて言ってるんじゃないからな、ドン・ロベルト」

「そいつはな、偽(にせ)の教授さ」パブロは一人で悦に入っていた。「ひげも生やしてねえんだから」

「もちろん、あんたは英語のほうが達者だよな」フェルナンドが言う。「だったら、英語を教えるほうが似合ってるだろうし、楽だろうし、問題もないんじゃないのかい？」

「この人が教える相手はスペイン人じゃなくて——」

ピラールが割って入ろうとすると、

「そう願いたいな」フェルナンドが言った。

「最後まで聞きなったら、この頓馬（とんま）。この人がスペイン語を教える相手はアメリカ人なんだよ。北アメリカ人なんだ」

「連中は、スペイン語がしゃべれないのか？」フェルナンドは訊いた。「南アメリカ人はしゃべれるぞ」

「馬鹿（ばか）だねえ。この人はね、英語を話す北アメリカ人にスペイン語を教えてるんだったら」

「だけどやっぱり、自分が英語をしゃべるんだったら、英語を教えるほうが楽じゃないのか」

「この人がしゃべるスペイン語、あんただって聞いてるだろう？」やってらんないよ、と言わんばかりに、ピラールはジョーダンに向かって首を振ってみせた。

「そりゃ聞いてるが、訛（なま）りがあるぜ」

「どこの訛りだい？」ジョーダンは訊いた。

「エストレマドゥーラのさ」得意然とした顔で、フェルナンドは答える。

「やれやれ」ピラールが言った。「なんて連中だろう、まったく」

「たしかに、その訛りはあるかもしれない」ジョーダンは言った。「おれはあの地方からきたんだから」

「それは前からわかってるじゃないか」フェルナンドのほうを向いて、ピラールは言った。「小姑みたいにうるさいやつだよ、あんたは。で、好きなだけ食べたのかい？」

「まだ余分に残ってるなら、もっと食べてもいいんだが。おれはな、あんたが憎くて言ってるんじゃないからな、ドン・ロベルト――」

「くだらねえ」アグスティンがあっさり言った。「まったく、くだらねえ。おれたちはロベルト同志に向かって〝ドン・ロベルト（ロベルト旦那）〟などと呼びかけるために革命を起こしたのかよ？」

「おれにとっちゃ、みんながみんなを〝ドン〟と呼べるようになるのが革命だ」フェルナンドが言い返す。「共和国のもとでは、そうでなくちゃな」

「くだらねえ」と、アグスティン。「くだらねえったらねえぞ」

「それに、おれはやっぱり、ドン・ロベルトは英語を教えたほうが楽だろうし、問題もないと思うがな」フェルナンドが言う。

　すると、パブロが声をあげた。

「ドン・ロベルトにはひげがねえぞ。偽の教授だからな」

「ひげがないとは、どういう意味だ？」ジョーダンは言った。「これは何だい？」三日も剃ってないためブロンドの無精ひげに覆われている顎から頰を、撫でまわしてみせた。

「そんなもんはひげじゃねえや」パブロは首を振った。「ひげなもんかい」愉しくてたまらないような声だった。「偽教授だぞ、そいつはよ」

「くそったれ、もううんざりだ、こんな茶番は」アグスティンが言った。「ろくでもない精神病院かよ、ここは」

「まあ、おめえも飲めや」パブロが言う。「なあに、いつもとまったく変わりはありゃしねえ。ただ、ドン・ロベルトにはひげがねえだけで」

　すると、マリアがジョーダンの頰を撫でながら、パブロに言った。「ちゃんと、ひげがあるわよ、この人」

「やっぱりわかるか、おめえなら」パブロが言うのを聞いて、ジョーダンはあらためて彼の顔を見すえた。

　この男はそう見せかけているほど酔っ払ってはいないぞ、と思う。そう、見かけほど酔ってはいない。これは気をつけたほうがいい。

「なあ」ジョーダンはパブロに言った。「この雪、もっとつづくと思うかい？」

「おめえはどう思う？」

「あんたに訊いたんだ」

「他のやつに訊きな。おれはおめえの情報係じゃねえんだ。おめえは情報係から公認の書類をもらってきてるんだろう。ピラールに訊きな。あいつがここの隊長じゃねえか」

「おれはあんたに訊いてるんだよ」

「おめえなんぞ、くそくらえだ。おめえも、ピラールも、マリアも」

「こいつは酔っ払ってるんだ」プリミティボが言った。「相手にするなよ、イングレス」

「いや、そんなに酔ってはいないね、この男は」ジョーダンは言った。

マリアが彼の背後に立っていて、そのマリアをパブロがこちらの肩ごしに凝視しているのにジョーダンは気づいた。無精ひげに覆われた丸い顔に光る、猪の目のような小さな目が、じっとマリアを見ている。ジョーダンは思った――この戦争では人を殺したやつを大勢見てきた。戦争以前にも何人か見ている。そいつらには共通しているところはまったくなかった。性格も容貌もばらばらだった。犯罪者に共通のタイプなどというものは存在しない。それはそれとして、このパブロという男の面つきの怪異なことはどうだろう。

「あんたは酒に飲まれるタイプじゃないはずだ」ジョーダンはパブロに言った。「いまは酔っ払ってもいないだろう、本当は」

「いや、酔っぱらってるぜ」パブロは尊大な口調で言い返した。「ただ飲んだからって意味はねえんだ。酔っぱらうことに意味があるのよ。エストイ・ムイ・ボラチョ（おれは酔っ払ってるぜ）」

「さあ、どうかな。あんたがどうしようもない臆病者であることはたしかだが」

洞窟の中は急に静まり返って、ピラールが料理をしている炉で薪がはぜる音まで聞こえるほどだった。足をのせている羊の皮がカサつく音も聞こえる。外で降りしきる雪の音まで聞こえるような気がした。実際には聞こえなかったが、雪が吸い込まれる静寂の音はたしかに聞こえた。

こいつを殺してケリをつけてしまおうか、とジョーダンは考えていた。こいつが何を企んでいるのかはわからないが、ろくでもないことにきまっている。あさっては決行の日だが、この男は大きな障害になる。作戦の足を引っ張るものがあるとしたら、この男だ。何をためらっている。片づけてしまおう。

パブロはにたっと笑って指を一本立て、喉を切る真似をして見せた。と同時に、太い猪首をわずかに左右に揺すって、首を振る仕草をする。

「やめたがいい、イングレス。おれを挑発しようったって無駄ってもんよ」ピラールのほうを向いて、つけ加えた。「こんなやり方で、おれを始末しようってのかい」

「シンベルグエンサ（恥知らず）」片をつけるのはいまだ、とはっきり決めて、ジョーダンは言った。「コバルデ（臆病者）」

「たしかに、そうかもしれねえ」パブロは言った。「でもな、おれを挑発しようったって、無理だ。まあ、もっと飲みなよ、イングレス。で、この手はきかねえようだ、とピラールに合図するんだな」

「黙れ。おれは自分で腹が立ったから、言いたいことを言ってるんだ」

「だからさ、そんなことをしたって無駄だと言ってるんだよ。その手には乗らねえから」

「きさまはビチョ・ラロ（この世に二匹といない獣）だ」この機会を、ジョーダンは逃すつもりはなかった。失敗はもうくり返したくない。こういう対決は前にもあった。以前何かで読んだか夢想した覚えのある対決の局面、その中で演じた役割を、いままた実際に演じているような感覚だった。すべてが円環を描いて回転しているのだろうか。

「二匹といねえか、ま、そうだろうな」パブロは言った。「二匹といねえくらいの酔っぱらいさ。おめえの健康を祝おうじゃねえか、イングレス」ワインの甕からカップですくって、高くかかげた。「サルー・イ・コホネス（おめえのきんたまに乾杯）」

こいつは実際、めったにいない男だ、とジョーダンは思った。抜け目がなくて、一筋縄ではいかない。息がはずんで、火がはぜる音も聞こえないくらいだった。

「よし、おまえに乾杯しよう」ジョーダンは言って、カップでワインをすくった。乾杯を重ねればこそ、あとあとの裏切りも歴然とする。よし、乾杯してやろう。「サルー」ジョーダンは言った。「サルー。もう一度、サルー」ああ、きさまに乾杯してやるぞ、とジョーダンは思った。サルー、きさまにサルー。

「ドン・ロベルト」重苦しく息をはずませて、パブロが言った。

「ドン・パブロ」ジョーダンも調子を合わせる。

「でもよ、おめえは教授じゃねえぞ、ひげがねえからな。それに、おれを片づけるには、闇討ちにするしかねえ。でも、それだけのコホネス（度胸）が、おめえにはねえだろう」

パブロは口をしっかと閉じて、ジョーダンの顔を見た。唇が一本の線になって、まるで魚の口みたいだな、とジョーダンは思った。そう、つかまるとパクパク息を吸い込んで、ぷっとふくれあがる魚、あのハリセンボンの口みたいだ。

「サルー、パブロ」ジョーダンはカップをかかげて、ワインを飲んだ。「おまえさんからは、いろんなことを学ばせてもらってるよ」

「そうか、するってえと、おれは教授に教えてやってるわけだな」パブロはうなずいた。

「よし、ドン・ロベルト、友だちになろうや」

「もう友だちだろうが」

「いや、いい友だちになろうじゃねえか、これから」

「もう、いい友だちさ」

するとアグスティンが声をあげた。「いやだ、いやだ、もうこんなところからは出ていくぜ。人間は一生の間に、くだらねえ話を一トン分は聞かされなきゃならねえそうだが、おれはもう二十五キロ分も両耳に突っ込まれちまったからな」

「何をそうぷりぷりしてんだい、ネグロ（黒んぼ）？」パブロが言った。「ドン・ロベルトとおれの美わしい友情の証しを見たくねえのか？」

「てめえ、口に気をつけろ、おれをネグロだなどと」アグスティンはパブロの前に詰め寄って、両手を低くかまえた。

「そう呼ばれてるじゃねえか、おめえは」

「てめえには呼ばれたくねえんだ」

「じゃあ、何て呼べばいい、ブランコ（白）とか――」

「それも、やめろ」

「じゃあ、何だ、ロホ（赤）か？」

「そうよ、赤さ。陸軍の赤い星さ。共和国を守るんだ。言っとくが、おれの名前はアグスティンだからな」

「たいした愛国者だな。なあ、イングレス、愛国者の模範じゃねえか、こいつは」

と、突然、アグスティンはパブロの口元を左手でひっぱたいた。手の甲を叩きつける、したたかな一撃だった。パブロはじっとすわっていた。口の両隅はワインで汚れていたが、表情はまったく変わらない。が、猫の瞳孔が強い光を浴びると縦一線にせばまるように、その目がぐっと細くなったのをジョーダンは見逃さなかった。

「いまのも、どうってことねえ」パブロは言った。「しめしめと思わねえほうがいいぞ、ピラール」ピラールのほうを向いて、「これでおれを挑発しようったって、そうはいくもんかい」

アグスティンがまた殴りつけた。こんどは握り拳でパブロの口を一撃した。ジョーダンはテーブルの下で拳銃を握っていた。安全装置をはずし、左手でマリアの体をそっと押しやる。マリアはわずかに後ずさった。もう一度左手で、こんどはマリアの肋骨のあたりを強く押して距離をとらせる。マリアは自分から離れてゆき、洞窟の壁に沿って調理用の炉のほうに近寄っていった。それを目の隅でとらえてから、ジョーダンはパブロの顔を見守った。

丸い頭をした男は、何の感情も読みとれない小さな目でアグスティンを見すえている。瞳孔はさらに小さくなっていた。唇を舐めてから手をあげて、手の甲で口元を拭う。下ろした手についた血を見てから、唇をゆっくり舐めて、ペッと唾を吐いた。

「いまのもきかねえぞ。おれは阿呆じゃねえ。そう簡単に挑発にのるもんか」

「カブロン（くそったれ）」と、アグスティン。

「わからねえかな、おめえには。ピラールがどんな女か、知ってるくせによ」

アグスティンはもう一度、したたかにパブロの口を殴りつけた。パブロは大口をあけて笑った。赤い口の中の、醜く欠けた、黄色い歯が露わになった。

「いい加減にやめときな」パブロはまた甕からワインをカップですくいとった。「おれを殺せるだけのコホネスの持ち主は、ここにはだれもいねえ。手を使うなんてのは、阿呆らしいこった」

「コバルデ（臆病者）」と、アグスティン。

「言葉だって、ききやしねえ」口中をワインですすぐような音をたてて飲んでから、ペッと唾を吐く。「口先の罵り合いなんざ、おれはとっくの昔に卒業してら」

アグスティンは立ったままパブロを見下ろして、吐き捨てるように悪態の言葉を放った。ゆっくりと、怒りをこめ、明確に、さも見下したように。ちょうど荷車から鋤で糞尿桶を下ろし、畑に中身をばらまくように、これでもかとばかり悪態を投げつけた。

「そんなものは屁でもねえ」パブロは言った。「もう止めとけ、アグスティン。おれを殴るのもやめろ。おめえの手を痛めるだけだ」

アグスティンはくるっと後ろを向いて、洞窟の入口のほうに歩きだした。

「やめなって、外へ出るのはよ。まだ、ひでえ雪だぞ。ここでのんびり寛いでな」

「てめえ！　ふざけやがって！」入口から振り向くと、ありったけの侮蔑を一つの言葉に込めてアグスティンは吐きだした。「てめえという野郎は」

「ああ、おれさまはたいした男よ」パブロは言った。「おめえらがみんなおっ死(ち)んでも、おれは生き残るからな」

またしてもワインをカップですくいとると、ジョーダンに向かってかかげた。「教授殿に」次いでピラールのほうを向くと、「われらが女隊長に」そして、残りの全員に向かってカップをかかげた。「それから、おめえら、考え違いをしているやつら全員に」

アグスティンがつかつかと歩み寄って平手打ちをくれ、パブロの手からカップをはたき落とした。

「なんてもったいねえことを」パブロは言った。「いい加減に馬鹿はやめねえか」

アグスティンが何か悪態を吐(つ)いた。

「そうじゃねえってば」パブロはまたワインをカップですくいとった。「おれは酔っ払ってるだろう？　だからこそ、こうしてしゃべくってんだ。こんなにしゃべるおれさまなんぞ、見たこともねえだろうが。でもな、おれさまのように高い知性の持ち主になると、たまには酔っ払って阿呆なやつらと付き合わなけりゃならねえのさ、あいにくとな」

「とっとと出ていきな。で、臆病な自分のアレをたっぷり慰めるがいいよ」ピラールが言った。

「なんて口をききやがるんだ、このアマは。おれはな、可愛(かわい)い馬っこのようすを見にいくんだ」

「とっとと出ていって、その馬っこたちを穢すがいいや」アグスティンが罵る。「それがてめえの日課だろうが」

「馬鹿をこけ」パブロは首を振った。洞窟の壁から大きな毛布のマントをとり外しながら、彼はアグスティンを見た。「おめえと、おめえの手荒な仕打ちは忘れねえでおく」

「馬のところにもどって、何をしようってんだい？」アグスティンが訊く。

「面倒を見てやるのよ」

「ふん、やつらを穢しにいくくせに。この馬好き野郎が」

「ああ、おれはあいつらが大好きよ」パブロは言った。「後ろから見たって、あいつらはここにがん首揃えた連中よりずっと見栄えがいいし、気心も知れてら。どうぞお好きなように、ってな。そりゃそうと、イングレス、こいつらに橋のことを話してやったらどうだい。攻撃する際のこいつらの役割をよ。撤退するときはどうするか。橋の爆破がすんだら、こいつらをどこにつれてく気だ、イングレス？　おれの可愛い愛国者たちをどこへつれてくんだ？　おれは飲みながら、そのことを一日中考えてたぜ」

「どんなことを？」アグスティンが訊いた。

「どんなことを？」パブロは言って、口の中をさぐるように舌をまわした。「ケ・テ・インポルタ（そりゃ、重要なことをよ）」

「言ってみろ」

「そりゃ、いろいろとな」パブロはマントを頭からかぶった。汚れた黄色いマントのひだから、丸い頭の輪郭が浮きあがる。「いろいろと考えたさ」

「何をだ？」アグスティンは言った。「何を考えた？」

「おめえらはつくづく埒もねえ幻想に目のくらんだ一団だなと、そんな考えが浮かんだよ。しかも、それを率いているのが、股ぐらに脳みそがある女と、おめえらを全滅させにやってきた外国人ときてやがる」

「出ていけ」ピラールが怒鳴った。「出ていって、雪にうずまっちまえ。おまえの腐った根性と一緒にくたばっちまえ。馬の尻に腰抜けにされたマリコン（変態野郎）め」

「そうこなきゃな」アグスティンが感心したように言う。が、その声はどこか虚ろだった。アグスティンには気がかりなことがあったのだ。

「じゃあ、あばよ」パブロは言った。「すぐにまたもどってくるが」入口を蔽う毛布を払いのけて外に踏みだし、入口から叫んだ。「おい、まだ降ってやがるぞ、イングレス」

17

洞窟の中でいま聞こえるのは、炉からあがるジュッという音だけだった。天井の穴から降りかかる雪が、炉の炭火に落ちているのだ。

「ピラール」フェルナンドが言った。「シチューはまだ残ってるかい？」

「なんだよ、うるさいね」ピラールが答える。だが、マリアはフェルナンドの椀を、炉から下ろしてあった大鍋のところに持っていった。シチューをよそってからテーブルに運び、フェルナンドの前に置いてやる。椀におおいかぶさるようにして食べるフェルナンドの肩を、マリアはゆっくり撫でてやった。しばらくそうして立っていたが、フェルナンドは顔をあげようともしない。シチューをかっこむのに夢中だった。

アグスティンは炉のそばに立ち、残りの連中はテーブルについている。ピラールはジョーダンの向かい側に腰を下ろしていた。

「どうだい、イングレス、よくわかっただろう、あいつがどういう男か」

「これからどんな行動に出るかな、彼は？」ジョーダンは訊いた。

「何をしでかしても、おかしくないね」テーブルを見下ろして、ピラールは言う。「何でもやってのける男だよ、あいつは」

「機関銃はどこにある？」

「毛布にくるんで、あの隅に置いてあら」プリミティボが応じた。「いま必要なのか？」

「いや、後でいい。どこにあるか、知っておきたかったんだ」

「あそこだよ」プリミティボが言った。「おれが持ち込んで、作動部が濡れないように、毛布でくるんでおいた。丸い弾倉はあの袋に入ってら」

「さすがに、あれにはさわらないだろうよ」ピラールが言った。「マキナ（機関銃）を使って何かをしでかすことはないと思うね」

「しかし、あいつは何でもやってのける男だ、と言ったばかりじゃないか、あんた」

「かもしれない。でもね、あいつはマキナの扱いには慣れてないんだ。爆弾を投げ込んだりはするだろうよ。そのほうがあいつらしいね」

「あいつを殺っちまわなかったのはまずかったな。見てて情けなかったぜ」ジプシーのラファエルが言った。彼はその晩終始、話し合いの圏外にいた。「だから、ゆうべのうちにロベルトが殺っちまえばよかったのによ」

「よし、あいつを始末しよう」ピラールが言った。その大きな顔は暗く翳って、疲れがにじんでいた。「わたしも賛成だよ、いまは」

「一度はおれも反対したんだが」アグスティンが言った。彼は長い両手をわきにたらして、炉の前に立っていた。耳のあたりまで無精ひげに覆われた頰が、火明かりで、ひときわこけて見えた。「いまは賛成だ。あの野郎は腹黒い。おれたちが皆殺しにされりゃいいと思ってるんだ」

「とにかく、みんなで話し合おうじゃないか」ピラールの声は疲れ切っていた。「あんたはどうだい、アンドレス？」

「マタルロ（殺せ）」兄弟の弟のほう、額の下のほうまで黒い髪の毛がたれているアンドレスが言った。

「エラディオは？」

「同じく」兄のほうが言った。「あいつを放っておくと、どえらい危険を招きそうだ。いまじゃ何の役にも立たねえし」

「プリミティボは？」

「異議なし」

「フェルナンドは？」

「あいつを囚人として拘束しておくことはできないかな？」

「その囚人の面倒はだれが見るんだい？」プリミティボが言った。「一人の囚人を監視するには二人の男が必要だしよ、だいたい、最後はどう始末するんだい、あいつを？」

「ファシスト側に売っぱらっちまえ」ジプシーが言った。

「そいつはいけねえ」アグスティンが反対した。「そんな汚ねえことは、やっちゃいけねえ」

「ただ思っただけだよ。ファクシオソ（反乱軍）のやつらなら、喜んであいつを引き取るんじゃねえかと思ってさ」

「そりゃ、やめたがいい」アグスティンはきっぱりと言った。「そんな薄汚ねえことはやるべきじゃねえ」

「だって、パブロのほうがよっぽど薄汚ねえぞ」ジプシーはなおも言い張った。

「相手が薄汚ねえやつだからって、薄汚ねえ手を使っていいことにはならねえさ」アグスティンは言った。「よし、これで意見は出揃ったな。爺さんとイングレスを除いて」

「その二人は関係ないよ」ピラールが言った。「もともと二人はパブロの部下じゃないんだから」

「ちょっと待った」と、フェルナンド。「おれはまだ言い終わってないぞ」

「じゃあ、言ったらいい」ピラールが応じた。「あいつがもどってくるまで言い合ったらいいさ。そうだよ、そうやって言い合っているうちに、あいつは入口の毛布の下から手榴弾をこっちに転がして、ここを吹っ飛ばしちまうから。ダイナマイトから何から、きれいさっぱりとね」

「そいつはちっと大袈裟（おおげさ）だろうが、ピラール」フェルナンドが食いさがる。「あいつがそこまでやるとは思えないな」

「同感だ」と、アグスティン。「そんなことしたら、ワインまで吹っ飛んじまうぜ。あいつ、しばらくしたら、またワインを飲みにくるにちげえねえんだ」

「いっそあいつをエル・ソルドに引き渡してよ、ソルドがやつをファシストに売っぱらうようにさせりゃいいじゃねえか」ラファエルが提案した。「あいつのな、目をつぶしちまえばいい。そうすりゃ扱いやすくなるぜ、きっと」

「おだまり」ピラールが言った。「おまえの話を聞いてると、こっぴどい目にあわせたくなるよ」

「どうせファシストは、あいつと引き換えに金なんぞ払ってくれねえや」プリミティボが言う。「前に同じ手を試したやつがいるが、金なんぞ払ってもらえなかった。ファシストたちにもちかけたって、射（う）ち殺されるのがおちよ」

「でも、あいつの目をつぶしちまえば、いくらかで売れると思うがな」と、ラファエル。

「うるさいね」ピラールが言った。「目をつぶすなんてことをもう一度でも言ったら、おまえも同じような目にあわせるよ」

「でもよ、あいつは、パブロは、負傷したグアルディア・シビル（治安警備隊）の目をつぶしちまったことがあるぜ」ラファエルは言い張った。「あんた、忘れたのか？」

「おだまりったら」ピラールは言った。ジョーダンの前で、目をつぶす話など、したくなかったのだ。

「おれはまだ、最後まで話をしちゃいないんだが」フェルナンドが口をはさんだ。

「じゃあ、話しなよ」ピラールは応じた。「さあ、どんどん話して、おしまいにしておくれ」

「パブロを囚人扱いするのは現実的じゃないし」フェルナンドは話しはじめた。「といって、あいつを敵方に引き渡すのも気が引けるわけだから――」

「早く、早く。頼むから、早くおしまいにしておくれよ」

「――いかなる話し合いになろうとも」フェルナンドは落ち着いた口調でつづける。

「当面の作戦をなんとしてでも成功に導くためには、あいつを抹殺することが最善の策であるということに、おれも同意する」

　まあなんて堅苦しい言い方をするんだろう。ピラールは小柄な男の顔を見て首を振った。が、何も言わなかった。

「それがおれの意見だ」フェルナンドは言った。「あいつが共和国にとって危険な男だと見なすのは正しい行為だと、おれは信じるのであって――」

「ああ、聖母さま」ピラールは言った。「こんなところでも、口のきき方ひとつで官僚主義が生まれるんだ」

「あいつの言葉、それに最近の行状が、それを裏書きしている」フェルナンドはつづけた。「この戦争の初期、それについ最近に至るまでのあいつの行動は感謝に値するとはいえ――」

炉のほうにいっていたピラールが、またテーブルにもどってきた。

「フェルナンド」ピラールは静かに言って、彼に椀を手渡した。「かたちだけでもいいからこれを受けとって、口いっぱいにつめこんでおくれよ。もうそれ以上しゃべらなくていいからさ。あんたの意見はよくわかったから」

「でも、それじゃいったい――」プリミティボが問いかけたものの、しまいまで言わずに口をつぐんだ。

「エストイ・リスト（おれはいつでもやってみせる）」ジョーダンは言った。「やるとみんなが決めた以上、それこそがおれにできる貢献だからな」

おれとしたことが、とジョーダンは思った。フェルナンドのしゃべり方を聞いていたら、おれまで形式ばった口調になりかけている。言葉というやつは伝染するものだ。フランス語が外交儀礼に向いた言葉だとしたら、スペイン語は官僚主義に向いた言葉なのかもしれない。

「だめよ」マリアが言った。「そんなことしないで」

「これはおまえの知ったこっちゃないんだ」ピラールが言った。「口を出すんじゃない」

「今夜、必ずやってみせる」ジョーダンは言った。

そのとき、ピラールがこっちを向いて、口に手を当てているのに彼は気づいた。ピラールの視線は洞窟の入口に注がれている。

見ると、洞窟の入口をふさぐ毛布がもちあげられて、パブロが顔を覗かせた。みんなを見てにやっと笑ってから毛布の下をくぐり抜け、背後に向き直って毛布を元通りにたらす。あらためてこっちを向くと、頭にかぶっていたマントをとって雪を払い落とした。

「おれの噂をしてやがったな？」みんなに向かって言った。「邪魔をしちまったかい？」

みな黙りこくっていると、マントを壁の釘にかけてテーブルに近寄ってきた。

「ケ・タル（どうしたい、みんな）？」テーブルにのっていた自分の空のコップをとりあげて、ワインの甕に突っ込む。「おい、ワインがねえぞ」マリアに向かって言った。「皮袋からつぎ足してくれよ」

マリアは甕をとりあげて、壁に逆さに釣り下がっている埃だらけの皮袋に歩み寄った。黒いタールのこびりついた、ずっしりとふくらんだその皮袋の足の栓をゆるめると、ワインが甕に迸り出た。ひざまずいてワインを甕で受けるマリアに、パブロはじっと目を注いでいた。すごい勢いで迸る赤いワインは、渦を巻きながら甕を満たしてゆく。パブロはそれを満足そうに眺めていた。

「注意しな」彼はマリアに声をかけた。「ワインがもう胸の下まできてるぞ」

だれ一人、言葉を発しない。

「おれはきょう、へそから胸のあたりまでの分を飲んだんだ。一日かかってな。どうしたんだい、おめえたち？　揃いも揃って舌を抜かれちまったのか？」

みな黙りこくっていた。

「ちゃんと栓を閉じとけよ、マリア」パブロは言った。「こぼすんじゃねえぞ」

「ワインなら、たっぷりあら」アグスティンが言った。「好きなだけ酔っ払えるから安心しろ」

「ほう、おめえには舌があったか」アグスティンに向かって、パブロはうなずいてみせた。「これは目出てえな。おれはてっきり、おめえはびっくり仰天して口がきけなくなったかと思ったぜ」

「何にびっくりしたというんだ？」

「おれがもどってきたことにさ」

「自分がもどってきたのが、そんなに大変なことだとでも思ってんのか、てめえは？」

アグスティンのやつ、自分がパブロをやってやると決めて、自らを駆り立てているのだ、きっと、とジョーダンは思った。そう、たぶん、あいつはやるつもりでいる。しんからパブロを憎んでいるからな、アグスティンは。ただ、このおれはパブロを憎んではいない。ああ、憎んではいない。見さげ果てたやつだとは思うが、憎んではいない。やつの目をつぶしたらどうだ、という話が出たりして、やつが特別な存在にまつりあげられたのはたしかだが。いずれにしろ、これは彼らの戦争なのだ。ただし、これからの二日間、あいつにはそばにいてほしくない。とにかく、おれはこの問題にはノー・タッチでいよう、とジョーダンは思った。今夜、おれは一度、あいつを相手に馬鹿な真似を演じてしまった。あいつを始末したいという思いに変わりはないが、作戦決行の前に手を出すつもりはない。それに、すぐ近くにダイナマイトがある以上、ここで射ち合いやくだらぬ騒ぎを起こすのは論外だ。もちろん、パブロもその点は計算に入れているだろう。おれはあのとき、ダイナマイトの存在を頭に入れていただろうか？　いや、そのことはすっかり忘れていたし、それはアグスティンも同じだ。大変な結果を招いたら、自業自得、ということになる。

「アグスティン」ジョーダンは声をかけた。

「何だい？」うるさそうに顔をあげると、アグスティンはパブロを背にしてこちらを向いた。

「ちょっと話がある」

「あとでいいだろうが」

「いや、いま話したいんだ。ポル・ファボール（たのむ）」

ジョーダンが洞窟の入口に向かうと、パブロが目で追った。頬のこけた長身のアグスティンが立ちあがって、近寄ってきた。さも不服そうに、ふてくされたような足どりで。

「おれの雑嚢に何が入っているか、あんた、忘れていただろう？」ほかの連中に聞こえないように、ジョーダンは小声で言った。

「あ、くそ！　そこにあるのに慣れてしまうと、忘れちまうんだな」

「おれも忘れてたんだ」

「くそ！　まったく！　何て阿呆なんだ、おれたちは」ぐらつきながらテーブルにもどると、アグスティンは腰を下ろした。「まあ飲みなよ、パブロ。どうだったい、馬の様子は？」

「上々さ。それとな、雪が小降りになったぞ」

「やむと思うか？」

「ああ。だいぶ小降りになったからな。いまじゃ小粒の固いやつが降ってら。風は吹くだろうが、雪はやみそうだ。風が変わったのよ」

「あすは晴れるかな？」ジョーダンが訊いた。

「ああ。寒くても、晴れるだろうよ。風が変わったからな」

どうだろう、こいつの変わり身の早さ、とジョーダンは思った。この愛想の良さはどうだ。こいつは風のように変わり身が早い。顔も体も豚並みで、人を何人も殺しているくせに、優秀な晴雨計のような感受性も備えている。まあ、豚はもともと頭のいい動物ではある。パブロはおれたちを憎んでいる。いや、憎んでいるのは橋の爆破作戦だけなのかもしれないが。そして、あまりにもあけすけにおれたちを罵倒したがために、おれたちもやつを始末しようというところまでいった。するとあいつはそれを敏感に嗅ぎとって、それまでの態度をかなぐり捨て、何ごともなかったかのように、すました顔で出直しを図るのだ。

「おれたちはな、好天に恵まれるぜ、イングレス」パブロはジョーダンに言った。

「おれたち、だって?」ピラールが言った。「おれたち、かい?」

「そうよ、おれたち、さ」にたっと笑って、パブロはワインを口に運んだ。「かまわねえだろう? 外へ出たときに、考え直したんだ。また一緒にやり直そうじゃねえか」

「何をだい?」ピラールは訊いた。「何をやり直すのさ?」

「何もかもよ。橋の爆破もな。おれも一緒にやるぜ」

「一緒にやる?」アグスティンが言った。「あれだけ勝手なことをほざいたおまえがか?」

「そうともよ。天気が変わったんで、また一緒にやることにしたのさ」

アグスティンは首を振った。「天気が変わったからだと」また首を振って、「おれに顔を殴られたのに?」

「そうよ」パブロはにやつきながら、唇を指で撫でた。「おめえに顔を殴られても、だ」

ジョーダンはピラールの様子を注視していた。ピラールは何か奇妙な動物でも見るような目でパブロを見ている。その顔には、目をつぶす、つぶさない、というやりとりが残した翳がまだ残っていた。その翳を振り払うように首を振ると、ぐいと顔をあげてピラールはパブロに声をかけた。

「ねえ、あんた」

「なんだい」

「どうした風の吹きまわしだい？」

「別に、どうもしねえよ。考えが変わっただけさ。それだけのこった」

「あんた、洞窟のそばで立ち聞きしてたね」

「ああ。でも、何も聞こえなかったぜ」

「わたしらに殺されやしないかと、怖くなったんだろう」

「いいや」ワインのカップごしにピラールを見やって、「そんなことなど、恐れちゃいねえ。それくらい、おめえも承知してるだろう」

「本当に、どうした風の吹きまわしなんだ？」アグスティンが言った。「ついさっきまでは、酔っぱらったあげく、おれたちみんなに悪態をついて、自分だけは爆破作戦から抜けると言いやがった。おれたちはみなくたばるだろうと汚い口調で言い、女たちを侮辱し、やるべき仕事に反対して——」

「だからさ、酔っ払ってたんだよ、おれは」

「それがいまになって――」

「いまは酔っ払ってねえからな。それに考えも変わったんだ」

「他の連中がおまえを信用するのは勝手だが、おれはごめんだ」

「おれを信用しようとすまいと、そんなことはどうでもいい。だがな、おめえたちをグレドスまで安全につれていけるやつは、おれ以外にいねえぞ」

「グレドスに？」

「橋を爆破した後で逃げ込めるのは、そこしかねえだろうが」

ロバート・ジョーダンは、ピラールのほうを見ながら、パブロには見えないほうの手をあげて、問いかけるように右耳を叩いた。

ピラールはうなずいた。さらに一度うなずく。そしてマリアに何か言い、マリアがジョーダンに近寄ってきた。

「〝あいつは聞いたに決まってる〟って」ジョーダンの耳元でささやく。

「じゃあ、パブロ」尋問するような口調で、フェルナンドが言った。「あんたはまたおれたちに合流して、橋の爆破にも加わるんだな？」

「おうよ」フェルナンドの目をまっすぐ見て、パブロはうなずいた。

「間違いねえか？」プリミティボが訊く。

「デ・ベラス（間違いねえよ）」

「で、爆破は成功すると思うのか?」フェルナンドが訊いた。「いまはそう信じてるのか?」

「あたりめえよ。おめえは信じてねえのか?」

「そりゃ信じてるさ。おまえとちがって、おれはずっとそう信じてたんだ」

「おれは出てくぜ」アグスティンが言った。

「外は寒いぞ」パブロが優しい口調で言う。

「かもな。でも、こんなマニコミオ（精神病院）には、おれはもう一日だっていたかねえや」

「この洞窟を、精神病院だなんて呼ぶなよ」フェルナンドが言う。

「ただの病院じゃねえ。犯罪者の精神病院だ」アグスティンは言った。「こっちまで頭がおかしくなる前に、出ていきてえんだよ、おれは」


（下巻に続く）

上巻訳注

ページ

二六　**ケベド**　スペイン文化の黄金時代を象徴する作家・詩人の一人（一五八〇―一六四五）。〝奇想主義〟の詩で知られる。代表作に、『ぺてん師ドン・パブロスの生涯』（一六二六）。

二三九　**エル・デバテ**　一九一〇年から一九三六年にかけて、マドリードで刊行されていたカトリック系の有力日刊紙。

二四七　**赤と黒のハンカチ**　共産党の赤に対して、赤と黒はアナーキスト系労働組合グループのシンボル・カラー。

三三五　**老レルー**　第二共和制下のスペインで三度首相をつとめたアレハンドロ・レルー（一八六四―一九四九）。急進共和党を率いて活動したが、その政治的立場は一定せず、一九三三年からの、いわゆる〝逆コースの二年間〟は右翼に接近して、政治的混乱を招いた。内戦勃発（ぼっぱつ）とともに隣国ポルトガルに逃亡。

三三五　**プリエト**　第二共和制下のスペインで活動した主要政治家の一人インダレシオ・プリエト（一八八三―一九六二）。一九三五年以降、社会党の書記長として党内穏健派を率いる。内戦勃発後は海軍・空軍大臣、国防大臣等を歴任した。

三三七　**マヤコフスキー**　二十世紀初頭のロシア、革命後のソ連において、〝未来派〟の旗手として活躍した詩人（一八九三―一九三〇）。当時としては奔放な私生活を営み、多くの女性と浮名を流したが、スターリンからは〝ソ連邦で最も才能豊かな、すぐれた詩人〟と讃えられもした。三十六歳で拳銃自殺を遂げたが、秘密警察による謀殺説もささやかれている。

三三七　**テルモピュライの戦い**　紀元前四八〇年、第三次ペルシャ戦役で、スパルタ王レオニダスがテルモピュライの隘路でペルシャ軍を迎え撃った戦い。スパルタ側は三百の寡兵で二十万と言われるペルシャの大軍に立ち向かい、敢闘むなしく全滅した。

三三七　**ホラティウス**　紀元前五一〇年、ローマがエトルリア軍に侵攻された際、ティベル川に架かる橋を独力で守ったという伝説的な英雄、ホラティウス・コクレス。十九世紀イギリスの政治家・歴史家T・B・マコーレイが発表した長詩『橋の上のホラティウス』で知られる。詩人のホラティウス（前六五―前八）とはまったくの別人。

三三七　**リヴィングストン博士と奥様でいらっしゃいますね**　スコットランドの探検家、医師、宣教師のリヴィングストンは、第三次アフリカ探検（一八六五―七一）の途次、タンガニーカ湖近辺で消息を絶った。アメリカ人のジャーナリスト、スタンリーは莫大な報奨金を約束されて、リヴィングストンの捜索に乗り出す。そして、一八七一年十一月、とうとうタンザニアのウジジ近辺でリヴィングストンと対面を果たした。そのときに彼が博士にかけた言葉、「Dr. Livingston, I presume?（リヴィングストン博士でいらっしゃいますね？）」は当時の欧米で大流行語となった。そのフレーズにかけて、すこしおどけている。

三三八　**青シャツのファシスト派義勇兵**　スペイン内戦では、フランコ陣営を支援する義勇兵たちもいた。アイルランドのファシスト組織〝青シャツ隊〟は、七百人から成る〝アイルランド旅団〟をスペインに派遣している。

三七五　パセ　闘牛の技の一つ。闘牛士自身はその場を動かず、ムレタをふるって牛を通過させる。

三七九　アローバ　スペインをはじめラテン・アメリカ諸国で使われている重量の単位。地域によって異なる。カスティーリャでは、一アローバは約十一・五キロ。アラゴンでは約十二・五キロ。

四〇八　失われた卵の洞窟（どうくつ）　スペイン語の〝卵〟には、スラングで〝睾丸（こうがん）〟の意味もある。ここは、〝やる気を失ったやつの洞窟〟というほどの意味で、ジョーダンは言ったのだろう。

地図製作　杉浦貴美子

誰(た)がために鐘(かね)は鳴(な)る（上）

新潮文庫　へ－2－6

Published 2018 in Japan
by Shinchosha Company

平成三十年三月一日発行
令和四年七月十日二刷

訳者　高見(たかみ)浩(ひろし)
発行者　佐藤隆信
発行所　株式会社新潮社
郵便番号　一六二－八七一一
東京都新宿区矢来町七一
電話　編集部（〇三）三二六六－五四四〇
　　　読者係（〇三）三二六六－五一一一
http://www.shinchosha.co.jp

価格はカバーに表示してあります。

乱丁・落丁本は、ご面倒ですが小社読者係宛ご送付ください。送料小社負担にてお取替えいたします。

印刷・株式会社三秀舎　製本・加藤製本株式会社

ISBN978-4-10-210016-5 C0197